Staread
星文文化

永夜

YONG YE

上

修订珍藏版

桩桩 著

四川人民出版社

图书在版编目（CIP）数据

永夜 / 桩桩著 . — 成都：四川人民出版社，
2021.11
　ISBN 978-7-220-12427-3

　Ⅰ．①永… Ⅱ．①桩… Ⅲ．①长篇小说 – 中国 – 当代
Ⅳ．① I247.5

　中国版本图书馆 CIP 数据核字 (2021) 第 191171 号

YONGYE
永夜（上、下）
桩桩 著

出 版 人	黄立新
出 品 人	柯 伟
监 　 制	郭 健
责任编辑	魏宏欢
特约编辑	齐 月
封面设计	80雾 · 小贾
内文设计	李琳璐
责任校对	林 泉
责任印制	周 奇
出版发行	四川人民出版社（成都槐树街 2 号）
网　　址	http://www.scpph.com
E-mail	scrmcbs@sina.com
新浪微博	@ 四川人民出版社
微信公众号	四川人民出版社
发行部业务电话	（028）86259624　86259453
防盗版举报电话	（028）86259624
照　　排	天津星文文化传播有限公司
印　　刷	北京盛通印刷股份有限公司
成品尺寸	166mm×235mm
印　　张	36.5
字　　数	680 千
版　　次	2021 年 11 月第 1 版
印　　次	2021 年 11 月第 1 次印刷
书　　号	ISBN 978-7-220-12427-3
定　　价	79.80 元（全二册）

■ 版权所有 · 侵权必究
本书若出现印装质量问题，请与我社发行部联系调换
电话：（028）86259453

目录

楔子	001
第一章 牡丹花下死	003
第二章 脚底板长出一朵花	009
第三章 杀手的顺序	017
第四章 重见星光灿烂	020
第五章 美人如花隔云端	025
第六章 惹是生非的后果	033
第七章 睡着的小孩	042
第八章 别院的适应性训练	047
第九章 奇怪的端王夫妇	055
第十章 相互试探	067
第十一章 皇宫夜宴	074

第十二章　步入杀手生涯	086
第十三章　设计与认亲	097
第十四章　继续瞒下去	108
第十五章　吾家有女初长成	117
第十六章　危险步步逼近	126
第十七章　游园惊魂	136
第十八章　奉旨议和	144
第十九章　大皇子的算盘	159
第二十章　醉情于月	168
第二十一章　百般设计只为救你	188
第二十二章　身份被揭穿	196
第二十三章　相见时难别亦难	212
第二十四章　将计就计	221
第二十五章　黑吃黑	229
第二十六章　坐山观虎斗	234
第二十七章　冰凉的事实	246
第二十八章　背后一刀	259
第二十九章　山中方十日	270
第三十章　牡丹院的小麻子	283
第三十一章　宫斗	295
第三十二章　石屋斗智	312
第三十三章　被他卖了又被他救了	321
第三十四章　永安郡主	330
第三十五章　李言年的泪	342

第三十六章　与太子定了亲	351
第三十七章　出嫁出走	360
第三十八章　平安医馆	370
第三十九章　重操旧业	379
第四十章　安家的买卖	390
第四十一章　一个耳光和一个吻	400
第四十二章　竹席的秘密	409
第四十三章　安家三公子	417
第四十四章　流泪的佛像	427
第四十五章　西泊秋祭	436
第四十六章　永夜倾城	447
第四十七章　古怪的小镇	460

第四十八章　游离谷主	471
第四十九章　魂飞魄散	479
第五十章　没有胡子的太子	488
第五十一章　飞天的翅膀	499
第五十二章　色诱	509
第五十三章　自投罗网	516
番外篇　风扬兮	523
番外篇　月魄	539
番外篇　李天佑	551
番外篇　蔷薇郡主	555
番外篇　玉袖公主	561
番外篇　安小四	570

楔 子

影子沉着脸解开小孩的衣裳。孩子睡得很熟，昏暗的灯光照着他又黑又脏的脸。房间里的木桶飘着氤氲的水汽。一路奔波甩脱追兵，脏得孩子都快吐了。

游离谷收徒，他打算将这孩子洗干净送去。如果这孩子福泽深厚，也许还有回家的机会，这样也算报了恩，没有违了自己的良心。

对，就这样办。满腹心思的影子长长舒了口气。

这口气才吐，又被他吸了回去，真真是倒吸了口凉气，影子发出牙疼似的咝咝声。他望着床上的小孩，慌乱地扯过被子盖住孩子的身体，一时间竟不知道该怎么办了。

木桶里的水渐渐变凉，影子仍呆呆地望着躺在床上的小孩。

孩子小小的眉心皱了起来，手动了动。

影子"噗"地吹熄了灯，狭小的窗户漏不进太多夜光，仍映亮了黑暗中那双才睁开的璀璨黑眸。暗夜里的星辰也不过如此。

"桶里有水，自己沐浴。"影子说完没有得到任何回答，闪身出了屋子，身后就传来了水声。

影子烦躁地在屋外站着。这孩子怎么一声不吭？莫不是个傻子吧？可是傻子怎么会有那么明亮的双眸？傻子能听懂他的话，听话地自己去沐浴？

每隔三天，影子会在夜色最浓的时候来到这间建在峭壁缝隙间的茅屋，将吃食放在门口，又悄然离开。

他不止一次偷偷望着那孩子，风和日丽时，小孩总会躺在悬崖边上的一块大石头上晒太阳。

精致小脸上带着满足与惬意，仿佛安静晒太阳是最舒服的事情。

影子甚至盼着他站在悬崖边上大喊大叫，像个正常小孩一样哭闹。一年过去，影子放弃了，他默默地想，也许他不该改变主意。

楔子

无星无月的夜里，影子再次与一双璀璨的眼眸对视。

"我要送你去一个地方。"

"噢。"

第一次听到孩子开口，影子浑身一震。

抖出布裹住孩子的头脸，影子抱起孩子，在山崖间轻盈地行走。

"如果你想活下去，就别让人知道你的秘密。"

"你不是人？"

影子脚步踉跄了下，低头望着布单下小小的身躯，淡淡说道："我只是个影子。还有，你叫李林，木秀于林的林。"

第一章

牡丹花下死

雪后初霁。

山谷中铺满淡淡的阳光,银白世界中唯林梢隐隐现出一抹青黛,这种水墨神韵多少会勾起一些诗意。

"江山,如画。"李言年披着藏青色的披风坐在檐下,颈边一圈银狐毛衬得人越发的丰神俊朗。

他的声音很淡,淡而温柔,像极了雪地上那抹阳光。

"回禀执事,十座楼一共出来了十七人。一号楼一人,二号楼两人,三号楼两人……十号楼五人。"一黑衣男子恭声回报。

李言年眼中飞快地掠过一丝讶意,目光轻飘飘地从站在院子里的十七人身上扫过,缓缓站直了身,顺手把手中的暖炉递出。

李二赶紧接过去,小心地捧在手中。手心骤然传来的热度让他舒服得想叹气,脸上的神情依然谦卑恭顺。

他的腰微微弯着,也不知道是长年养成的习惯还是怎的,他整个人似乎就从来没有挺直过腰杆。那双细长的眼睛也显出几分鬼祟,偷偷瞟向院子里站着的人。出来了十七人,这差事看来没问题了,明儿就可以离开这里。李二想起府中的俏婢热酒,这时节正好可以赏雪、品梅、吟诗,一颗心早飞向了谷外。

地上的雪还没扫开,站着的十七个人衣衫褴褛,已看不出衣裳原来的模样。身上还带着伤,血滴落下来,将脚下的雪染成了淡淡的粉红色。分明还是七八岁大的孩子,眼睛里却透出一股子疲惫、一种兴奋,在李言年冷漠的目光注视下又多了几分莫名的怯意。

"能从一千人中活着出来,都是爷了。"李言年站立片刻,才似感叹似满意地吐出一句。

这句话一说出来,院子里的人都松了口气,那十七个孩子也不例外,竟有两人一屁股就坐在了雪地里。

李言年瞟了一眼坐在地上的那两个人，瞬间四周冲出几条大汉将他们架了起来。孩子的脸霎时变得雪一样白，目光惊恐。

叹了口气，李言年挥了挥手："送牡丹院！"

那两个孩子的眼睛瞬间失去了光彩，哭了出来："饶了我！"

剩下的十五个孩子大气也不敢出，小身子发着颤却越发挺得直了，生怕一个不谨慎丢了小命事小，被送去牡丹院就惨了。

在谷里待了一年，黑衣守卫一说起牡丹院时手中的鞭子都变得温柔起来，绝对不肯落在人脸上。曾经有人还没熬到进楼就要被送去牡丹院，当时守卫们就停了鞭，还请了谷里医术最高明的回魂师父来瞧伤，那人猥琐地笑着说等小爷过了十二岁生日就去贺生。九九就对李林说："我宁可被张屠夫杀，也好过落在逛牡丹院的守卫手中。"

李林的回答让九九顿起亲切之心："你也知道张屠夫？就是没他也不会吃带毛猪的那个？"

然而之后不管九九如何回忆过往，再也没能从李林那里勾出多余的亲切感。九九也不灰心，毕竟在一个楼里一百名孩子中，只有李林认识张屠夫。九九觉得他有义务保护李林。

"都说过了，能从一千人中活着出来，都是爷了。"李言年又叹了口气，脸上露出一丝笑容来："说说，十号楼怎么会出来五个？"

"执事，他们……"答话的黑衣守卫才一迟疑就看到李言年温和的眼神，哆嗦了一下后说话不再犹豫，"他们趁九号楼的相互杀疲了，去捡了个现成的便宜。"

"哦，谁领的头？"李言年眉梢微动，目光也移到了最边上的五个孩子身上。都是一般的清秀小模样，他心里有点儿赞叹，嘴里吐出的话却带了丝寒意。

另外三个孩子低着头不肯说话，目光却瞟向九九。李林很不解，依他的判断，李言年是不会杀这个领头的，但是会如何处置就说不准了。

面对挥着刀冲着他和九九两人砍过来的三个孩子，他似无意地提醒了下九九，让他带着楼里的三个孩子杀到九号楼黑吃黑。照理说不该让一个八岁的孩子替他背黑锅，该他站出来了。可是李林想，还是缓缓吧。毕竟当出头鸟始终不符合他想隐藏实力的想法，他不想将来被派往最危险的地方执行最危险的任务。以他对杀手的了解，顶尖高手总是死得最快。不是身手不好，而是危险任务接得太多了。他计算着招供的时间，要恰到好处地表现害怕，还要勇敢地站出去。

李言年笑了："知道为什么要你们一百人相互厮杀，每天取一条性命完成任务吗？"不待回答，他接着说了下去，"对敌人的一丝同情，就是对自己残忍。好吧，给你们一个机会，供出领头的人，别的人爷不杀。"

"是我！"九九声音发颤，却抢在李林准备招供之前迈出了一步。他依稀记得，当他在楼里护着李林与另外三个孩子恶狼般对峙时，耳边轻轻响起一个声音，温柔而又冷酷：“杀九号楼的人！”九九现在宁愿相信是自己的潜意识在引导自己，也不愿信是那个他一直保护着的单纯的李林……

李林很吃惊地看着九九，再一次提醒自己别记着这个情，虽然这个八岁大的孩子此时的形象足以令他仰视。

李言年皱了皱眉，李二已躬身上前轻声提醒道："爷，今年……"

"好一个黑吃黑，九号楼的不是枉死了吗？"李言年眉头舒展，嘴里说着云淡风轻的话，"送回十号楼，明日出楼之人才算过关！"

李二倒吸一口凉气，有点儿捉摸不透自家主子的心思。这群孩子每一百人住一栋楼，连日相互残杀，一栋楼才走出几个来，都算是精英良才了。方才废了两个，这会儿又送进楼去，没准儿又会损失几个，着实让人舍不得。

"回执事，是我。"李林心里叹息，上前两步轻声回答，"我出的主意，能出来不容易，都……不想再回去了。"

李言年看着下方跪着的李林，他是出来的人中年纪最小的孩子，不过才六岁。他有些诧异李林说话时平静的语气："真的是你吗？"

九九和李林同时答了声："是我！"

"好一个兄弟情深！知道什么是兄弟吗？兄弟往往是最容易出卖自己的人，记住爷的话。究竟是谁？"

九九急着开口，李林拦住了他："其实是我。我出的主意，他领的头。"

"哦？方才怎么不认？"

"怕死！"李林回答得异常干脆。

"怕死？是啊，是人就会怕死。"李言年轻声感叹了一句，"这会儿不怕死了吗？"

"执事不会杀我，最多，像方才那两人般被送去牡丹院。"

李言年兴趣甚浓地瞧着他，直呼他的编号："一百，你知道牡丹院是什么地方？"他原本并不认为六岁的孩子能完全明白，却因李林一直平静的声音发出了疑问。

李林扬起了脸，满是血污的面容上一双眸子如晶石般闪亮，眼睛里没有一丝害怕，反而带着一股子戏谑的味道答道："牡丹花下死，做鬼也风流！"

李言年怔了怔，咀嚼了几遍这句话，蓦然大笑起来："哈哈！没想到今年出了个彩！有意思！有意思！"说完竟拂袖去了。

院子里的人面面相觑，李二也抱着暖炉神采飞扬地尾随李言年进了房。

四周的黑衣大汉这才长长地吐了口气，九九怒道："你是想我俩都死吗？"

李林挠了挠头，天真地笑了："明明是我告诉你的。"

九九怒道："你就是一个傻子！明明是随口一说，你哪里会有这心思？！"

见他生气，李林憨憨地笑了："我饿了。"

九九这才转过脸来，对着李林怒目以视："红颜祸水！"

李林摸了摸脸不禁苦笑。这张脸，难怪是傻子都能进牡丹院发挥余热。

九九发作完了拉着李林昂首挺胸走出院子。院门口的黑衣守卫都抱拳行礼笑道："恭喜小爷过关了。"

九九哼了声不理。李林又笑了："以后还仗各位大叔多照拂。"

他跟在九九身后还是忍不住问出了口："当时你不怕死吗？"

九九眼中闪过一丝狡黠："最多送牡丹院罢了。"

李林心里顿时放下块石头，不用欠人情了。

李林换了身簇新的衣裳跟着守卫来到李言年的住处。走在他前面的守卫自从看到小楼后脚步便放得轻了。李林默想，这位李执事有能力坦然搜罗上千名孩子再冷眼瞧着他们在几天内死去，偏偏脸上神情不显山不露水的，有这份狠劲，难怪守卫们害怕。

面前的小楼像座吊脚楼，依山而建，重檐歇山穿斗式建筑。李林观察了下地势，这里能观山谷的全景。李执事看起来说话做事都漫不经心，实则喜欢一切尽在掌握之中。他对李言年又下了判断。

李二掀起厚棉帘让李林进去，弓着背老实地站在李言年的身边，看向李林的目光多了重探究。一个六岁的孩子能让李执事如此重视，他一定非比寻常。

一股暖洋洋的热气扑面而来，又带着一丝香味，李林一嗅便知道是火盆中放了橘皮散发出来的味道，李执事很懂得享受。李林敛了眼中的精明走进去，一言不发，老老实实地跪在李言年面前。

李言年端着杯酒淡漠地瞅着他。

是该直视还是低头？李林心思转动，坚持了一小会儿，在合理的时间低下了头，以此示弱。

李言年盯了他良久，看到李林终于低下头，目光慢慢变得柔和，淡淡地问道："怎么想出这个法子的？"

"楼里就我们五个了，不够分。规矩是每人要杀一个人，没说不能杀别的楼里的人。"

李林低着头老实地回答，心里暗骂谷中的人变态。送进楼时每个孩子都知道第二天要杀个人交任务。楼里一百个小孩都疯了似的，只一晚工夫，就相互捅刀子死了一半以上，受伤没死的第二晚当然也活不了。

从小就这样学着相互捅刀子杀人才能生存，长大了还了得！但是如果要在生与死之间选择，他没道理让别人对他"辣手摧花"。于是，在无数双或怯懦或害怕或恶狠狠的孩子的眼中，他活了下来，且没有杀过一个孩子。九九的功夫不知是家传还是怎的，比别的孩子高出一筹。在他几句言语点拨下，护着他走出了楼。

"你清醒之前还是个白痴！"李言年瞟了眼桌上薄薄的纸，上面几行字记录了李林所有的事情。

他想起了那句诗，好奇之心大起，语气更温柔，眼中露出刀锋般的光芒："记得来山谷之前的事？"

"记不得了。"李林还是以最老实的语气回答。他只知道醒来后就到了山谷，是有人送他来的。一个模糊缥缈的背影，并且时常在他耳边说悄悄话他都没搭理的影子。

李言年有点儿遗憾。他一直以为让下属找来一千多名七八岁的孩童难度有点儿大，所以连白痴也被找来充数。

在近一年的训练中李林就呆呆地看着别人练功夫，留了他八九个月后见他还是傻样子，想着只要小模样可以，送去牡丹院也算有点儿用处。没想到在进楼前三个月他清醒了，所以最晚一个加入这批人的训练中，编号也就成了一百号，十号楼的第一百个孩子。

一个比其他人训练得少、功夫明显不如人的小孩，在残忍的厮杀中竟然活了下来，而且还策划了黑吃黑。从白痴到胆大的策划再到那句诗，李言年不想对李林感兴趣都不行。

李言年不再言语，沉闷的空气压在屋子里。李林感觉到一种强大的压力袭来。他忍不住把身体挺直，再发点儿颤让李执事瞧出他的恐惧，努力装出一副想表现却又害怕的模样。

洗干净脸的李林让李言年产生了一种奇怪的感觉，那张脸似曾相识。他看了眼李二，李二似乎也有同感，点了点头。李言年微微一笑，收了身上的气势。

李林感觉身上的压力一松，暗自感叹，真有武林高手存在！

"你们楼的五个人名字分别是星魂、月魄、虹衣、鹰羽、日光，你选一个吧！"

专诸之刺王僚也，彗星袭月；聂政之刺韩傀也，白虹贯日；要离之刺庆忌也，苍鹰击于殿上。刺客的名字带着刺客的影子，听起来风光，可全是过眼烟云没有一个好下场。他不想做其中任何一个。但是由得他选吗？选，自己不喜欢，不选就要说理由。自己以前是白痴，现在还是个六岁的孩子，这理由不能说。所以他恭敬地回答："请执事赐名。"

李言年瞧了他一眼，淡淡地说："就星魂吧，黑暗中的光芒无人能夺。我会送你去上院……你是个奇怪的人，是福是祸呢？"

前面的话是对李林说的，后面一句却是在问自己。

一来就给了个扫帚星的名字？李林心里苦笑，脸上露出欣喜："星魂多谢执事。"

接过一块玉牌，守卫领了李林出去。李言年饮下一杯酒，喃喃道："我是否做错了呢？那模样……该送他去牡丹院。牡丹花下死，做鬼也风流……"他念了好几遍，怔怔地坐着。

"爷，明日……"李二小心地询问。

"回京。"

第二章
脚底板长出一朵花

　　星魂跟着守卫前行，见不是回十号楼的路，心下了然是去李言年口中的上院。他遗憾地想，可惜不能再见到可爱的九九了。
　　谷里的人行事果断狠辣，不会给他们相处的机会。将来他们会互不相识，各自执行各自的任务，没准儿还会相互残杀。如果有了感情就不叫刺客了。
　　一身贵气的李言年原来只是个执事，这谷中主事之人究竟是什么身份呢？
　　星魂默默地分析着，他现在一点儿也不想逃，不想做杀手与学一身本事是两回事。现在拼的是武力，他没那么傻去找个山旮旯儿种地当农夫。
　　他相信一点，既已至此，至少努力一下，让人生过得精彩一点儿。
　　嘴一弯，他笑了笑，大不了就是个死。人都怕死，可既然不知道死后的情景，还有什么可怕的呢？
　　星魂抬起头，夕阳已至，山谷明朗美丽，血腥和罪恶被白雪与阳光埋进了土里。他悠然地想，李言年搜罗了这么多孩子，能不露丝毫痕迹，其中必有图谋。也许数年后外面的天就会变一变了。
　　顺着山道走了一个时辰，就到了山顶。四周苍木葱葱，放眼望去，对面一座山峰在云遮雾绕中隐约显现。山风吹过，衣袂翻飞。星魂抬头看了看天，他不禁深深吸了口气，山崖对面一定是上院。
　　"小爷，小的只能送你到这儿了。"守卫松了口气，脸上露出了笑容。
　　星魂瞧了瞧深不见底的峡谷，再看了看横在山崖之间的两根铁链，点了点头："多谢守卫大叔，以后有机会一定请你喝酒。"
　　"不敢！小爷多保重！"守卫不敢多说，对李林抱拳行了一礼，转身就走。
　　李言年说，出得了楼的人都是爷。守卫再凶，也是侍候这批种子杀手的奴才。这地方待遇还真不错。
　　他左右看了看，又观察了一下铁链，突然放声大喊："有没有人啊？没人小爷就走啦！"

没有动静，星魂冷笑着看了看铁链。他就不信这么高、这么险的地方，会让一个不会轻功的六岁孩子自己过去。

崖下吹来的冷风阴飕飕的，夕阳残照，山顶悄然无声，唯有山风吹过时，树叶一阵哗哗作响，说不出的静寂祥和。他站立的这会儿，太阳已滚落下山顶。星魂瞧着铁链出神，踩铁链过去，哪怕是个考验，他也不想去冒险。现在不是他想不想学功夫的事，是谷里的人主动请他学，他着什么急？

风吹得他脸上生疼，太阳下山后气温骤然下降。他转身离开悬崖，顺着来时的山道疾步下山。他估计走下山天就黑了，得趁着这时进到楼里歇着，不然在外面会被冻死。

其实星魂心里极希望那个神秘的影子再次出现，虽然影子装傻没搭理过他，但影子多少带给他一点儿安全感，让他知道有人一直陪伴着自己。

一路无惊无险地回到山谷，周围一片寂静，一个守卫都瞧不见，九九他们也不知道被送到哪里去了。

星魂在十号楼旁停了停，看了一眼，不想再走进这个充满血腥的地方。他叹了口气，径直走向李言年的小楼。

这回没有李二掀帘子，他不请自入。

桌子上还摆放着酒菜，橘子皮依然散发着香气。火盆的温暖融化了衣服上的冰碴子，星魂有点儿得意自己的判断。来回走了两个时辰又累又饿，他抖了抖衣服，哈着手走到桌边，旁若无人地吃起来。

"吃饱了？"

阴森森的声音飘浮在空气中，星魂吓得筷子一抖，回过身看到一个青衣人。他有点儿恼火地想，是鬼也没这般吓人。他试探着问道："你……是谁？"

"你的师父。"

星魂歪着头想了想，笑道："师父？李执事说要送我去上院。"

"我是上院之人，来接你。玉牌给我。"

星魂摸出那块玉牌送过去，灿烂一笑："师父，我叫星魂！"

青衣人惨白的脸上没有一丝波动，静静地望着他。

星魂只好下了桌走到青衣面前，突然跳起来抱住了他："走吧，师父。"

青衣人顺手接住他，愣了愣，没再说话，抱着星魂往外走。

搂着青衣人再上山的感觉无比美好，平稳、快捷、舒服、不费力。还是上山的那条路，只是还没等到他感受高空踩铁链的刺激，青衣人就抱着他走进了树林。

"不是要踩着铁链过去吗？"

"除非你想死。你过得去吗？"

一个动作定生死，看来先前判断李言年不会杀自己的想法有误。星魂被惊出一身冷汗，暗暗提醒自己千万别看轻这里的任何一个人，出了楼也不见得就万事大吉。他表现得像个好奇宝宝："若是踩着那链子过去了呢？"

"再踩着铁链回来。"

"那边什么都没有？"星魂有点儿不敢相信这是玩人的把戏。

青衣人拍开机关走进一处地道："什么都没有。有，你也瞧不见。"

他牵着星魂的手缓步在地道中行走："我擅长轻功、暗器，以后你就跟着我学这两样。"

"我想学别的呢？"星魂好奇。

"那要看你三年后的造化了。"

不是一个喜欢说话的师父。星魂翻了翻白眼，用心记着路。他正高兴自己的眼力还是很好时，青衣人已牵着他转进一间石室。星魂一下傻了眼，扔开青衣人的手在屋子里转了几圈，不敢相信这就到了路的尽头："就这里？待三年？"

石室里只点着一盏灯，显得很空旷。

"这灯只会点三天，以后都不会有灯了。"青衣人说完坐在一个蒲团上。

三天？星魂再次哀叹。也就是说他只有三天的时间熟悉这间石室，然后就开始当"瞎子"。

他有点儿理解星魂这个名字了，意思是在黑夜中出现的鬼影子。

三年就三年，他不想做杀手，更不想做一只躲在黑暗中的老鼠。既来之则安之，他身后不是还有个影子吗？

"拉屎撒尿的地方呢？"

"那边有个耳室。"

这里的格局他只花了十分钟就走完了。星魂不动了，坐在青衣人身边照小孩子一贯的做法找青衣人说故事："师父，就咱俩了，说会儿话吧。"

"你不会也捉些麻雀让我练轻功吧？"星魂满脑子奇思妙想。

"明天你就知道了，今晚你可以睡。"

星魂觉得青衣人的话大有玄机，突然汗毛直立，不会明天起连觉也不能睡了吧？他站起来打了个哈欠："晚安师父，小徒睡觉去了。"

躺在床上，他摸了摸脚，睡不着。

那里有他的秘密，无意中发现的秘密。

他实在佩服做记号的人，在他脚板心印了朵花，血红色的小花。这让他想起了传说中的彼岸花，花开一千年，叶生一千年，而他脚心的花是记号，更像胎记。

这印记又是什么意思呢？星魂很好奇自己原本的真实身份。

他想起了那个送他进谷的影子，把他扔在一群孩子中间就离开了，却时不时在他耳边唠叨。影子兄为什么要把一个白痴弄进山谷？而山谷中的人容忍一个白痴待了八九个月的时间，才做出是否送牡丹院的决定，更让人觉得奇怪。

这地下的坟，影子兄进得来吗？进来了会被精通轻功、暗器的青衣师父发现吗？星魂突然觉得以后的日子也许不会像他想得那么无趣。

等到油灯灭了，星魂就成了"瞎子"。

他静静地躺在黑暗中，终于可以舒服地睡一觉了。

这一年在谷中他几乎没有睡过一次安稳觉。对身份的好奇以及影子的提醒都不容他放松警觉。

青衣师父已经离开了石室，似乎有意让他自己适应这种黑暗与孤寂。

人在黑暗中恐惧感会比平时放大无数倍，在看不见的时候抵抗力会大大削弱。

无边的黑暗给人无形的压力。也许青衣师父培养弟子的方法和他的长相一样诡异。星魂有点儿同情他，青衣师父的皮肤让他第一次对冷血僵尸有了直观感受。

这对孩子来说，太残忍了，除了他自己。

星魂微微一笑，打了个哈欠无聊地想。他很喜欢这种黑暗与安静，觉得安全舒适。他是不是也有点儿变态？

正当他打算舒舒服服地睡入谷后的第一个安稳觉时，他觉得屋子里多了一个人，条件反射地屏住了呼吸。

影子兄飘忽的声音平静地响起："我就知道，你一定不会辜负我的期望，会顺利入谷学艺的。"

你是谁？我是谁？你……知不知道我脚板心的秘密？为什么想出这种变态的方法让我去挤独木桥？如果自己死于一群七八岁孩子手中，会怎么样？一连串问题冲进脑中，星魂却只是吐出了屏住的气："我青衣师父呢？"

"前三晚，他不会待在这里。他很固执，你能独自在这里待三个晚上，他才会觉得你有资格做他的徒弟。"

影子的声音像什么？星魂觉得像捏着嗓子逼出来的声音，像鸭子一样，怕被人听出他是谁。星魂扑哧笑出声来："你来做什么？"

"教你内功。"

星魂想了想又说："不是葵花宝典、嫁衣神功就成！"

"何为葵花宝典、嫁衣神功？"

"一个是太监练的，一个是帮别人练的！"

影子沉默了会儿说："我就知道，你绝不会是个白痴！"

"可是我记不得以前的事情了。"

"以前……记不得也好！以后，但凭自己的造化了。"影子的声音中带着一丝惆怅。

"你是谁？"星魂终于问了出来。

"我？我是一个影子，不能出现在人前的影子。我要还一个人情，要让你学得自保的本事。"

好报仇？星魂差点儿把戏文里常见的后半句话说出来："你的武功也不错，为什么不能教我，要把我扔在这山谷里？"

"不方便。"

这句话几乎让星魂从床上跳起来，指着影子的鼻子骂他脑子有问题。自从进谷他已经在生死线上走了无数个来回，还差点儿被送去牡丹院挂牌。星魂冷冷地瞧着影子，冷笑着想，自己绝不会承他这份情，不管自己与他是什么关系。

影子似乎不想久留，扔下一卷物什似扔掉了个大包袱，淡淡地说道："很多人都想得到这卷《天脉内经》，你好好练吧。"

"你为什么不练？"路边的李子没人吃，不是路人懂规矩，而是因为它是酸的不好吃，这个道理星魂明白。

影子很坦白："我看了六年，也没看出端倪。也许……你能。"

星魂笑了，也许这东西是我家的东西，所以，也许……扔我在这儿、留我一条命为的就是我能知道你们无法知道的秘密。只可惜，我以前真的是白痴。

"不怕我乱练习会走火入魔？"星魂真正想说的是，我如果走火入魔了，你不是更得不到这个秘密？

"你能走出楼是你的运气，你能不能练成也是你的运气。我能为你做的，现在也只有这些了。你青衣师父收徒前有这个臭毛病，我才能进来……也是你的运气。"

星魂还没来得及消化掉影子说的一切，心里窝了无数的疑问与不解还没有问出口，影子已经离开了。

他五岁入谷，影子在谷中陪了他一年。星魂能保证这一年影子绝对不知道他脚板心的秘密，因为他没有当着任何人的面沐浴过。可是之前呢？他在什么地方生活，就没有人把他翻个遍？星魂不相信。

他叹了口气又有点儿兴奋，神奇的内功秘籍被他获得了。他也很好奇，自己是否真的有练成内功的运气。

他不再去想那些摸不着边际的事，抖开了影子扔过来的东西，突然一怔，禁不住破口大骂："黑灯瞎火的我怎么知道上面写了些什么！"

这是一卷裱好的丝绸。星魂有些沮丧，影子才是白痴，他以为这里还能凿壁偷光？或者他可以在青衣人白天来的时候点亮灯大方地读？

现在外面应该是星星满天了吧？星魂无聊地想着，手指轻轻抚摩着丝绸惆怅。

内功应该是绣在丝绸上的。他摸到了凹凸不平的痕迹，手指慢慢摸到了一根线。他闭着眼顺着这条凸起的线摸下去，慢慢地在脑中形成了一幅人体的经脉图。

摸来摸去，还是一幅图。星魂的好奇心又被勾了起来。这样的图他见过，就是幅普通的人体结构图，连接着身体各处的穴位与经络，但是影子说这叫《天脉内经》。他还是想笑，这就是一幅人体脉络图，难怪他们看不出来。

手指抚摩下，丝绸卷上的字迹他认识。星魂翻了个身，趴在床上细细摸索着丝绸上绣的字，觉得自己骂错影子了，如果这真是一本书，他才是一点儿办法都没有。

然而，他不知道他所摸到的与影子想让他看到的完全是两回事。连影子都不知道这卷丝绸绣法上的古怪，也只有像星魂这样在黑暗中凝神抚摩才能发现丝绸记录的真正秘密。

这一晚，星魂面露奸笑地睡去。

白天，青衣人进了石室。星魂安静地站在他面前，没有哭叫，没有惊恐，这让青衣人极其满意。

三天后，他不再点燃油灯。

星魂用了三天熟悉了这里的环境，确定自己不会摸黑走路撞歪鼻子。但是他还是很好奇青衣人是如何在黑暗中来去自如的，包括撒尿，都准确无误地正中桶里，实在让他叹为"听"止。

他捏着鼻子把马桶移动了下位置，青衣人还是找对了地方。他放轻了脚步往石室门口走去，直接撞上了青衣人的胸。

接过散发着香气的大饼，星魂终于忍不住问他："你怎么知道我的手在哪儿？"

"三年后你就知道了。"

星魂接着问："我看不到你的步法怎么学功夫？"

"这三天，你应该看见了。地上有脚印的，现在是一条直线，每步之间是八寸，一共三十七步。"青衣人的声音在石室里幽幽回响，"轻功的最佳境界其实是对外界的感觉。人的各部分器官都有你所想象不到的潜力。当你'瞎'了，你就会自然地调动你的耳朵。四周的一切都不是完全静止的，你走路的时候会带起风声，会搅动气息。石室中本来没有物体，如果放了一件东西进去，那里的气息就变了。"

星魂叹了口气："东西的气息？那是人能轻易感觉到的？"

青衣人想了想，便点头同意："就像水波，气息的涌动便是如此。"

星魂不再多话，伸手去摸脚下的印迹。一脚踩上去，再移到下一个脚印上。他走得很慢，眼睛闭不闭都没有关系了，就这样踩着走完三十七步，再走回来。

"我要这样走多久？"

"走到你能躲开我的暗器！"

"师父，这是直线，我避无可避！你不会是想借机要我死吧？"星魂觉得熟悉了一个人的线路，再冲他甩飞刀，命中率会是百分之百。

"你照我教你的运气法子练就行了。"青衣人扔下这句话消失了。

黑暗中星魂看不到他，却真的感觉四周空无一人。他对青衣人的轻功很服气。无可奈何地想，练吧！

就这样，他走了三个月，以惊人的天赋在黑暗中过得很逍遥。星魂悠悠然走着他的直线，从这头到那头，一次次思考着未来的人生，一遍遍告诉自己，他不再是李林。这是新的人生，他完全不懂的人生。

他试着翻了个筋斗，没有落在脚印之外，这给他带来一点儿小小的成就感，心里涌起一股淡淡的喜悦，比埋头直走又多了一点儿乐趣。

正在他翻着筋斗玩得高兴的时候，星魂感觉到了四周气息的变化，有东西朝他飞过来，他条件反射地扭动了腰。身体内原本顺畅的气息立时中断了，平衡被打破，他四脚朝天地摔在了地上，痛得龇牙咧嘴地埋怨："师父，您射的不会是飞刀吧？"

"是箭！"青衣人很满意星魂的反应，他的忍耐力与反应速度足以担当起星魂这个名字。

星魂目瞪口呆："射中我怎么办？"

"没有箭镞的，最多受点儿伤。"

青衣人淡淡地回答，接下来星魂就被取了箭镞的箭射得喊爹喊娘，痛得浑身发颤，趴在地上不肯动了。

"每天我只会射一百箭，还剩二十支箭。如果你不起来，我还是会对着你射过去，当死靶子会更疼。"

"我要是有内力的话，提口内力就飞起来了！"

"我不会。"

星魂这回像看怪物似的看向青衣人的方向，尽管眼前一片漆黑他什么也看不见。

"你是说你像鸽子一样抱着我飞上山那会儿,你也没用内力?"

"我只会呼吸之法。"

他彻底晕了,深呼吸浅呼吸,不可能吸口气就能变成一片云吧?心中一动,想起了那卷《天脉内经》。

然而没有给他再多想的机会,风声骤起,星魂一翻身躲过,顺着脚印往前跑,才跑了一步又退了回来,躲着四处袭来的箭。

不管他是前进还是后退,青衣人的箭如附骨之疽牢牢地粘住了他。等到二十箭放完,星魂喘着气瘫在了地上。

"嗖"的一声,一支箭飞过来撞在他背上,他险些被射得背过气去,气得指着青衣人人骂:"不是说好二十箭吗?"

"使暗器的人,总有出人意料的一招,一招致命!"青衣人淡淡地说完,风似的飘走了。

"无耻!"星魂暗骂。他揉着身上的痛处走回房间,摸索着丝绸上的经络图微笑。他已经找着了《天脉内经》的秘密,将来,他也会掌握这个身体的秘密。

第三章
杀手的顺序

他的青衣师父是只勤劳的小蜜蜂，双手不肯闲着，一有空就会不停地换着暗器射他。箭、飞刀、钢镖、针换着用，且不管是星魂已做好准备站在直线上准备起跑，还是放松神情撑着下巴听他讲故事。

别人说故事时开头一句是：从前……

青衣师父的开头往往就是一把小飞刀。

星魂总是笑笑躲开，让青衣师父继续。

青衣人很纳闷为何星魂躲得如此轻松，星魂便恭声答道："师父教导有方。"这让青衣人很是受用。

两年，星魂在黑暗中不知疲倦地在脚下的这条直线上行走。终于有一天，他走得烦了，吼了一句："还有完没完？"

青衣人愣了愣说："毒沙子还没用呢。"

星魂顿起悲愤之心，微笑着提醒他："师父为何不用水泼？"

"嗯，有理！"

果然一大盆水迎头泼了过来，石室里响起一片水声。

青衣人沉默了会儿问道："你如何会飘到屋顶上去的？"

星魂轻飘飘地落下来，大言不惭地回答："一吸气就上去了。"

青衣人不再说话。

黑暗中看不到对方，星魂突然有点儿惴惴不安，自己是不是不该显露从丝绸卷上学来的这套功夫？青衣师父是不是察觉到了？

"你的潜质很好。当年我师父说本门的这套轻功能借助风力，我也只能顺风顺势，你能在封闭的石室中借助泼水搅动的气息飘上去……不错！"青衣人不知道在这里待了多少年，他在谷中专一授业，心思单纯木讷，他的呼吸之法与《天脉内经》都是以气转经脉为主，他完全想不到星魂手中居然还有一部神奇的内功心法。此时，他只觉得星魂反应迅速，是块学武的好材料。

星魂试探着又问了一句:"本门的轻功能借助空气?"

"空气?"青衣人迟疑地点点头,他完全不知"空气"一词,只知道有风有气息。但与星魂相处这些时日,他已经习惯了星魂偶尔冒出的名词,如"声波"一词就让他获益良多,"是啊,我们捉不住看不见的这些气息,是空的,又是存在的。它们时而凝固时而流淌,诚如冰川、山溪、瀑布、江河,都是变幻的。轻功的妙处就在于近身人前而不为人知,就需要与……空气融为一体。我们已经习惯了空气的存在,多个人自然就感觉不到。杀手,需要的就是这种悄无声息的轻功。"

又是杀手!星魂叹了口气。这两年来,他每晚躺在床上练习《天脉内经》,体内的内力像条小蛇滑溜地在经脉中欢快地游走。

一旦感觉那种力量在身体内穿行,随心所欲地到达他身体的各部位,星魂就非常想试试一掌下去会不会有把石头打烂的威力。他想到了六脉神剑,便运气让这条"蛇"直冲食指,随手就点了点墙。

"嗤"的一声,手指戳上墙的瞬间痛得他抱着手在床上打滚。书上写得实在是太夸张了。星魂这时开始恨写书的那个大侠,但功还是要练的。星魂认为,无论在哪里都应该顺应天命,不学好内功怎能进步。所以,他耐心地养着身体内的"小蛇",希望有一天它强壮到可以保护自己。

"不能换个花样吗?"星魂郁闷地问道。走了两年直线了,他的忍耐似乎已到了一种极限。他盼望着换花样,别再这么枯燥。

青衣人也在沉吟,良久方说:"好,我们换……换用机括发射的暗器。"

星魂一翻白眼,换汤不换药,还是躲暗器!他正要批评青衣师父的迂腐,却被接下来的话震撼了。

"要知道世上最霸道的暗器都是由机括发射的,非人力所及。你若还在这直线上用轻功躲避开,你的灵活就无人可及了!我用十排连弩齐发!"青衣人越想越兴奋,从来没有人试过用轻功躲避机括发射的武器,若是星魂能练成,那……太让人兴奋了!于是,一闪身出了石室。

星魂有些崩溃,他真是胡说的。

十排连弩齐发是什么感觉?星魂想起蝗虫压境。这里才多大?脚下是一条直线,只有三十七步的直线!

十排连弩被安放在石室的两侧。星魂歪着头问青衣师父:"连弩的力道有多大?"

"百丈之内,木石皆碎!不过,为师备的是小弩,只求它的速度,不求力道!"青衣人顺溜地回答。

"要是求力道,一支射中我就肠穿肚烂了。"星魂心里暗骂,心思一转,贼笑着问道:"师父您躲得过吗?"

"我,没试过。"青衣人很老实,黑暗中他看不到星魂脸上的笑容。

石室中安静下来，听到第一声弦响，接下来箭矢的声音混成了巨大的嗡鸣声。不过十来秒的时间，石室再次安静了。

　　"师父？"星魂轻轻唤了一声，见没有动静，他又喊了声，"你还好吗？师父？"

　　话音才落，他已敏感地察觉气息迫来，星魂飘身荡开，呵呵笑道："我就知道伤不着师父！"

　　青衣人哼了一声："狡猾！"又欺身近前伸手捉他。

　　星魂听到青衣人的语气中并无不悦，知道他没有生自己的气，嬉笑着满室跑着与青衣人玩起了捉迷藏。

　　他毕竟才八岁，没多久就被青衣人拉住腿倒提了起来："哎！师父轻功第一，徒儿还需继续努力！师父……"

　　这最后一句已是在撒娇，青衣人本想好好教训他一番，心下一软便放了他："你取巧没有错，可是你练的是轻功躲避之法，这是取巧不得的，再练！"

　　他本是轻功高绝之人，箭矢方向突变朝他射来之际他便想明白了，是星魂利用第一台连弩发射的声音做掩护避开他的耳目，再移动了别的连弩。能随机应变是好的，却有违他训练之法。

　　星魂只能认命，冒着被射得肠穿肚烂的下场认真地躲避，终于还是被击中了小腹，惨叫一声结束训练。

　　这一箭让他三天直不起腰。青衣人叹了口气说："若是攻城弩，你早死了。"

　　星魂气得想骂，深吸一口气搅得肚子疼，死也要忍住了。

　　见他逞强，青衣人想起他才八岁，语气便柔和起来："下次给你穿身护甲，一来加点儿重量，二来也防止受伤。"

　　"为何我不能出手挡接暗器？"

　　青衣人想了想说："那是下一步的练习！"

　　星魂有点儿同情青衣人。两年相处下来，他已经完全明白青衣人是那种问他一加二等于几，他会回答"三"，问他二加一等于多少，他会说"你的问题出错了"的人。

　　他举起青衣人的一只手说："师父，你习惯用左手发暗器对吗？"

　　青衣人点点头。

　　他拉住他的右手说："习惯右手接暗器对吧？"

　　青衣人再点头。

　　星魂叹了口气："如果你的左手受了伤，你就不能用右手发暗器了？千万别告诉我那种情况下你只会用轻功逃跑！"

　　杀手，当然是怎么杀得顺溜怎么来，不管那人手中是暴雨梨花针还是攻城强弩。这才是顺序！杀手的顺序！

第四章

重见星光灿烂

没练功的时候，星魂很喜欢听青衣师父讲故事，内容是他轻松套出来的青衣师父在没进入山谷前的事情。

从青衣师父口中星魂知道，百十年间改朝换代频繁得像请客吃饭，国与国之间的侵吞并食像赌牌般痛快。

如今天下以安、齐、陈为大，边境间夹杂着几个小国家。战事频繁，武者是王侯争相礼遇的贵宾。功夫的强弱自然是武者安享富贵待遇的筹码。

而这座山谷，用青衣师父的说法是："天下刺客尽出游离谷。"

就是说，这里是专为各个国家培养高级刺客的地方。有了共同利益，山谷才得以安身于纷乱的世间。

星魂迅速想到，和自己一起入谷的一千多名孩子多半就是从各个国家选送而来的，将来能否为国家尽力，就各凭造化了。

他觉得，山谷中的李言年李执事显然是安国的贵族。因为，李氏是安国的大姓。一个安国的贵族，在游离于战事之外的学院当管事，他能游离于国事之外、超然脱俗吗？而建这座杀手学院的人，安的又是什么心呢？还有，那座牡丹院会不会是遍布各国的青楼大本营，专事传信工作？送他来的影子说是还个人情，而真正的目的又是什么？

两年多，影子真的没有再出现。星魂有些想念他。不管影子是真心对自己好，还是只想知道《天脉内经》的秘密，他都是揭开自己身份秘密的唯一知情者。

影子会想念他吗？等他跟着青衣师父学满三年，影子还会不会出现？星魂突然觉得在这里其实很好，他已经习惯了石室的黑暗和青衣师父的木讷，至少他在这里很安全地掩饰了自己。如今三年已经过了两年半，半年之后，自己又将会面临什么？这种平静祥和的日子还能过下去吗？

星魂静静地感受着石室中静寂的气息，他仿佛与外界隔绝，四周的气息温柔地包围着他。身体内的那条"小蛇"正吐着信子欢快地游动，玩累之后安静地盘踞在他的气海之中。

他轻轻地呼出一口气，清楚地感觉到周遭的气息像春风吹拂的静水泛起了一圈浅浅的涟漪。

有这样的感觉，应该是达到了青衣师父对轻功的要求了吧？他曾经问过青衣师父："如果不走直线，在屋里转圈会有什么效果？"

青衣师父回答他："一条有目的的直线都伤不着你，你说的凌波微步不练也罢。"

星魂笑了，仍坚持要将这只有三十七步、只走直线的步法叫作凌波微步。

青衣师父只得随他，但好奇地问他："为何一定要叫这个名字？"

星魂嘴里说觉得好听，心里却想起了被影子扔在峭壁茅屋的日子。流星划过山巅，坠进远处的深山，就像火扑进了水里，"噗"地就熄灭了。生命来得灿烂，湮灭得悲伤。他不想做影子，尤其是见不得人的影子杀手。

他在黑暗中沐浴的时候越洗越心烦，哗啦啦的水声引得青衣人皱眉："怎么了？"

"师父，看人沐浴要长针眼的。"

青衣人愣了片刻苦笑："我如何能看到你？"

除非你能夜视！星魂哈哈大笑，之后又叹气。

早晚有一天，麻烦会长着脚主动找上门来。脚板心那朵花如火焰般烧得他眼皮直跳。

"沐浴完，我们出去。"

"什么？"星魂有点儿不敢相信自己的耳朵。出去？看星星看月亮？夏天了，夏夜晚风，有花香青草的气息……

"我洗完了。"

青衣人有些忍笑，又摇了摇头，心想他毕竟还是个孩子，能在黑暗中待两年半，已经非常不错了。

和他想象的一模一样。星魂愉快地呼吸着六月风里的花香，为再次看到星辰璀璨的夜空而兴奋不已。

他睁大了眼睛，仿佛置身在一处集市。

夏夜里，小蛐蛐儿在呻吟，头顶不远处一窝小鸟在说梦话，树梢枝叶片片随风颤抖……这一切新鲜得让他决定以后一有机会就出来逛逛。

月色撩人，星魂很想唱歌，也很想在树林里欢快地奔跑，从石室这头跑到那头实在太过乏味。

一阵气浪扑来，他完全融入周围的环境，他的呼吸化为了初夏的晚风。

他静静地微笑。

"不错。"青衣人感觉到星魂的气息渐渐与周围环境融为了一体,"从现在起,可以出来练习了。"

"为什么?"

"你的皮肤不能和我一样,太特别。"青衣人想的总是完美的杀手形象。

星魂微笑,现在他的目力在夜晚能看清很多从前看不清的东西。

他觉得现在很幸福,只因为出了石室。

幸福有时很容易就能满足,关键在于,你如何把握住它。

青衣人留他感受周围的气息,自己悄然离开。星魂静静地坐在树上,与星光晚风同呼吸,直到感觉自己变成了树枝上的一片叶子。外面的气息风起云涌,他是挂在树梢的一片叶,渐渐地隐藏了自己。

你能从海里区分开每一滴水滴吗?你不能,所以,你当然也无法从树林中找到我。

他想象自己是一片掉落尘埃的树叶,轻飘飘地被风托着落下。又想象自己是从草地上捉了只虫的鸟,喜悦地飞回树上的巢,起落之间的快感抵消了他的沮丧和懊恼。

每每贪恋地与星空告别时,他都会看一眼远处的崖壁。如果此时再让他来到崖边,他会踩着铁链去对面瞧瞧。瞧瞧青衣师父说有,而他却瞧不见的究竟是什么。

而最让他满意的是,他又多了一个小秘密。

独处时他掏出了那块丝绸,月光下丝绸上绣的图形与文字完全不是星魂在黑暗中摸到的那幅经络图的样子。

如果不是亲眼所见,他甚至不相信这块布就是那块布。星魂完全有理由认为,他摸到了天书的奥秘。

这个秘密只属于他。对着丝绸卷研究了很久后,他终于明白,为什么影子六年也没有练成。没有青衣师父的呼吸之法,也许他也感悟不到《天脉内经》的真谛。他毫不犹豫地毁掉了让影子研究了六年无所得的《天脉内经》。

放在身上是极愚蠢的行为,他苦笑,他没办法拒绝任何一个来搜身的人,也没有万无一失的地方可以存放。他只是一个被培养的杀手。

"为什么出来练习却没有进步?"青衣人皱眉。这些天星魂学习的进度似乎停滞了。十天前如此,十天后还是如此。这让习惯了星魂飞速进步的青衣人有点儿不习惯了。

星魂打了个哈欠,觉得精神不够好,人蔫蔫的提不起精神。他略带撒娇地说:"师父,我已经很勤快了。可是白天,我觉得疲倦!"

"慢慢就习惯了。起来，继续！我这次会发出两批暗器，一共十六枚，你仔细感觉去避开。避不开，可以接、挡。"

　　星魂凝神屏气，全神贯注，腾身跃起时细细地感觉暗器袭来的气息，他微皱了下眉，怎么只有十三枚呢？正想着，眉心掠起一阵风，他抬手一挡，背心与腿部同时被击中。为什么？为什么这三枚会无声无息地出现？

　　"先前十三枚发出时，我惊动了两只鸟，有一只从你头顶飞过，而射你面目的那枚借用了它的气息……明白了吗？"

　　"明白了，师父。"星魂又打了个哈欠。他存心隐藏了实力，天知道大白天谷中有多少双眼睛在观察他。

　　青衣人愣愣地看着星魂脸上闪动着青瓷般光泽的肌肤，粉红的唇张开时露出洁白如玉的细米碎牙，一时竟忘记说话。

　　"歇会儿吗？师父！"

　　青衣人回过神来，又仿佛掩饰什么一般地说道："你该……多晒晒太阳了！"

　　"啊！好疼！"星魂又被打中，大声呼疼。

　　青衣人停住了手，疑惑地说："以前你能躲过的。"

　　"我说师父，前些天是运气，不是我的实力！我才八岁啊！师父！"星魂声音里带着一丝埋怨。

　　青衣人想想也对，一个八岁的孩子在两年半时间能有这样的修为已经非常不容易了。他的声音轻柔了许多："你现在的反应与速度都很不错了，才两年半，我很意外。而且，本门轻功也非一朝一夕就能练成，呼吸之法需要长期练习，今日就到这儿吧。"

　　"师父，都说发暗器考眼力，你是不是要弄点儿香头让我练准头啊？"星魂听说不练了，松了口气，随口问青衣师父。

　　"不用，我说过了，你要练的是感觉。一个人站在你前面，他会移动，移动会带动气息。你不用练准头，也能知道他在哪里。"

　　青衣人是个很好的老师，星魂再一次肯定。

　　"师父，和我一起来的孩子都和我一样吗？跟不同的师父学不同的武艺？"星魂又一次想起了九九和另外三个孩子。

　　"每个人都有不同的潜质，刚开始是看不出来的。你领了星魂的玉牌，就成了我的徒弟。"

　　月魄会学什么？虹衣呢？还有日光和鹰羽？星魂努力地想从名字上找出些端倪，最终还是放弃了种种猜测。

　　他试探地又问："难道师父的徒弟都叫星魂？"

青衣人沉默了一下回答："他们都死了，只有前一个星魂死了，你才能领到这块玉牌。"

"我，将来也会死吗？"

"希望我不会再看到那块玉牌……起来！"青衣人的声音由叹息转为严厉。

星魂吓了一跳，心里却有几分感动。其实自己运气还是不错的，一个九九，再一个青衣师父，都不希望自己死。

可是，他得隐藏实力。早一点儿学成，就早一天面临危险。他觉得自己还没笨到抢着去送死的地步。至于青衣师父，想来他也是乐于看到自己循序渐进的。

在黑暗的石室中，他至少和青衣师父相处得很愉快，这里的黑暗与时间足够他消化转世带来的烦恼。三年，星魂暗想，就这样混吧。练好内功、轻功和暗器，有足够的能力自保，才能摆脱星魂这个名字。

"明天起，白天你去先生那里习字、读书，学琴棋书画，晚间我们再练功。"

"我一个人？还是有很多小孩子？"星魂笑了，差点儿忘记这里是培养刺客的地方。

"你要努力，不然先生会打你板子！"青衣人似乎有忧虑。

他笑得开心："师父，我最怕读书了！先生打我板子我能不能用轻功跑？"

青衣人也忍不住笑了："只要你跑得掉。"

"和我一起入谷的有女孩子吗？"

沉默良久，青衣人的声音变得又干又冷："有……不过她们的任务，是你永远也不想去接的。"

星魂心里一惊，青衣人的目光如鬼火一般幽幽地凝视着他，让他感觉即使在黑暗中也无所遁形。

干笑两声，星魂改变话题："先生是什么样的人？"

青衣人幽暗无波的眼神有了丝变化，惨白的脸上似乎多了层光，语气也变得温柔："很好的人。"

"有多好？"

"多才多艺。"

星魂翻了个白眼，多才多艺就叫好？对明天上学堂的事，他压根儿没放在心上，琢磨着是否能见着九九他们，心里充满了期待。

第五章

美人如花隔云端

站在竹楼外，里面传来悠扬的琴声。青衣人牵着星魂的手在外面站着静静地听了会儿，轻声道："去吧，下午师父来接你放学。"

这情形，星魂想放声大笑。谷里的生活越来越有滋有味，不知道里面的先生生气的时候会不会吹胡子瞪眼，他不守学堂规矩青衣师父会不会在先生面前赔笑道歉。

星魂忍住笑，蹑手蹑脚走进了竹楼。琴声盈耳悠长，足以清心。他打量着竹楼的布置，暗暗叫好。这里的先生肯定是仙风道骨般的人物。他想着，收起了轻狂之心，像个十足老实的学生低着头站在门口。

"你就是星魂？"琴声停止，代之而起的是一个轻柔的声音。

星魂愕然抬起头，张大了嘴："神仙姐姐？"

美人先生扑哧笑出声来，声音像琴声一样悦耳。

星魂呆呆地站着，任凭美人先生一双莹白的手抚摩着他的脸："啧啧，这脸蛋儿……难怪送我这里来了！以后我就是你的先生，你方才唤我什么？小嘴真甜哪！我这样子真像神仙？"

星魂点点头，目不转睛。有美于前不能放肆，饱饱眼福也是好的。他陶醉地看着她："我喜欢叫你神仙姐姐！"

"我也喜欢！"美人先生玉指轻轻一点星魂的额头，"没想到青衣怪还能有这么可爱的小徒儿，以后跟着先生别回去了。再待下去长得和你那师父一般鬼样子我可不喜欢。"

带着嗔声的抱怨让星魂的心飘上了云端，他更晕了，任凭美人先生一双玉手在他脸上摸来摸去，脑子迷糊得更厉害了。

"喜欢我吗？"

星魂点点头。

"我教你什么，你要听话好好学哦。"

星魂再点头，突然听到美人先生声音一冷："从小就这么色，长大了过得了美人关吗?"

他脑子一醒,退后了两步,心生警觉,脸上依然带着甜甜的笑容:"天底下没有比先生更美的女子了。"

美人先生闻言一愣,幽幽叹了口气:"我老了,美人终会老的。等你大了,我都成老太婆了。"

星魂一听这话头就开始痛了。女人真是麻烦,偏偏这麻烦还摆脱不了。

"别傻站着了,走几步给我瞧瞧。"美人先生转眼又变了神色,一本正经地吩咐道。

星魂一愣,想起自己是来当徒弟的。大踏步从房间这头走到那头,心想,总不会来了这里还走直线吧?

"唉,走路都不会。路,是这样走的。"美人先生轻扭细腰,莲移碎步,看得星魂直吞口水。

"小色鬼,瞧够了吗?学会了再走一遍。"美人先生的声音一如初夏的晚风,星魂身上的鸡皮疙瘩颗颗爆开。

星魂骇然明白了要跟她学什么,心里那种恐惧像针似的扎着他的心,打死也不干。他看着美人先生,情不自禁地退到了房门口,声音都在发颤,指着美人先生说了句:"你……老子不当程蝶衣!"他凌空一个翻身就往外跑,恨不得长双翅膀好飞出去。

足踝一紧,身体被扯了回来,重重地摔到了地上。

"敢直呼我的名字……青衣怪告诉你的?为老不尊!哼!"美人先生手一抖,收回手中的披帛,声音一变,竟带出丝寒意。

星魂气笑了,美人先生居然就叫程蝶衣!他翻身跳起,一字字说道:"老子不学女人走路!"

"由得了你吗?"美人先生不知从哪儿抽了根宽约三寸的厚竹片微笑着瞅着他。

女人打架坏气质!

"好男不和女斗!老子再说一次,不学女人走路!"

就凭她捉自己回来的功夫,自己就远不是她的对手。

风声骤起,星魂像片浮云随之飘起。

美人先生赞了声:"好轻功,青衣怪调教得不错。"

星魂感觉着空气中气息的变化,像躲暗器一般躲着挥落的竹片。然而毕竟他还是个孩子,内力也用不了。

竹片挥起成影,压力随之而来。他腿上挨了一竹片,速度一下慢了下来,随即便被一阵绿茵茵的竹影笼罩。

"哎呀呀，先生饶命啊！"一瞬间星魂也不知挨了多少下，痛得直求饶。

美人先生笑吟吟地收起竹片："以后不准再自称老子，跟着青衣怪就没学好。"

"知道了。"摸着头上的大包，星魂委屈地答道。

见这一来就咋咋呼呼的小家伙服软，美人先生心情大好："好了，今儿不打你了。我不是让你学女人走路，我是让你学……他走路！"

顺着纤手所指处，星魂看到竹帘外一个男孩。

这是个瘦弱的孩子，穿着深紫色的袍子，腰间束着丝绦，比自己穿的这身布袍华贵多了。那孩子手里拿着一卷书，慢条斯理地走在竹林里的小径上。

他走路的姿势也不算奇怪，但是举步之间却有种柔美的感觉。

"又是一个练轻功的？"

"不，你要学他走路，学他弹琴，学他习字，学他的……那种神情气质。"程蝶衣一字一句地说道。

星魂心里一凛，明白过来。他眨巴了下眼睛装不懂，撇撇嘴说："有什么好学的？老子比他厉害多了。"

"牡丹花下死，做鬼也风流……是你说的吧？"程蝶衣捂着嘴娇笑，"会说出这个，想必吟诗作对也不会太差。"

她的眼波温柔如春水，星魂的心如坠冰河。这是他的第一个任务吗？去做一个影子？好处是不久以后他能离开山谷；坏处是，自家人知自家事，这样的影子任务实在是十死无生。

哼，只要出了谷，天下之大，你们又能奈我何？星魂打定主意要开溜。

"我能做个明白鬼就好了，为什么要学他？"星魂见没有商量的余地，单刀直入地问道。

程蝶衣叹了口气，摸摸他的头："你再瞧瞧……他的脸。"

星魂凝目望去，那孩子正从小径旁转过来。他在石室中待了两年多，目力已非常人所及。那孩子的脸他瞧得清清楚楚，他吃惊地瞪大了双眼……原来如此！

"好像他身体不太好！脸色有点儿苍白……"

"你的皮肤也差不多。"

"他是病态的白！"星魂心里不痛快，出声争辩，"还有，他瘦弱，没我健康！"

"嗯，你观察得很仔细……从今天起，你没晚饭吃了，直到你瘦得和他一样。"程蝶衣温柔而残忍地做出了决定。

星魂愤愤不平。

"别怪先生没提醒你，不用功，小命就难保了，向来冒牌货被识破都是这个下场！"

"我明白了,明天起,我若是有好吃的,我会先给他一份。我不想瘦,他就只能肥!"星魂笑了。

程蝶衣一怔,也咯咯笑了。她拿起一卷书放在星魂面前:"这些是他往日所作,你全记熟了,包括……注解。还有这个,临这个字。"

他站着看竹帘外的孩子和自己惊人相似的面容,他会是自己的什么人呢?难道,自己是白痴的时候没被处理掉,就是因为这张脸吗?

程蝶衣慵懒地倚在睡榻上,一身流云彩衣拖曳至地,宛若仙子。她拢了拢发丝,一个小动作也散发出迷人风姿。她见星魂站着不动便叹道:"现在我乏了,那有茶海,先学沏茶吧!"

沏茶是小事,没吃过猪肉还没见过猪跑?见茶海旁的小炉上已经烧滚了一壶水,星魂便开始选茶洗杯。

"凝神是够啦,就是……小星星,你静心沏茶的时候能不能抬起头来看我一眼呢?"程蝶衣的语气中带着幽怨,自动把他的名字喊得极为亲昵。

星魂忍不住抬眼看了看她。

"呵呵,就是眼波还要柔一点儿,像我这样。"美人先生眼波一转。

"啊!"滚水浇到了手上,星魂把壶一扔,痛得直甩手,"受不了!"

程蝶衣靠在榻上笑得花枝乱颤。

星魂狠狠地瞪圆了眼睛:"不准笑!再笑我明日便不来学了。"

"哦?你不想学,我还偏想教呢。小星星,你真有趣,太有趣了,呵呵!"

"先生,你足以倾倒众生了,就饶了徒儿我吧!"

"唉,你在半年内学不会这些,我没法向谷主交差呢。"

星魂心里一动,不动声色地重新注水沏茶:"谷主说过,一定要我学那个无趣的小子?"

"是很无趣,可是有什么办法呢?"

是啊,有什么办法呢?星魂忍不住抬头又看了眼那个专心读书的孩子。那孩子眼中似没别的东西,从星魂见到他到现在没听他说过一个字。他所有的心神似乎都放在手中的那卷书中。

茶香在空气中飘浮,满室芬芳。

星魂把第一杯茶恭敬地递给程蝶衣:"先生请品尝。"

他瞧着她红唇轻启时有一种说不出的风情,有些发怔。美人就是如此吗?

"小星星长大了,也不差哦。"程蝶衣兴致颇高,眼睛在星魂脸上转来转去,突然眨了眨眼,"既然你如此喜欢先生,先生嫁你好不好?"

星魂吓得倒退几步,突然感觉到竹楼外青衣师父的气息,如释重负,匆匆对程蝶衣鞠了一躬："青衣师父来接星魂放学了，明天星魂再来。"不待程蝶衣答应，一个翻身，燕子般飘出竹楼。

程蝶衣凝视着星魂隐入竹林的身影，嘴角慢慢露出一丝若有若无的微笑："有趣的小家伙……青衣怪，你还真能瞒。"

晚上出来练功的时候，星魂想着程蝶衣变幻莫测的表情，太……折磨人了，不禁对着青衣师父叹气："美人先生真是多才多艺，天上神仙般的人物啊！"

青衣师父眼中又飘起了那种让他见了就想笑的神情，当然，还有脸上飞快掠过的一丝不正常的红晕。

星魂心里有了谱。他得意地想，就算被你们算计做替身，多少也要找点儿乐子回来。

他一直没问那个孩子是什么身份，迟早他会知道的。但是，他对青衣师父总有份希望，于是还是说出了口："师父，美人先生让我去学一个人，学他的全部，要一模一样。"

青衣人沉默了许久，说："我去和谷主说说，你不适合这个任务。"

星魂有点儿吃惊青衣师父的这个决定，抱住了他的腰喃喃道："师父真好！"

滴泉如珠，响彻一室叮咚。

山壁下放着一张乌木茶几，沾了些水汽，光润的木质如黑玉般闪亮。一只白玉般的手稳稳地高举茶壶，倾下滚水，腾起的茶香沁人肺腑。

美人先生低眉顺目专注地沏茶。白瓷小杯中汤色青幽，她眼中微露出一丝满意。

一旁坐着的老者面容慈祥，须发皆白。伸出手端起一杯，微眯着眼在鼻端一嗅，嘴角露出微笑，转过杯口，小口吞咽品尝。

程蝶衣满足地瞧着，眼前蓦地横过一只清瘦修长的手拿起一杯咕噜一口吞了，又去拿第二杯。她神色转为恼怒，又不好造次，瞪圆了眼睛瞧着不懂风雅的青衣人。

"蝶衣茶艺又有进步，能得你一盏茶吃，平生之幸！"老者叹了一声。

"就是碗小了点儿。"青衣人也叹了一声。

程蝶衣不屑地哼了声，转了话题："星魂不错，领悟力强，半年时间足够。"

"谷主，他还没出师，且不知世事，年纪尚小，这事不成！"青衣人接口反对。

老者还在品茶，直饮过三盏方满足地舒展了眉，悠然道："好茶！"

青衣人有点儿急，心里百转千回想了数遍，终于再一次开口："他的功夫还浅，我怕……成事不足，败事有余！"

"很多时候，不是靠武功成事的。谷中这么多高手，难道还少他一个？"老者眼中精光大盛，转瞬又恢复了慈祥模样。

青衣人低下头，想起星魂那双流光溢彩的眼眸、吹弹可破的肌肤还有抱着自己依恋的模样，心里终是不舍。他又一次开口："可是他……才八岁！"这句话说得连他自己都觉得底气不足，不由得有些沮丧。

"青衣，你在谷中多年，心也被这山水融化了吗？你忘了当年……你发过的誓言吗？"老者语声平淡，却带着刀锋一般的锐利。

"谷主说的是。"青衣人眼里飞快掠过一丝黯然。他不敢说出反对的真正理由，也不能说。他暗想：自己的心真的被星魂的笑容融化了吗？

"蝶衣，你多费心了，只有半年时间，但我想，应该可以了。"

"是，谷主。"程蝶衣恭声回道，目光却一直盯在默不作声、站在一旁的青衣人身上，仿佛要探进他内心的最深处，揪出他所有的秘密。见他只是站着，心里不免有些怜意。

四目相交，青衣人飞快地移开视线，挥袖离去。

青衣人破例说今天可以不用去美人先生那边，而且说，今天也可以不练功，星魂觉得有阴谋。

不仅如此，青衣师父还微笑着说："我带你去集市！"

星魂认真地问他："是否能从集市上买东西？"

"当然可以。自你学艺以来，师父一直没带你玩过。今日你想买什么都成。走吧，晚了就收市了。"

星魂将疑虑埋进了心底，把注意力又放在了集市上。

熙熙攘攘的人流，沿街开满了商铺，酒家旌旗随风乱飘，楼上有美人斜倚红袖招……最好能坐在茶馆里听江湖人士放肆杂谈；有卖唱的小妞被恶少欺负，自己挺身而出。哦，不，用筷子当暗器插他个满身长刺……他沉醉在自己的想象中。

"到了。去看看有喜欢的东西没？师父送你。"青衣人淡淡的声音惊醒了星魂的傻笑。

这就是集市？星魂瞬间没了心情。

没有茶铺酒肆，没有沿街耍大刀的，没有人流，没有美人……一栋木楼孤零零地伫立在树林中，别说人流，连鬼影子都没瞧见一个。这样的集市来晚了还会收摊？

青衣人脚步没有停，星魂懒洋洋地跟着他，无精打采。他原本做好了血拼的准备，现在太、太、太令他失望了。

进得楼去，迎上来一个掌柜，满脸堆笑地对着二人一抱拳："本店货品齐全，价钱公道，二位这边请！"

"师父，你有多少银子？"星魂看到掌柜的笑脸自然想起了"三年不开张，开张吃三年"的奸商。好不容易来个客人，不使劲宰怎么可能？

青衣人一愣，又笑了："你跟着师父学艺起每月便有二两银子，都存在师父这里，共有六十二两。你的银子随便花，银子不够，师父送你。"

掌柜笑着说："公子请自便，选中了柜台结账便可。大人请外间奉茶！"

星魂叹了口气，自己原来也是有月钱的人了，花吧，不花白不花，平时包吃包住，有银子也没处花不是。

楼内很宽阔，宽七丈、长八丈。衣服鞋袜、文房四宝、乐器、珠宝首饰摆满了屋子。

星魂认真地逛了一圈。不过，他回头看看笑眯眯的掌柜，这价也太黑了吧？一件薄衫标价十两银子？他想起了美人先生，心里的念头冒了出来，目光瞟向一支簪。白玉为质，雕做蝶形，清雅精致，倒也配得上美人先生，偏偏没有标价。

往往没有标价的都贵，是用来宰客的。

"掌柜，这些首饰没有标价！"

掌柜扭动着肥屁股跑来，胸前的肉抖得厉害，他低下头忍笑。

"公子，凡无标价的是喊价，随你喊价。"

"多少都由我喊？"星魂难以置信。

掌柜很诚恳地点点头："没想到公子年纪虽小，也有了红颜知己。这支簪是上好玉质，通体晶莹，赠予佳人实乃上品！"

"师父，你说，美人先生会喜欢这支簪吗？"

青衣人瞟了一眼，转身往外走："不知道。"

"一两！"星魂偷笑着出价。

掌柜笑着摇了摇头："规矩是我出价，公子杀价！不过，只能一次。小店人手少，若是讨价还价无休止，我会累死。"

星魂的眼睛亮了。他笑了起来，语气中带着兴奋："掌柜请出价！"

"二百两！"

只还价一次？他不动声色，放下簪子拎起一件宽袍："这个不用杀价了，十两银子我买了。"

掌柜答应一声，笑呵呵地包衣服："公子真是痛快之人。楼上是兵器铺，公子可上楼一观。"

星魂瞟了眼外间，见青衣师父悠然地坐着喝茶，便往楼上走。

十八般武器立在楼上，另有弓箭暗器等物品，也无标价。星魂想这些肯定更贵，但是青衣师父说银子不够时他可以买礼物送他，那便选武器吧。

他走了一圈，终于忍不住拿起了一把短刀。轻重大小不是特别满意，但也将就着能用。他握在手中轻轻一挥，找到了感觉。

"可以试试吗？"

"公子随意。"

"真的可以？不收银子？"

"可以。"掌柜笑容不改。

星魂点点头，顺手对着另一把长刀挥下，两刀相交发出铮鸣之声。他叹了口气，把短刀扔了，不像他想象的锋利无比。

于是他挨个把这里的武器试了个遍，最后拿起了一排小飞刀。

"公子……"掌柜脸上冒汗，目瞪口呆地看着一地破损的武器。

"我只买这个，别的不买。"

"可是……"

"你说可以试的。唉，就是钢火不好，随便试试就坏了，勉强选点儿这些小破烂算啦。结账吧！"星魂摇着头叹气，心里一阵狂笑。

掌柜被自己的话堵死了，一脸哭相，又发作不得，苦着脸算账："承惠……六十两银子。"

星魂又捡起白玉簪瞧了瞧，叹了口气："这个二两银子吧。"

掌柜刚要摇头拒绝，听到星魂喃喃道："不知道结不结实？"双手捏住簪子作势要撅。

"二两就二两，公子走好！"掌柜能收二两算二两，赶紧应下。

星魂笑嘻嘻地把簪子放进了怀里："师父，这里东西价廉物美，以后我们常来。掌柜的，记得多备些好东西！"

掌柜的眼里几乎冒出了火，星魂冲他一眨眼。他明白是这支簪子惹的祸，却只能暗叫倒霉，苦着脸巴不得星魂再也别来了。

出了树林，星魂放声大笑。他得意地把那件袍子递给青衣人："这是孝敬师父的，簪子是孝敬美人先生的。"

青衣人摇摇头笑道："那掌柜的可不是寻常人物。"

星魂当没听见似的把玩着簪子，他何尝不知道：这谷中之人又有谁是普通人呢？他想，不知道今日之行为，掌柜会写什么样的报告上递谷中主事之人呢？

"谷主之意再无更改。半年后，自求多福。若不想被人揭穿，就多听先生的话，那支簪子她会喜欢。"

星魂一怔，笑了，这才是今天带他逛集市的真正原因。因为，半年后，他将顶替那个男孩的身份出谷生活，所以可怜他，想让他高兴。他早已料到任务不能更改，要再找一个与那男孩相貌相似的就难了。不过，他也不是毫无准备。

每个人总要为自己打算下，不是吗？星魂心里喃喃叹息。

第六章

惹是生非的后果

星魂望着竹林中抚琴的孩子，和他同时抚下最后一个滑音，连手扬起的弧度都十分相似。竹楼里余音绕梁。他微笑回头，美人先生面颊上一滴泪颤颤巍巍悬而未落。

他走过去伸出手指拭掉那滴泪，顺势抚上了她的如云长发，小指有意无意地从她珍珠般的耳垂拂过。

"小鬼！"美人先生嗔怪了声。人已坐起，脸上惊起一片潮红。

星魂非常满意自己的挑逗，睁大了双眼天真地瞧着她赞美："先生真美，青衣师父一直说若是有支白玉簪绾起先生的黑发，不知道会是何等的惊艳！"

美人先生脸一沉，伸手把那支簪子取了下来："你师父让你送来的？"作势便要扔掉。

星魂大惊失色赶紧拦着："我去集市，见师父盯着这支簪子不好意思买，做徒弟的总要替师父着想，我是花自己的银子买下的呢。先生怎好拒绝星魂的孝心？"

美人先生玉指点上星魂的额头，笑道："若是你师父送的，我当然扔了。可是小星星的一番心意，我自然会珍惜的。"

星魂大喜，借机抱住美人先生响亮地亲了一口。不等她生气，已跳开几步，拍掌道："青衣师父说得没错，美人先生的脸又白又滑！"

惊怒从那张美丽的脸上泛开，眼眸中已带上了怒气："青衣怪欺人太甚！"

"先生生气了？青衣师父可没有这样说过。他……他只是说先生是风雅至极的人物，是星魂想亲亲先生。"说话间星魂的嘴已经微微一瘪，神色委屈至极。

"好啦，你这孩子！"她心一软，伸手搂住了星魂。

淡淡的馨香从美人先生身上传来。星魂深深呼吸，陶醉其间。有美人在怀是何等惬意，可惜……他叹了口气，抬起头笑着说："先生，你还没送我回礼呢。"

"你想要什么？"

"先生，不如你画幅自画像给星魂如何？我想你的时候便拿出来瞧瞧。瞧着你练功也有劲，总比对着青衣师父强！"

美人先生欣然同意。

星魂赶紧铺纸研磨，洗笔调色伺候着。

不多时一个风骨绝佳的古代仕女现于笔端。美人先生画完，手自然地挽了个花式，满意地放下笔，欣赏了会儿，笑道："拿去吧！不过，只能你一个人看。你青衣师父瞧着了，我可不依。"

星魂点点头，眼珠一转又说："星魂为先生赋诗一首可好？"

美人先生想起那句"牡丹花下死"，一直没见星魂写过诗，这下兴趣甚浓。

星魂想了想吟道："美人卷珠帘，深坐蹙蛾眉。但见泪痕湿，不知心恨谁？"

美人先生愣住了，喃喃念了几遍，美眸中闪过一丝哀怨。

"好吗，先生？"星魂企盼地望着她。

"好。"良久美人先生方长叹一声回答。

"先生，不如题在画上？"星魂怂恿道。

美人先生顺手就在画上题下了。

星魂赶紧再拍上一记："好画好字！星魂多谢先生了。"

"小星星，今日就这样吧。我倦了，你回去吧。"美人先生似乎被触动了什么心事，想独自待着。

星魂目的已经达到，捧着画告辞，飞一般跑回了石室。

青衣人正奇怪他为何下学这么早。星魂已添油加醋地形容了一番，然后一本正经地把画拿给青衣师父："美人先生说千万不要让你瞧见，这女人嘛，说不要就是要。师父，你别辜负了美人先生！"

青衣人怔了半晌，讷讷地道："蝶衣向来眼高于顶……"

星魂笑得更甜："师父，你瞧瞧这画就明白了嘛。美人先生一个人住在谷里，肯定会寂寞。她若是无意，又怎会对我这么好？这叫爱屋及乌。对了，你知道美人先生的脾气，你可千万别去问她，她肯定会恼。还有，美人师父送了这画，我就把玉簪子送她了，说……是师父您的心意。"

青衣人大惊："这……这怎么是我的心意了？"

星魂白了他一眼，语气中带上了丝惶恐："师父不是这个意思？那怎么办？我去找美人先生说不是师父的心意好了。我还想着，美人先生每天盼着星魂下学比我自己还心急……唉，这可怎么办啊？要是美人先生误解了成天戴着那支簪子……师父，你千万不要把我供出来！美人先生要打板子的！"

"胡闹！你该出去练功了。"青衣人板着脸训他。

星魂脆声应着，兔子似的溜出了石室，忍不住哈哈大笑。他猜想着青衣师父迫不及待支开他瞧着那幅画与那首诗独自陶醉的模样，心里就得意非凡。在山谷中待不了多久了，练功练得无趣，学那可怜的紫衣男孩更无趣。三个月来，他竟然没听见那男孩说过一句话，实在叫星魂有些憋气。

星魂不止一次猜想过这个男孩的身份，也很想和他在一起玩会儿。

游离谷的人想让他做什么将来肯定会告诉他，但是星魂很想从别的渠道知道事实的真相。

现在的情形就像摆了一盆菜放在他面前，只告诉他如何美味，却不让他动筷子，靠想象在空中画出的饼怎比得上吃进嘴里的舒服。他憎恨这种让他死脑细胞的事情，连带埋怨上了了解事情真相却又不肯告诉他的青衣师父和美人先生，后果就是他决定当红娘拿二人开心。

过了两日，青衣师父来接星魂下学时，眼睛情不自禁地往美人先生发间瞟。

星魂一本正经地向美人先生告别，眼睛贼兮兮地看到了他想看的东西。青衣师父的目光穿过那支白玉簪望向了竹林深处，美人先生微低下头拢了拢手臂上的披帛。

那天晚上，星魂发现青衣师父一个人悄悄出了石室。

等了会儿，他贼笑着也出了石室，慢吞吞地走向美人先生的竹楼方向。远远地听到美人先生的竹楼外有箫声响起。星魂满意地回石室睡觉，摇着头感叹，青衣师父的箫吹得这般难听也敢拿出来献宝，爱真伟大！

他正打算再接再厉，好心情就被破坏了。青衣师父说，山谷里的神医回魂对他的脸感兴趣，想在他的脸上做点儿什么。

青衣人带着星魂慢悠悠地往山谷中走。再次回到曾经和九九他们一起拼杀的地方，星魂有些感慨。

还是同一条路，等下得山来，星魂有点儿不敢相信自己的眼睛。

原来这里有十座楼，还有李言年住的小楼，现在，都没了。

山谷中鸟语花香，林木幽幽，还有一条小溪蜿蜒其间，仿佛这里从来没有那十座被血染红的木楼，也没有李言年。

"师父，"星魂啧啧称叹，"两年，就变成这副模样了？"

青衣人笑了笑："我也不清楚。你跟我学艺之后，这里便成这样了。"

星魂不吭声了。看来走出楼的十五名孩子都有了用处，山谷不必再像从前那样选人了。

溪边伫立着一栋草房子，四周种着药草。青衣人停住了脚步："晚点儿我来接你。你别乱走，这里不比山上。"

他的声音里隐隐带着忧虑，星魂越发觉得谷中行事诡异。

这是青衣师父第一次提醒他不要乱走。以青衣师父的木讷和做事方式，他绝不会做违了规矩的事情。星魂默默地顺着路往前走，暗自猜测将会遇到的事情。

脚下是一条铺着小块青砖的路，星魂自觉地没有踩进草坪一步。回魂的住所，谁知道周围是不是种的毒草。

走到草房子外，他大声喊着："回魂师父！"

应声而出的是一个孩子，剑眉星目，穿了件白色的袍子，看上去无比熟悉。

星魂指向他的手指抖了半天，脚尖一点扑了过去："九九！"

九九轻轻往旁边一闪，眉皱着："怎么变成这副性子了？"

星魂此时心里高兴，哪肯让他闪过？他轻功明显比九九好，几个腾跃已把九九抱住："想死我了！"

这一声才出口，身体一软摔在了地上。

九九得意地拧了把他的脸，笑着说："轻功了不得吗？来这里还敢放肆？！"

"月魄！"回魂恰到好处地出现。

九九也不知拿了什么飞快地在星魂鼻端一抹，顺势就将他拉了起来，恭敬地喊了声："师父！"

星魂身体内的力量又回来了。他还来不及懊恼轻易被药翻的事实，就被九九的一声"师父"震住了。他指着九九问道："你叫他师父？你一直在跟着他学医？"

"星魂，跟我进来。月魄，你去药圃瞧瞧！"

星魂看到当年嚣张的九九低眉顺眼地离开。才两年时间，都变了——他变得活跃，月魄变得沉稳内敛。

"回魂师父，听说你对我的脸感兴趣？"

回魂凝视他良久，叹了口气说："胖了点儿，不过，问题不大。"说着拿出了些瓶瓶罐罐、刀剪之类的东西。星魂吓了一跳，摸了摸自己的脸。他对整容术没信心，更何况，只看了那孩子一眼，心里就已经很清楚两人的差别在哪儿了。

"回魂师父，如果一个人在外面待了半年再回家，在外吃得好、睡得好，脸上肉多一点儿也很正常。你确信一定要从我脸上削点儿肉下来？"

回魂愣了愣。

星魂淡淡地笑了，微抬起了下巴，嘴轻轻扯了扯，那孩子的神态、声音他学了个十足。

"我想，没这个必要了吧？"

回魂皱了下眉又舒展开，舒了口气道："若是你能再瘦点儿，就绝无问题！"

婴儿肥懂不懂？星魂撇嘴。

"吃点儿这个……瘦下来没问题！"回魂左手掏出一瓶药。

星魂哭笑不得。

他笑嘻嘻地接过来，谷中考虑得的确周到，但是吃不吃由他说了算。瞅着桌上一长排瓷瓶，星魂自然地走过去翻看。见回魂还站在身后，便冲他招了招手："过来啊，回魂师父，给我说说你这里哪个是十全大补丸，我怕吃错了。"

回魂板着脸没动："不怕你吃错，怕你吃傻。"

星魂的手自觉地收了回来，笑着说："是药三分毒，没病最好别吃药。回魂师父，我能去找……月魄玩会儿吗？"

回魂看穿了他的想法，淡淡地说："去吧，这一个月，你每天来此一个时辰。长点儿见识也好，免得出谷就被毒死。"

星魂笑着说："有没有吃了可以百毒不侵的药？"

"有百毒不侵的人。"回魂慢条斯理地回答。

星魂有点儿心动。

"死人。"

他转身出门，决定把回魂也纳入报复的对象。

能与月魄重逢，星魂很高兴。走进药圃，见月魄正小心地用干布擦拭着一株像白菜秧子的绿色植物。他好奇地伸手去摸。

月魄一巴掌拍下来："不要乱碰！"

"月魄，唉，这名字！"星魂摇头。

"这名字怎么了？星魂好听？一群怪物名字。"

月魄的真性情还是露了出来，星魂却感到亲切。他叹了口气说："你好歹生活在鸟语花香里，我却成天住在坟墓中，暗无天日啊！"

月魄白了他一眼，小心将药苗扶正，没好气地说："瞧你那肌肤就知道了，白得透明。听师父说，跟着青衣怪的，没几个像人！"

"今日重逢，给我礼物！"星魂呵呵笑着，心想这世间熟人也没两个，见面不要礼物对不起自己。他多少还想从月魄这里得到些好东西。

月魄左右看看无人，突然附在星魂耳边轻声说："你见过别的人吗？"

星魂摇了摇头，今天不来回魂这里，连月魄都见不着。

"你想要什么？说！"月魄本来就对别的人没兴趣，能见着星魂已经很开心了。他在回魂这里磨了两年性子，已不如当初那么张扬了。早想和星魂好好说会儿话，一直忍着，这会儿话匣子一打开，当年的感情又回来了。

"当然是教我识毒解毒！"星魂耸耸肩解释，"我过不了多久就会出谷了，我不想死在外面。"

"出谷？"月魄眼中露出不平之色，这么小就让星魂出谷等于成心让他去送死，"好。"

星魂心中一暖，忍不住摸了摸月魄的头。

月魄怔怔地望着他，此时的星魂与两年前的星魂太不一样了。他想了想说："不管怎样，我私下里多给你弄点儿好东西。"

星魂笑了，突然觉得有些对不住月魄，他对他一直存了种利用的心思。初进小楼厮杀，利用月魄平安过了关；现在听说他跟着回魂学医，又想利用他弄点儿解毒的灵药。他看着药草似不经意地问道："为什么过了两年，你还是对我这么好？"

"你这个傻子！和我的弟弟一样白痴！"月魄只有星魂这么一个熟人，当年星魂站出来告诉李执事黑吃黑的点子出自于他的情景又回到眼前，他咧开嘴笑了，"我带你看药草去。"

星魂仔细观察药圃里的药草，认真记下它们的样子、药效。月魄担心星魂，恨不得把两年中学的东西全说给星魂听。一个愿意说一个愿意听，时间不知不觉就过去了。

青衣人站在外面默默地看着他俩，良久才唤道："星魂，明日再来。"

星魂听到站起身来，望着诲人不倦的月魄，开心地笑了："听到没？明日我还会再来。"

他的笑容像阳光，让月魄心里涌出一股温暖。他拧了星魂一把，认真地说："我给你配易容药，别成天顶着这张祸水脸四处招摇。"

星魂飘飘然有些得意。往外走的时候看到回魂站在房门口看他，他露出白生生的牙冲回魂笑了笑。

青衣师父晚上出石室的时间越来越多，星魂晚间一个人默默练功的时间也越来越多。回魂的药他决定不吃，生怕对身体有什么损害，可是婴儿肥始终消不了，他只能委屈地开始饿肚子。

趁着青衣师父去勾搭美人先生，他独自勤于练功，在青衣师父面前依然小心地隐藏了大部分实力。

三个月，星魂掰着手指头算日子。以他的经验，三个月正好是浓情时。他很好奇青衣师父与美人先生到哪一步了，便对青衣人说："师父，美人先生喜欢茶，常说冬日收集梅花雪煮茶好。不知谷中哪里有梅，我好去弄点儿孝敬美人先生。"

青衣师父愣了愣说："梅园，你现在去不了。"

星魂貌似失望地叹了口气。山谷中还有一处自己去不了的叫梅园的地方？也许别的孩子正在那里学功夫，他暗自猜测着。除了梅园，这群山之中还有多少地方住着像他这样的人？自己将来摆脱山谷，将面对多少高手？他愁的是这个。

才过两日，星魂便在美人先生的竹楼中喝到了用梅花雪煮的茶。他嗅着茶香无比陶醉："清香甘甜回味无穷，先生今日煮的茶别有一番滋味。教教星魂，如何才能煮出这样的味道？"

他偷眼看去，美人先生脸上露出一丝不自然的红晕，眼波如春水般温柔。星魂差点儿把杯子一口吞进肚子里去。

回到石室，他自然又大大地夸奖了一番美人先生的茶和美人先生脸上的红晕。

青衣人"哦"了声，当晚又离开了。

气息在石室中飘浮，青衣师父回来时，星魂嗅到了梅花香。

他二人好上了，自己总要得些好处不是？于是，星魂的礼物多了起来。冬日来临时他拥有了一件白狐裘，青衣师父多了件狐皮镶边的披风。作为回报，美人先生得了一架桐木琴。星魂跟着青衣师父又来到了掌柜处，以极满意的银两订了一批钢火甚好的小飞刀。

当然，这一切都打着星魂即将起程需要添置行头的旗号进行。

回魂师父没给他整容也没教他东西，却放纵他和月魄捣鼓药材，变相也算是他的师父。

三位师父一视同仁，一碗水要端平。

星魂随口问回魂师父认不认识美人先生。回魂眼中的怪异神色让星魂觉得青衣师父有夺人所好的嫌疑。虽说青衣师父与美人先生感情日增，但是星魂认为男人往往不容易专情，有必要制造点儿小麻烦让青衣师父和美人先生的感情更牢固。

于是，他向美人先生献上了回魂师父精心制成的丹药，对回魂炼制的画画颜料吹得天上少有。同时告诉青衣师父，美人先生对回魂师父送去的东西青睐有加。做完这一切，他躲在旁边等着瞧热闹。

星魂依然很老实地只走青衣师父带他走过的路。如今青衣师父也不来回魂处接他了。他便偷偷拉着月魄离开了回魂的草庐。

"星魂，我们跟着师父做什么？"

星魂一本正经地说："听说今晚有好戏可看。明月当空照，正是放松心情的最佳时机。"

"什么戏？"月魄很疑惑。

"两个男人和一个女人的故事。这三个人都是高手，你想想缠斗在一起会是什么感觉？"星魂很得意。

月魄恍然大悟："今晚这里有高手过招，你带我来学习经验？"

星魂闷笑:"你真聪明!"

月魄眼中露出兴奋之意。他本想学刀法等武艺,没想到却偏偏学了医术。听说会看到高手过招,眼也不眨地等待好戏开场。

然后,星魂和月魄就看到了回魂师父很巧地在美人先生竹楼前遇到了青衣师父,他手里正拿着美人师父需要的画画用的颜料。青衣师父装作不小心地用暗器将颜料坛子打翻,弄脏了美人先生的竹楼。

美人先生嗔怒,回魂开始下迷药报复,青衣师父把回魂当成刺猬来射,很不巧地弄破了美人先生的衣袖……

"精彩!"星魂和月魄躺在草地上仰望月空,满足地叹息。

等三双脚站在他俩面前时,月魄再一次把星魂拉到了身后,勇敢地承认了错误。

后果是星魂围着白狐裘衣坐在火炉边悠然弹琴;月魄哈着冻僵的手在田里翻土;回魂师父苦恼地待在屋子里研究新的迷药;青衣师父难听的箫声在美人先生竹楼外响了好几个晚上。

这一切都真实地反映到了谷中老者的耳中。他更感兴趣的是星魂与月魄的关系。他微笑着看着回魂和青衣人说:"两个孩子的感情真好!这很难得,不要伤了他们的友情,空闲的时候不妨让他俩多在一起。"

回魂低声应了:"谷主说的是。"

老者的目光瞟向青衣人:"青衣不太愿意?"

"星魂功课现在很重,我担心会耽误正事。"

老者轻轻抚摩着星魂的卷宗,淡淡说道:"狡猾、敏捷、聪明、领悟力强,唯一的漏洞是情感太丰富。他很适合这个任务。"

他抬头久久地看着青衣人,那张惨白的脸平平静静,眼神没有一丝变化。老者叹了口气说:"我们能掌控的就是他对谷中人的感情,包括月魄,还有你!"

青衣人镇定心神,恭敬地答道:"明白了。"

"京都今年下了很大的雪,该让他回去了,免得家里人等得着急。"老者做了最后的决定。

星魂并不知道他导演的戏落幕之后会出现这样的情形。他对将做那个男孩的替身有些矛盾。

明知道是极危险的任务,几乎是九死一生,他却很愿意接下。他太想离开这座山谷。

出去注定危险,但是也脱离了山谷的势力范围。

他静静地想:山谷凭什么放心让自己离开?是用药物控制还是别的方法?他相

信以武力来说，随着时间的推移，自己只会越来越强。他们会用什么方法来控制自己呢？

他思考的时候，眼睛一直看着竹林里的男孩子。他很安静，似乎不像是被强掳到这里来的，眼中一片云淡风轻。

"先生，为什么他会如此安静？既然要我学他，为什么不让我和他说话？"星魂很奇怪这点。

"他是个活在自己世界中的人。除了偶尔吟诗出声，他几乎不会说话。"

星魂皱眉，这样的性格太不好玩了，但是适合扮演。

"若是我去，转了性子不会露马脚？"

"不会，只会让他的家人欣喜若狂。"

"他是谁？"星魂终于问出了这句话。

美人先生娇笑着点了点他的额头："想知道吗？我偏不告诉你！小星星，先生再教你一招，女人是得罪不得的。出去的时候你就知道了。这半月时间里，你就使劲儿想吧！"

星魂目瞪口呆。

美人先生风情万种地离开，回头又扔下一句："你那师父还想来我这里喝茶，估计他也不会告诉你的。"

星魂唯一能做的是，冲她的背影翻了个白眼。

第七章

睡着的小孩

青衣师父身上再次沾着美人先生处的梅花茶香飘飘然回来的时候,他告诉星魂明天自个儿去瀑布旁边练功。

外面的日光映在雪地上反射出的强光让星魂感觉有些疲倦。也许是在黑暗中待得久了,他不是很喜欢在白天行动。懒洋洋地用小飞刀射断几根树枝后,星魂感觉有人在窥视他,偷窥者离他有三十丈距离。

只是一种被人窥视的感觉,他并不能感觉到来人的任何气息。此人的功夫在回魂、青衣人之上,星魂下了判断。

是什么人来偷看他呢?星魂没有表现出任何异样,懒懒地练功,看似勤力,却没有暴露他的真实实力。

青衣师父知道他的轻功练得不错,也知道他的暗器功夫不错,但是他们都不知道星魂拥有没办法说清楚的第六感。

对于快、准、狠,他本来就有心得。如果不用轻功、不用暗器、没有内力,相信他的灵活同样可以让青衣人咂舌不已。

本来他还可以多装一会儿的,但是星魂不喜欢背后有人,这让他觉得极不安全。

他停了下来,打了个哈欠,慢吞吞地走到瀑布边上。

他抬头看着前方不远处崖顶的铁链,不多会儿便感觉背上黏着的视线像针一般在刺他的背。星魂叹了口气,跃到了瀑布潭边的青石上。

潭水中盛产一种白鱼,无鳞少刺肉质肥厚,冬季尤其鲜美。他打算烤条鱼犒劳自己。

他盯着脚边游来游去的鱼,拿着一根削尖了的树枝选看哪条鱼最大。

哗啦一声水响,星魂欢呼起来,举着树枝跳上了岸。一条肥大的白鱼被可怜地穿了个透心凉。

捡柴生火,他用那把钢火甚好的袖刀在鱼身上划了十七八条口子,小心地把从回魂师父那里弄来的香料抹在上面。手中专心地做着,感官却机警地感觉着那道目光。

真沉得住气！他暗骂道。把鱼架在火上面开始翻转烘烤。

他微笑地闻着鱼散发出的焦香，他很好奇，身后的人能站到几时、能忍到几时。

阳光暖暖地洒下来，星魂想睡觉。他很希望自己能更适应白天的感觉。

但是他不能动，不能表现出已经察觉出异样。星魂脸上掠过一丝黯然，青衣师父让他独自来这里练功，还让人偷窥他。青衣师父却一点儿暗示都不肯给他，这是最让星魂伤心的。

和青衣人相处了快三年，多少产生了些感情。星魂希望这种带点儿温暖的感觉能一直持续下去，哪怕是个梦，也不要醒。他甚至觉得如果不去想进谷时的残酷，不去想山谷的神秘，就这样，也是很好的。然而，木讷老实的青衣师父对他还是没有说实话。他微笑着想，杀手真的不需要感情。

吃着鱼，星魂觉得滋味不如以往好，有点儿难以下咽。但是，他还得津津有味地吃完。如果身后的视线还黏着他，他打算再烤一条。毕竟，回魂用中草药调出的佐料很香、很诱人。

当食物的美味传到鼻端时，饥饿会催生种种反应。比如胃会咕噜叫，口水会自动分泌，人的意志会放松。

星魂眯缝着眼睛抬头看了看太阳，日上竿头，正是吃午饭的时候。自己在烤鱼，那个人饿着肚子在看，他不吃亏。这样想，心情总算好一些了。

他慢吞吞地吃完鱼，又打了个哈欠，摘了几片叶子往脸上一盖，挡住了刺目的光，躺下去睡了。

他的意识和呼吸渐渐地与周围的景物融在了一起。在石室中两年多的时间，星魂的忍耐力已非常人能比。

睡了一会儿，他感觉不远处的那个人移动了几次脚步。站累了吗？星魂很开心这个发现。纵使来人定力异常，功夫很高，但是他也有忍不住的时候。

那就耗着吧，看谁受不了。

那人在向他走来。星魂等到人走近才挥开脸上的树叶，看到了李言年。

他翻身爬起，吃惊地看着李言年，一时竟忘了该怎么打招呼。

"你很好，只不过，他是不会从水潭里捞鱼、在野地里烤着吃的。"李言年淡淡地说道。

他似乎还是两年前那般模样，披着银狐毛的袍子，贵气十足，气势十足。

星魂灿烂地笑了："想吃吗？星魂可以为李执事烤一条。"他在心里飞快地想着，这次出谷难道与李言年有关？

"谢谢，"李言年温和有礼地拒绝，目光盯着星魂的脸良久方笑道，"去杀了那个孩子，明天我们出谷。"

星魂有点儿吃惊，杀了那个竹林里穿紫袍的柔弱孩子？这么快？

李言年说完转身就走，干脆利落得没有给星魂留半点儿询问的时间与机会。

真狠！连个孩子也不放过！可是，不杀他，很明显自己就会死。星魂心情有些沉重。他默默地又烤了两条鱼，静静地思考着。

月亮升起了，他去了回魂的草庐。

月魄开心地看到星魂来，塞给他一个小瓶子，笑着说："你把这个抹在皮肤上，就能掩盖肤色。"

"回魂师父不在吗？"星魂接过药瓶，心中又涌起一股温暖。

月魄摇摇头，星魂有些怅然。接了李言年的任务，结果他的三位师父同时失踪？

"星魂，你今天怎么了？心不在焉的。"月魄埋怨地说道。

星魂绽开笑容，仿佛漫不经心般说道："我在想，你还有没有能让人睡着永远不醒的药？"

月魄身子一震，屋子里忽然死一般的寂静。

"有的。"月魄最终回答道。他不必问用药来做什么。在这里，二人的命运早已注定。他不在乎自己坠入地狱，却难过自己最关心的人也和自己一样无法逃避。

星魂接过药，仿佛不堪这死寂的沉默，他又从怀里摸出条烤鱼笑道："给你。"

"很香！"月魄食指大动。

"傻子，冷了还香啊？"

"你烤的，都香。"

他静静地看着月魄突然问："如果以后我们分开了，还能互相认出对方吗？"

月魄一怔，想到以后，头低了下去。片刻后抬起头来，他拧了拧星魂的脸："会的，我一定会认出你来。"他坚定地看着星魂。

"我们以后会不会是敌人？"

月魄剑眉一竖，不高兴了："不会，当然不会。就算是杀手，那也是去杀别人。"

"如果山谷里的人叫你来杀我呢？"星魂很认真地看着月魄。他立誓不要朋友，但是对月魄，他还是狠不下心当他是个陌生人。

这个问题让月魄一怔，他从没想过这个问题。所以，他也很认真地看着星魂："不会有那一天的。你知道，我一直当你是兄弟。"

这个字眼刺痛了星魂的神经。他苦笑着想，千万别当我是兄弟。

天色渐暗，他不能再拖了。走了几步，他回过头，看到月魄依依不舍的目光，星魂突然有些心酸。

小楼，竹林，月华如水。

紫袍小孩静静地睡着，犹如坠入了永恒的梦中。直到现在，星魂也没和紫袍小孩说过话。

"睡吧，一个人的世界才是最快乐的。"他喃喃道。

这就是宿命，就算自己已厌倦了杀手的生活，偏偏又来到游离谷做刺客。自己这双手注定是无法干净的了，可是，自己又何尝愿意有这样的人生呢？

看着这个将被自己替代的小孩，星魂脸上的阴狠之色一闪即过："我，绝对不会成为第二个你！"他转头走出了竹林，他会将新的人生牢牢握在自己手中！

青衣人静静地站在竹林外，目光复杂。

星魂一下跳到他身上，紧紧抱住他："师父，我们回家吧！"

青衣人搂着星魂，眼睛望向竹林，不禁迟疑道："那……那个……"

"哦，那个穿紫衣服的小孩啊，我请他吃了条我烤的鱼，他就睡着了。回魂师父说，吃了用那种佐料烤的鱼，神仙也会睡上一千年。"星魂仰着脸，笑眯眯地回答。

望着星魂天真无邪的笑脸，青衣人突然感觉浑身僵冷，迟疑良久，终是没有说话。也许，自己真的教出了最好的徒弟。

缓缓行在山间小路上，怀里的小家伙儿好像困了，拼命把头往他怀里钻，身子却在轻轻颤抖，两只晶莹的小手紧紧抓住他的衣袖，仿佛一松开就会失去一生的依靠。虽然夜凉如水，青衣人知道，自己的爱徒不会因寒冷而发抖。他不禁又将星魂搂得更紧了些。

星光满天，月色将山间行人的身影拉得长长的，此情此景，青衣人忽觉似曾相识……就在三年前，自己也是这样抱着星魂走在这山间小路上。他无法忘记第一次见到星魂时，那个正在偷吃东西的小家伙儿一点儿不害怕地跳到了自己身上，说："师父，我们走吧！"

他望着怀里的星魂，一张小脸在夜色中更显洁白如雪。这就是自己的爱徒，是自己一手教养大的孩子。

"星魂，星魂……"

他仰望夜空，星辰的魂魄啊！只要这天上的星辰永恒不落，怀中的人就永远不会离开自己。青衣人脸上露出笑容，脚下的步子也愈加坚定。

破晓时分，星魂猛然惊醒。

自己已经回到石室了，床边坐着青衣人。

他看着青衣师父，有很多话想问，却全闷在心头说不出来。

青衣人似乎有很多话想对他说，却欲言又止。

两人沉默着。石室里只听到极轻微的气息。

良久青衣人叹了口气，拉住了星魂的手："随我来。"

他带星魂来到了他的房间，这里星魂不止一次地趁他不在时进来瞧过，靠墙有个石柜，他悄悄打开过，知道里面全是各种暗器。

青衣人点亮了一盏灯，很郑重地从里面捧出一个盒子打开："这是乌金丝制成的甲衣，胜在轻薄坚韧。学暗器的人最怕的也是中暗器，多少也能抵挡一些。你可以贴身穿着。"

星魂抖开甲衣，左右看了看："透气吗？夏天穿着会不会热死？师父，你留着吧！"

"我这一生怕是会老死在这谷里，拿着无用，你还小……"

"那我收着了。"星魂随手将甲衣揉成一团揣进了怀里，"师父还有交代的话吗？"

青衣人沉默片刻说："你的秘密只有我知道。"

星魂心头一跳，笑着问："我有什么秘密？"

看到星魂眼中跳动的灯火与扬起的天真无邪的笑容，青衣人一语双关地说："若是被人发现，你就逃了吧！天下之大，又不是只有安国这一处地方可容身。只是难为你了，才九岁。"

星魂抬起头与青衣人对视着。他突然伸手抱住了青衣人："师父，其实我很舍不得你……我也不想杀那个孩子，他像只兔子……你的箫吹得很难听！"

青衣人一愣。星魂已笑着跳起来冲他挥手："等我长大了回来看你！还有，美人先生。"

星魂回到自己的房间，躺在床上想睡。

感觉有冰冰凉凉的湿意从脸上滑落，他伸手一摸，愣了，自己居然在落泪。

石室中油灯灭了。他感觉青衣师父站在门口轻声叹息。

第八章
别院的适应性训练

卯时。天上有星几点，残月如钩，雪地寂静无声。

青衣人目光复杂地瞧着双眸清亮的星魂，伸手为他扣好衣领："只有不正经的人才会冬天露脖子夏天袒胸膛，你这么小别在外面学坏了。"

他的声音不大不小，刚好让在场的每一个人听见。

星魂很配合地大声回答："师父教诲得是！"

他个子还小，裹着美人先生那件白狐裘，头上还扣了顶皮帽子，脸被皮毛埋了一大半，腰间挂着插小飞刀的皮囊。星魂觉得自己像个小胖子，想到这里他瞟了眼回魂师父。

他正皱着眉看他的脸。

"回魂师父，我一定会瘦下来！"

"小星星……"

"美人先生！"星魂扑进了她的怀里，将头狠狠地在香喷喷软绵绵的怀里揉了几转，满足地站直了身体。他眨了下眼睛，轻声说："青衣师父当相公，回魂师父当情人，一个也不放过！"

美人先生一愣，掩口笑得花枝乱颤。

星魂这才正经地对三位师父磕了头，算是谢师礼。

他看到三位师父的眼神都很温柔，满意地想，我连你们今后的幸福都安排好了，从此我不欠你们的了。

马车已经备好，是由八匹马拉的，一共八辆。前面有二十人组成的骑兵，后面也有二十人。星魂还是第一次坐这种马拉车，感到无比新鲜。

"这里。"李言年在最前面一辆车前冲他招了招手。

星魂屁颠儿屁颠儿地跑过去，脚尖一点跃上了车。掀起帘时，扑面又是股橘子皮味。他叹了口气，想起了三年前走进李言年小楼的情景。只不过这次他没有跪，而是坐到了李言年的对面。

车身一晃,车队离开了山谷。

星魂注意到马车的窗户全用布蒙着,没有透出一丝空隙。难道这一路都不准他出马车?

"你叫李永夜,端王府的世子。端王只有你这么一个儿子。"李言年开始说正事。

自己杀的那个人是端王的世子,星魂笑了。

他的笑容让李言年有些纳闷:"为何笑?"

"我居然是去做世子!"玩笑真的开大了,星魂的笑容越发灿烂。

李言年也忍俊不禁:"呵呵,对,你是王府的世子!安国最有权势的端王的世子!"

"他一直都不爱说话吗?"

"书在你左手木几上,你可以记熟它。"

星魂早看到木几上摆着一本书,便拿了过来。书图文并茂,大到王府的地形,小到卧室马桶的位置,细节处如三岁时爬到院子里的假山洞里让侍女用一块排骨哄出来的事情都一应俱全。

他津津有味地瞧着,权当消遣。

安国最有权势的王爷的儿子死在自己手上,出谷时也没有给自己服任何药物……星魂突然觉得马车的温度在急剧下降。

游离谷对自己太有把握了。如果不听话,只要告诉端王自己杀了他的儿子,自己将会被端王剁成肉酱!如果被认出来是假世子,山谷也会把自己杀了灭口。他只有一条路,就是听话而且模仿世子到乱真。或许……逃?看着李言年的笑容,星魂没有把握。

"想什么呢?"李言年平和地问道。

"世子的性子。"

"他原本就是送往山谷求医的。治好了,性子自然会转变。"

星魂释然,游离谷有回魂这样的神医,天下最有权势的王爷担心自己的儿子有什么病,自然会想法子来请。而谷中之人却发现了自己与世子长得太像,于是起了调包的心。

"需要星魂做什么?"

"做一个好世子,将来,还是安国最有权势的王爷!"

星魂眼睛亮了,虽然艰难,但这的确是一个很好的前途,就看如何把权势抓到自己手中而不是给游离谷了。

天慢慢亮了，路上只听到马蹄踏雪的噗噗声。星魂放下手中的书，闭上眼睡了。

李言年的呼吸悠长而平稳，他的耐性也很好。

两个时辰后，马车缓缓停下，李言年下了车。

星魂这才睁开眼睛，双手枕在脑后放心地想事情。

书上记载：端王李谷是当今圣上的胞弟兼征北大将军，端王妃是丞相张岐岭的独女。两口子一人手握军权，一人有百官人脉，加上皇帝信赖有加，说端王是安国最有权势的王爷并不为过。

星魂感兴趣的是：游离谷为何有这个胆子敢打端王的主意？背后又是何人在支持？听李言年的口气，将来自己会继承王位，成为最有权势的王爷，肯花这么长的时间等他长大，为什么？

他想了很久也没想明白，猜测去了王府后游离谷的人自会告诉他如何做，闭上眼便真的睡了。

傍晚时分，车停了。星魂睁开了眼，他以为只是在此扎营过夜，谁知下了马车，竟看到一个院子。

"这是别院，就先住这儿了。记住，从进门起，你就是世子李永夜！"李言年淡淡地说道。

夜色中别院门口亮起了两盏大红灯笼，门口站着一群人。李言年率先走过去，星魂眼尖，瞧到了李二。

"执事，都准备好了。是先用饭还是先歇息？"李二接过李言年的披风，乐呵呵地问道。

李言年瞧了眼星魂，吩咐道："请世子先回房休息，饭菜送到房里吃。"

"是！"李二回头招了招手。

两个侍女走到星魂面前对他行了个礼，恭敬地说道："世子一路辛苦，请随奴婢来！"

星魂看了眼李言年，他笑容可掬地站在大门口，摆出架势让自己先行。

李言年也不过是王府的执事，自己的下人。星魂心里乐开了花，矜持地慢吞吞地走进去。经过李言年身边时，李言年轻声说："世子一路劳累，早些歇息，明日再带世子熟悉别院。"

他的语气让星魂很满足、很开心，点点头，随侍女离开。

暗淡的灯光下，这处别院显出幢幢黑影，占地面积不小。转过抄手游廊，星魂突然开口问道："姐姐，前方是否有扇月洞门？"

一名侍女捂嘴偷笑："世子真聪明，过了月洞门，就是世子住的院子。"

星魂完全明白了，这处山中别院是仿王府建造。目的，就是为了让他更熟悉环境。

"姐姐可是倚红？"

"世子记不得我了？才去了半年，就把揽翠当成倚红。我就知道，世子向来喜欢倚红多些。"揽翠抱怨道，眼睛眨巴着看着星魂，却是一点儿不怕。

星魂蓦地伸手摸上了她的脸，果然与皮肤不同，原来是易过容的。游离谷怕他回王府认错人，连这个都想到了。他佩服之余低声笑道："姐姐莫怪，永夜以后还仗姐姐多提醒。"

揽翠也笑："能服侍世子，是揽翠的福气。只是世子以后莫要再这般轻薄了，王爷瞧见不喜。"

倚红在旁边瞧着这一幕偷笑。星魂眼珠一转，走到倚红面前站定："背！"

倚红一怔，无可奈何地蹲下了身子："听说世子的病已经大好了，怎么还像小时候那般不肯走路？"

星魂忍住笑不回答。当世子果然不同，要风得风要雨得雨，要趴在美女背上让她背她也不敢说半个不字。只可惜……她们不是自己能靠近的人。

到了住所，在房间里转了一圈，见倚红、揽翠没有离开的意思。他的眉皱了皱："我睡觉时不喜欢旁边有人。"

"世子，你小时候怕黑，总要人陪着睡的。"倚红提醒道。

"那是小时候。去求医时，神医说要治我的病，需得让我自己适应黑暗。我已经大好，那些坏习惯自然也没有了。出去吧！"星魂笑道。

"可是李执事说……"

"他是世子还是我是世子？出去！"

倚红和揽翠初见星魂笑容灿烂，还是个孩子，没想到转眼就变了脸色。两人对望一眼，福了福身，脆生生地道："世子如今病好了，与从前大是不同。奴婢当把这喜讯报与李执事知道，他肯定欢喜！"

星魂挥了挥手，无论如何，他不会在睡觉时放两条"蛇"在身边。今天把世子架子端足了，不知道李言年是否满意他的表演。

在屋子里慢条斯理地打了几个转，他已经将这屋子里的事物记得清清楚楚。再对照书上写的，他心里有了底。

吹熄烛火躺在床上，他默默地感受房里房外的气息。

这处院子里至少有十来个人在为他守夜。他无声地笑了笑，开始练功。

"世子，起床了。"倚红撩起了纱帐，怔怔地看着空无一人的床，秀眉一蹙，飞快地掠出了房门。

星魂悄无声息地从梁上飘落下地,瞧了瞧银盆里的水还热着,拿起毛巾擦了把脸。他很满意自己的判断,倚红真的会功夫。

正当他靠在软椅上喝着自己泡的茶,拿着《王府故事》欣赏的时候,李言年、李二与倚红、揽翠出现在门口。

"怎么回事?"李言年盯着星魂问道。

"李执事,我饿了。"星魂放下书眨巴下眼睛。

"刚才去哪儿了?"

星魂指了指房梁,有点儿委屈地说:"我不习惯睡在石室外的地方,所以就上去睡了。还没等我喊倚红姐姐,她已经跑掉了。"

李言年看了他一会儿,温言说道:"去花厅吃早饭吧。"

倚红狠狠地瞪了他一眼。

星魂笑了,主动拉住了她的手:"倚红姐姐功夫高,进来时我没听见。"

倚红想甩开他的手,却被他拉紧了:"姐姐生气了?"

"永夜!"李言年喊了他一声。

"李执事叫我什么?这名字也是你可以喊的?"星魂淡淡地打断了他。

李言年一愣,不以为忤,呵呵笑了起来,对他拱手一礼:"世子是想在房里吃还是去花厅吃?"

"花厅。"说完星魂这才露出不好意思的表情,"星魂冒昧,执事莫怪。"

李言年把脸一板:"你叫什么?叫我什么?"

"永夜……我是端王府世子李永夜!李执事请前方带路。"

两人都笑了,彼此的笑容背后都藏着各自的心思。

他说话的神情让李言年觉得眼前真的就是王府世子李永夜,心情很愉快。

永夜却觉得能把李言年踩在脚下简直痛快至极,没想到这么快就扔了星魂这个名字,又有些怅然。

早餐简单而丰盛:四个小菜,一碟小馒头,笋尖瘦肉粥。

永夜真的有些饿了,在游离谷他还没见过这么精致的早餐,拿起象牙筷子就开吃。

一筷子炒鸡蛋还没塞进嘴里,面门风声已到。他下意识躲开,李言年出手落空不觉一愣,有点儿恼怒地又挥出了一掌,这下永夜根本就不敢再躲,心疼地看着手中的筷子以及筷子上夹的鸡蛋被打飞。

"世子请站在一旁学规矩。"李言年淡淡地说道。

永夜面带惶恐无可奈何地起身,心想坏了。虽说李言年一直强调进了别院他就是世子,却容不得他真正放肆。毕竟这里还不是王府,自己扮得像了,就显得李言年真是奴才了。刚才的话分明让李言年心里不痛快。假的就是假的,李言年这样做,无非是想让他知道,在王府中别的人面前自己是世子,在他面前,不是。

李言年斯文地夹菜吃了,小心地挑出碗里的瘦肉,慢条斯理地吞了口粥。倚红赶紧送上一块雪白的毛巾,他接过小心地擦了下嘴,这才回头看了看永夜:"饭,是这样吃的。"

永夜以为现在可以吃了,岂料李言年又说了句:"吃了全吐出来!只学规矩。"

吃了还吐出来?永夜觉得当年李言年给他的压迫感又袭了过来。他没吭声,知道是自己小瞧了李言年,以为李言年准许自己扮得像了,却没想到这是一个套,把他捧到世子的地位再一掌把他打翻在地,分明是再一次告诉他,想让他做这世子便让他做,不让他做了,他还是游离谷放出去咬人的狗。

永夜很受教。他安静地坐下来,斯文地夹了一筷子菜放进嘴里,口水自然分泌出来,他吐在了盘子里,又照李言年一般模样挑出了瘦肉喝了口粥,再次引得口水涌出,再吐。

他心里暗骂李言年变态。一筷不多一筷不少地"吃"完了,接过倚红手里的毛巾擦了擦嘴,优雅地站了起来。

"很好,午饭、晚饭都这样办,先学三天。"李言年满意地看到永夜盯着饭菜吞口水,对自己一举数得的办法很得意。

罚三天不吃饭?永夜记住了。他提醒自己记住这是在执行任务,提醒自己以后做任何事都不要忘了把人的心思算计进去,莫要看轻任何一个人。

"对了,昨晚是怎么回事?"

永夜低下了头,轻声回答:"永夜认为,既然大好了,房内还是无须人陪着为好,毕竟人睡着了还容易说梦话。"

李言年怔了怔,点头同意。

见他认可,永夜赶紧又补了一句:"永夜是有功的人,身体肌肤还是容易露端倪,回到王府,还是尽量少让人服侍为好。"

李言年想了想笑道:"你倒考虑得周详。吃好了就去四处转转吧,在这里只能停留十天,要赶在年三十前回京都。"

永夜赶紧应下。

三天不吃饭会是什么样?

永夜走在院子里时看到了假山,下方真的有个洞。他想都不想就钻了进去,扬起笑脸喊道:"揽翠!快拿排骨来,不拿我就不出来!"

这是书卷上写得明明白白的细节。

揽翠见他被李言年教训,也不把他当回事,听了便冷笑道:"世子,你的记性了得,知道有这回事就成了。你以为还真有排骨吃?李执事说了……啊——"

永夜拍拍手从洞里钻出来,看了眼吓得尖叫的揽翠说:"一条冬眠的蛇罢了,姐姐莫要叫得这般凄惨!"

自己都钻洞了,还不肯给块排骨吃,永夜认为扔出一条冻僵的蛇也没什么大不了。

中午吃饭的时候,他认真地听完种种规矩,在揽翠与倚红幸灾乐祸的目光中吃了吐、吐了吃。只在舌头上打转的鲜美让他几乎难以忍受,脸上露出的却是大快朵颐的表情。在揽翠盛了碗汤阴笑着递给他的时候,永夜挥手把汤打翻,洒了她一身,轻描淡写地说:"我要倚红喂我吃!"

书卷上写着,世子永夜极其依赖从小侍候他长大的侍女倚红,走路要她背,喝汤喜欢她喂。

倚红的眼睛似要冒出火来,不动声色地盛了碗汤用勺子喂进永夜嘴里。

"噗!"永夜把这口汤吐在了倚红身上,笑道,"李执事说,只学规矩不能吃。"

倚红被他喷得满脸都是,扬手就是一掌,掌心一热,一看竟是块肥肉,指着永夜气得说话直打哆嗦:"你……你……"

永夜等的就是这一句,望着门口站着的李二开口说道:"敢指着世子脑袋直呼……府里规矩如何?"

"二十大板,罚跪!"李二想来是听李言年这般说话成习惯了,不经大脑就脱口而出。

永夜离开桌子,喃喃道:"美人先生说女人是得罪不得的,我一次得罪了俩,该如何是好?"

说完头也不回地走了。李二和气得脸发绿的倚红、揽翠面面相觑。板子自然是不可能打的,也不会罚跪的,但是永夜却让他们觉得自己面对的是第二个李执事。

下午,永夜打算睡觉。要饿三天,他只能多睡觉。现在不能惹李言年,永夜心里憋得慌,就盼着早点儿回京都,早点儿长大。他狠狠地对自己说,将来一定要把李言年踩在脚下。

但是倚红与揽翠却不肯让他如愿,站在床前冷冷地说:"李执事请世子大堂说话。"

永夜打了个哈欠,怎么看怎么觉得两人讨厌,心里开始对王府中真正的倚红、揽翠想念。对一个人真不真心，不是易个容脸蛋长得像就行了的。书卷上写的倚红、揽翠是真的对世子好。这两人嘛，永夜诅咒她俩下个任务是去牡丹院接客。

一块排骨都舍不得给，而且长了双势利眼，这种女人，他不会怜香惜玉。

夜里永夜睡不着。原来只是因为晚上他精神好，现在又多加了一条，饿得睡不着。

他静静地躺在床上苦笑。曾经自己对饥饿的忍耐力很强，可现在毕竟在长身体，饥饿感很强烈。

如果能去外面偷点儿……他笑了，凝神感觉外面的动静，他的感觉告诉他这个院子里的十来个人单以轻功论肯定比不上他，但是出去一旦被发现会有什么后果？自己是否应该再忍呢？都说小不忍则乱大谋，永夜开始分析。

就在这时，他听到了屋顶上有动静，有人正站在他的屋顶上。

永夜睁大了眼睛瞧着，一块瓦被揭开，露出一个影子扔下了一个纸包，转瞬就离开了。

他心里无比激动，是那个送他进山谷、给他《天脉内经》的影子。原来，他也在别院。

永夜捡起纸包，满足地嗅着肉香。他打开，拿起一块卤得酥软入味的肉舔了舔，大口开嚼。

肉入嘴即化，美味在舌尖跳舞。永夜傻笑起来，自己居然还有个内应！他马上决定一定要把影子兄利用得干净彻底。

一个能进游离谷、能保他当傻子平安度过近一年、能了解青衣师父的收徒习惯、能进石室送他《天脉内经》、舍不得让他挨饿能深夜冒险送肉的人，不用才是傻子。

他会是李言年吗？永夜马上否定了。以他的目力，他已经看出这个人的身形绝对不是李言年。那会是谁呢？

第九章

奇怪的端王夫妇

十天时间很容易就过去了。

星魂与永夜已结合成一体，就算游离谷里的紫袍小孩还活着，相信他也没办法证明他自己是真的那个。

雪细细密密地落下，像极了夏天的阵雨。放眼望去，白茫茫一片，看不穿，看不透。

"离开山谷，我就是你的新师父。"李言年微眯着眼，烫得正好的青州红让他极为享受。有人形容用青州红高粱酿出的酒是女人唇上的胭脂，让人沉迷贪恋，他垂下眼眸瞟了眼白瓷盅里散发着热气的酡红，轻漾起一丝笑容。

永夜慢条斯理地煮茶，手纹丝不动，人静如松。他突然发现美人先生教的这手艺很管用，茶道清心，正好有时间消化李言年的话。

他不喜欢他做他的师父，虽然李言年有太多东西教他。

"你不必唤我师父，人前人后都不必。我教你的，必然是你所憎恨厌恶的，这是人之常情。"李言年自嘲地笑了。

永夜轻抬手臂，壶中滚水缓缓浇过茶碗，茶香冲淡了橘子皮与酒的味道，屋子里的空气为之一清。他满意地放下茶壶，吸了口气，甜甜地笑了："师父请。"

李言年没有接过永夜手中的茶碗，这声师父显然让他意外："说过了，不必。我不喝茶的。"

"以后有机会，徒儿当为师父煮酒。"永夜笑着说道。

两人相互看着对方，永夜那双眸子似真的天真无邪，真诚无比。

永夜瞧出了他的疑惑，嘴一抿笑道："不用看来看去的，授业者为师，师父能教我的东西都是有用的。"

永夜的笑容让李言年有种被雪地阳光刺痛了眼睛的感觉。他握着白瓷盅轻笑道："当初如果送你去了牡丹院，你会让京都疯狂。"

啪！永夜脸一沉，将茶碗往地上一摔，脸上却还带着笑容："不痛快总要拿东西撒气的！"

第九章

李言年一怔,眼中涌出怒气。

"师父不会和我一般见识的。若论这养气的功夫,永夜如何敌得过师父?"永夜心里又骂了句,你连东西都不是!

李言年被他一捧心里总算舒服了些,想想永夜不过九岁,牡丹院又不是什么好地方,难怪他恼。李言年正色道:"进了王府,说话总没有现在方便。你虽然才九岁,青衣怪当你是小孩子,我却觉得你有些东西必是能懂得的。"

"师父请说。"永夜知道他想说去了之后的任务。

"皇上下了旨,年后召世子与三位皇子一起读书。王爷从前总以世子有病为由推托,皇上心疼侄子,听御医进言认为此举有利于打开世子心结,所以坚持。"

永夜恍然大悟,只是不知道游离谷属意哪一位皇子,想让他杀掉最有希望登天子位的皇子,让端王背上纵子行凶的黑锅,离间他和皇帝的感情?

"大皇子性情温和,又是宠妃李氏所出,皇上最喜,只是过于温和了,所以,你多帮帮他。"

自己猜错了?让自己从小就和将来的天子接近,将来掌握大权,等于把持了天下!是挟天子以令诸侯的计划吗?永夜又得出了一个结论。但是怎么看自己也不亏。

"二皇子与三皇子呢?"

"二皇子是皇后嫡出,可惜心思深沉,手段狠毒,皇上不喜,所以迟迟不肯立储君。三皇子与你一般大,母亲刘氏是镇威将军之女,教得三皇子莽夫的直性子,也非皇上中意,明白了吗?"

"明白了。大皇子如能得端王府支持,必能胜出嫡出的二皇子,只是需要有人帮帮他,不教二皇子欺负了去。"

李言年满意地笑了:"有你在大皇子身边,与他交好,我们就放心了。"

真的就这么简单?永夜觉得太轻松了。当好一个最有权势的王爷世子,与最有可能做未来天子的大皇子成为好朋友,前途看上去一片光明。

游离谷虽然培养的是刺客,怎么做的是为国为民的好事?永夜永远忘不了一千个七八岁的孩子在木楼里相残的血腥。他不肯相信事情就这么简单。

想起自己的身份,永夜心里有种不祥的预感。端王夫妇已经是他的难题,皇宫皇子更是个大难题。

青衣师父说,有危险就逃了,天下之大,未必只有安国一处可以容身。

这是永夜的最后一招。

李言年站在院子里笑着对永夜说:"今天我们就回京都去,王爷和王妃想必都等急了。"

永夜微笑。

"记得三年前你们走出楼时的情景吗?"李言年突然问了句。

永夜一怔,看着院子里站着的下人,这情景还真像当时自己与别的孩子站在李言年面前时的情景。当时生杀之权掌于李言年之手,自己简直是一点儿反抗力都没有,如今……想到此,他不由得一惊。

"一个不留!"李言年微笑。

永夜瞧见扮成倚红与揽翠的两名女子眼中露出惊恐之色,墙头骤然冒出无数持强弩之人,箭如雨般射向这些人,没有丝毫犹豫,想阻止也来不及。

雪地瞬间被染成血红色,数声惨呼之后,又恢复了平静。

这些持弩之人……他的记性一直很好,目力一直不错,看出这些人正是来时车队前后的几十名骑兵。

"记住我教你的东西,绝不落下任何一个泄密的可能。"李言年轻声在他耳旁说道,"世子,走吧。"他当没事发生似的往院门走去,李二弓着身子紧随其后。

永夜愣了愣,赶紧跟上去。

门口停着来时的马车,四十名骑兵前后站立,对院内的声响充耳不闻。上了马车,李言年笑道:"在想这四十人?!"

"是。"永夜轻轻一笑。

"你很镇定,三年前如此,三年后也是。谷主没有选错人。"李言年没有回答永夜的问题,深深地看了他一眼,"假以时日,世子成就非凡。"

"其实,你该叫我一声少爷!"永夜的笑容更加灿烂,但凡王府内院家臣,都称他为少爷,只有外院之人才唤他世子。李言年是内院执事之一,喊他世子是自抬身份了。在别院唤他一声师父,既然出来了,他只是自己的奴才。

永夜说完,没有看李言年的脸色。伸手掀起轿帘回头看,别院所在的地方冒出了滚滚浓烟。

"李执事行事果断,永夜受教。"

李言年似笑非笑,这笑容让永夜觉得还将有他不知道的事情发生。

十日后,马车进入了第一座能称得上是城的地方。永夜看着高高的城门楼微笑,终于进入有正常人的地方了。

队伍包下了城中最大的祥和客栈的西跨院,看到小二肩头搭的毛巾,永夜想到他马上会来边擦桌子边问"客官吃点什么",就忍不住笑了。

李言年上前做了个请的手势:"少爷,在房里用饭吧,外面人多杂乱,有失

第九章

身份。"

永夜有点儿失望,压住强烈的好奇心,他点点头进了院子。

用过晚饭,没有人打扰他,他躺在床上有些心烦。闭上了眼睛静静地感受周围的气息。他有种很奇怪的感觉,今晚一定会有事发生。

丑时,他闻到了浓浓的烟味。房门被一脚踹开,李言年手执一把剑出现在他面前,对他一笑:"有人打劫,少爷!我们逃吧!"

他动作仓促,神情却悠然,演给外人看的戏!永夜想着,却也只能跳下床配合地说道:"李执事,你一定要护我周全!"

"少爷放心!"李言年的笑容在外面火光的映照下显得很诡异。

永夜心里感叹,那四十个骑兵完了。

李言年拉着他的手掠出了院子,李二牵了两匹马候着,于是三人两骑开始往京都逃命。

"做戏要做全套。"李言年是很好的师父,会随时教他一些实际的东西。

"为何不在别院杀了?"

"总要有人瞧见他们护着你下山。"

"他们在别院待了十天,就不起疑心?"

李言年笑了:"他们本来全是我的人,我只不过让你知道,自己人也不是不能杀的。有两个好处,首先王爷更不会起疑;第二嘛,我一直认为,最有可能出卖我的就是自己人,更何况,进山谷的人太多了。"

"你为什么不把李二也杀了?他知道的最多!"永夜指着旁边马上的李二。

"少爷,别挑拨离间了。李二是我的家臣,杀自己人可以,杀了忠心之人便叫人心凉,再无人对你效忠了。"

永夜撇撇嘴,看到李二眼中露出对李言年的感激与忠诚,还怨毒地瞪了他一眼,他真想放声大笑。

世子下山回京都的路上遇袭,这一消息在第一时间传到了端王府。

"李言年和世子现在到哪儿了?"端王李谷脸黑得像雷雨前的天,声音像隆冬的冰坨,又冷又硬。

传说皇帝的这位胞弟当年带兵打仗的时候才十七岁。第一次从战场上回来时,他的坐骑差点儿被他砍下的人头压趴下,从此不管他是笑如春风还是不动声色,都没人愿意相信端王会是个善良的好人了。

唯一能让端王心肠软下来的就是他的王妃,丞相张岐岭的独生爱女。

听说那年京都元宵灯会上，端王遇见了看灯的丞相千金。端王死皮赖脸地请张小姐同游赏灯，被张小姐扇了一个大耳刮子。

一巴掌把端王扇得几天不肯洗脸，不仅请了京都最有名的画师许怜草用笔细细将张小姐的手掌印在脸上勾勒出来，还喜滋滋地顶着这张脸上了朝。在金殿之上皇上见了气极，又扇了他一巴掌，百官相劝，唯张丞相冷眼旁观。

两边脸都挨了巴掌的端王笑笑说："陛下赏臣弟一巴掌这是爱臣弟，打是亲骂是爱，臣弟不敢有怨言。"说话间眼睛直勾勾地盯着张丞相。

皇上只好发话："令爱既与端王有了肌肤之亲，丞相是国之栋梁，这门亲事便由朕做主吧，必不让令千金受半点儿委屈。"

听到这话的张丞相气得手脚发颤，他是一代诗人，百官之首，门生无数，就算心里想低头，金殿之上也要努力挺直了腰杆子放狠话："若是端王能让小女满意，臣自无二话。若是皇上要下旨，臣这就回家准备灵堂以谢君恩。"

端王当殿发誓绝不用强，然后京都臣民就看到杀人不眨眼的端王一软再软。

比如张丞相府的厨子突然哭着求小姐帮忙，他家的地突然被涨了租，交不起租谷就得还地，没地就没法过日子，一家几十口人靠他一个人的工钱活不了。

当然，这地是被端王买下来的，张丞相再有权也管不了端王的地。

张小姐做主另将府中田产租给厨子一家，厨子哭着说他全家都被端王买为家奴了，他要确保家人平安以后才能去做张丞相府的厨子。于是，张小姐气冲冲地找端王评理，端王马上点头同意减租，顺便请张小姐吃了饭。

再比如……

总之最后张小姐看到端王时脸上绽开了笑容，这笑容比京都牡丹怒放时还要美丽几分。故事的结局就很好猜了，端王如愿以偿抱得美人归，而且没立过侧妃娶过妾室。

端王年近而立，膝下就只有一个儿子——永夜。

"世子返京居然被人袭击，同去的四十名侍卫全死了，只跑出执事李言年和家仆李二？"站在端王下首报信的人被王爷这句问话吓得舌头打卷，一句话被分成了几截才说清情况。

"让林将军带五百豹骑接世子回来！"端王下了令。

王府众人眨巴下眼睛，有点儿不敢相信自己的耳朵。

"王爷……非特殊情况不得调用京畿守卫……还是整营……"王府幕僚刘夫子劝道。

"本王是国之栋梁乎？"

"王爷战功赫赫，威慑天下，有王爷在一天，他国怎敢轻易来袭……"

第九章

马屁没拍完,端王打断了他:"与本王作对就是与安国作对,与安国作对……此非特殊情况?!"

刘夫子不说话只擦汗。

"吩咐下去,彻查此事,看看是不是边境上的宋国有了异心。"端王又补充了一句。

刘夫子深鞠一躬:"王爷英明!"

他心中暗自佩服端王雄才伟略。宋国一直夹在安国与陈国之间,地势险要,一直规规矩矩找不到理由开打。世子被袭的地方在安国,但是离宋国只有几日路程,端王要扣这顶帽子给宋国,宋国也只能哭着接了。谁叫王府死了四十个侍卫呢,剪径小贼可没这本事。

若不是王爷把王妃捧在手心,拿世子当掌中宝,刘夫子很怀疑这是王爷设的局。

在马上奔驰了半个月,永夜烦了,他不习惯和李言年同骑一匹马,不习惯窝在李言年怀里,把腰挺得笔直尽量离李言年远点儿,半个月下来,累得要死。

好不容易看到灰扑扑的城墙又一次出现在眼前的时候,永夜打了个哈欠:"还是过城不入?"

"不,我们进城住店。这里离京都只有一日行程,很安全。"

这是李言年半个月来说得最动听的一句话。永夜嘴角扯了扯,和李言年在一起,最不安全。

客栈很大,桦木桌椅被刷出了木质的白色。掌柜是想象中的胖老头,小二哥肩上依然搭了块毛巾,满脸堆笑迎上:"客官是住店还是用饭?"

"开房间睡觉!"永夜又打了个哈欠。他捶着腰想,再这样下去,他小小年纪恐要得腰椎间盘突出了。

不等李言年说吃饭之类的话,永夜疲倦地说:"该让我看到的都看了,今晚可以睡个安稳觉吗?"

"小的亲自为世子守夜。"李言年显然很满意永夜领会到了他的意图,一揖之后带上了房门,真的就坐在了门口。

永夜长叹一声,就为了让他知道,为了这个任务牺牲再大也不足惜,若是坏了他们的计划,下场就会像别院里的下人,还有那四十个骑兵。

他们能对自己做什么呢?他想不出有什么可以威胁自己的,杀了自己?也只有这个吧,所以才接二连三地显露实力。

这一晚也没睡好,客栈里突然涌进了很多人,永夜很容易就被惊醒了。他嘀咕道:"睡个觉都不踏实。"

门外发出铠甲马刺碰撞的声音。

李言年似乎拦住了来人:"林将军,少爷已经睡下了。"

"王爷有令,李执事一路护送辛苦,为防贼子再来,嘱我等星夜兼程迎世子回府。"

李言年轻敲了敲门:"少爷醒了吗?林将军奉王爷之令迎少爷回府。"

永夜打着哈欠开了门,惊奇地看到一个超酷的人。从头到脚包裹在黑色的铠甲中,确实威风。

"豹骑驻京畿卫左翼骠骑将军林宏见过世子!奉王爷之令护送世子回京都!"林将军说话铿锵有力。

永夜很想摸摸他的铠甲,想想又觉得以后弄一身来穿就行了,伸手摸太小家子气。他笑了笑,疲倦地说:"有劳将军……啊!"他又打了个哈欠,往楼下走。

甲胄鲜明的士兵从客栈大堂一直排到了门外,个个精神抖擞,见了永夜"哗"的一声单膝跪地齐声吼道:"迎世子回府!"

好排场!好威风!客栈的老板伙计跪在地上连头也不敢抬。

门口只停着一辆马车,永夜没敢使轻功,伸出手,扶着李言年上去。见李言年有意跟上马车,永夜回头对他笑笑:"我倦得很,不欲被人打扰。"话却是对林将军说的。

"世子放心。"林将军见永夜满脸倦色,心里涌出一种怜惜。他对王爷舐犊情深很是理解。这么个粉妆玉砌的独生儿子先是不肯说话,好不容易治好了还有人刺杀,就算旁人瞧着也舍不得,更何况是端王。

李言年有些发愣,李二识趣地牵过马来,他看了眼马车,翻身上马。李言年冷笑,以为真的当了世子就能为所欲为?小孩子就是小孩子。

"回京都!"林将军喝道,骑了马与李言年一左一右护着马车前行。

永夜躲在马车里偷笑,若是在别院或是在游离谷,李言年会如何报复自己不让他上马车的行为呢?他就是想让李言年知道,纵然是完成谷里的任务,他也绝非山谷中任他搓圆捏扁的星魂了。从现在起,你李言年就只是王府里的一个下人。

想要解释吗?很简单,一个在山谷医治了半年的世子小王爷,回来后处处看他脸色行事,王爷和王妃会起疑心。

闭上眼,他真的睡着了。马车走在官道上,车上铺了厚厚的毯子,摇摇晃晃很催眠。

午时时分,他听到李言年掀起车帘轻声唤他:"少爷,到了。"

永夜还没有睡醒,不想搭理他,闭着眼继续睡。

第九章

李言年有些着急,当着林将军又不好大声叫喊,放下轿帘时心里涌起一股气。他明知道以永夜的修为,是肯定醒了的,却偏偏不睬他。

李言年觉得头有点儿痛,想想永夜的任务,冷笑一声不管了。

永夜很放心地闭着眼养神。他此时正在想:该以什么样的面目见端王与王妃,是热情拥抱宣告自己变成正常人,还是斯文柔弱偶尔冒几句话出来以示病好肯说话了?这两种选择各有好处,前者可以让自己变成京都小霸王而为所欲为,后者可以隐藏实力以静制动。

没等他思考清楚,车帘再次被掀起,环佩叮当作响,伴着一股淡淡的香味传来,有人上了马车迅速地将他拥入一个极柔软的怀抱。

永夜被埋在这个温暖的怀中并由她决定了他来不及选择的未来方向。

因为无须他选择,这个女子已经抱起他下了马车,快步往府中走去。看情形是想抱他上床去睡。

九岁的孩子有多重?永夜突然觉得很有趣,她就一直抱着他往府里走,居然连气都没有喘一下,够强!

他贪婪地呼吸着对方身上传来的馨香,想来是身上佩戴了干花的香囊,女人都喜欢这些小玩意儿。永夜决定以后没事时多做些来送人。

进了房间,一股暖意扑来,没有李言年的臭橘子味,他很满意。

房里一侧传来轻微的声音,转眼又安静下来。永夜默默地想,王公大家就是不一样,这房中至少有三个人,居然可以安静至斯,端王府的规矩不是一般的大。

那股香味在鼻端一直没有散去,永夜忍住睁眼的冲动,继续酣睡。

他很感激那个抱他下来的人,让他可以缓和马上见到端王夫妻俩的紧张。虽然长相一样,举止神态也学得像,毕竟人是有感觉的,当父母的也许感觉会更敏锐。永夜特别担心在一些书卷上没记下来的小细节上出问题。他很遗憾紫袍小孩不会说话,否则他会套出更多更有用的东西。

想到这里,永夜对自己说,你真的是个坏人,一点儿同情心都没有的坏人。可是他得活下来,还得活得好好的,这样一想,永夜又释然了。不能怪他狠,要怪就怪出这主意的人!

自从知道李言年是端王府内院的执事之一,永夜就明白他的命运在当年走出小楼见到李言年的时候就定下来了。

因为这张脸,这个计划他们筹谋了三年,而且一直很有耐心地等着自己学艺。如李言年所说,大皇子今年十四岁,二皇子只比大皇子小几个月,也十四了,三皇子与自己同龄,他们的大计应该是在几年后皇子成年时进行。这几年,或许还能让自己顶着世子身份轻松逍遥一下。

这几年就是自己所能掌握的时间。永夜微微笑了，然后睁开了眼睛。

"少爷?!"眼前的女子喜滋滋地喊道。她的身材比山中别院假扮她的人高大多了，难怪抱自己没费多大的劲。脸很熟悉，五官还算秀气。

原来她就是倚红！永夜上下打量了她一番，目光落在倚红腰间的小香囊上。

"水！"

倚红吓了一跳，然后脸上爆发出神采："茵儿，快去告诉王妃，少爷说话了！"

永夜懒洋洋地支起身子，揽翠赶紧给他支上靠枕。揽翠娇小玲珑，一看就是手脚麻利的人。

倚红端了水，埋怨地说："少爷怎么不多睡会儿？马车上折腾一宿怎么受得了？"

我还巴不得睡呢，谁叫李言年变态！永夜喝了口水，舒服不少。他摇头说："屋里人太多了，我睡不着。"

倚红大惊："从前少爷可是最怕一个人睡。虽然不说话，晚上却不肯放我和揽翠走。"

"山上总是我一个人睡，久了就习惯清静了。"永夜解释道，他很懊恼。她俩在，自己什么事都别想做了。

说着说着，门口传来一个极温柔的声音，似在叹息："真的会说话了。"

屋子里的侍女纷纷行礼："王妃！"

永夜半靠在床上，嘴微张着，口水从嘴角溢出，他看得目不转睛。难怪端王由百炼钢化成了绕指柔，男人要是娶这样的美女回家，等同于建功立业后的荣耀！瞧瞧，我老婆就这样！你老婆呢？永夜完全理解端王。他忍不住摸了下自己的脸。

端王妃和那书卷上画得很相似，不过，画哪能和真人相比？她的五官极为精致，永夜和她很像，准确地说，那个世子和她很像。

她站在房门口远远地瞧着永夜，那眼神似怜惜、似矛盾，又带着说不出的痛楚。

永夜突然打了个冷战，自己杀了她的爱子！

他低下头有些心虚，杀了她的儿子，再冒充她的儿子。永夜突然觉得不忍心，只求她千万别看出他是个冒牌货，不然，她会很伤心。他也不知道为什么远远地这么一瞥，就对端王妃心软了。

"你们好生服侍着，少爷长途跋涉，多休息几日才好。"端王妃说完这几句，竟转身离开了。

永夜揉揉眼睛绝对没看错，那个他正准备扑进她怀里的美人王妃居然就走了！

而倚红、揽翠并不奇怪，仿佛一切很正常。

永夜觉得游离谷太失职了，这像一个疼爱儿子的母亲吗？岂有此理！以自己这张脸居然吸引不了王妃走到床前抱他一下？他的嘴角扯了扯，竟有种被遗弃的感觉。

仿佛知道他的心事，倚红赶紧过来握住他的手说："王妃心里是极疼少爷的，她的性子就是如此……"

永夜有点儿恼怒地抽出手来，往床里一翻说："你们都出去，我再睡会儿。"

倚红轻叹口气退了出去。

房间彻底安静下来，永夜这才翻过身仔细地思索。难道紫袍小孩的自闭症就是这样得的？王妃如此，王爷肯定更不必多说。对那孩子不够亲，以至于他心里难受不肯说话。李言年在王府多年，连倚红、揽翠都能易容扮出来让他熟悉，为什么独独没有提到王爷与王妃对世子不亲呢？

端王肯派出军队接他回来，说明足够重视他，可是回来听王妃的口气似让他独自在莞玉院住着，见亲爹的话提也未提。

他想不明白的事情太多了，这些都是游离谷没有告诉过他的，这让永夜对下一步该怎么做很为难。他想也好，就先独自待着吧，也不怕露马脚了。

想到这里他下了床，心里又是一惊。脚底板那朵花开得太久，他自己都差点儿忘了。低头一瞧，还好是冬天，没有除去他的布袜子。这让永夜决定，以后少让倚红、揽翠服侍他。

卧室中间立了道碧纱橱，外面摆了张睡榻，那是倚红、揽翠晚上陪他睡觉的地方，必须拆了，晚上不能有人睡在他旁边，太危险。

走出卧室，外面是一片很大的院子。他的书房在东厢，倚红、揽翠住西厢。院子里积了厚厚一层雪，墙角一枝老虬梅花开得正好，永夜有些想念美人先生。

"少爷，外面冷，怎么出来了？"倚红和揽翠正和茵儿一块儿做饭，几人盘算着做些永夜爱吃的让他开心一点儿。

夕阳映得院子一片辉煌，永夜笑了笑："给我一个干净的水罐子。"

他的笑容让倚红和揽翠愣了好半天，才急急冲进厨房找。

永夜接了罐子去扫梅花上的雪。倚红讷讷地说："少爷以前都不爱笑的。"

"以前不知道外面有那么多好玩的，现在知道了，很高兴。"永夜积了一罐子雪，又摘了梅花放进去，把罐子递给倚红，"晾上两天，等雪化了，我煮茶给你们喝。"

倚红受宠若惊地"哎"了声，捧宝贝似的进了房。

临到开饭，茵儿又提了个食盒进来说是王妃让厨房特意做的。

"王妃多疼少爷啊！"倚红笑道。

永夜对倚红的好感又增了几分，拍了拍旁边的凳子说："都坐下陪我吃吧。"

侍女们掩口笑而不肯。

永夜也不勉强，夹了一筷子示意倚红过来，喂她吃了，又挨个儿地把揽翠、茵儿全喂了一遍。

见她们手足无措的娇憨样，心里无比得意。

一顿饭吃得无比痛快。

吃过晚饭，倚红笑着说："热汤备好了，奴婢侍候少爷吧。"

永夜吓了一跳，摇头说："我是大人了，以后我自己洗。你们不准偷看！"

"过了年开春后少爷才满十岁，还是孩子呢。"揽翠也在旁打趣。

永夜把脸一板："谁说我是孩子？还有，从今天起，我晚上独自睡，你们别来打搅我！"

倚红和揽翠见他不开心，心想少爷今天被王妃冷落不痛快，恨不得自己早点儿长大成人，便理解地应下。

永夜这才放了心，又拉着她俩闲聊了会儿才回转房中。

他在石室里待习惯了，晚上精神见好。独自练了会儿功，很满意地发现功夫又进了一层，便全身放松静静地感觉屋里屋外的气息。

子时过后，永夜起床披上披风轻轻开了房门。

月华如水照在雪地上，他漫步走到假山处，李言年已等在这里了。

永夜轻轻一笑："其实师父用不着这么着急，第一晚这样出来很危险。"

李言年黑衣蒙面站在阴影中轻声问："你看到了？"

"看到什么？"

"王爷和王妃对世子不亲。"

"为何不早告诉我？"

李言年笑了："你以为当了世子我们就拿你没办法了吗？你所有的一切都需要你自己去争取，要想真正得到王爷的宠爱和将来的权势，你就得照我说的办。我一直认为你是聪明人，你不会拒绝这个任务，对你也没坏处。"

"师父原来还瞒了谷里一手，真漂亮！"永夜承认李言年说的是对的。如果不执行这个任务，他们随时可以要了自己的命，而接受，将来的一切就看自己的造化了。

"当师父的总要尽点儿心力，学会了吗？对任何人都不能全抛一片心，人若是已无用处，就不容易长寿。"

"多谢师父指点。如果我让谷里知道师父还瞒着他们一些东西，游离谷会怎么对待师父？"

李言年颇有意味地看着永夜："你连师父也要出卖？"

第九章

"徒儿不坏，师父不爱！"永夜笑得很天真。

这笑容让李言年的嘴里有点儿发苦，他觉得自己是不是把永夜教得太好了。

"最后一个问题，如果师父死了，山谷里会找谁与我联系？"

李言年眼角抽了抽，冷声道："想我死？"

"师父怎么可能死？永夜是担心有急事找不着师父时该怎么办。"

"京都牡丹院。"李言年说完，悄无声息地离开。

永夜看着他的背影有些懊恼，自己还要练上些时间才能有李言年的功力。

他坐在假山旁看月亮。王爷和王妃为何对世子不亲近？有他们这样做父母的吗？这中间又有什么隐情呢？李言年显然以为是因为世子不肯说话，与王爷王妃疏离造成的。可是明明现在自己肯说话了，王妃还是离得很远，甚至连房门都不肯踏入半步。永夜想不明白。

外面坐着有些冷了，他看了看雪地里的足印，感觉到四周无人，运起内力小心抹去了痕迹，这才安心地回房睡觉。

第十章
相互试探

永夜回来的消息被他外公张丞相知道了，差人送来新作诗集一卷。照理永夜就该把这些诗全背下来，以后随口吟诵以讨外公欢心，但他很不喜欢这种死记硬背填鸭式的教育，随手就扔到了一旁。

倚红以为他因为王爷和王妃的态度心情不好，也没说什么，直到几日后见那卷诗集还被扔在书堆里不闻不问才奇道："相爷可是少爷最仰慕的人，从前除了吟相爷的诗，都没见少爷开过口。"

"从前我说话结巴，只有吟诗时才流畅些，所以才肯出声。现在好了，自然不用。"永夜理直气壮。

"原来少爷不肯说话是这个原因啊！"倚红似舒了口气。

永夜睨视着她笑道："怎么？怕我生爹娘的气？父王威震四方，生个儿子放不出一个屁来，他当然不喜欢。"

"王爷临到年节，几乎每日都有应酬，等闲时自然会和少爷亲近。毕竟十年父子俩没说过话，一时不习惯也是有的，少爷莫要焦虑。"

永夜见倚红总是为他着想，心里暖和，微微笑了："是啊！快过年了，倚红可是担心我见着外公，连他的诗一眼也没瞧，外公会不高兴？我这就记些好句子讨他老人家欢心便是。"

倚红抿嘴笑了，赶紧把诗集找出来，又去沏茶。

永夜一把拉住她说："我来，才学得煮茶，正好收了那罐子梅花雪，我煮茶给你们吃。"

这几日倚红已渐渐和永夜混得熟了，只知道他病大好之后也肯亲近人了，不欲扫他的兴，捧了家什侍候永夜煮茶。

"坐啊！"永夜招呼了倚红、揽翠和茵儿坐下，一丝不苟地煮茶。

雪混着梅花在壶中慢慢煮开，沁人肺腑的香在屋子里弥漫开来。

他抬眼看了看三个侍女。倚红大气端秀、揽翠娇俏斯文、茵儿灵巧活泼，三双黑乌乌的眼睛里不染半分社会习气，无怨无悔以侍候自己为最大幸福。

永夜轻斜茶壶，冲出的茶香气四溢，他含笑点点茶海："可以了！"

三位侍女早被永夜优雅的动作与盈鼻茶香迷惑，看得如痴如醉。听到他这一说，才回过神红了脸轻声谢过，端起茶碗细品。

红唇微启，一般的羞涩天真。永夜叹了口气说："倚红和揽翠都十六了吧？可有心上人？少爷我能成全的一定帮你们。"

倚红和揽翠脸烧得跟猴子屁股似的，茵儿笑了："揽翠许了人家啦，王府中的人，王妃说开了春就让她嫁了。"

永夜来了兴趣："是府里的谁啊？"

"李言年李执事啊！样子好、人好……"

揽翠急得去掩茵儿的嘴，永夜脸色已沉了下来："他至少比揽翠大十岁，难道还未娶妻？"

茵儿正笑着躲揽翠，挣扎着冒出一句："李执事是续弦，李夫人五年前就病故了。"

揽翠恼了，站起身道了个万福，红着脸冲出了房门。

永夜顿时没了心情。永夜正想着总有一天要杀了李言年，没想到他居然要娶揽翠。以李言年的才干揽翠必是喜欢的，可是自己不喜欢。永夜一醒，怎么如今变得这般心软，连个侍女也肯护着？这些意想不到的变化瞬间让他什么心思都没了。

倚红看出了究竟，叹了口气说："少爷若是真舍不得揽翠，不如求夫人收了她吧。"

永夜呆住，第一时间冒出了"小丈夫"一词，沮丧得直想撞墙。他苦笑着想，过了年十岁，再过几年……

"哎呀，再过几年，少爷成人了，不知道要什么样的女子才配得上少爷呢！"茵儿机灵地注意到永夜的脸色不好看，赶紧转开了话题。

永夜猛地站起来，抬步就往外走。

倚红连声埋怨茵儿不该在这当口说这些。她心里有些焦虑，少爷莫不是真对揽翠上了心？

出得门来，扑面的寒气让永夜头脑为之一清。他有些后悔轻易流露情绪，自己这般沉不住气，将来如何与游离谷作对？李言年一个小角色就让自己应付得吃力，谈何杀他？他深吸了口寒梅香气，喃喃道："形骸久已化，心在复何言。"

那枝虬梅压了厚厚的积雪，花瓣上堆出一个个小雪球，仍有灿若阳光的梅瓣从白雪中冒出来。永夜瞧着，心慢慢放宽，终于哂笑一声。车到山前必有路，船到桥头自然直。如今这王府有无穷的秘密，当是寻宝也是种乐趣，更何况，做安国最有权势的世子，做京都最风流的公子，这乐趣还不小。

他正独自赏景悠闲，突然感觉有人进莞玉院。他收敛了深思的神情，笑着回了房："倚红、茵儿，过年有些什么好玩的？"

正在收拾茶海的二人被他的高兴感染了几分，觉得少爷真是孩子气，转眼又开心了。

"少爷今年身子大好，王爷和王妃肯定愿意少爷出去玩的。初一街上会有很多杂耍班子挨家舞狮讨喜，晚上王府会放烟火……"

茵儿的话还没说完，揽翠就掀了帘子进来说："王爷遣人请少爷去呢。"

永夜一怔，王爷为何要见他？他转念一想又释然，毕竟还是世子，不能连一面都不见吧。

"少爷莫怕，王爷最讨厌和他说话身子发颤的人。少爷，你大好了，莫像从前那般怕王爷。"倚红似早知道了结果，连声安慰永夜，轻声提醒他。

是这样？永夜心里有了底。

揽翠为永夜系上了风氅，笑道："少爷跟了李四去吧。晚间我们做了夜宵等你。"

永夜听了心里又一阵难过，忍不住说道："我看李言年就不是什么好人，揽翠别嫁他了，改日我为你选个好人家。"

揽翠脸一红，催道："少爷赶紧去吧，别让王爷等久了。"

永夜见她神色，想起李言年的丰神俊朗，知道揽翠已经动心。他暗叹一声，人各有命，他无力回天。笑了笑拧了揽翠的脸一把，说："你出嫁时少爷送你份特别的礼物。"

"少爷！"揽翠嗔道。

"呵呵，我这就去见父王，催着早点儿把你嫁过去！"永夜大笑着走了出去，走到门口突又回头，"嫁猪随猪？"

揽翠顿时气得哭笑不得，倚红扶住她笑道："少爷你莫要再逗揽翠了！"

永夜眨巴下眼睛，摸了摸脸，无奈地叹息："其实我做小丈夫也不是不可以……"

"少爷！"三个侍女异口同声。

永夜摇摇头，带着一脸惋惜离开。

冬日的阳光隔了窗户纸映得满室生辉。永夜闭了眼睛都清楚博古架上那只双耳曲颈青瓷瓶中插着的孔雀翎是端王夫妇游玩时王妃拾得的；书桌上一色墨芳斋特制文房四宝是王妃送与端王的生辰贺礼；墙上那幅《元宵花灯图》是端王亲笔绘就以纪念与

第十章

王妃邂逅……这间书房是由内院李执事的贴身侍从李二亲自打扫,旁人不得擅入。

永夜对李言年有时候也很服气。他为了知道世子的一切,不惜勾搭揽翠,为防被怀疑还想娶了揽翠。连这书房重地,也派李二打听得清清楚楚。

坐在酸枝木椅子上的端王拿着书漫不经心地看着永夜,打他进来起就这样斜睨着他。

半年不见,身体比以前长好了,皮肤还是苍白。他很想看到自己想看的,永夜却一直低着头。端王不着急,他对自己的目光很有信心。

他曾经目不转睛地看一个人,看到对方慢慢地慌乱,身体慢慢地颤抖,膝盖慢慢地发软,然后扑通跪在地上喊饶命。

王妃奇怪地问他那人怎么了,端王笑了笑回答说:"唱戏的。"

所以端王在等,等这个永夜也被他看得露出他想看的表情。

永夜站在房内一动不动。端王的态度无论如何与一位父亲扯不上关系。他觉得端王的目光很像刀,正一层层削开他的衣裳。

与其说端王是在看着他等他开口说话,不如说端王正在上下打量他。他心里不禁有些不安,蓦地想起临走时倚红的话,永夜低着头,让身子轻轻颤抖。

"听说你晚间敢一个人睡了?"端王有些失望地开了口,语气中分明带着讥讽。他的儿子见了他像老鼠见了猫,胆小得不敢一个人睡,想起来就丢人。

"嗯……"永夜的回答更像抽了抽鼻子。

"大声点儿!瞧那点儿出息!"端王吼了一声。

永夜身子一哆嗦,端王恨得拿起手里的书就想砸过去,猛地看到永夜抬起了头,惊得愣住。

"父王!"永夜笑嘻嘻地看着他,没有半点儿害怕的意思。那双眸子少了从前的云淡风轻,多了些光亮,脸上焕发的神采,是他从来没见过的。

端王扬起的手慢慢地放下来,眼里露出冰凉的寒意,惊诧迅速地隐去,脸上堆出了笑容:"真出息了!敢和父王玩笑呢。"说着走到永夜身前站定,居高临下地审视着他。

永夜的目光并未退缩半分,只一瞬间他改变了主意,不再和从前的世子表现出同样的胆小。他的感觉告诉他,这才是王爷想看到的,而王爷看到他想看到的,永夜才能知道他想知道的。为什么自己和紫袍少年长得那么像?为什么自己脚板心会有一朵花?

他也在打量端王。这位王爷他在画卷上见过,与王妃倒是绝配。

端王正是男人最有魅力的时候,成熟且自信。李言年不过是个内院执事,已浑身带足了贵气，和端王比，永夜明显感觉到两个人一个是浅水虾，而另一个则是蛟龙。就像美人先生与端王妃同样是美人，端王妃身上却有种让人一见就能理解什么叫风华绝代的气质。这对父母太优秀，他实在无话可说。

一大一小互相打量，端王嘴边的笑意越来越浓："我小看回魂了。神医果然名不虚传，李言年游说了我三年，倒也没白费工夫。"

永夜心里一惊，这话什么意思？他藏住思绪，露出天真的笑："回魂师父的山谷很漂亮，有片很大的草地，成片开着花，我只要跑进花丛就会睡着。回魂师父说我睡着了会说很多话，问我醒了怎么就不肯说了。"

"哦？你怎么告诉他的？"端王眼中露出兴趣。永夜那双滴溜溜转着的眼睛透出以前从没见过的灵动，天真中又带着点儿狡黠，真像王妃当年的模样。

永夜认为端王更关心山谷的情况，李言年路上告诉过他，王府所有人都不得进谷，全部留在外面，就算是强势的端王也会对游离谷礼让几分。永夜觉得自己越来越狡猾，他低下头沉默了会儿，突然伸手抱住了端王哽咽道："父王，你……你们不要不管我。"

这声音配着微红了的眼睛，是块石头也会被催出一朵花来。端王身体明显一僵，片刻后才抱住永夜柔声说："不会……再也不会了。"

永夜抬起头，眼中还有着水汽，脸上已露出灿烂无比的笑容："我……过年可不可以和我一起放烟花？还有，带我出去……抱着我看舞狮子？我还想骑马，像回魂师父的小徒弟那样轻松地抓到兔子，还有……"

他每说一件端王的脸就温柔一分，不等他说完端王已举起他与自己平视："你是我的儿子，你想做什么都可以。"

"我饿了，陪我吃饭。"永夜笑道。

端王眉一扬，朗声笑道："好，吃饭！"

永夜将别院中被李言年三天吃了吐、吐了吃练出的吃饭规矩一丝不苟地照搬做了一回。看到他把粥碗里的瘦肉挑出来，端王的眼神终于消失了那抹冰凉，却又多出几分困惑。他看到了他想看到的，却让他想不明白。永夜的习惯、永夜的脸、永夜从前的神情，还有现在的表情……他有些头疼，对自己的眼神第一次产生了怀疑，无法辨认出是真还是假。然而不管真假，就这张酷似王妃的脸，都让他不由自主地疼爱。

原来真如自己所料，端王太不好对付了。一个内院执事可以联系到游离谷的神医，三年来为世子治病奔波于京都与游离谷，极力游说王爷送自己去治病，能不引起怀疑？永夜觉得李言年脑子进水了。王爷若真的疼儿子，为什么不在三年前就同意？

永夜甚至觉得自己病好是王爷意料之中的事情，而让他去游离谷似乎表明端王根

第十章

本不在意这个儿子的生死。

而永夜自己最想知道的却是他与这家人的关系。因为他的脸，实在是和世子长得太像了。

"父王，你说奇不奇怪？我在回魂师父的山谷里好像还看到一个小孩，和我长得很像，我想细看，回魂师父就把他送走了。"永夜喝着粥很自然地提及。

他的目光低垂，落在下方端王的手上，那双放在膝上的手一震，又迅速恢复了平静："真的？真的和你长得很像？"

"是啊，是挺像的。"

端王没有再说，摸了摸他的头，笑道："这世上有人长得相像也没什么，你母亲和她同族的几个妹妹小时候也长得很像。"

"哦。"永夜喝完粥擦了嘴，拉起端王的手笑道，"我们去看母亲在做什么。"

端王愣了愣，弯下腰对永夜说："你母亲这会儿习惯小睡，别去打扰她。对了，后天宫里赐宴吃年饭，太后见你大好必定很高兴，你先回莞玉院吧。"

永夜往外走的时候，悠闲地迈着步子，一如山谷里的紫袍小孩。这世上长得像的人有这么多？他不信。端王的手也只那么一震，却没能逃过自己的眼睛，疑惑的星火在端王心中点燃，他就在旁等着看燎原好了。永夜此时的心情一如冬日的阳光，有传说中杀人不眨眼的端王相助，游离谷对自己的威胁只会越来越小。

端王看着永夜离开，脸上的笑容消失了，一掌狠狠地拍在书桌上，咬牙切齿地说："李言年，你们太狠了……总有一天我要灭了游离谷！"

走进内堂，王妃正蔫蔫儿地靠着榻休息。端王挥挥手让侍女们出去，他放轻了脚步，却还是把王妃惊醒了。她睁开眼浅浅一笑："我又不是猪，成天睡。"

端王走到榻前握住了她的手，沉吟片刻道："永夜说，在游离谷瞧见了一个孩子，与他长得很像。"

王妃惊得坐直了身，眼圈突然就红了："真是在游离谷吗？"

端王摇了摇头："从李言年三年前提起神医回魂时，我就知道他们的计划，一心想着那孩子是否就在游离谷中。可是，永夜还是回来了，没有调过包。我想，那孩子冒充不了永夜，不会是……"

王妃眼泪从面颊上滴落，颤声恨道："他们怎么会这么狠！要什么没给过他们？狠也就罢了……"

端王轻掩了她的口，软声哄道："永夜也会难过，又不是他的错。这孩子今日开口求我陪他玩，你终究是他的……"

王妃恨恨地背转了身哭着说："让我怎么对他好？我瞧着就难受！"

端王尴尬地咳了两声提醒道："也许……真在游离谷呢？"

王妃转过身来，盯着端王一字一句地说："这么多年了，一点儿音讯都没有。现在多少有点儿消息，难道还怕了游离谷不成？"

端王微微一笑："这，就要看我的安排了。"

王妃眼中露出希望的光来，那束光摄人心魄。端王轻轻托起她的黑发深深一嗅，轻笑道："相信我，没错的！"

第十一章
皇宫夜宴

安国京都的皇宫与所有的皇宫一样气派。

永夜望着看不到边的高大宫墙，很羡慕皇帝，若是他有这么多银子，他肯定不会靠当杀手赚钱。要知道，游离谷一个月只给他二两银子的月钱。

"皇宫很漂亮是吗？"端王在一旁问他。

永夜没有来过皇宫。端王府指南书里说这位世子从未进过皇宫，端王遍召名医，太后、皇帝派遣御医，一切事宜都在王府内进行。

据说太后还曾经亲临王府看望这个自闭安静的小孙子，端王恳请张相爷速作新诗逗永夜开口，然而太后还是伤心而去。为避免让太后悲伤，永夜就再没出现在太后面前。

他一路上东张西望，不隐藏自己对皇宫的好奇。

安国的皇宫正统端方，沿中轴线一串高大殿堂四周配以各处殿室，烘托出天子威严。方方正正的四合院一处套一处，大殿接偏殿缀合成院子。同样的红墙黄瓦，同样的金砖白玉栏杆。皇宫又叫紫禁城。

一路边看边想，这时听端王问他便呵呵笑出声来："没王府舒服！"

永夜的回答让端王一愣，低声问道："为什么？"

"皇上有三位皇子，父王只有我一个，我不必搬出去住。"永夜笑道。

端王忍俊不禁。他慢慢回味着永夜的回答，看他的眼神中又多了重深思。永夜病好之后思维原来是这般敏锐。十岁的孩子就能说出意味深长的话来，一句话概括了多少血腥，以及为争夺这座美丽皇宫而起的杀戮。端王不得不对永夜刮目相看。

永夜没注意到端王的神情。他很兴奋。

端王妃突然轻叹一声，牵住了永夜的手："这里太大，跟娘一起走。"

永夜一愣，触手绵软，他又高兴起来。想开口说话，又觉得端王妃说不定不喜欢，便打消了这个念头。

走在一旁的端王瞥了母子俩一眼，一大一小牵着手走的姿态如此和谐。他的心不禁柔软起来，轻声对永夜说："永夜从来没见过皇上，会怕吗？"

永夜摇了摇头。后宫佳丽三千，他只怕自己今晚会把眼睛看瞎了。

"好孩子，记得先叫皇上，再喊皇伯伯！一定要开口的。"端王越来越放心永夜，这个儿子回来后的每一次接触都给他惊喜。他有些感叹又有些骄傲，毕竟是他的孩子。端王觉得有种父亲的情感在体内慢慢滋生。

永夜点点头。见端王与王妃似松了口气，他笑道："父王放心，永夜会好好打招呼，不会丢王府的脸。"

团年饭设在了太后的寝宫毓庆殿，这是后宫中仅次于皇帝的寝宫龙祥殿的宏伟建筑，白玉石阶之上朱漆宫门大开，宫女与内侍直排到了石阶下方。

端王一家三口到达时，悠长的报信声在空旷的殿堂内外久久回荡。

各宫嫔妃及皇子公主都已就位。进了毓庆殿，永夜顿时眼花缭乱。

香风阵阵，细细碎碎的谈笑声、环佩声、钗头璎珞摇晃的声音从四面八方传来。他抬头看了眼镇定自若的端王妃，还是觉得她最漂亮。永夜禁不住也有些得意，手握得更紧，下巴抬得和端王一样高。

"端王世子啊？"

"和王妃长得好像，真漂亮！"

"听说以前是……白痴！"

"……是哑巴吧！"

后面的声音压得极低，永夜连黑暗中掉根针都感觉得到，这些声音隐在暗处，被他一字不漏听了个清楚。他感觉端王担心地投来一眼。永夜保持着脸上的笑容，他感觉到端王似松了口气。

他走在端王身后，看不到他的表情，却感觉到议论声越来越小。永夜暗笑，他这位父王的眼神可不是一般的凌厉，被扫过一眼的最好乖乖住口，免得惹怒端王。

他的手却被端王妃握得更紧，这种自然流露的保护欲让永夜感动。不管王妃是否冷落他，却是不允许外人伤他一根寒毛的。

太后、皇上、皇后都还没到，端王含笑与老王叔、静安侯等寒暄过后就坐了一桌，永夜的座位与皇子、公主们在一起。

端王妃牵着永夜，柔声对内侍说："世子初次来皇宫，公公多照拂了。"

那内侍连声答应，引永夜过去。

他跟着内侍往大殿角落上去的时候忍不住回头看了一眼，端王妃还站在原地瞅着他，永夜心里的那处柔软就被狠狠地撞了一下，说不出是喜是忧。她真像他的母亲，永夜轻叹口气。

角落里摆放的这桌坐了三位皇子、四位公主、两位世子以及一位郡主。他们都曾见过面，彼此熟悉，正在说笑。见内侍引了永夜过来，都好奇地瞪圆了眼睛看他。

永夜见是一群孩子，虽有皇子，但他也不知道该如何行礼，便笑了笑坐了末座。

"永夜哥哥！"一个六岁大的小女孩突然离座跑到他身边，甜甜地喊了他一声。

永夜还来不及看三位皇子，听到这声音侧过头，看到了一双黑乌乌的眼睛，乌木一般的黑发，穿了件领口翻着雪狐毛的棉袍，更衬得肌肤胜雪、唇红齿白。白雪公主！永夜忍不住伸手摸了摸她的头，温柔地问她："你叫什么名字？"

"我叫蔷薇！我是静安侯的蔷薇郡主！永夜哥哥，你好漂亮！"蔷薇的声音脆生生的，喊得满桌人都听见了。

永夜真想狠狠地亲她一口，太可爱了："蔷薇才漂亮，以后肯定是大美女！"

"我喜欢永夜哥哥！长大了嫁给你好不好？"

永夜怔住，呵呵笑了起来。

"没大没小！还没给本皇子行礼呢！不懂规矩！"

永夜一愣，见说话的人很英俊，脸部轮廓分明，身着玄色织锦缎衮龙袍，绣有四爪团云龙，穿的正是皇子礼服，头髻用了根墨玉簪子绾住，眼神冰凉地睥睨着自己。

这位皇子的左边，坐着一位相同年纪相貌清秀的少年，同样的织锦缎衮龙袍，只是着紫色，头发也用根紫玉簪子插了，浑身透出一种温润如玉的气质。

再往右，则是年纪与自己差不多的绿袍少年。永夜明白这正是安国的三位皇子，便微笑着站起身，对三位皇子一揖："永夜初次进宫，不懂规矩。见过三位殿下，见过公主殿下。两位世子哥哥好。"

"二弟，永夜第一次来宫里，他年幼，不知者不怪。"大皇子李天佑温和地开口解围。

二皇子李天瑞哼了声。

三皇子李天祥没说话，只好奇地打量永夜。

这位大皇子果真如李言年所说，温文尔雅，一身书卷气，脾气很好。永夜想起游离谷交代的任务，赶紧对大皇子还以一笑以示感激。

"蔷薇，回来！"李天瑞喝道。

永夜看了眼蔷薇，见她马上嘟了嘴，露出一副不情愿又害怕的神色，他马上明白了二皇子刁难自己的原因。永夜嘴角抽搐了下，为了一个六岁的小女孩吃醋？他很想笑。

永夜还是微笑，这种事情少掺和为妙。自己才十岁，还不想现在和二皇子为敌。

"我要挨着永夜哥哥坐！"蔷薇咬着嘴唇突然大声说，手便扯紧了永夜的衣襟。

永夜哭笑不得，哄着蔷薇："听话，你的座位在那边。赶紧回去坐好。"

"我不喜欢他，我喜欢永夜哥哥！我要坐这里！"蔷薇招来内侍命令道，"给我把座位移过来！"

内侍僵住。

永夜立马头大如斗。他悄悄看过去，二皇子眼中似要喷出火来，俊脸黑得和外面的夜色有一拼。

他该怎么办？永夜叹了口气，站起身抱起蔷薇让她坐了自己的椅子，施施然走到二皇子身边行了一礼："永夜僭越了。"

谁都没想到永夜会这么做。蔷薇咬着唇，委屈得眼泪直在眼中打转。她是从小被捧在手心里长大的，连皇后嫡子二殿下对她也是重视有加，永夜居然不给她面子。

李天瑞看着永夜的脸，再瞧着蔷薇的神色，嫉妒之心骤起，冷笑道："你也配！"

永夜怔住，他正苦恼是不是该拍屁股走人，多少也不能丢了端王府的脸。

听到李天佑笑着解围："三弟去挨着二弟坐吧，永夜坐我这边来。"

三皇子听话地起身走到沉着脸的二皇子面前，笑嘻嘻地说："二哥，我挨你坐！"

看来这位三皇子性子直却也看得懂形势，与自己同岁，也不容小觑。永夜于是又冲三皇子展露了一个笑容，已经和二皇子莫名其妙地结了怨，他可不想再多一个敌人。永夜对这三位皇子一一进行分析，走到大皇子旁边坐下。

李天瑞冷笑着又冒出一句："小白脸！"

永夜摸了摸自己的脸，笑着说："小白脸是指脸很白吗？今天娘娘们的脸都很白！"说着顺手又指了指大皇子，"大殿下也很白！"

李天佑五官清秀，宫里长大的孩子都没晒过几天太阳，皮肤的确白皙。不仅他的皮肤白，二皇子、三皇子和在座的公主、世子都是一身吹弹可破的肌肤。听永夜天真的话语无意中扭曲了二皇子的意思，一桌人都笑了起来。

大皇子摸了摸自己的脸，忍不住看了永夜一眼，目光中带着丝笑意又似对他极有兴趣。大皇子清秀的脸上竟有这么一双深邃的眸子，让永夜一愣，总觉得和大皇子的书生形象不是很吻合。

一桌子都是孩子，心思毕竟浅了，肆意地笑着，也顾不得是在笑话二皇子。

蔷薇与几位公主银铃般的声音像刀子一样刮着李天瑞的脸，他气得一拍桌子，不知怎的，面前一盘烧什锦竟然跳了起来，溅了他一身汤水。

三皇子站在旁边扑哧笑出了声，一时笑声更甚于刚才那会儿，引得内侍也低头忍笑。

永夜很惊奇地看着这一幕，心中得意万分。他这一手功夫难不成这堆小屁孩还能

第十一章

看出来？李天佑瞟了他一眼，皱了眉吩咐内侍："还不侍候二殿下去更衣？太后、皇上马上就到了。"

他们这桌最远，没引起周围的注意。听大皇子这么一说，李天瑞想起今天无论如何不能在太后、皇上面前失礼，将恨意掩下，狠狠地瞪了永夜一眼，迅速选择先去换袍子。

永夜想起了李言年评价二皇子的话，十四岁的少年，能忍这口气心机真是不浅。对二皇子临走时投来的怨毒目光，永夜只有一个想法，先下手为强，有机会先杀了他。

等李天瑞回转席间，太后、皇上与皇后也到了。

所有人离席跪迎，高呼万岁。

永夜悄悄抬起头，用他在黑暗中练出的惊人目力观察二十丈开外的太后、皇上与皇后。

皇帝冕冠上垂着旒，身着柿蒂膝五爪行龙袍。正值壮年，眉宇间沉稳大度，嘴角带了丝极温和的笑容。这笑容与端王的笑迥然有异，没有端王那种总给人笑里藏刀的凌厉，让人瞧了如沐春风。

皇后是个极美丽的妇人，不知怎的，那顶龙凤珠翠冠扣在她头上总让人感觉她除了高高在上之外，另有一种锐气。永夜终于明白二皇子轮廓分明的五官长在男人脸上叫英俊，长在皇后脸上，就不够温柔了。

而大皇子的生母李氏则是江南女子秀气的容貌。永夜轻叹，是男人一定会宠爱李氏，女强人引不起男人的保护欲，难怪李言年说李氏受宠。

而张氏那股子豪爽气也是男人极喜欢的，说话可以不必太小心。当皇帝的总有几分苦闷，对着温柔的李氏怕吓坏她，对着要强的皇后又说不出口，所以张氏也颇得帝心。

永夜瞧见皇后往这边看，盯着李天瑞的袍子似在诧异他怎么换了身衣服。他赶紧埋下了头。

李天瑞沉着脸没吭声，他明白自己那一掌绝无可能有这样的力道。目光瞟过李天佑清秀的脸，心里恨意顿起。他断定是李天佑暗中动了手脚，这席间应该只有李天佑才会有这种功力。

席间坐定之后，皇上问道："永夜来了？"

端王目光看过来，永夜赶紧上前行礼："皇上好，皇伯伯好，皇祖母好，皇后好，众位娘娘好。"他一口气报了一长串，心想应该没有遗漏了。

裕嘉帝欣慰地笑了："真是好孩子，起来吧！"他并没因为永夜失礼而责怪，反而喜欢上了他这种诚恳。

"永夜真的会说话了，过来，让祖母瞧瞧。"太后脸上露出惊喜之色，冲永夜招手。

太后不过五十来岁，满头珠翠，仪态端庄，笑得很慈祥。

永夜很喜欢这种有气质的女人，他走上前去又行了一礼。太后一把拉起他，搂进了怀里，捧着永夜的脸啧啧称赞，对端王笑道："这是今年最舒心的事了。你就这么一个儿子，现在大好，哀家也放心了。"

"托母后洪福。"端王举杯敬酒，与永夜眼光一碰露出了个鼓励的微笑。

永夜知道今晚的言行合了端王心意，也很开心，赶紧望向端王妃，见她脸上似笑非笑，眼里含着几分凄楚，他心里一酸，低下了头。

殿内觥筹交错，团年饭吃得开心愉快。

永夜就一直被太后拉着，心肝宝贝似的又摸又捏。

皇后瞧在眼中心里有些吃味儿，自己的儿子都没被太后这般宠爱过。她微笑着对裕嘉帝说："皇上，臣妾瞧世子与端王妃竟是一个模子刻出来似的，这般机灵，从前不会说话真是匪夷所思。"

"是啊，永夜，究竟为什么一直不肯说话？"太后好奇地问道。

想陷害我？永夜眨巴了下眼睛说："听说是喉间长了个疮，说话就疼，只能以药物化掉，永夜足足喝了半年的苦药呢。"

"我可怜的永夜！还要服药吗？"

永夜把头摇得拨浪鼓似的："永夜再也不要喝药了。"

"现在大好了？"

"就是……精神不好，白天总瞌睡，说是要慢慢调理。"永夜斟酌着回答，为将来进宫读书犯困埋下伏笔。

端王在下首将这番对话全纳入耳中，永夜不仅病好肯说话，且会撒谎。他忍不住呵呵笑了，举杯敬同桌的老王叔，酒到杯干，喝得甚是痛快。

这时李天瑞突然站起来说："父皇、皇祖母，永夜是头回进宫，天瑞想送永夜礼物，顺便带他在宫里游玩可好？"

"嗯，天瑞有这份心很好。去吧。"皇帝的夸奖让皇后眉开眼笑。

李氏与张氏赶紧飞了个眼神给大皇子、三皇子。

"父皇，儿臣也有礼物送与永夜。"李天佑、李天祥同时说道。

裕嘉帝见儿子们懂得友爱，龙心大悦，都准了。他笑着对端王说："三位皇子都喜欢永夜，朕这个做伯父的瞧得心里高兴。过了年，就让永夜进宫读书吧！"

"谢皇上恩典。"端王与王妃连连谢恩,起身后看向永夜,眼神中却带丝担忧。皇上如此说话必是想着将来让永夜辅佐一位皇子。皇帝正值壮年,臣子们却希望早立皇嗣以安国心。裕嘉帝迟迟不允,让永夜进宫读书,分明也是想知道端王的态度。

看到端王与王妃担心的眼神,永夜的心情雀跃起来。他知道二皇子没安什么好心,但是若论谁后台硬,他觉得也不输给皇后,团团一揖大步随着皇子们离开。

出了毓庆殿,永夜深吸了口冷空气,带着清新的凉意从喉间冲进胸腔,再从身上的毛孔透出去,把殿中带出的温暖一扫而空。

月光照在雪地上,泛出淡淡的蓝色。白玉台阶之下重重回廊银光闪闪,隐在灯光之中的楼台殿阁也落满了雪,往来几个内侍将手插在袖笼中安静地低头行走,脚下踏着浅雪发出沙沙的声响。

永夜默默地想,这座美丽的皇宫,是未来几年他战斗的地方。

温文有礼的大皇子是他将要保护与辅佐的对象,阴险狠毒的二皇子是他要对付的目标。三皇子天祥呢?永夜看着这个与自己年纪差不多大的皇子起了疑心。游离谷真的对自己这么信任?一切都交了底?他想起李言年的话,不可全抛一片心。他是否才是躲在背后的那只黄雀呢?

"大哥,三弟,我殿中备了上好烟花,带永夜去放烟花如何?"天瑞笑着开了口。

二皇子的变脸功夫炉火纯青,他准备的节目让永夜觉得有趣。

"谁?"天瑞突然喝道。

一个小小的身影从柱子后转了出来,眼睛滴溜溜转个不停,正是蔷薇郡主。

天瑞一愣,走过去牵着她出来,斥责道:"外面冷,出来干吗?"

蔷薇嘴一翘,突然甩开了他的手跑到永夜面前抬起脸哀求:"永夜哥哥,我……想和你一起去放烟花。"

永夜无奈地想:真是个小灾星,二皇子占有欲强,这不明摆着让他恨自己吗?三皇子天祥正巧站在永夜身旁。永夜冲蔷薇一笑,抱起她,在她笑容才绽开之际把她送到了三皇子手中:"永夜力气小,抱不动这小胖妞,劳烦三殿下了。"

天祥如同接了个烫手山芋,抱着蔷薇不知所措,看着她眼里的水汽越来越多,一转身把她扔给了大皇子天佑:"……还是大哥力气大些。"

蔷薇扭动着身体,咬着嘴唇倔强地不肯哭出来,神情已是极度愤怒。

永夜终于感觉到二皇子嘴边露出了一丝笑意,这才松了口气。

"蔷薇,我抱你去看烟花可好?"天佑温柔地开口,看永夜转过头似在看景,而二弟目光就没离开过蔷薇,好笑地摇了摇头。

蔷薇抱着天佑的头,把小脸埋着。不多会儿天佑就觉得脖子里进了水,难受至极，却又可怜她，轻轻拍了拍她的背。

李天瑞走到大皇子面前，冲蔷薇说："我抱你去！不然就不准去！"

"二弟！"大皇子责备地喊了一声。

蔷薇泪光盈盈，可怜兮兮地看看永夜，她本不想去了，可又想跟着永夜，一时半会儿竟无从选择。

"最讨厌女孩子哭哭啼啼，你若去了，我就不去了！"永夜冷冷地说道。

蔷薇扭动着身体挣扎着下了地，冲二皇子张开了手："我去！"

永夜一怔，长叹一声，这就是女人！不让她做什么，偏要和你对着干，这么小就这样，长大了还了得？

李天瑞得意之极，语气却温柔起来："蔷薇乖，我带你去放最漂亮的烟花！"

蔷薇抬高了下巴，忍不住还是看了眼永夜，大声说："我也要放！"

"好！"

二皇子这么快就露出一个软肋？永夜觉得更有趣了。

一行人很快到了二皇子的庆元殿。天瑞喊内侍捧了烟花放在院子里，亲自点燃了一个。只听"滴溜"一声，一道火线直冲云天，在半空炸开一蓬银雨，甚是美丽。

"哇！二殿下好棒！"蔷薇高兴得直拍手，眼睛却直往永夜身上一转，见他抬着头看烟火压根没注意到自己，喊得更大声。

都还是半大的孩子，三皇子、大皇子也拿了香点烟花玩。

蓬蓬银花划破了紫禁城的夜色，金黄色的月亮挂在长空，被银色的星星点点映得格外美丽。永夜突然想起了和月魄躺在草地上的情景。如果月魄能看到这么美的烟花，一定非常高兴。月魄不会错过任何一个有星月的夜晚，他总是说："你看星星月亮总是在一起，我们是兄弟。"

天佑回过头，瞧见永夜站在一旁安静地欣赏，精致漂亮的脸上也挂着笑容，却带了几分寥落，便走到他身旁说："永夜怎么不去放烟花呢？很好玩的。"

永夜看了看正玩得高兴的三个人摇了摇头，他在等，等二皇子请他去放。

天佑正欲再劝，天瑞笑嘻嘻地走了过来："永夜，来玩吧！"说着递了管烟花和一支香给他。

这就是二皇子为他准备的礼物？"多谢二殿下！"永夜微笑着接了过来，看了看手中的烟花，把它放在了空地上。

他弯下身子去点的时候，又站起身回过头瞧了瞧。二皇已退到三丈开外，三皇子也在三丈开外，大皇子在永夜身后一丈左右，而蔷薇，二皇子并没拉住她。

永夜笑了笑："这枚烟花一定很漂亮！"

第十一章

蔷薇忍不住想离永夜近点儿，永夜感觉到了，他迅速点燃引线。

只听"轰"的一声，烟花竟是二踢脚一类的大爆竹，且引线做得特别短，瞬间就炸开了。永夜在炸响的一刻大叫一声，顺着气浪回身扑到蔷薇身上。背上一痛，他暗骂自己太小看二皇子的狠毒，这爆竹中竟然混有少量铁砂子。还好自己穿着青衣师父送的乌金甲衣。

一旁侍候的内侍被吓得蹲在了地上。

大皇子离永夜最近，他旁边是廊柱，一闪避过，听到了轻微的"噗噗"声，眉尖一蹙，看向二皇子。见天瑞、天祥离得远，张大了嘴似乎也在为这爆竹的威力所震慑。

回过头看到蔷薇从永夜身下爬出来，哇哇直哭，永夜双手抱头，趴在雪地上瑟瑟发抖。

"永夜！蔷薇！"

大皇子冲了过去。

"天杀的怎么把爆竹递给我了？！"天瑞扯开喉咙骂道。

"殿下饶命！奴才不小心。"那个递爆竹给天瑞的内侍跪在地上磕头喊饶命。

天瑞走过去一脚将他踹翻："若真伤到了世子，看端王不剥了你的皮！拖下去！杖四十！拖远点儿，别搅了兴致！"

几个内侍上前将人拖走，天瑞气呼呼地转过头，看到大皇子一把将永夜从地上拉起来。他大步走过去关心地问道："永夜无事吧？"

永夜抬起头，脸色吓得雪白，轻摇了摇头，说话的声音还在发颤："没……没事！"

大皇子眼睛微眯了眯，重重的疑惑涌上心头。

"多谢殿下关心。永夜没事，就是吓住了，下意识地趴在了地上。"永夜似才回过神来。

二皇子疑惑地看了看永夜，有些没想明白，永夜离爆竹那么近，为何没被铁砂打伤？他干笑两声："没事就好，爆竹没把人吓倒，永夜的反应却把我们吓坏了。"

"永夜胆小，惊吓了殿下，殿下恕罪！"永夜拱手一礼，心中冷笑，二皇子看似紧张蔷薇，在这当口却放了蔷薇过来。真有事时，蔷薇就是李天瑞的保护伞。他只需一句"我就算想害永夜，也绝不会去害了蔷薇"便能洗掉怀疑。

"唉，好心情都没了。"三皇子叹了口气，眼馋地望着剩下的烟花极为沮丧。

"永夜吓坏了，这烟花……可惜了。蔷薇，这次看不了啦，下回好吗？"二皇子问道。

蔷薇缩在大皇子身边，想看又怕看。

"玩！我怎么不敢玩？！"永夜似赌气地说道，拿起一管烟花点燃。夜空中再次爆开银雨，只有美丽绚烂。

他得意地冲蔷薇一笑："怎么样？我放的烟花好看吧？"

蔷薇受宠若惊地点点头，竟又走到永夜身边鼓起勇气说："我也要放！"

"好，我教你！"永夜握着蔷薇的手正要点，手却颤抖起来。他叹了口气站起身，正对上天瑞嫉恨的眼睛。

"二殿下，我抱着蔷薇……万一……我怕伤着她。"永夜有点儿难堪地低下头。

蔷薇一愣。天瑞已走了过来，笑着接过永夜手中的香："我来教蔷薇点！"

天瑞拿起香头，握着蔷薇的手小心地将香头触到引线，蔷薇又是兴奋又是害怕。听到引线"噗"的一声燃了，吓得转身扑倒在他怀里。

天瑞哈哈大笑，心情再次愉快。躲得了初一躲得过十五？过了年永夜就要进宫读书，他有的是机会和时间。

烟花一朵朵在夜空中炸开，妖魅如黑夜的眼。永夜露出极灿烂的笑容。

一切竟似没有发生过。天佑松了口气，他没了兴致，只站在一旁瞧着。

三皇子却没有尽兴，叫嚷着让内侍把烟花在雪地里摆放好了，一一点燃。

天瑞看到永夜狼狈心情大好，指着最大的一枚烟花笑道："蔷薇，咱们去点那个！"那枚烟花足有水桶粗，看来是烟花中的极品。天瑞打算留到最后欣赏。

"蔷薇。"永夜轻喊了声，蔷薇马上跑到他身边扬起了笑脸，"永夜哥哥抱你看二殿下放烟花。"

"好！"

天瑞瞪了永夜一眼，对蔷薇一笑："看我放最漂亮的一个给你看！"说着就去点。

引线刚点燃，又是"轰"的一声巨响，地面爆出一阵烟火，竟没冲上天就炸了。

"啊！"李天瑞被炸开的烟花冲翻，袍子上燃起了火苗。

大皇子飞跃过去，脚在地上一转踏起积雪扑到了天瑞身上。

这一变故吓得院内所有人呆若木鸡。

蔷薇惊呼一声已被永夜抱在了怀里："莫怕，永夜哥哥在。"

二皇子狼狈地从地上爬起来，身上新袍子沾上火星的地方烂成了破洞，那支墨玉簪子掉了，发髻松散了，脸也花了。

一晚上居然毁了两件新衣，吃了两次闷亏，天瑞心情恶劣到了极点，破口骂道："谁送的烟花进宫？！报内务府彻查！"

内侍吓慌了手脚，连声应下。

"二弟，有无烫伤？"天佑担心地问道。

天瑞一把推开天佑，拂袖进了殿。

"放个烟花出这么多事，庆元殿的奴才越发不得事了！"天祥啐了一口。

天佑叹了口气说道："时候不早了，我们走吧。对了，永夜，我有礼物送给你。三弟，你先送蔷薇回去。"

蔷薇经历了两次事故也吓得怕了，恋恋不舍地看了永夜一眼，乖乖地随天祥离开。

永夜心情好得不得了，两次不露痕迹地恶整了二皇子，他想不得意都难。他使劲控制着想要放声大笑的冲动，安静地跟着大皇子离开。

转过游廊，天佑见左右无人，便停下了脚步，淡淡地说了声："永夜，你背上的衣裳破了。"

永夜一愣，笑了："父王知道永夜身子弱，给了我这件护甲，不然肯定会受伤。"

天佑瞧了他几眼突然出手，永夜一脸天真地站着也不躲避。他暗自猜测是被大皇子瞧出是他在捣鬼，便打定主意拼着受伤也绝不暴露。

天佑手掌触及永夜身体的时候已没有半分劲气，很自然地弹了弹他领间的雪花，顺手再解下披风给永夜系上。他叹了口气道："二弟确实狠了点儿，你莫要怪他。从小他喜欢的就不让别人碰。蔷薇……给你添麻烦了。"

永夜松了口气，是自己多心了。他眨了眨眼笑道："永夜怎敢怪二皇子呢？明明是那些侍从不长眼睛弄混了烟花和爆竹。"

天佑静静地看着他，沉默片刻笑道："永夜肯这么想就对了。我送你回去，礼物说实话并没准备，下回一定准备了送你。"

两人还没走到毓庆殿，就遇见了前来寻人的内侍。知道端王夫妇已等得急了，永夜赶紧告退。

天佑望着永夜的背影，眼里露出了深思。他并没有把握确认是永夜下的手，然而，跳起的菜盘、在地面炸开的烟花，巧妙得几乎让人以为都是意外。如果是永夜干的，这位足不出户、连话都不会说的端王世子就太厉害了点儿。

回到端王府，永夜正要回莞玉院，端王叫住了他："永夜，来我书房。"

永夜叹了口气，今晚事情怎么这么多？却还是低眉顺眼地跟了进去。

端王站在他面前，负手定定地看着他，突然问道："大皇子的披风怎么穿在你身上？"

永夜头皮发麻，他断不能让端王看到他的后背。衣裳被铁砂打破了，大皇子这才解下披风给他挡着。而一旦说出这个事实，他的乌金甲衣就会暴露，一切就会被拆穿。

永夜想了想答道："我衣服穿少了，大殿下怕我受寒就给我披上了。"

"今儿在席间又闹的是哪一出呢？"端王淡淡地问道，眼神冰凉。

他隔得再远，也关注着永夜的一举一动，看到了一切，也诧异二皇子会自己拍翻一盘菜污了衣裳。

永夜只得老老实实将二皇子因为蔷薇郡主看他不顺眼的事又说了一遍。

端王听到永夜有关小白脸的解释后，怔了怔大笑出声，笑声中带了一份自嘲："我的儿子会是小白脸？！"

说着捧起永夜的脸来，手指触到永夜肌肤的同时浑身一颤。

永夜趁势偏过脸故意气道："父王也如此取笑永夜的长相？！长得像母亲是永夜的错吗？！"说完不理端王转身就走。

端王怔住，张嘴想喊，又没喊出声来，无力地滑坐在椅子上。

"王爷！"端王妃的手轻放在他肩上，温柔的声音唤醒了他。

端王把脸挨上端王妃的手喃喃道："不知为何，他的脸与永夜的极其相似。可是，那神情……那神情却与我少年时一般无二。我每次见他就忍不住想疼他，以前却没有过。"

端王妃听着眼圈都红了，轻声道："我对不住你，没好好照顾他。你又不肯纳妾，这王府的子嗣就他一个，我……"

"别说那些，当年我娶你时就立过誓，绝不负你。永夜……看他自己的造化了。"

第十二章
步入杀手生涯

年三十，京都的雪越发下得紧了，沿城墙根一带压垮了不少民房。极窄极深的巷子里隐隐有哭声传来。

巷子深处一扇木门"吱呀"一声开了，走出一个黑衣的男子。他抬手将风帽帽檐又拉低了些，只露出半张长着浓密胡须的脸。他默默地站了会儿，握剑的手紧了紧，慢吞吞地走了出去。

巷口摆了副挑担，左边烧着炉子架着汤锅，右边摆着佐料碗筷，旁边支了张小木桌，还放着几张长凳，一个须发皆白的老者蹲缩在炉子旁借着火取暖。

雪花密密实实地飘着，若不是汤锅冒着热气，几乎没人注意到这里还有个卖面的小摊子。

"王老爹，今日还摆摊哪？"黑衣人停了下来。

王老爹顿时有了精神，从炉子后站起身，忙不迭地去扫桌凳上的浮雪："不摆不行啊，多卖几碗面，晚上家里好过年。"

黑衣人没再说话，坐下来。

不多会儿王老爹便端来一碗阳春面："这是今儿卖的第一碗面，这年节……不好过喽！"

黑衣人默不作声地吃面，连面汤都喝得干干净净。

寒风吹来，带来笑声。王老爹眯缝着眼望着不远处，轻叹了声。

一巷之隔，天地差别。

谁又能注意到京都最大、最奢侈的销金窟——犬马声色的集花坊，背后有这般凄凉的景象？豪门贵胄一掷千金面不改色的风流，贫贱人家却为年三十一顿白面饺子发愁。

黑衣人站起身，捏了捏钱袋，把一颗银豆子放在桌上。

"少侠……"王老爹很为难，这才开张，他如何找得开？

黑衣人笑了笑："下回来吃我不付账就是。"

王老爹感激地看着他:"哎,多谢……"他小心翼翼地将银豆子放进了怀里。抬头时,黑衣男子已去得远了。

看看天色尚早,再卖几碗面就可以收摊回家过年了,王老爹皱纹遍布的脸上已露出喜悦的笑容。

"就是他了。"李言年冷酷地说道。

"为什么?他只是普通百姓!"永夜咬牙切齿地问道。

李言年侧过头看着永夜,淡然一笑:"谷主觉得你心太软,让你练练手罢了。你要明白,长得像世子的,不止你一个。"

"哦?还有永夜二号、永夜三号备选?那找他们好了。"永夜不在乎地说道。他不信还有比他更适合的人选。

"没有比你更合适的。不过,不听话,再合适也不合适。"李言年看穿了永夜的想法。

永夜抬起头与李言年对视良久:"你知道,我并不是个心软之人。"

李言年点点头同意,眼神中充满了怜悯与讽刺:"谷里要的是绝对的服从。记住,谷里每一次给你的机会都一样。你生他死,他生你死。"

永夜望着脸上犹带着笑的老人,怒气与无奈在胸口冲撞。片刻之后他喃喃地说:"这是师父们给我的新年礼物?"

"对杀手来说,是最好的礼物。"

永夜甜甜地笑了:"多谢师父了。我想,他在风雪里冻得也很难受,睡一觉也是好的。"

"不,"李言年的声音比风雪还刺骨,"这里太素净了,过年总要喜庆一点儿好。"说着递给永夜一个皮囊,"你的青衣师父给你的新年礼物。"

永夜接过来,里面一排银亮的柳叶小飞刀。一寸长,一分宽,加了纯银,他掂了掂,正合手感。他苦笑,不仅要他做杀手,还要做一个人神共愤、有痕迹可查的杀手。游离谷好毒的心思!等他双手沾满无辜者的血腥后,还能撇清关系?原来,控制他的就是这法子。

可是你们不知道的是,我并不是你们以为的纯真孩子,需要从杀兔子开始练胆子。永夜弹了弹肩上的雪花,不紧不慢地掂出一把小飞刀,问道:"胖掌柜没宰青衣师父吧?"

"他很开心送你的礼物,只收了成本价。"李言年轻笑。

笑声很轻,转眼被风吹散。

王老爹只感觉一片凉意从喉间掠过,他有些呼吸困难,禁不住用手摸了摸脖子,摸到一点儿温热，像他伸出手在炉间烤火得到的暖意，脑中阵阵眩晕。

"你出手原来这么快！"李言年喃喃道。

永夜望着白雪中那片血花，微笑道："过年有点儿喜庆也好，师父说得对。"

他的笑容让李言年起了一身鸡皮疙瘩，转开头急急地说："走吧，府里还等着呢。"

永夜打了个哈欠，今天很疲倦，得早点儿回去，倚红、揽翠还等着他的礼物呢。晚上王府里还要开家宴、放烟花。永夜突然想起那晚在宫里恶整二皇子的事情，忍不住笑了，笑着笑着便觉得脸上淌过一阵冰凉。他把斗篷帽子扣上，遮住了不断袭上脸庞的寒意。

"知道为什么一定要你杀他吗？"李言年捧着礼物跟在永夜身后说道，眸子里闪过一抹狠绝。

永夜心里一沉，他不是没注意到那个戴风帽的黑衣人，很寻常的江湖打扮，穷得只有一颗银豆子也给了老人。难道这个人大有来头？

"他叫风扬兮，今年十八岁，是个……侠客！"

侠客？就这么简单？永夜嘴一撇。

"他十二岁时找上游离谷。"李言年缓缓地说道。

永夜皱了皱眉，这算什么？

"从来没有人能找到游离谷的所在。游离者，缥缈不定之意。"

永夜这才心惊。如果游离谷真的位于安国西陲群山之中，一锅端了也不是多难的事情。听李言年这么一讲，他才真正觉得游离谷的神秘，而越是神秘其力量就越不容小觑。

"他十四岁打败齐国第一剑客，十五岁与陈国第一高手大战散玉关战成平手，他从没有败过。"

"你是说，让我杀那个老人，是成心让我去惹他？"永夜笑道。

李言年也笑："你杀了他想保护的人，除非与游离谷共进退，否则只会死在他手上。"

"你们威胁人一向这么直接？"

"星魂，别忘了，你的一切都是游离谷给你的。做人，要厚道。"

永夜扑哧笑出声来，蓦然回头指着李言年喘着气大笑："将来……呵呵，你死了我一定为你请佛念经超度。"

漫天雪花纷扬，街上行人步履匆匆。一个锦衣少年边走边笑，在他身旁紧跟着眉头紧锁的俊朗男子，似在苦思着什么问题。

雪落无声，炉头上铁锅里的汤水还冒着热气。

棚户区户户人家大门紧闭，再穷这里也是家。门板墙缝挡不住的寒风进得门来，也被团年的亲情融化了。

风扬兮静静地嗅着空气中被冻住的血腥味，越是愤怒激动他越是冷静。

王老爹身上已积了雪，像地上隆起的一个小雪堆。

拂开积雪，他看到王老爹喉间那半分银色的飞刀，没有正中喉心。风扬兮大喜过望，扶起王老爹舀了碗热汤小心地喂下，王老爹咳了一下。他抱着王老爹就往医馆走。

年三十的医馆药铺大门紧闭，风扬兮敲得急了，喊了几嗓子，门才被掀开一条缝："今日歇业……"

话未说完风扬兮已抢了进去："大夫呢？救人！"他的手一直贴在老人背心，缓缓注入真气，生怕老人受不住。

看到老人喉间那半分飞刀，大夫一惊，顾不得埋怨，吩咐徒儿打了热水，小心地取刀。等到刀取出敷上伤药，才松了口气。

"还好这飞刀入喉不深，又射得偏了，看着惊险实则无大碍。公子请放心，调养些日子也就好了。"大夫叹了口气，又道，"只是年纪大了，终是不妥。一定要好好补补身子才行。"

风扬兮微笑地点头，他知道王老爹已无碍，见老人感激地想开口，赶紧说道："好生休息着，不妨事的。"

临走时拎了药，他一摸身上却没了银子，风扬兮有些尴尬："今日救人心切未带银两，改日一定奉上。"

王老爹抖着手从怀里摸出那颗银豆子。风扬兮心里一酸，止住了他："老爹放心回家过年便是，一切有我。"

那大夫摇了摇头，冲他摆手说道："医者父母心，侠士义胆，请走好。"

"银两改日一定奉上。"风扬兮又说了遍，这才抱起王老爹离开。

送了王老爹回家，风扬兮回到巷子里的破屋，拈着那柄小飞刀看了半晌。

他的风帽已经取下，脸型瘦削，胡碴儿遮了半张脸，有些不修边幅，眉毛乌黑浓密，双眼却出人意外地颇有神采，锐利蛊惑。

是什么人会伤害一个可怜的卖面老人？是冲着自己来的吗？那为何不将这条街上的张大婶、赵大叔一并杀了？

使用飞刀的人手劲不足、准头不足，与其说杀人，不如说像孩子玩弹弓似的误伤了老人。风扬兮下了这样的判断，随手将银色飞刀放入了怀中。

风从屋子的四面八方袭来，天渐渐暗了，风扬兮想了想，又出了门。

第十二章

京都这个年过得并不顺利。大年初一，京都府尹曹大人便接到数十宗报案，愁得不知如何是好，恼得指着府中妻妾们为他精心准备的边炉骂道："简单包顿饺子就是了，搞这么多花样出来做甚！"

一屋子妾室全低下了头，大夫人却扬起脸说："老爷接了案子发愁，何苦拿全家大小撒气？我连私房银子都被贼子拿走了，咱们家也是苦主！"

曹大人气得浑身发抖，又无话可说，拂袖去了刘师爷住的院子。

"我看，必是有人想劫富济贫，所取也不多，只是大人……"刘师爷跟了府尹大人二十年，一直是曹大人的主心骨，思虑片刻得出了结论。

他隐了后半句没说，眼中透出忧虑。东主曹大人家被偷得太多了，多得让他听了都吃惊。以京都府尹三十五石的月钱无论如何也不可能家有黄金万两。这事要是闹腾出去，案子还没破，曹大人就只等着被参一本了吧。

曹大人与刘师爷之间并无忌讳，他毫不客气地坐下，自顾自倒了一杯酒饮下，恨恨地说："所取不多，麻烦却大。罗太师、张相爷、户部马侍郎、工部陈郎中……这贼子也忒狡猾，他怎么就不去端王府！"

原来年三十晚，京都出了窃案。罗太师府失银三百两，张丞相府失银两百两，马侍郎府失银一百两，陈郎中被窃了五十两。京都商贾大户每户失银一千两。

府尹夫人一早哭闹，她攒的三千两私房银子不翼而飞，曹大人脸色铁青喝止了她。

他自己藏在密处的宝贝被一锅端了，他当官几十年的血汗钱，让他如何不恨？又着实不敢声张，价值万两黄金哪，再当几辈子的官，不吃不喝俸禄攒到一块儿都没这个数。他只求保住官位，银子再挣也就是了。

可此次受害的都是豪门，被人无声无息盗了银，如何不怒？初一大早，纷纷遣侍卫、家臣敲鼓报案，只差没把京都府衙门外的牛皮大鼓敲破了。

非富即贵，让曹大人又如何不愁？

"大人！端王掌京畿防务，兹事体大，何不求助王爷？"刘师爷献了一策。

府尹摇了摇头："我虽是京都府尹，正三品官员。可要求见端王，谈何容易！"

"大人何不前往张相府……借查案之机相求相爷？端王妃可是张相爱女。"

府尹眼中一亮，酒也不吃了，让师爷通知了府丞召了衙役，备了厚礼前往相府。

相府位于京都枣子巷，门口雪地里落了一大片爆竹纸屑，红得喜庆。府里失了银，年还是要过的，更何况，端王世子——相爷的小外孙今天过府拜年，张相喜得眉开眼笑，嘱下人报了案，也没把那点儿事放在心上。

端王、王妃进了宫，永夜独自由李言年及一帮侍卫陪着来了相府，正摇头晃脑背张相的诗句讨外公高兴。

张相听得永夜声音清朗，瞧着他面目酷似爱女，心里疼得什么似的。想起从前为永夜的病发愁，如今真正好了，却又有几分伤感。

"永夜，你可有新作？"张相知道外孙酷爱诗词，只顾往永夜的喜好上引。

谁知永夜烦的就是这个，不是不能抄袭，但他就是讨厌，更不想一不留神就整个神童的称号扣在头上，以后少不得要与一帮酸人斡旋，便摇了摇头说："自瞧了外公的诗词，永夜再不敢作诗！"

这马屁拍得张相乐不可支，笑骂永夜是小马屁精。

"外公，听说母亲幼时也有长相酷似的姐妹，是否也与永夜相像？"永夜很想知道。

"那是幼时，都说长得像，大了却不像了。"张相轻描淡写地说道，眼神中透出一丝悲伤，似在伤感着什么事。

"那我姨妈们生的孩子呢？也和我小时候长得很像吗？"

张相身体一颤，伸手把永夜揽进了怀里，轻声道："他们福薄，外公就只有你一个外孙了。"

为何张相这样说？难道自己真的是端王的亲子？永夜心里暗暗猜测着，正要继续问下去，府中总管急急走进来说京都府尹曹大人来了。

永夜跟着张相去了前堂，见檐下站了一溜儿手持烧火棍的衙役。一个马脸官员满面愁容地坐着。穿着绯色孔雀图案补服，头戴金银花饰乌纱帽，看他的服饰，便能知道他就是府尹曹大人。

"给大人拜年！张相爷为国为民操心劳苦，这是下官的一点儿心意，顺便……了解一下昨晚窃案细节。"曹大人起身深鞠一躬。

张相嘱人带了衙役们去烤火，招呼曹大人坐下，正想说话，瞧见永夜还站在一旁，便摸摸他的头笑道："永夜去玩吧，晚饭过后再回王府。"

曹大人听到这话抬起了头，谄媚地笑道："原来是端王世子，生得如此灵秀可爱，将来必是人才！"

张相呵呵笑了起来。

永夜本想见识下官场上这些人如何打交道，外公却不愿他在场，便行了一礼离开，走出前堂的时候，听到曹大人似跪地恳求："下官确实犯难，恳请大人……"

他正想听下去，李言年走了过来。永夜一笑，迎了上去："李执事可愿陪我一游相府？"

"小的遵命！"李言年垂手应下。

第十二章

相府占地颇宽，外面已是一片银色的世界。永夜四顾无人，便笑道："我见李执事对那位曹大人颇为注意。"

"你的下一个目标就是他！"李言年淡淡地说。

"这次又是为何？"

"京都府尹的位子何其重要，他是皇后的人，不除不行。"

永夜叹了口气："难道挡了大皇子的道，都要除了吗？这天下之人，如何杀得过来？"

"大皇子宅心仁厚，李妃却无根无依，不如此，如何斗得过皇后？不过，我可以告诉你，这位府尹大人可不是善辈。当府尹不过五年，已在京都纳了九房小妾，置下田产、房产若干。他还是牡丹院的常客。昨日京都窃案，牵涉户部、工部与雪灾有关的官员，看来那位窃贼也不是随便取银的。可曹大人却没有报失，不知道是否失银太多，报了数额怕丢了官。"

"会是谁呢？"永夜问道。

李言年苦笑："你当游离谷无所不知？我们有我们的势力，却不是任何事都能掌握的。这天下之大，窃贼太多了。"

窃银者贼，窃国者还是贼。永夜笑了笑："我为你们当杀手，还为你们做世子，我是否该拿双倍的月钱？"

李言年呆了呆，从袖中拿出张银票："谷中规矩，这次任务是一千两。"

永夜不客气地收了，看了李言年一眼，冷了脸："从现在起，除非传谷中讯息，尽量少靠近我。我不想让任何人知道我与游离谷的关系，如果谷中还想让我完成任务的话。"

李言年皱了下眉："可是你的武功……"

"你要的是结果，别的就不是你能操心的事了。"永夜哼了一声。

李言年被永夜的气势震得一愣，想起他不过才十岁，心里又有些憋屈。盯着永夜远去的背影狠狠地说道："不就是仗着那张脸吗？端王都不敢这般对我说话，臭小子！"

永夜出府的时候，曹大人也正离开。永夜上轿前冲他笑了笑，曹大人被他的笑容晃花了眼，觉得府中美妾竟无颜色。他心动地想，牡丹院挂头牌的墨玉也无他的美貌，眼中情不自禁露出猥亵之意，转而想起永夜的身份，他遗憾地摇了摇头。

这番神情全落入了永夜的眼中，他冷冷地想，难得李言年要我杀这个贪官，可就怪不得我了。

这是永夜第一次单独行动。他望着院子出神。每次执行任务之前，他总喜欢静静地将计划再在心中演练一遍。

　　平静地吃完饭，他还去端王书房寒暄了几句。端王笑逐颜开地看着他，那目光怎么看怎么稀奇。倒不像在看自己的儿子，而是在欣赏他的鼻子、眼睛是什么形状。永夜很不想与他有更多的接触，他实在害怕端王用买肉选菜的目光看出他是个假的。

　　永夜叹了口气，对黑夜的喜欢胜过了白天。在光照下他很容易疲倦，而一到夜晚，他的眼睛比午夜的猫眼还亮。

　　只可惜，他不可能也不会永远生活在黑暗中。

　　倚红和揽翠已经习惯晚上不陪着他睡，且不去打扰他。这让永夜晚上行事很方便。纵是如此，今夜他还是在倚红、揽翠和茵儿房中下了醉梦散，保证她们能一觉舒服地睡到天亮，连梦也不会做一个。

　　"梆！"王府更夫报时的梆子声音在远处悠悠地响起。

　　永夜整理了下衣衫，黑色紧身衣，黑白二色的披风。

　　有雪的季节，他不会遗漏这一点。

　　夜晚，京都府尹内衙一片欢笑声。讨得了张丞相支持，曹大人放心开怀地与妻妾们喝酒、涮边炉。

　　琵琶声悠扬洒开。甜美的声音婉转唱道："八十里地风雪难阻哪，郎归程……"

　　琵琶声绝，丝竹再起，房中频频传出嬉笑声。

　　永夜止住思绪，心里的杀气淡了。曹大人该死，其实又关他什么事呢？只因他是皇后的人？皇帝的人也与他无关。

　　如果不是没有力量对抗游离谷，他何苦结束一个这么快乐的生命？

　　永夜决定让曹大人再多乐呵乐呵。他悠闲地趴在房顶上，从揭开的瓦洞中观赏曹大人的小妾跳舞。从远处望去，他像是屋顶上新覆盖上的一片白雪。

　　那小妾面容娇柔，穿了件水红绸衫，换了绸底软缎鞋，舞姿翩翩，看年纪不过十六岁左右，曹大人已四十开外，永夜很是羡慕。当男人实在是太好了，只要有钱、养得起，娶二十房都没问题。想到此处，他对曹大人恨意再起。老子的揽翠马上就要嫁给李言年那个浑蛋了，老子没法娶了她、护着她。你是什么东西，竟敢糟蹋纯情少女！

　　小妾软声唱着歌，水袖撒开，身躯颤抖似站立不稳，越发显出一种柔弱来。永夜仔细一瞧，发现屋里织锦地毯上竟撒了一地黄豆，难怪会站不稳。这个变态！

　　曹大人却看得眉飞色舞连连叫好，让几个年轻的妾室也脱了外衫跳舞去。

　　大夫人坐在席间也看得高兴，旁边竟也有一个妾室打扮的妙龄女子小心地剥去了橘子的筋丝喂她。想来这些年轻的妾室也是她取乐的玩物。

永夜看那几个女子摇摇晃晃地跳舞，忍不住摸了摸自己的脚，穿一层绸布做成的鞋与赤脚站在石子上的感觉差不多，肯定疼。他决定尽快救美丽的小妾们出苦海，手指轻弹挥出了迷烟。

片刻后屋子里一片安静，永夜飘然落下，拈出飞刀有点儿心疼地看了看，加纯银特制的飞刀，一柄就是钱啊！

曹大人昏倒在地上，马脸在烛光下更显丑陋。永夜啐了他一口，本想弄醒了，想起毕竟是一条人命，心里一软，喃喃道："还是这样好，没那么痛！"抬手间一寸长的飞刀已准确没入了曹大人喉间，只余一点殷红慢慢从伤口涌出。

永夜正想离开，玩心又起，在墙上用酒写下"小李飞刀，例无虚发"八个大字。他退后两步欣赏了下自己的书法，游离谷既然想让自己留下痕迹，这样应该可以了吧？

他本该迅速回府，又想起了那位卖面的老人。永夜摸了摸身上的一千两银票，奔向了棚户区。

脚尖轻点屋顶，永夜很愉快地享受着在风里奔跑的轻盈感觉。巷子内只有几十户人家，他查了十来户没见着王老爹，正翻开一户屋顶瓦片查看时，一道剑光无声无息刺了出来。

永夜暗呼糟糕，他竟忘了风扬兮是从这里面走出去的。凌空往后一翻，脚尖顺势挑起一片蓬草，遮挡风扬兮的视线。

从屋里跃出的风扬兮身法之迅速让永夜吃惊，双手撒出一片迷烟，人如飞鸟般迅速后退，没有丝毫恋战的打算。

风扬兮"哼"了一声，剑光如匹练般挥出。永夜向来对自己的轻功自负，却感觉后背一痛。他没有回头借势再往前疾冲。

风扬兮大喝一声："哪里走！"一掌再次拍下。

又一道黑影急如闪电般冲出，竟不顾风扬兮掌力，脚下用力一顿，那间草房瞬间塌下，里面传出主人的惊呼。

"狡猾！"风扬兮狠狠地骂了声，顾不得追上去，跳下屋顶救人。抬眼间，两条黑影瞬间已消失在雪地之中。

好在只是草房，没有伤着人，可是雪夜里无篷挡风却也可怜，风扬兮只好将房主带回自己的小屋安顿。

他坐在屋顶上一动不动，雪从天空飘下，竟不觉寒冷，望着夜色中这一大片棚户区，嘴角扯出满意的笑容。想起京都府尹居然有那么多金银珠宝，风扬兮就觉得自己运气特别好。这个年京都贫苦百姓多少能将就着过了。

影子挟着永夜悄无声息地回到王府。永夜只觉得胸闷，咳了一声，竟呛出一口血来，赶紧找出回魂秘制的伤药吃了。

"无妨，乌金甲卸去了大半内力，受了些震动，养些日子就好。"

"谢谢影子叔叔。"永夜咳出血来，心里舒服了很多。风扬兮实在是太厉害了。"你若是修得《天脉内经》，也不会伤这么重。"

永夜苦笑，他不是没练《天脉内经》，练了还是打不过而已，嘴里却顺着影子的话撒谎："《天脉内经》似乎没什么东西，又不能让游离谷发现，所以干脆毁了。"

"毁了？"影子有点儿心急。

永夜能感觉到影子气得呼吸也变得急了。他很遗憾，影子救他帮他也不是单纯地对他好。

片刻后影子才叹道："也好，省得挂心。也许这内经并不适合你练习。还有，今天你该直接回府。那个老人已经死了。他不死，你会很麻烦。"

永夜心里一颤，他知道自己没杀死那个老人会很麻烦，可是他的确下不了手。他不知道该感谢影子还是该恨他。

"我闯的祸，却要麻烦影子叔叔去擦屁股，实在不好意思。"

"以后莫要再出现这样的事情。"

"以后，再出现这样的事情，影子叔叔还是在一旁看着点儿好。如果被李言年发现，影子叔叔就杀他好了。"永夜一字一句地说道。老人虽没死在他手上，却也是因他而死。

影子沉默了良久，答道："这可麻烦了点儿，李言年还不能死。"

"为什么？你要对我好？"

"我说过了，我欠别人的人情……"

"不是说好让我学一身本事，这人情就还完了吗？"

影子有些尴尬，冷冷地扔下一句："你只要在这里好好过就行了。"

"你知道我是……不是世子。这日子如何好好过？你就不怕我被戳穿了死得更惨？"

"不会的。记住，风扬兮年纪虽轻，功夫却不知比你高出多少，少惹他。"影子说完就走了。

永夜慢慢地回味着影子的话，脸上似笑非笑，似哭非哭，一时间心里竟难受得紧。起了身站在铜镜前，脸，精致得几乎完美，脸色苍白，薄唇上还沾有一丝鲜血，竟有种说不出的楚楚动人之感。"祸水！"他想起月魄的话，手一翻拈着柄小飞刀在脸上比画了下，还是下不了手毁掉。

他对镜喃喃道："青衣师父，你说过，实在不行，天下之大总有安身之地。我的功夫几时才能练得再好一些呢？"

京都府尹曹大人被人所杀之事传遍了京都。裕嘉帝的好心情被破坏得干干净净，责令府丞暂代其职，刑部限期破案。端王领京畿防务，也被骂得狗血淋头。

好在直到元宵过完京都再没出事，只是刑部忙得人仰马翻叫苦不迭，虽然没捉到杀人凶手，却翻出了曹大人贪赃枉法的底子。裕嘉帝对曹大人贪墨的数目大为吃惊，勃然大怒。这等贪官不杀不足以平民怨，虽然是朝廷命官，却不再追责杀人案的侦破进展，事情才慢慢平息下来。

而永夜送入曹大人喉间的那柄小飞刀原本是放在刑部作为证物存档，在某个晚上却被窃走了。

风扬兮看着面前的两柄飞刀出神，他肯定这是个职业杀手，只有职业杀手才会不问忠奸好坏，为了银子杀人。

"杀了那贪官没关系，可是你不该杀了王老爹。'小李飞刀，例无虚发'，是吗？"风扬兮冷笑，眼中透出凌厉之色。他一定会找到他，杀了他为王老爹报仇。

第十三章
设计与认亲

京都元宵花灯年年热闹。家家户户门前都挂着各式花灯。有钱的人家挂以檀木搭骨、雕刻成花鸟图案、配以彩画绢面和玉坠丝穗的宫灯；穷点儿的人家则以竹作架、糊以印有花鸟人像图案的纸灯笼；也有中等人家用薄丝或绢糊成的丝灯。

形状不一，或古朴雅致，或富丽堂皇，直把京都变成了不夜天。

集花坊一带的花灯最为壮观。每座花楼檐下都挂有各式各样俏丽多姿的彩灯，坊中青楼云集，元宵节楼中的姑娘穿戴齐整，住二楼以上的美人靠上歪着，顾不得寒风，笑着与自家楼里的彩灯相互比拼。

相好的公子爷们大方点儿的总爱在这时送姑娘花灯示好。老鸨便吩咐了人专门在楼厅候着，一有花灯送上，便用长竿插了，然后大声地吼上一句："张公子送檀香姑娘走马转花灯一盏！"

楼上便会有姑娘发出清脆的笑声："檀香多谢公子！"

一来二往竟成了青楼女子之间媲美的手段。

元宵节是端王与王妃的节日。每年元宵佳节端王都会携王妃同游，重温少时邂逅的浪漫。这时候仅有侍卫远远地跟着，不敢前去打扰。

倚红、揽翠、茵儿都闹着要去看花灯。永夜听得集花坊，心中一动，想起了牡丹院，便欣然同意与三位侍女同去看灯。

他走到集花坊时，见三人有些扭捏，便笑道："只是去看个热闹，又不进楼，怕什么？还有少爷我呢。"

三人这才红着脸应下。等进了集花坊，永夜一眼就瞧见"牡丹院"三个大字。原来这牡丹院今年为出新意，特意花了大价钱造了座灯坊。中心一朵扎成牡丹形的彩灯华丽怒放，只这一处手笔就将别家青楼比了下去。下面看灯的游人也比别处多。

永夜带着三位侍女挤到牡丹院楼下，正听到院里侍者长声喊道："李员外送墨玉公子梅花灯一盏。"

随着声音，一盏高达数尺的彩灯挂在了房檐下。

永夜是见过灯会的，却从来没听说过什么梅花灯。此时鼻端嗅得梅香隐隐传来，仔细一瞧，才发现这灯周身以梅花串装饰，随着热气，花香蒸发，越发的浓郁，不禁啧啧赞叹。再看楼上，站出一位十四五岁的少年，温婉的声音脆生生地响起："墨玉多谢李员外。"

这时一个大腹便便的老男人很气派地踱步进了楼。他就是李员外？

如果自己进了牡丹院也会和他一样？永夜定定地看着墨玉，浑身的书卷气，干净的脸，一双墨玉般的眸子，没有丝毫龌龊的感觉。

男人和男人！一个叫李员外的大腹便便的老男人和这般干净的少年！永夜顿时像咬了一半苍蝇在嘴里，直想吐。

"少爷，王爷、王妃在那边！"茵儿眼尖，扯了扯永夜的衣襟说道。

永夜望过去，见端王妃正弯腰与一个小女孩说着话，脸上挂着极温柔的笑容。端王在一旁瞧着她，神情黯然。永夜心里一跳，见他们身边的侍卫都站在一丈开外，知道端王会武功，保护王妃没问题，侍卫仅是以防万一。

他定定地瞧着他们，自己是他们的孩子，他们却和路人的孩子相亲。从前自己不会说话才淡了关系，如今活蹦乱跳地出现在他们面前，却仍觉得隔了千山万水。为什么呢？一个模糊的念头跳进永夜的心里。

他见端王夫妇继续前行观灯，匆匆对倚红她们说了句："你们在这儿等我，我去去就来。"

"少爷你去哪儿？"

"我去……给你们买零嘴吃。"永夜说完挤进了人群，急得三位侍女直跳脚，不一会儿已在人群里看不到他了。

永夜挤出人群，来到和王妃刚才说话的小女孩身边。她的父亲正在炒糖栗子。小女孩也是十岁左右年纪，正在帮着父亲剥栗子。永夜摸了摸荷包，拿出一颗银豆子，买了包糖炒栗子，笑着说："你的女儿真懂事呢。"

炒栗子的汉子憨厚地笑了笑："刚才有位贵人也这么说来着。穷人家的女儿怎么可能和娇贵小姐一样呢！"

永夜笑着问小女孩："那位漂亮的夫人还对你说什么了？"

小女孩甜甜地笑了："她说她的孩子不知道会不会也在做工呢。"

永夜眼里蓦然酸楚，世子果然不是端王夫妇亲生。想起端王妃那温柔却带着伤痛的眼神，永夜心里说不出的难受。他拿出荷包，顺手放在女孩手中柔声说："送你的，你父亲炒的栗子很香！"

"公子，使不得！"

永夜已转身离开。

见他回来，三位侍女都松了口气，正要埋怨，永夜已将温热的栗子递了过去："趁热吃，很甜的。"

四人在牡丹院楼下边吃栗子边看灯，永夜凝神注视着出现在牡丹院楼上的每一个人，暗自记着。

这时他感觉有人冲他撞过来。永夜很自然地退了一步，把茵儿护在背后，抬眼看去，笑容浮起："见过二殿下。"

李天瑞穿了身紫金长袍并同色披风，棱角分明的唇抿出一丝讽刺："怎么，世子独自赏灯，没与皇叔一起？"说着敲了敲自己的头，似恍然大悟，"差点儿忘记了，今天这日子，皇叔只和皇婶婶一起的。"

"携手赏灯本来就是父亲与母亲值得纪念的日子，永夜也无意去煞风景。"永夜恬然地笑了。

李天瑞见没惹恼他，心里不痛快。抬头望见牡丹院楼上美人靠上歪着的众小倌，下巴一抬，笑道："墨玉公子算什么？永夜若是在那楼上一站，什么公子都黯然失色！"

永夜正犯恶心，听李天瑞这么一说，脸便沉了下来："倚红、揽翠、茵儿，回府！"

三名侍女听见也极为愤怒，知道惹不起李天瑞，纷纷黑了脸往外走。

李天瑞一个箭步挡在永夜身前，笑道："瞧瞧，这生气的模样真够俊的，难怪蔷薇见了你就黏上了。才六岁的丫头都迷得这般厉害，世子长大一点儿怕是这京都城里最俏的公子爷了。"

永夜见他再三挑衅，强忍了怒气，低头便走，往左往右，李天瑞都挡在面前。

"二殿下，在大街上闹腾开大家都没面子，找个僻静地方好好聊聊如何？"永夜淡淡地说道。

李天瑞好奇地看着永夜，他才及自己的胸，怎么就敢有这等勇气？他哈哈大笑道："好啊！到哪儿？"

永夜随手指了指集花坊背后的小巷。

倚红紧张起来，捅了捅茵儿。茵儿机灵，转身跑入人群赶着回府报信。

走到巷口，永夜停了下来："一对一，你敢吗？"

李天瑞干笑两声，吩咐道："你们留在这里。"

"少爷！"

"二殿下只是和我聊聊天，不想被别人听到。你们在这里等我，一会儿就出来。"

永夜说完就往巷子里面走。

见瞧不见李天瑞的侍卫和倚红、揽翠了，永夜看了看位置，笑道："二殿下就这么想揍我？"

李天瑞哼了声："李永夜，我再警告你一声，蔷薇只能陪我一个人玩儿，你离她远点儿。"

"你这么在意蔷薇，为何还放她过来？不怕爆竹里的铁砂子炸伤了她？李天瑞，你太狠毒！不过……"永夜眼珠一转，"总比虚伪的人好，有些人表面温和无害，实则比你还狠还坏，对吗？"

"你想说什么？"李天瑞警惕地看着永夜。

"我想说，我就算不动手，也可以教训你。你信吗？"永夜感觉到异样，轻笑道。

李天瑞怀疑地看着他。

"如果我做到了，你能相信我的力量能帮助你吗？"

"哈哈！"李天瑞大笑起来，笑声中带着恨意，"帮我？帮我什么？你老子都不肯相帮，你算什么东西！"

永夜对准他一脚踢了过去，力道不轻不重，却让李天瑞感觉到痛。他大怒："好啊，说话分散我的注意力，趁机下手，你和他都是一路货色！"

李天瑞一掌打过来，才挨着永夜的身体，永夜便惨叫一声飞了出去。

他一愣，只见旁边的小屋里掠出一道黑影将永夜接住。

"你是谁，竟然敢管本……公子的闲事？！放下你手里的人，本公子今天要好好教训他！"

风扬兮低头看永夜，见他脸色苍白，害怕得直抖，心里怜意顿起，抬头冷冷地望着李天瑞："我最瞧不得你这种欺负弱小的人，滚！"

李天瑞几时听过一个"滚"字？见对方不过十七八岁的年纪，怒吼一声冲过来就是一拳。

风扬兮轻巧地躲开，有些诧异李天瑞功夫的精纯。

李天瑞见拳头落空，心里更为恼怒，变拳为掌，招招狠毒。

看得几招，风扬兮皱了眉："如此歹毒的招数竟用在一个陌生人身上，不教训你，以后还了得！"

说着身形一动，李天瑞还没反应过来，已被踹中屁股扑了出去，摔得头晕眼花，一身新衣再次被雪水弄得污浊不堪。

"屁股朝地平沙落雁式！"永夜轻拍巴掌，想起了这一招。

风扬兮拍了拍他的头斥道："还不快回家去？以后少惹这种小霸王！"

"谢谢哥哥，你叫什么名字？"永夜摆出天真的神情。

风扬兮笑了，柔声说："我叫风扬兮，风扬起来的意思！"

"疯子哥哥！"永夜面不改色地甜甜笑了。打不过嘴里占点儿小便宜，再利用一番也是好的。以李天瑞的个性，他以后绝对会找风扬兮的麻烦。永夜很开心地小跑着离开，又回头冲狼狈的李天瑞笑了笑。

李天瑞已消了怒气，望着永夜的背影很不服气，站起来也不说话便往外走。

"别让我再见到你欺凌弱小，这是给你的教训！"

李天瑞狠狠地瞪了他一眼，哼了声道："风子？是疯子吧！"

风扬兮一愣，摇了摇头，转身又进了小屋。

永夜在巷口等着，李天瑞黑着脸瞪着他，良久笑了起来，伸手去揽永夜的肩。

永夜侧身避开，轻声说："殿下要记住，别和我太亲近。一来我不习惯和你这么亲近，二来，殿下只要记住，我说的话绝无更改！一年之内定让殿下心想事成。你用不着怀疑我，不需要你做什么，只要小小地配合永夜便成了，事成之后你便能明白永夜的忠心。何乐而不为呢？"

李天瑞看了看弄脏的衣袍，阴冷地笑道："我不需要做什么，也不会做什么。凡事，你自己想好。想给我下套，我不会管你是不是皇叔的儿子。"

永夜只当没听见，头也不回地离开。

游离谷，你们想要我相助大皇子，如今我帮的是二殿下，你们，会如何呢？

春天慢慢融化了积雪，枝头绽出嫩芽。永夜蔫蔫儿地趴在桌上打瞌睡。

夏天将春日燃烧，生机勃勃一片绿意。永夜仍蔫蔫儿地趴在桌上打瞌睡。

这一年来只要进宫陪三位皇子读书，永夜就无精打采。

"啪！"在黄太傅手中书卷扔出的瞬间永夜醒了，不仅醒了，还很自然地碰掉了桌上的书本。他正好弯下腰去捡书，那书卷不偏不斜地砸到他身后的三皇子天祥的脸上。

"哎哟！"天祥捂着脸呼疼。

永夜惊讶地回头看着天祥，眨巴着眼睛露出困惑的表情。

"太傅为何打我？"天祥站起来大声说道。

黄太傅愣了愣，指了指永夜，还没说出口，永夜已笑道："太傅必是想请三殿下背书！"

黄太傅又不好说砸错了人，便道："方才讲到哪里了？接着背！"

三皇子一愣，他确实没有认真听讲，支吾了几句没答出来。

黄太傅借机指了指永夜："你背！"

永夜呆住，嘴张了张说道："我不信大殿下、二殿下能背出来！"

一把火烧到天佑、天瑞身上。

天佑颇有兴趣地看着永夜没有说话，天瑞便冷笑起来："太傅是让你背书！"

"难道二殿下背不出来？"

"谁说我背不出来？"天瑞不服气地背道，"盛哉京都，覆压三百余里，隔离天日。东出秦山，西据散玉关之永固。秦川溶溶，流入宫墙。五步一楼，十步一阁。廊腰缦回，檐牙高啄。各抱地势，钩心斗角……"

背完挑衅地看着永夜。

永夜微笑，一模一样地背了出来，也挑衅地看着二皇子。

天佑偏过头强忍着笑，永夜太聪明了。他轻咳了一声，也朗朗背诵出黄太傅引以为傲的《京都赋》。

三皇子还没反应过来，还是记不住。

黄太傅只好瞪了永夜一眼，拿出戒尺拉过三皇子的手狠狠地打了三下："长长记性！"三皇子疼得直吸气。

黄太傅打错了人，再无心上课，扔了戒尺拂袖而去。

"三弟疼吗？"天佑关切地问道。

天瑞冷笑着说："大哥就是这般关心兄弟的吗？"说着摩拳擦掌道，"狡猾！明明太傅打的是你，却让老三背了黑锅！害老三受责罚，我非替他出这口气不可。"一掌就击向永夜。

永夜正欲躲闪，却听到一行足音往这边行来。眼珠一转，硬生生受了这掌，摔倒在地上。

"永夜你无事吧？二弟住手！"大皇子大惊，冲上前去拉永夜。

天瑞冷笑一声，拦在了天佑身前："大哥，你护着外人也不帮自家兄弟？"

"二弟！"

天瑞一掌对着天佑拍了过去。天佑正欲躲闪，眉轻挑，手势一缓，被天瑞打在胸前，踉跄几步摔倒在门口。天瑞走到永夜身边狞笑一声，一脚又踹了下去。

"住手！"

突如其来的一声大喝吓得天瑞一哆嗦，眼睛瞥见一抹明黄，人已软了下去："父皇！"

裕嘉帝满面怒容出现在门口。见天佑和永夜都躺在地上，有些尴尬地回过头："还不传御医去？"

"皇上莫要着急，臣瞧瞧再说。"端王闪身进了屋，见永夜一身是灰，狼狈不堪，拉起他问道，"怎么回事？！"

永夜默不作声地站着。

"天佑，你是大哥，怎么回事？"裕嘉帝正与端王前来看几个小子读书，没想到看到这一幕。

天佑正欲说话，天瑞已抢着告了状："永夜上课瞌睡，却让老三背了黑锅被太傅打手心，儿臣气不过才教训他，大哥瞧在眼里也不向太傅说明。"一口气把天佑与永夜都告了。

端王越听脸越黑，偏过头对裕嘉帝说："皇上莫要因为臣松了管教。"

"皇上，我没瞌睡，我只是精神不济，在桌上趴了会儿，太傅教的我一点儿没漏。"永夜委屈地开了口。

"刚才怎么不说？"端王喝道。

永夜低着头轻声道："我怕二殿下打我。我……打不过他。大皇子又不敢帮我。"

天瑞听见气得吼道："我几时打过你？"

"……没，没打我。"永夜身子抖了抖，可怜兮兮地埋着头。

端王与裕嘉帝交换了下眼神。裕嘉帝哼了声："瞧你把永夜吓成这样！天佑，你说，究竟是怎么回事？"

天佑跪在地上静静地说："我是做大哥的，没带好弟弟们，甘愿领罚。"

"十下板子，好生领了。"裕嘉帝淡淡地吩咐道。

不一会儿，内侍抬了长凳进来，天佑往凳子上一趴，内侍扒了裤子就开打。十板子打得噼啪作响，大皇子哼也没哼，打完了便谢恩。

永夜看得眼也不眨，心里直发凉，手情不自禁地摸了摸屁股。

"天祥！"

"儿臣在。"

"太傅说你今日没背好书？"

"儿臣日后一定勤力！"

"十下板子。"

天祥苦着脸被打了十下，疼得龇牙咧嘴。

"父皇，大哥、三弟都受了罚，为何不罚永夜？"天瑞不服气。

"以后再让我瞧见这般情形，不问缘由，每人领十下板子。永夜嘛……自有你皇叔执行家法！"裕嘉帝说完看了眼端王离开了。

端王牵了永夜的手说道："回府！"

"皇叔！皇侄一向对皇叔景仰有加，想必皇叔必不会让侄儿失望才是。"

端王站住，看了眼天瑞，缓缓说道："怎么，二殿下想一同回王府看本王如何执行家法？"

天瑞一怔，端王轻笑起来："不必了，就这儿吧！"一边说着一边拖着永夜走到长凳前喝道，"脱了裤子趴下！"

永夜气急败坏地吼道："不！"

这声"不"字吓呆了屋里的人。端王看着永夜眉一皱："再说一遍？！"

永夜反应过来，站得笔挺，一字一句地看着端王说："要打便打，要我脱了裤子打给他们看，不！"

"好，很好！"端王顺手夺过内侍手中的红漆木板扬手挥了出去。

永夜哪敢当端王的面暗自运功？这一板结结实实地打在屁股上，人被拍飞了出去。天佑一惊，跃起将永夜抄进了怀里，急呼道："永夜身子一向不好，皇叔手下留情！"

"过来！"

永夜推开天佑，只觉屁股火辣辣的痛得直烧。看来端王是下定决心要打残了他。永夜心思数转，考虑着该不该赌。想到事先的计划，他勉强站直了说："你打吧！"

端王冷哼一声，手不留情，板子重重挥下。这回永夜却是站得直了，硬生生挨了端王十下板子，血顺着裤管浸了出来。

裕嘉帝执行家法，叫内侍打了两位皇子每人十板，那内侍手有分寸，哪像端王用足了劲，便是成人也受不了他这般打法。永夜习武身体再好，可十板下来，也苍白了脸，一口气顶着没有倒下。他看着端王铁青的脸，一种酸痛蓦然从心里涌起，自嘲地笑了笑。

"皇叔！永夜不行了！快传御医！"天佑瞧见永夜脸色不对，心里隐隐害怕。

天瑞、天祥几时见过端王这般凌厉？都闭紧了嘴不吭声。

裕嘉帝似早知这般结果，天佑话音才落，御医就背着药箱进了门。

端王冷然看着永夜，父子俩就这样对视着，一如初见那时彼此打量。永夜放弃了伪装，如果端王真的还有一个亲子，那么他就赌对了；如果没有，他会选择为端王所用，联合端王的力量消灭游离谷。不论是哪一种，自己都不吃亏。

想起端王妃温柔的眼神，永夜突然觉得很想让她再抱抱自己，心底情不自禁涌出一种温暖，如果真是自己的母亲该有多好！

"父王，回家！"永夜轻轻地说了声，那目光充满了依恋，却一步也迈不动。

不知为何，端王突然慌乱起来，大步上前一把抱起永夜，双手沾着温热的血，心跳得快要从嗓子眼儿里蹦出来了，低头看永夜额上挂满了细密的冷汗。他顾不得这是在皇宫之内，抱起永夜施展轻功就往外急奔。

"王爷，快放下世子！"御医见永夜没脱裤子挨了板子，等回到王府只怕裤子与伤口早粘在一起了，那样伤势会更重，就急急地去追端王。

"得意了吧？！"天佑吼了起来。

天瑞只冷冷一笑："都说大哥温和有礼，原来只是装出来的。难道天祥就该白挨打？"

天祥怒道："大哥、二哥莫为我争吵，谁不知道你二人争来斗去都是为了太子宝座，拿我当枪使？哼！"天祥说完，头也不回地离开了。

天佑与天瑞静静地对峙良久，天瑞就笑了："大哥是在奇怪我为何要开罪端王？我就是看不惯李永夜那样子！谁得罪了我，都只有一个下场！"

天瑞阴狠地说完，目光在三名掌刑身上一转，满意地瞧见他们的身体微微颤抖，复又低声说："我知道大哥喜欢上了永夜。不过，最好莫要被父皇知道。"天瑞大笑着离开。

天佑静静地站了会儿，看了眼屋子里低着头当什么也没听到的三名内侍，什么也没说便走了出去。

当晚，裕嘉帝正在李妃处用膳，近身内侍悄悄告诉他一个消息，今天掌刑的三名内侍都死了。

裕嘉帝气得额头青筋直跳，看了眼李妃，淡淡地说了声："朕的儿子真行！"

李妃不知所措，裕嘉帝叹了口气："立嫡子还是立长子，朝中争论不休，后宫也没闲着。皇后尚在，天佑也满十五了，明儿就领旨出宫建衙吧。"

李妃眼泪落下，跪下谢恩，心里充满了失望。裕嘉帝此言，无疑是要立二皇子天瑞为太子了。

裕嘉帝看了她一眼，想说什么又住了口。

血从手间滴落，永夜痛得额头冒汗、身子发颤，见出了皇宫，心里松了口气，便晕了过去。

"永夜，你撑着点儿！"端王出了宫跃上侍卫的马，打马飞奔。

那种瞬间涌出的恐惧和害怕在心间一点点扩大，就算当年听到满月的永夜被掳走时也只有愤怒。而现在，却是害怕，真的害怕，他怕手上小小的人儿被自己打残了、打死了。

马扬起四蹄飞奔，端王铁青着脸顾不得是否踏伤街上的百姓。

第十三章

他不是没找过,也不是没找到过。与永夜相似的面孔、相同的年纪,然而在王妃轻轻摇头的瞬间,那种喜悦就又变成了愤恨。

游离谷终于找到了与永夜几乎一模一样的孩子,他们妄想用这个孩子代替世子来掌握他的权力,达到他们的目的。

端王此时盼望着,盼望他们找到的是真正的永夜。这是他唯一的希望。

"任何人不得入寝殿!看着李言年,若有丝毫异动,杀!"端王扔下这句话抱着永夜进了内室。

他颤着手脱了永夜的鞋袜,那朵艳丽的花赫然出现在眼前。

心如被重锤狠狠击中,端王伸手摸了摸那朵花,突然反应过来,冲外面大吼:"请王妃过来,准备温水、伤药,快点儿!"

外间一片混乱。

端王妃急急入内:"出什么事了,王爷?"

端王没有回答,苍白着脸,轻轻用温水化去永夜干涸的血迹,小心剥开粘在伤口上的裤子。

"啊!天哪!"端王妃腿一软坐在了地上,伸手指着永夜软软地说道,"是……是我们的……"眼前一黑就晕了过去。

端王专心处理着永夜的伤口,他什么也看不到、什么也听不到。他果然是游离谷调了包的永夜,可这也真的是他的亲子!

十年,整整十年,居然是以这样的方式回到他的身边,居然是以这样的方式被他发现。

端王轻轻抱起王妃让她躺在永夜身边,一大一小两张如此相似的脸,连微蹙眉心的神情都一模一样,他不知道是该笑还是该哭。

手抚过永夜脚上的那朵花,想起王妃说过,当时一时调皮,画在了永夜的脚板心,他还在信中斥她胡闹。

谁知道这个隐秘的记号,竟成了他识破假冒者的办法。

端王眼中浮现与永夜对视时的情形,那眼神分明充满了浓浓的眷恋。端王想起第一次见到永夜,还是初进府不久,他就无意中提及谷中看到另一个与他酷似的孩子。他那时就在怀疑了吗?他那时就在试探自己了吗?

永夜真是聪明!他敏感地觉得世子不对劲,自己和王妃态度的不对劲。端王想起张相曾告诉他,永夜问过他姨妈孩子的事情。端王轻轻摸着那朵花说:"你已经在猜想了是吗?你今天的眼神分明是知道了,不然,就不会一定要我带你回府来了,是吗?"

端王嘴边绽出骄傲的笑容，他的孩子，怎么可能是一句话也不说的呆子？怎么可能见了他就瑟瑟发抖？怎么可能不与父母亲近？

可是要不要认他？端王又想起这个问题。

游离谷知道他是真的吗？端王马上否定了这个推测。如果游离谷知道就不会这样送他回来，而是换一种方式了。毕竟，他现在小，将来长大总是能看出来的。游离谷不会犯这么白痴的错误。

"无论如何，我已经知道了，我就不会再失去你。"端王下定了决心。

第十四章

继续瞒下去

　　隐约的黑暗中，永夜听到争吵的声音和端王妃的哭声。他心一宽又睡了过去。

　　天热盖不了被子，永夜下半身只覆了张白棉布，隐隐瞧见沾上的血迹。端王妃坐在永夜床前，瞧他趴着，抖着手揭开瞅了眼，眼泪忍不住又涌了出来。

　　端王站在她身后，见她落泪，叹了口气说："没有大碍，养……"

　　"养什么养！你下手真狠哪！你怎么不把他打死了事？！他才多大？我知道你就这么一个孩子心里不痛快！你去娶！你去啊！我……我娘儿俩走了不碍你眼！"端王妃猛地回头连珠炮似的说道。

　　端王措手不及，见王妃眼睛红得跟血似的，伸手就要去抱她。端王妃扬手就是一巴掌将他打开："当年我给你一巴掌是欠了你，这辈子还你了；现在给你一巴掌是你欠了永夜的。你……恨我也就是了，何苦折腾他?！"

　　"我……我几时恨过你？！"端王当王妃这巴掌是在扇风，根本不放在心上。

　　端王妃一拳捶在床上，恨声道："你脸上画了掌痕还在金殿上招摇，你害我嫁不了别人！"

　　"你还想嫁谁？"端王的脸霎时寒成了冰。

　　"我嫁谁也不会让永夜伤成这样！"王妃并不怕他，声音高昂。

　　端王的怒气却瞬间化得干干净净，柔了声音道："是我不好，成不？"

　　"你不是不好，你简直就是浑蛋！你怎么就狠得下这个心……"说着王妃回头放声大哭。

　　"别哭了好不好？我不是……不知道嘛！"

　　"你怎么会不知道？你这般心思深沉，你会不知道？"王妃瞪着端王，眼中怒火再次腾起，纤手指着端王骂道，"你若真不知道也就罢了，你，你怕是什么都明白……我恨的就是这个！"

　　"好啦，不是没打坏嘛！"

　　"没打坏？！你当我是瞎子看不见？！永夜都晕了两天两夜了，还说没打坏？！他若是，若是有个三长两短，你就准备另娶王妃吧！"

"胡说什么！"端王火了，一把拽起王妃，扬手一巴掌打在她屁股上，"再胡说一气，我让你和他一块儿躺着，遂了你的愿！"

王妃也火了，捶着端王吼道："你打啊！你……还嫌欺负我不够？你就这么一下都让我觉得疼。永夜呢？他会痛成什么样！"

端王突然搂紧了她，下巴抵在王妃发间轻声说："我也很痛……"

王妃一愣，哀哀哭了起来："就非下这狠手不行吗？他才十岁呢。"

"吵什么啊！"永夜偏过脑袋看两人打情骂俏许久，终于忍不住出声打断了端王与王妃。

端王夫妇听到声音惊得顿时分开，扑到床前。

永夜趴着，歪着头瞧他们俩，这么紧张他？他扭着头看了下白布单盖着的身体，脸霎时便红了，浑身不自在。

"永夜……"王妃小心翼翼地喊了他一声。

端王见永夜扭捏着，忍不住笑了，试探地问道："难道你长到十岁，都没被人打过屁股？"

永夜红着脸，不肯说话也不肯摇头点头。

"从来没人瞧见过？怎么可能？"端王大为吃惊。

永夜想起黑暗的石室，想起青衣师父临别时的话，想起影子叔，闷声闷气地说："知道的人都不说，我……送我来的人不知道，也没往那里想过。"

端王朗声笑了起来，直笑得永夜恼怒地转过头瞪他："有什么好笑的！我那时小，没看见有什么稀奇？我本来就在石室里待了三年，暗无天日的，谁知道我身体长成什么样子，谁知道我脚板心上还有朵花！"

在暗无天日的石室里待了三年？端王妃心疼得直抹泪："难怪到了白天总是瞌睡，你黄太傅可真冤了你了。你也是，也不问清楚就下这么重的手，永夜和他们一样吗？"

端王翻了个白眼，心想：我如何问清楚？这小子若不是自己想撞上来挨打，最多就一板子了事。想到此处便又看向永夜，见他头发披散着，脸涨得通红，娇憨的模样一如王妃嗔怒之时。这孩子猜到自己下手的心思了吗？

"当年，不是游离谷里的人抱走我的，那么那个永夜是谁？"永夜见端王、王妃什么都瞧见了，心想自己没有赌错，也顾不得不习惯，开口问道。

端王妃坐在床头，看了端王一眼，伸手抚上永夜的脸，轻声说："你外婆有个双生姊妹，我叫她小姨的。她有三个孩子，其中一个大表姐和我同时生孩子……"

"那时陈兵压境,父王在散玉关拒敌。没想到陈国竟派人入境,潜入京都掳走了你。"端王内疚地看了眼王妃。

永夜一笑,接口道:"想拿我威胁父王是吗?结果母亲就抱了姨娘的孩子说是我,不让陈国得逞?"

"永夜真聪明,当时我大表姐生子,我去看她,心一横就把她的儿子当成是你。我那大表姐也是福薄之人。我们本想撑过这一阵子再慢慢寻你,她却去了,我们就干脆把永夜当成你了。你外公是真疼你,都是他的外孙子,在他眼中一般无二。"

难道李言年说还有长得相似的人就是那家人的小孩?只因我最相似,便选了我。永夜忍不住呵呵笑起来,觉得这运气好得不能再好了。他迅速地又想起了影子。六岁那年,是影子亲自送他去游离谷的。影子又有何目的?当年掳走他的人是影子吗?如果是他,为什么影子要利用游离谷送他回来?

"他们既然送了你来,那孩子多半没了,是吗?"端王妃叹了口气,许是多年没有交流沟通,倒也显得没那么伤心。

永夜满心愧疚,轻声说:"他睡着了,我……瞧着他睡着了。"

端王妃手一紧,把永夜搂在怀里:"以后娘守着你,绝不让人伤你半点儿。这些年你是怎么过的?"

一句话勾起永夜对游离谷的回忆。一千名孩子残忍地相互厮杀,黑暗中待了三年,和他做兄弟的月魄、木讷老实的青衣师父、千变万化的美人先生,还有隐在神秘中的人、与他同时学艺的人……这些如何能告诉王妃?他笑道:"我没了记忆,和那个永夜一样,一直是个傻子,我甚至连吟诗都不会。然后,就清醒了。"

一席话听得王妃又落泪:"真是奇怪,我幼时直到五岁才会开口说话,就像突然睡醒了一般。那永夜也是一直不肯说话,四岁时听倚红说他开口了,我急着去瞧,他……他只轻声吟了一首你外公作的诗,就再也没开过口。我瞧着心里难受,隔了好一阵子再去瞧他,他当我不存在一般。见了他父王更像老鼠见了猫,吓得发抖,只好让他住在莞玉院养着。他越大,我瞧着他就想,若是我的永夜还在,会长成什么样?我瞧着就不想和他太亲近。永夜,你不怪娘吧?"

这家人还有这遗传病?永夜呆住,想起五岁之前毫无印象,他不知道是该哭还是该笑。影子,神秘的影子!若五岁前都在影子手中,他什么都知道,为什么不揭穿?影子是友是敌?这个秘密,自己何时才能解开呢?

"可是你们没想过,对外称世子还在,我……怎么办?"永夜想想还是有些憋气。

端王正色道:"两军对阵,若我因你而退兵战败,如何对得起列祖列宗?莫说是你,就算是你母亲,也断然不行。"

"我是说，我……我……"永夜支吾良久还是说不出来，直恨得扭过脸不想见人。

端王妃瞧出了端倪，柔声哄道："有什么关系？难道我与你父王连这个都做不了主？我们这就进宫见太后、皇上去。"

"不行！"永夜回过头拒绝。他看着端王，他也正看着他。两人的目光里都透出一层深思。

端王突然一笑："既然回来了，自然做你自己，父王不会让你冒险。"

"母亲，我想喝点儿汤，想喝你亲自煲的汤。"

端王妃点头，站起身时又嗔道："一个德行！有什么话不愿让我听见就明说好了。"

永夜有些尴尬，嗔怒道："我就喜欢这样！"

端王妃吓了一跳，脚步加快，临出去时永夜还听到她喃喃自语："欠了他的……"

端王目不转睛地看着永夜。没有半点儿缺陷的五官，与王妃酷似，王妃温柔似水，骨子却倔强，永夜身上却有种勃勃英气，那种爱算计的心思性子实在像极了自己。他越看越高兴。

他的模样放在永夜眼中却很可笑，撇嘴道："沾沾自喜！"

端王一愣，唇边带着极骄傲的神情，移了张椅子在床前坐着，慢条斯理道："先说好，谁也不玩心机。"

"你先说！"永夜不肯抢这个先手。

"连这个便宜也要占！"端王笑了，想了想道，"我自然不肯卷进皇上立储君的浑水里，找了个机会拖你出来。"

"我是瞧你打得狠了，若非如此，我怎肯让你瞧到……瞧到那朵花？"永夜的脸又浮起一层红晕。

端王的目光从他身上扫过，忍笑道："不管是不是，总想找我当靠山才是真的。"

"我是怕死在你手上，太不划算了。"永夜轻笑道。

空气瞬间凝固起来，端王深沉地看着永夜，缓缓道："你若不是我亲生的，我实在没办法相信你。你比我当年还狡猾！"

永夜呵呵笑了："龙生龙凤生凤，老鼠的孩子会打洞，这话一点儿不假！"

端王尴尬地咳了两声："什么老鼠！总之，你得做回你自己！这样像什么话！"

"父王难道不觉得我还是现在这样好？"永夜眨巴下眼睛。不足一年的时间，他已经杀了卖面的王老爹、京都府尹曹大人……惹得风扬兮四处找他。若是他认了亲，断了与游离谷的联系，游离谷把这一切抛出来，让端王如何处置？每一桩都可以砍了他的头。让端王才认回亲子就大义灭亲？让他温柔的母亲再次痛不欲生？永夜没有选

第十四章

择，只能彻底灭了游离谷，绝了这后患。

端王脸色变了几变，沉声道："我不知道便罢了，如今怎能……"

"父王的心愿，也是永夜的心愿。"

两人对视良久，端王轻声说："第一次你骗过了我，让我以为没有被调包。第二次你让我心惊肉跳，那神情分明告诉我是我错了。这是第三次，你聪明地猜到一切，我很欣慰。"

永夜突然有些不好意思，咳了声笑道："这下好了，我可以不用去宫里读书了，省得惹黄太傅生气！"

"不用了，你伤得甚重。太后、皇上已问过几回……父王回了，说老病犯了，还是府中静养的好。"端王斟酌着说道。

"大殿下总护着我，总还是要进宫谢他的。"

端王柔声说："皇上已下旨立了二皇子为太子。大皇子封了佑亲王出宫建衙了，以后不用进宫也能去谢他。"

这么快？永夜不禁有些得意。

"那么你又和二皇子唱的是哪一出呢？"

"父王真不愧传说中的奸诈！"永夜笑道，"怎么就猜出我是与二皇子在做戏？"

端王哼了一声："你早知那三名内侍难逃一死，连大皇子出局也猜中。这事得了好处的当然是二皇子，不是他又是谁？"

"我怎么知道内侍会死！"永夜话里不认，语气却承认了。

他的脸看上去这么天真，小小的身子还带着伤，羸弱不堪，却设计用三条人命害大皇子出局，用一顿板子脱身。端王吸了口凉气，认认真真地打量起他来。

"你怎么算准了皇上会认为是大皇子下手杀了内侍？"

永夜甜甜地笑了："因为二皇子说了，大皇子喜欢我，夺太子位这般激烈，大皇子好男风德行有亏，如何再去争？人就算不是李天佑杀的，杀人灭口的嫌疑却是有的。"

"你！"端王叹气摇头，"难怪你不肯做你自己，非要把这事落实了。"

"游离谷想要支持的大皇子出了局，他们能不心急？如果他们支持的不是大皇子，也会心急。心急才会露出破绽，天下没有真能保住的秘密。"

青衣师父说过，天下刺客皆出游离谷。

一个培养刺客的地方，同时也是个刺客组织，有求必应，每单任务开价极高。

任何人如遇麻烦只要找上游离谷，从未失过手也绝无后患。游离谷有了这样的信誉，自然发展更为迅速。而牡丹院真的堂而皇之开到了各国的都城之中，专为接任务传递消息所用，久而久之，倒成了独立于各国之外的严密组织。

不仅是端王，每个国家都想灭了游离谷，却又离不开它。谁也不会轻举妄动。

一丝浅浅的笑容在端王嘴角浮现，瞳孔猛地收缩，露出针尖似的寒芒。

"以假乱真，借立皇储乱我朝纲，这个游离谷必不是简单的为钱卖命的组织。"

"父王曾说李言年游说了你三年，你才肯把世子送去医治。父王必已有了灭游离谷的打算，只不过还没找着一个缺口，永夜便为父王打开这个口子。"

"父王是担心你，将来……"

永夜截住端王的话，毫不犹豫地说："将来，灭掉游离谷再说。"

"其实你早猜到了，却不想认我们，对吗？"端王平静地问他。

永夜笑嘻嘻地看着端王回答："毕竟在王府待了快一年，我只是想哪会有那么像的人，加上这脚板心莫名其妙的一朵花，总觉得像是谁留下的暗记。运气不是一般的好。"

端王微笑道："也是你母亲淘气，本不该在那里的。"

永夜疑惑地问道："那该在哪里？"

端王忍笑道："你以后就知道了。"

永夜扭过头，抬起脚去看那朵花，扯动伤口痛得龇牙咧嘴。

"你应该学点儿功夫，就不会伤这么重了。"

要不要告诉他自己会功夫？说了端王总会猜到自己也是游离谷的杀手，一切苦心就白费了。永夜心思百转，眨巴了下眼睛，叹了口气："若你们教那个永夜功夫，我相信他们也会教我功夫。"

"学什么功夫？你能平平安安的，父王就心满意足了。"

端王的话像一只手轻轻地捏了下永夜的心，让他涌起近乎酸疼的感觉。他终于找到了家的感觉，父爱的感觉。

房里只剩永夜一人，他舒服得直叹气。

李言年想让我帮大皇子，说是游离谷要扶持李天佑登皇位，说他无背景，人温和软弱。可是我左看右看，这位大皇子都比二皇子奸诈，不用帮他，他也稳胜二皇子。皇帝顾虑的不外乎是皇后的地位和二皇子嫡子的身份，心中更中意的恐怕还是大皇子。

既是如此，游离谷真实的意图是什么？是想让我与大皇子相交深了，然后让我陷害他，彻底让大皇子出局？游离谷最想要的是什么？是支持二皇子还是三皇子？

永夜想了很久，这近一年来他与大皇子感情渐深，似乎已成一党，私下里却对二皇子表忠心。二皇子哪会拒绝端王世子的好意？自然配合。

如果游离谷是站在大皇子这边，那么，他肯定不会让游离谷如愿。

不管游离谷支持的是谁，李天瑞都如愿以偿坐上了太子宝座，游离谷肯定会有下一步行动，而李天佑会善罢甘休吗？李天祥会服气吗？永夜很期待。

他打了个哈欠，回身揭开布单瞧了又瞧，看着脚板心那朵花笑了。

在床上趴了五天，永夜觉得很幸福。

美丽的王妃把他当宠物般哄着。要吃的给吃的，要喝的给喝的，不用他扑过去，王妃就会主动把他揽进怀里。嗅着那股子温暖的香气，永夜觉得王妃的怀抱就是他的天堂。

"王妃，李执事求见。"

端王妃亲了亲永夜的脸，唇边绽开温柔的笑容："估计又是给你送伤药的。他送的药倒也不错，不会留伤痕，留了伤痕就不好了。娘去瞧瞧……明日……你就搬回莞玉院吧！"说完似极舍不得，不禁有些凄然。

永夜叹了口气，还在一个府里都如此，若是将来……他不敢去想，很乖地点头："知道了。在娘这里，也不能长久，父王会不高兴。"

王妃回头嗔怒："想哪儿去了？！人小鬼大，将来不知什么人才治得了你！"

永夜见王妃笑他，哼了声道："若是我一巴掌扇过去，也顶了掌痕招摇，我就服气。"说完脸红得直捶床，示意王妃赶紧去应付李言年，凝神倾听外间的说话。

李言年很着急，几日来永夜在王妃内室不让人见。裕嘉帝立了二皇子天瑞为太子，大皇子出府建衙，一连串的事情打破了他的计划。此时一边暗骂端王手狠、永夜愚蠢，一边又盼望着永夜早点儿好起来。

晚间端王睡了书房，这内院中王妃寝殿守卫森严，他如何敢冒险前来，只能趁送药时得到永夜的消息。

"李执事的药很好，永夜的伤好得极快，还不留疤痕。李执事如此费心，王爷说一定要好好谢李执事。"端王妃永远温柔和蔼。

李言年笑着回道："世子伤好，小的就心满意足了，不求什么赏赐。"

王妃眸光一转，神色黯然，轻叹口气道："虽是如此，他父王下手太重。外伤好了，今日还在咳血，怕是伤了内腑，只能好好养着，这孩子……一直都被病缠着……"

"王妃莫急，世子年幼，慢慢调理不会有问题，小的去请神医回魂来府，无论如何也要把世子治好。"李言年温言安慰道。

端王妃勉强笑了笑："能请来神医自是最好……对了，一直说把揽翠许了你，今年秋天就把喜事办了吧。"

"多谢王妃。世子身体不好，还是留揽翠再服侍世子一些时日，等世子身子大好了，再办不迟。"李言年暗想，喜事可不能这当口办。他还想留着揽翠为进莞玉院多些理由。

"也好，揽翠从小照顾永夜，等他病好些再嫁吧，就是耽搁了你们，我和王爷极是过意不去。对了，明儿就让永夜搬回莞玉院养病，我这院子，王爷事情多，人来人往的。"

李言年难掩心里的高兴，痛快地应了声。

两人说话间，永夜在屋里用内功逼得气岔，咳了几声。李言年听见了，瞬间意会是永夜在告诉他无恙，心里又落下一块石头。

永夜从此蔫蔫儿地在莞玉院养病，端王有令任何人不得打扰。反正从前永夜也是独自养病，再回到从前的状态，也没人会觉得有什么不对劲。

李执事当然是例外，他不是去打扰少爷，而是去探望未婚妻揽翠。他知道少爷喜欢煮茶，总想方设法找了各色名茶去讨少爷欢心。

有时，永夜无聊，也会将李执事留下来陪他煮茶、聊天。

茶香飘起，永夜悠然自得。

李言年忍耐的功夫越来越好。永夜暗想，换了从前，只要无人，他便已经开口。现在，不等第一盏茶吃完，他不会说。

"多谢少爷！少爷煮茶的手艺越来越好。知道少爷好茶，听说牡丹院新来一管事，对茶也颇有研究，少爷有空不妨去瞧瞧。"李言年微眯着眼将茶杯放在鼻间一嗅，那股茶香沁人肺腑，脸上露出惬意的表情。

永夜也端了杯茶喝了，突然低声笑道："师父原来是不喝茶的，如今变了吗？"

李言年脸色一僵，放下了茶杯，淡然道："人总有些习惯会改变的。"

永夜露出非常遗憾的表情："除了茶，永夜一直试着调酒，总想有一天能为师父调出一壶佳酿。谁知师父又愿意喝茶了。"

李言年眼角一抽："可是你变得太多了，回府不过一年，师父就摸不透你的心思了。"

永夜悠悠然看着院子里的花草，慢条斯理地说："我虽病着，却没断了与佑亲王、太子殿下的联系，正好谁也怀疑不到端王病中的世子是杀人不眨眼的刺客星魂，我对游离谷一直忠心。"

"当初要你投靠佑亲王，助他登上太子位，可却得了相反的结果。为什么要投靠二殿下？"李言年淡淡的语气背后却是一片惊涛骇浪。

永夜呵呵笑了起来，没有丝毫心虚害怕。蝉鸣声声，浓荫下透出浓浓的杀气。

李言年盯着对面那张美丽的脸，那笑容、那种自得的风采，他还是星魂吗？他一字一句地说："知道违抗山谷之令，你只有死路一条吗？"

"李天瑞得太子位，不外凭靠的是中宫皇后的嫡子身份以及他外公罗太师的势力。皇上想立没有势力的佑亲王……凭什么？温和的性子？知书识礼？还是游离谷的支持？"

李言年听得最后一句，"哼"了一声，神情倨傲，似对游离谷甚有信心。

"我没有照谷中安排与佑亲王亲近，反而投靠李天瑞，用三条人命和一顿板子换得皇上下决心立了太子。皇宫之中佑亲王难以发展势力，而居太子位的李天瑞却得意忘形，前些日子听说他在庆元殿又当场打死了几个奴才。李天瑞这般残暴，迟早被废，岂不是一样达到辅佐大皇子登基的目的？师父，我做错了吗？"永夜侃侃而谈。

李言年没有迟疑，笑了笑："谷主甚是英明，猜到你的想法，并未怪你，只是让我进行确认。"

永夜长舒一口气，笑道："我就知道谷主绝不会怀疑一个好人的。师父一直在王府，若是我有异动，以师父的智慧岂有察觉不到之理。"

他成功地看到李言年脸露喜色。这么多年，他总算掌握到李言年的特点了，骄傲且自得，不把别人放在眼中，虽是王府执事，可他身上哪点像个奴才！

"星魂。"

一听这名字，永夜便笑了，游离谷又有任务来了。

"师父不必这么严肃，你我都知道，方圆二十丈内绝对无人在偷听。"

游离谷终于认可了他的方式，跟着他的思维走。

对外称病，背地里为他们做事。

还要多久，自己才能从蛛丝马迹中找到游离谷的秘密？永夜不着急，自己年轻，而对面的李言年和他的谷主总会老去。

也许，现在是下苦力一块块地帮他们移开挡路的石头，等到皇子们成年，自己移开石头的同时也就拥有了让他们搬起石头砸自己脚的力量。

这几年，就这么过着吧。

第十五章
吾家有女初长成

裕嘉二十三年春天，京都笼罩在一种不同寻常的气氛之中。

沿建安门通往午门外，长街两边的茶楼酒肆座无虚席。

"端王文武双全、谋略过人，又亲率京卫骁骑、熊渠、豹骑三军精锐出战。听闻三殿下有万夫不当之勇，陈军必败。"一书生自信地说道。

有人不屑道："想那散玉关地势何等险要，十八年前陈国大军压境就吃了这地势的亏，被端王大败而回，如今重蹈覆辙再遇我军精兵良将焉有不败之理？"

桌上众人皆点头称是。

安、陈两国之间的这场仗从去年冬天开始，已经三个多月了。端王挂帅，三皇子天祥加封武显将军随军同行。安国六军尽出其三，拥散玉关之险要，陈军败退是大家意料之中的事情。

今日三军得胜回朝，京都臣民蜂拥而出，要一睹端王与三殿下的风采。

喧闹声中，听得清脆一声："小二！可还有靠窗座位？"

这声音如黄鹂出谷，顿时吸引了楼上客人注意。回转头去，见来了位少女，十三四岁年纪，雪白的瓜子脸上一双黑乌乌的眼睛说不出的灵动，着浅绿的春衫，更衬得其肤色如雪，如画中人一般。

小二见她衣着打扮非富即贵，有些为难，殷勤上前赔了笑脸招呼："姑娘，今日客满……"

那少女嘴一翘，纤手往角落里一指："那里不是空了一桌？"

小二知道她说的正是竹帘后空着的雅座，赔了小心道："三天前就被人订下了，想来也是为了瞧三军风采。三军进城尚早，客人还未到而已。"

那少女"哼"了一声，手掌翻开，掌心托着一锭金元宝，足有五两："这些够你们赔他订钱了吗？"

小二额上开始冒汗，盯着金元宝咽了口唾沫，却不敢伸手接。掌柜听见吵闹声笑着走过来对少女一揖："这位姑娘，小店几十年经营，全赖客人捧场，却不敢坏了声誉。姑娘出金再多,小店也不敢接的。今日客人多,小的另为姑娘寻个好位置可否?"

说着又对临窗客人团团一揖。掌柜平素为人和气,眼前的少女是位美貌佳人,谁会与佳人为难?只盼着她能多坐会儿,多瞧上几眼也是好的。没多会儿,真的腾出了一张靠窗的桌子。

"姑娘这边请!"掌柜、小二满面笑容,以为解决了一个大难题。

那少女轻轻一笑,径直走进了竹帘后的雅座。这时楼梯上再响起脚步声,跑上来位丫头,转头望了望,不住地喘着气走进雅座:"小姐,你走得太快了。"

这一主一仆目中无人可急坏了掌柜,冲那小姐连声道:"哎呀!姑娘,等客人来了怎生是好?"

少女轻轻一笑:"掌柜的放心,他必不会与你为难,就让他……"少女脸上飞起一片红晕,轻咬了唇又道,"就让他坐外面好了!"

阿玉掩嘴笑道:"掌柜的莫愁,有我家郡主在,不会有什么麻烦!小二哥!麻烦上一壶碧螺春,再来几碟精致点心。"

掌柜与小二被阿玉的话吓了一跳,来的是位郡主啊!可是那位爷……不由自主地又抹了把冷汗,茶楼上众人也听到了,好奇心更重。

"蔷薇郡主!是静安侯爷的掌上明珠蔷薇郡主!"

"难怪不肯坐大堂!"

"郡主身份何等尊贵,想来订座的客人也会心甘情愿地让出座位来。"

有人扑哧笑了,瞟了里面一眼,压低了声音道:"等会儿有好戏瞧了。"

他的声音神秘且轻,三军尚未进城,众人便尖了耳朵听他继续说。

"难道你们不知,这位郡主要风得风要雨得雨,是当今太子殿下心仪之人?"

众人哗然。

那人神神秘秘又是一笑:"这位郡主却有位克星!"

"谁?"

"谁敢与太子殿下争风?"

那人满脸兴奋,正欲抖搂这个中秘密,突听得楼梯又一阵响,竟上来四名带刀侍卫。众人的目光移向楼梯口,不知来的是何人,竟有这等排场。

掌柜见是前来订座之人,又抹了把冷汗,赔笑迎上去:"爷!那位……小的……"

那侍卫顺着掌柜的眼风看过去,瞟了眼竹帘后的两人,嘴角抽搐,不知是忍笑还是欲大怒,终于叹了口气,恭敬地回头喊了声:"少爷!"

众人伸长了脖子看过去,只见楼梯上漫步走上来一位少年,十七八岁年纪,穿着紫色绸衫,身形略显单薄,面色苍白黯淡,但五官之美难以形容,举手投足间自有种让人移不开眼的风流气度，不由得吸了口凉气。一位美貌如花的郡主，又来一位风流倜傥的贵少爷，众人只觉得今日撞了头彩能大饱眼福。

有人低了声音指点："这是端王世子啊！"

"听闻端王世子与王妃酷似，若是王妃，不知是如何销魂的一位美人！"良久有人感叹了一声。

"听说一直病着，瞧他脸色便知。"

"世子想必是来看端王班师的风采！"

话语间都已领会了郡主的克星原是指端王世子，更瞪大了眼等着看好戏。

永夜上了楼，目光在众人脸上一转，正欲抬脚走向雅座，已瞧见竹帘后的倩影，脚步不停却变了方向，走到临窗空出的那桌坐下。

四名侍卫在他身后一站，挡住了众人目光。

掌柜见他没有生气，亲自上前奉了茶，又选了店中招牌小点心，小心地在旁侍候。

"你下去吧。"永夜知道掌柜的心中惴惴不安，是生怕他发火。

掌柜点头哈腰退下，抹了把汗心想，神仙打架，凡人遭殃。郡主要抢世子的座位，好在这位世子一如传言中温和，不然，这茶楼怕是开不下去了。

蔷薇在里间却把外面的情形看了个清清楚楚，见永夜当她不存在，对她抢座一事不置可否，气得直跺脚，扯了阿玉道："怎么办？他不理我！"

阿玉眼珠一转："郡主急什么？你平时怎么对太子殿下的？"

蔷薇"哼"了一声，理了理衣衫，一掀竹帘走了出来，故作惊喜："永夜哥哥，原来你也来看三军班师！真是好巧！"

永夜头也没回，目光望向窗外，只当没听见。

蔷薇走近，侍卫为难地伸手一挡："郡主！少爷……不喜人打扰！"

蔷薇顿时找到了理由，大骂道："你是什么人，也敢挡本郡主的道？让开！"

侍卫悲愤地扭开头，却一动不动。

"难道，又要我揍趴下他们，你才肯回头说话？"蔷薇也不急，笑容可掬地说道。

永夜从窗外收回目光，不自觉地瞥了眼茶楼角落，眼中飞快掠过一丝惊讶，喃喃自语道："其实也没什么可看的。"说着站起了身，往楼下行去。

四名侍卫如蒙大赦赶紧跟上。

"扑哧"一声，角落里有人忍不住笑了出来。

蔷薇大怒："笑什么笑？！再笑一声试试！"

角落那人抱着头捂住嘴，笑得身体发颤。蔷薇正找不着出气的，便想去揍人。阿

第十五章

玉出来拉着她："郡主！人……走啦！"

蔷薇一惊，狠狠瞪了穿白衫的那人一眼，疾步走到窗前一看。永夜正欲上轿。她脚尖一点，人轻飘飘地跃了下去。

茶楼众人被郡主吓了一跳，生怕她有事，又探出头去。

蔷薇轻盈地在空中打了个转身，绿色的衫裙散飞开来，像只蝴蝶般盈盈地落在轿旁，挡住了永夜："永夜哥哥！"

永夜见楼上探出无数人头看戏，极为恼怒，侧了身板着脸道："让开，我要回府了。"

蔷薇一头钻进了轿子，笑嘻嘻地说："好啊！我也正想去王府给王妃请安，我们一起回去。"

永夜见茶楼上众人探头探脑，叹了口气道："蔷薇，这是这个月你第几次要坐我的轿子了？男女有别……"

话还未说完便被蔷薇打断："你可以骑马回去啊！哦，没马啊？你可以施展轻功！"说完眼睛眨也不眨地瞧着永夜，眉梢眼角全是得意。

永夜气结。他一直不露功夫，连骑马也免了，出门只坐轿子，摆出一副体弱多病的样子敷衍众人。不想偏遇上了难缠的蔷薇。他恨恨地盯着她想，走到哪儿跟到哪儿，这黏人的功夫她怕是天下第一。

见他语塞，蔷薇走出轿子顺手指着旁边的绸缎庄娇笑道："你给我买礼物！我就不拦你了。永夜哥哥，我知道你体弱，不会武功。为了保护你，我专门请了师父教我！练武功很辛苦呢。"

言下之意却是你不会武，你手下这帮侍卫又不敢对我怎么样，你跑不出我的手掌心，还是乖乖听话吧。

永夜想了想，满脸无奈地进了绸缎庄，不理蔷薇埋头看货。

蔷薇见永夜拿起一匹翠绿缎子，小嘴一翘，马上凑过去笑道："我就知道永夜哥哥心疼我，选的颜色都是我最喜欢的。"

永夜哭笑不得，板着脸说："发青发暗，霉气十足，这匹不要！"

蔷薇一呆，见他的手抚上另一匹大红的，眼珠一转说道："本郡主肤色如雪，这匹布很衬我的肤色，永夜哥哥好眼力！"

永夜的手如烫着了似的缩了回来，自言自语道："前些日子见王媒婆穿了这颜色，还真衬她的脸色！"

"李永夜，你成心是不是？！"蔷薇怒了。

永夜眼中掠过一丝笑意，随意点了一件衣裳道："蔷薇穿这柔红才像一朵含苞欲放的蔷薇花。"

蔷薇怒气顿消,喜滋滋拿了衣裳笑道:"我换了给你看!"

阿玉此时进了绸缎庄,见蔷薇要去换衣,正要开口,已被蔷薇拉进了内室。

永夜见她们进去,不屑地撇撇嘴,抬步就出了庄子,急呼道:"快走!回府!"

侍卫已经看惯了这两人猫捉耗子似的游戏,抬起轿子飞快地离开。

蔷薇换了衣裳走出来,没看到永夜,眼里顿时起了层水雾,失魂落魄地轻声说道:"他又长了一头了,他……他还是躲着我……"

"郡主,你每次都这样被世子甩了……"阿玉恨铁不成钢地说道。

蔷薇露出一个笑容:"也不虚此行了,总算又瞧见他了。阿玉,这个月我瞧见他几次了?"

"小姐……三次。"

蔷薇又高兴起来:"上个月才一次呢。走吧!记着,下回见了他让他付我银子,这衣裳总是他买给我的礼物!"

阿玉对蔷薇的自欺欺人早已司空见惯,摇头叹息不已。

这一切都落入了茶楼上穿白衫的人眼中,此时他已抬起头来,露出一张英俊的脸,剑眉微扬,眼中除了笑意更有一丝调皮:"被那郡主黏得头疼吗?"

他没有注意到在他身后不远处有人在注视着他,风扬兮一身黑衣,风帽遮住了大半张脸,露出一脸胡须,他慢慢品着茶,若有所思。

春天的气息覆盖了整座花园,莞玉院一片姹紫嫣红。

假山下水池里几尾红鱼活泼地在水草里钻来钻去。永夜知道左右无人,想逗鱼手里又无吃食,张嘴便吐了口唾沫进去,得意地瞧着鱼儿争相奔往涟漪处抢食。

假山之后是一片林子,永夜喜欢在花树下煮茶,便种了高低错落的樱花与桃花。此时樱花正浓,桃花吐蕾,粉粉白白的花瓣落了一地。永夜不准人打扫,说是自然成景。

看了会儿鱼,他慢慢踱步走到花林中,足下生苔,落花如雨。永夜安静地伫立良久,这些年,他做了些什么呢?

白天睡觉,晚上在佑亲王的屋梁上晒星星;或者随风潜入夜,留下小李飞刀的大名,听到风扬兮撒下江湖帖,他弄了张躲在王府瞧着偷笑。

偶尔进宫给太后请安,陪裕嘉帝下棋,顺便偶遇太子殿下,听他嘲弄地说:"永夜若是着了女装,陈王必肯割让散玉关以东十城土地做聘礼求娶!可免战事了!"

永夜只是微笑:"需要永夜换了装跳舞给太子殿下看吗?现在可好?"

太子色变，给他一千个胆子他也不敢让端王世子换了女装为他跳舞，除非他不想做太子了。毕竟，当年只一句话送了三个内侍的命，顺便也让他的大哥——佑亲王出了宫。

永夜大笑着拂袖而去。

隔一日，太子便出宫亲往端王府赔礼，永夜板了脸请他在花树下喝茶。

没多久，东宫左卫率曾偏将在集花坊里将夜宿群芳院的盐课司提举陈大人赤条条地拎了出来，原因是争风吃醋。一查陈大人，居然有卖官嫌疑，当即绑了送大理寺，曾偏将受了一百棍。陈大人被斩首、全家发配为官奴的时候，曾偏将被提成了骁骑将军。

而佑亲王在春光正浓的时候选择了闭门读书。

于是永夜好心好意抱着满腹诗意去寻佑亲王到府中花园赏春，无意中说起太子找了十个八个像蔷薇的女孩，对太子痴情如斯摇头感叹。

再没过多久，便有人上京告状，说沧州府王知府强买民女逼死一家五口，京都府尹马大人很正义地接了状纸递到了裕嘉帝的手中。王知府被罢官去职。

太子殿下称春日浮乱，要静心休养一月。

七年中，太子避暑、佑亲王闭门读书的事情不知发生了多少回。朝中就像分水岭一样哗啦分成两派，而三皇子天祥孤零零地站在中间，极不是滋味，巴不得有战事，主动请缨，在外面好歹有三军将士陪着，热闹一点儿。

永夜常对李言年感叹："红颜祸水，太子也就这么一个心结，得不到的就是最好的。谷中若要扶持佑亲王，这是个好机会。"

李言年不置可否，永夜便笑了。谷中不动，他来动。

蔷薇很喜欢去佑亲王府，因为从小这位大殿下就是最疼她的。最主要的原因是，永夜若是出府，佑亲王府他是常客。

佑亲王似笑非笑盯着永夜说："永夜头痛的事，本王也头疼哪。"

再遇太子，太子便笑："今年孤要立妃，世子再不下聘，蔷薇便要进宫了。"

永夜摇头离开。

才回府，静安侯就捧了大堆礼物而来。永夜一病不起，端王与王妃无可奈何。

再一日，王媒婆带了算命先生造访。端王妃一听"冲喜"二字，便令侍卫将她叉出去！

永夜出门遇到蔷薇只能抱头鼠窜。

这些年过得也算愉快。永夜觉得自己的耐心还好，端王却很着急，急得永夜私下里取笑他说："父王只要搭座楼，永夜往楼上一站，包管和尚、尼姑都会还了俗来提亲。"

端王只叹息说难为他了。

永夜以一种很同情的目光看着他,端王如何能理解,以他的年纪,实在用不着急。可话到嘴边却成了:"安国未安,何以为家!"

端王的腰挺得又直了些。

永夜扑进他怀里,无意中碰到了端王腰间的痒肉,挺直的腰瞬间垮了下来,永夜大笑着跑开。

永夜目光淡然地看着一院风景,良久轻笑一声,漫步走进花林,低下头拈起几瓣落花放在手中仔细瞧了,眉间闪过了然,扬手又撒了出去。

有人来过莞玉院,足步再轻,却也在花瓣上印下了浅浅的压痕。旁人不见得能发现,永夜的目力却是在黑暗中练出来的,只站在这里一瞥便发现了迹象。

是什么人趁他不在来王府窥探?永夜脑子里浮现茶楼瞧到的那个身影,月白色的长衫,散乱的长发,还有回头的瞬间眉宇间熟悉的神情。他心里不知道是什么感觉,是回忆中的温暖,还是一别经年不敢相信的疑心?

他既然来了,别的人也该出来了。游离谷终于要行动了吗?在陈国败军之际,要有所行动了?

永夜似在赏景,心里却迅速思考着。

"少爷!"倚红清脆的声音响起。

永夜回头,见倚红身边正站着揽翠和李言年。他笑了笑,慢吞吞地顺着小径走了过去。

"给少爷请安!"揽翠脸上洋溢着一种幸福,永夜不忍夺走的幸福。

她终于还是嫁给了李言年。当年丰神俊朗的李执事,如今变得更成熟、更内敛,身体躬下,抬头间,那双眼睛看不出丝毫不敬。

永夜似笑非笑地看着李言年,指着花林说:"昨儿这里下过雨,落红无数,李执事可愿陪我走走?"

倚红笑了,拉了揽翠道了万福:"多谢少爷!"

"谢我做甚?我正想听李执事说说外面的趣事,不要太早来打扰我们。"永夜微笑道。

揽翠不知就里,感激地看了永夜一眼,拉着倚红就往房里去。

李言年默不作声地跟着他。

空气里传来雨后的清新,永夜陶醉地吸了口气:"若是能与师父在这里一醉,也是不错。"

第十五章

"我改喝茶了。"李言年声音刻板。

永夜脆生生地笑了,去掉了易容的肌肤莹润如玉,看不到半分病中的苍白黯淡。

李言年瞧着那张能颠倒众生的脸,有些迟疑地说:"你也十七岁了,该定亲了……"

"怎么?谷中始终对我不放心,想安插一个女人在我身边?别忘了,我现在是端王世子——皇上的亲侄,你以为我未娶妻就能纳妾?"永夜冷冷地打断了李言年的话。

"谷里也没想这么快。是想提醒你,太子迷恋蔷薇郡主,佑亲王也似有点儿意思,你搅在中间,怕对你执行任务不利。"

他一手挑起的三角债。他想笑:"这倒是个难题。这几年,我借着养病很少见外人,郡主却不管这些,日前才在街上遇着了。我的本意师父明白。太子也许就蔷薇这个软肋,不见得真痴心,打小却是不能放手的,但是黏上我却没好处。谷中有无好主意?"

永夜早就明白地告知李言年,佑亲王可以利用蔷薇找到把太子拉下马的把柄。如果游离谷真帮佑亲王,自然知道如何办。然而,游离谷未动。

永夜看着李言年的表情,一颗心惊喜地跳动。游离谷不愿让自己搅进去,对太子殿下和佑亲王不闻不问。难道,两位皇子争帝位、安国大乱,才是他们的目的?游离谷,是安国西陲边境山中的游离谷,还是陈齐两国的游离谷呢?

李言年笑了:"你放心,这等小事,自有人去处理。"

言谈间时间飞逝,永夜感觉到倚红与揽翠已出了房门,便笑道:"揽翠对师父一往情深,师父莫要负了她。"

"佑亲王与太子相争多年,总算让我们查到一份名册。一个不留。"

永夜瞟了眼名册,诧异道:"这些人不是和佑亲王亲近的人吗?"

"有什么比杀了他们再嫁祸到太子身上更合适?"李言年冷笑,站起身对永夜一揖,轻声道,"小心一些,听说风扬兮到了京都,他对飞刀的主人很感兴趣。"

永夜恨得牙痒,明明是游离谷故意让他留下线索,这会儿扮好心?可脸上却笑:"能为谷中牵制住这么个大人物,星魂很荣幸。"

他成功地看到李言年的背僵了僵。自己真没猜错,游离谷要的就是自己与风扬兮对着干,打不过他,就得依靠游离谷,谁叫自己已经杀了那么多人。他又想起多年前那个下雪的年三十,杀的那个卖面的老人。他不由得叹气,想和风扬兮和解好像都没有可能。

若是自己杀了风扬兮,让游离谷少了个对头,游离谷也是高兴的。明知是个坑,还是跳了,想要全身跳出坑外,却已陷得深了。永夜真的很佩服游离谷。

他与端王的关系是他最后的底牌，轻易不能用，也不敢用。

到现在端王也不知道他暗地里是刺客星魂。一抹悲伤浮上永夜的眼睛，要揭开游离谷的真面目，他就势必要做星魂，而做了星魂，他就不能与端王府扯到一起。他不能让端王背上骂名，也不想看到游离谷利用这点威胁端王。

现在，终于要动了吗？永夜想想李言年的话，拿出名册又瞧了一遍，放进了怀里。

第十六章
危险步步逼近

夜来得无声无息。永夜融入夜色之中，像缕风飘过黑压压的屋顶，准确地找到了兵部尚书郭其然的府邸。

兵部尚书郭其然，十八岁做按察司检校，十九岁升按察司知事，二十三岁任按察司副使，短短五年便从最低的从九品升到了从三品，五年后调入兵部任侍郎，现年三十三岁，已是堂堂二品尚书。

这位郭尚书升迁如此之顺原是合了皇上的意，入兵部后又与端王成为知交，此次散玉关败陈，他调运粮饷功不可没。

但是游离谷要杀他。

永夜走之前问端王："游离谷要杀郭尚书，父王如何看？"

端王大惊，恨得一拳打在书桌上："郭尚书乃栋梁，游离谷难道想要我朝分崩离析，无良将可使，无良臣可用？！"

"游离谷说是要支持佑亲王，说郭尚书表面上看是佑亲王的人，实则不是。父王觉得呢？"

端王一愣，眉心紧皱："郭尚书是佑亲王的人？难道，佑亲王出宫这几年的势力已经发展到如此地步？"

永夜轻声说："父王这几年忙于边关战事，朝中事务疏忽了。"

端王叹了口气："我手握重兵，你外公是当朝丞相，当年不想让你卷入立太子的事件，也是想着少理朝事，再是亲兄弟，也总会有小人挑拨。这几年，你可曾看到过有朝臣过府？不过……"

端王脸上现出重重杀气："敢要挟于我，敢当面调包换世子，就这一重，我就要让游离谷灰飞烟灭！再说，不理朝政，不等于我能眼睁睁看着游离谷乱我国家！不管郭其然是谁的人，他毕竟还是国家的栋梁之材！我断不能让游离谷的刺客杀他！"

一个睚眦必报还很爱国的人！永夜想笑。他想得却很简单，不受游离谷威胁，保护他的家人，仅此而已。

"游离谷重要还是郭尚书重要？"

端王愣住，永夜告诉他这一信息，意味着他如果调用人手保郭其然，永夜就会被游离谷怀疑。真是两难！

"几时下手？"端王沉着脸问道。

"今晚。"

端王沉默片刻道："会派谁去？"

"一个叫星魂的刺客。"

"是风扬兮一直在找的擅使飞刀的那个刺客？"

"父王与风扬兮相熟？"永夜很怕听到他不想听的答案。

"他是个疾恶如仇的独行侠，父王一直很想结识，却总找不到他的人。"

永夜舒了口气。父王并不熟悉风扬兮，意味着他不是在与父王作对。他几乎脱口而出想告诉父王他就是星魂，想把心中所担心的事情全说出来。

父王会因为查出是自己害死那么多人而选择大义灭亲吗？他那么爱国，他一定会很痛心。永夜几乎可以肯定，游离谷的事一了，若是端王知道他杀了那么多好人，一定会大义灭亲地杀了他，而母亲，他美丽温柔的母亲会是何等伤心。

也许，将来有一天，自己会消失，不会让任何人因为端王亲子是沾满血腥的刺客而去威胁父王和母亲，也不会让父王做这么痛苦的选择。

只要目的达到就行了，只要最终灭掉游离谷就行了。永夜又一次告诉自己，止住了让端王知道的念头。

"我不能出面，不能让游离谷知道是你走漏的风声。可是郭尚书……"端王陷入思索。

永夜瞧在眼里，很矛盾。

临走之前，他说了句很奇怪的话："父王今晚可请佑亲王过府一叙。"

春天的晚风一如少女的手，温柔细腻。永夜伏在树上静静地等待。

他仿佛又回到山谷之中，在那个夏夜走出石室，变成树枝上的一片叶，与四周融为一体。郭尚书家中今晚很热闹，他独坐在书桌旁看书，房顶上、院子里、书房屏风后伏了十七八个人。

他们在等待自己落网？永夜望着几个他认识的佑亲王府的高手微笑。

三百步，是什么距离？永夜轻轻取下背上的长弓，三弦绞作一股，银白透亮，上好的箭身，桦木磨制，箭头纯钢淬毒，闪着幽幽的蓝光，原来箭羽的部位两边已被剔小，使箭在飞行时保持稳定且速度飞快。

永夜拇指轻抚过箭身，光滑的箭身给他带来一种愉悦的触感。他猛地搭箭拉弓，

第十六章

怀抱如满月,全凭感觉瞬间疾放。箭如闪电,去势如追风。风中温柔的气息被骤然划破,不待箭至,第二支箭再次放出。

强劲的箭带起风声不绝。

眼看第一支箭已到郭尚书面门,横地伸过一把剑,轻巧地将箭黏住借势挥开。一身黑衣的风扬兮出现在窗前,依样挡开第二支箭、第三支箭,身形手势挥洒自如,轻松得像在扇苍蝇。永夜嫉妒得眼睛发红。

他此时已离开了大树,轻巧地潜入了郭府的院子,心里不屑地想,弄了个假人,以为隔着远,我便瞧不出来吗?

风扬兮顺着箭的来势跃上大树时,只看到一副长弓好好地摆在树杈间,还附了张字条,隐约写着字。

他低头去看,脑袋一晕,马上屏住了呼吸,长剑划出,那张纸飘起,带起一阵迷烟的味道。

"好狡猾的贼!"

也就在此时,郭府之中传出哭喊声。风扬兮冷冷一笑,并不入府查看,反而轻立于树梢,眼神锐利地注视着院子里的动静,不放过一丝异动。他在等。

永夜没有杀掉郭其然,只伤了他。他满意地想,这个结果回去交差无懈可击。有大侠风扬兮在,有这么多高手在还能伤到郭其然,游离谷能说他故意放水?永夜一击得手,却不敢大意。人轻伏于檐下,他也在等,等风扬兮动。见他不中计入府,永夜不禁暗骂了声狡猾。

时间一点点过去,风扬兮仍站在大树之上鸟瞰郭府大院,而郭府中的侍卫高手已经沿府搜寻。

永夜心中着急,眼看人已快搜到身前。他手指轻弹,十丈开外"咣当"一声,一盆花被打翻在地,搜寻的人顿时往那边涌去。

风扬兮还是没有动。

永夜暗骂了声,算计着时间已无多,蓦地跃起,不敢回头,手中暗器已落雨般往身后射出。

"你走不了了!"风扬兮冷冷的声音响起。

永夜大骇,身上带的暗器毫不吝啬地往后射出。

风扬兮"哼"了声,手中长剑挥出。永夜听到暗器被挑飞落地的"叮当"声不绝,吓得头也不敢回,身上有什么扔什么,什么准头力道都顾不得了。

他悲愤地想,风扬兮怎么比蔷薇还黏人,就是甩不掉!

两道黑影在黑暗中穿行。风扬兮轻功不如永夜,内力却比他雄厚,眼看永夜在前，他却捉不住，突然大吼一声，长剑匹练般挥出。

永夜只觉得一股大力像潮水般涌来，人像被突然抛起再被扔到了海底一样，一时闷得透不过气来，气息一滞，人重重地坠了下去。

也就刹那工夫，风扬兮来到了他身边。他居高临下看着永夜叹息："我找了你七年。"

永夜咳了声，用力撑地，却爬不起来，望着风扬兮，目光中充满了绝望与恐惧。这是什么人？连他引以为傲的轻功都躲不了他，连他引以为傲的暗器也伤不了他，永夜觉得对付风扬兮很无力。

"七年，我找了你整整七年！每一次都落后一步，每一次瞧见飞刀与留书都恨不得斩你于剑下！"风扬兮锐利地盯着他，心里说不出的痛快。

这个刺客将他撩拨得几欲坏了他多年的修为，引得他七年中踏遍了安国的土地。他似乎就在不远处，在他伸手的时候他却像条泥鳅般滑走了。

如今，他被自己的内力所伤，再无反抗之力，如何不痛快！猫终于捉到了狡猾的耗子，一口吞掉太不过瘾。风扬兮没有出手，耐心地盯着躺在地上的永夜。原来他是个小个子男人，身材精干瘦削，敏捷灵活，难怪自己总捉不到他。他的轻功在江湖上确也无几人能及，一手暗器刁钻歹毒。而此时，这个刺客面纱后露出的眼睛里，只有绝望和孤独。

风扬兮看过很多种眼神，绝望、佩服、崇敬、防备、害怕、痛苦……但是眼前这个黑衣刺客眼中的孤独感仍让他一震。他就像一片秋风带下的最后一片树叶，独自在风里飞扬，身体因为伤痛微微颤抖，蜷成了一团。

他让风扬兮想起了自己，独来独往，只身漂泊江湖。若不是他犯了自己的禁忌，也许，不见得一定要杀他。

"我一直很好奇，你长什么样子？我要看看你的脸。"说着便用长剑来挑永夜的面纱。

他眼前突然爆出一蓬银雨，力道之强，风扬兮甚至能听到针刺破空气的咝咝声，像毒蛇吐信，而这些声音里更有一道闪亮的银芒，带着疾风直压面门。风扬兮大喝一声疾退，长剑挽出一圈光华，竟将这蓬银雨收了个干干净净。手挥起，指缝间已夹住了那枚柳叶小飞刀。他"哼"了声："这是我收集的第二十三把飞刀，七年中，你用这独门飞刀杀了二十三个人，狡猾！你以为我不会防备？如今你还有何话说？"

永夜喘着气似乎很吃惊风扬兮能破了他的最后一招，目中的绝望更浓。他压低了声音，嘶哑了嗓子惨笑："我只是个刺客，收银子的刺客，这是我的饭碗。败在你手下，我有何话说？"

"是，我知道你是刺客，而且还是游离谷的刺客。我生平的心愿就是灭了游离谷。我不得不杀你，顺便为死在你手中的好人报仇！"风扬兮正气凛然。

"你既然知道，便该明白，杀不杀这些人由不得我做主，你为何不找游离谷的主事？"永夜气愤地说。

"我会找，但是，你也得死！"风扬兮长剑指着永夜。

从地上仰望他，永夜觉得风扬兮那身正气看上去像一个王者。弱肉强食的世界，果然是胜者为王。与风扬兮比起来，他这个王侯之子却显得那么猥琐。永夜极不喜欢这种感觉，也"哼"了声突然站直了身，拍拍身上的土，笑了笑："我不想死，也不想让你死，我要走了。"

风扬兮一愣，心里涌起强烈的不安，他怎么突然就好了？

永夜奇怪地看着他，眨了眨眼，原来黯淡无光、满是绝望的双眸突然有了神采，在黑暗中闪动着珍珠般的光泽。他歪着头想了想说："你不是很想看我的样子吗？过来啊！"

一扫颓废与无奈，他就这么一站，便有傲视天下的风度。风扬兮惊怒，已知不妙，朝永夜踏出一步，只一步，丹田骤然绞痛，气一岔，人就倒了下去。他瞪着永夜，手松开，握住那把飞刀的手已变得青紫。

"卑鄙！"

永夜低声笑起来，不屑地说道："贪财之人受点儿罪也是应该的。一柄飞刀要十两银子呢。记着，我师父说的，刺客总有最后一招，这招就叫卑鄙。不过，还不算太卑鄙，这毒要不了你的命！"说着脚尖一点，人飞跃而去，瞬间没了踪影。

风扬兮气得两眼发黑，狠狠地盯着他的背影吼道："我一定会抓住你！"

永夜算计着时间，心急如焚。他与风扬兮缠斗的时间过长，感觉胸腹有种隐痛袭来，要是再不快点儿，佑亲王就回王府了。

李言年拿的名册永夜根本就不相信，拿给端王瞧也不知就里，反而会暴露他下一步的行动。永夜不能让父王卷入暗杀这件事，也断不能让游离谷怀疑他。他只能亲入王府盗得佑亲王的亲信名册，一一求证。

照永夜的算计，端王就算不明白他的用意，还是会请佑亲王过府一叙的。郭其然在端王心中何其重要。端王不能让永夜暴露身份，那么，巧妙地点醒佑亲王，让佑亲王派人保护郭其然也是理所当然的事情。郭其然多少还是个兵部尚书，这等拉拢人的好机会佑亲王绝不会放过。

在看到郭府内有佑亲王府的高手，看到风扬兮出现在书房窗口的时候，永夜完全能肯定他的计划成功了。

永夜冷笑，风扬兮的消息知道得也太快了。只有一个可能，他与看似温和无害的佑亲王有秘密联系。

游离谷摆出一副支持佑亲王的面孔，杀的人却不见得全是佑亲王的绊脚石。永夜急于求证他的推断。

这些年他一直暗中观察，知道佑亲王是个心细如发之人。今晚他临走时让端王请佑亲王过府，又用郭其然调开了风扬兮和王府的好手。王府空虚，正是他下手的时机。

永夜迅速地潜入王府，感觉到王府的空虚。他笑了笑，轻车熟路地进入了书房。

正要开密室之时，听到一个声音懒洋洋地说："你想找什么？告诉我一声便是。"

永夜浑身的血在瞬间凝固。他慢慢回头，佑亲王倚在房门口，含笑看着他。

他穿了件宝蓝色的蟒袍，腰间还挂着香囊、荷包、玉佩等饰物，看装束似乎才赴宴归来。那张清秀的脸上没有半点儿惊诧。

二十出头的佑亲王一身书卷气，唇角永远轻扬着温柔的笑容。这抹笑容以前永夜越看越假，恨不得一拳打掉，可今晚瞧着，只觉得心凉。

他为何会在王府？父王难道没有请他过府？为什么看上去他像是在等自己，就像早知道自己会来？永夜心中转过各种念头，嘶哑着嗓子干笑道："王爷亮灯吧，黑灯瞎火的，想找东西也不方便。"

"亮灯的瞬间，人总会习惯性地适应一会儿，这会儿工夫足够你逃。"佑亲王并不上当。

"既然不方便找东西，在下告辞了。"永夜叹了口气道，真的往门口走，打算离开。

佑亲王闲闲地说道："你最好还是不要出去，出去，我怕伤了你。"

永夜一凝神，蓦然发现屋子外面已被团团围住，外面至少有八十张强弩等着他。他进来之时并无异样，在和李天佑说话的这会儿工夫弓箭手就到位了，真是训练有素，佑亲王治府如治军哪。他停住了脚，随手拉了张椅子坐了下来："王爷待客岂可无茶？"

佑亲王站在门口一动不动："晚上喝茶总睡不好觉，还是少喝为妙。你是在想，为何我知道你要来吗？"

永夜点点头："说对了，我一直觉得王爷没这么聪明。"

"我知道有人晚上会去杀郭尚书，连端王都拿这些刺客没辙。可是去了端王府我又想，我王府中今晚最空虚，有刺客杀郭尚书，是否会有小贼进王府偷东西呢？我只是这么想，便回来瞧瞧，没想到还真有啊。"

佑亲王的声音清清淡淡，如春风一般和煦，永夜却听得浑身冰寒。这个佑亲王连他的想法都猜到了，如此小心谨慎之人，怎么不可怕？

"可是我没拿王府一针一线，不算贼吧？"永夜拖延着时间，身体内的那种隐痛一阵接一阵，他还是被风扬兮的剑气伤着了。

他寻找着突破的最佳时机。身上的暗器在对付风扬兮的时候用得差不多了，而外面是八十张强弩。

佑亲王叹了口气："听说出了个例无虚发的小李飞刀，连大侠风扬兮都很想一睹真容。本王好奇心也重，这般蒙着脸做客实在不雅，咱们面对面聊如何？"

"没有好处的事，在下是不做的。"

"与其被八十张强弩射成刺猬，本王还是觉得面对面聊天对你有好处。"

永夜打了个哈欠："夜已深了，在下无黑灯瞎火聊天的兴趣，告辞！"最后一字尚未说完，他所有的暗器全对着门口射出，而人却一脚踹破窗户冲了出去。

霎时，箭如流星般向他射来。

永夜微笑着，身影如鬼魅，青衣师父的训练不是开玩笑，他身上穿的乌金甲衣也不是棉布做的。

永夜自如地躲开箭雨，正在他得意时，感觉到一道强劲的疾风。他骇然低头，束发头罩连同玉簪被削断，头发也被削落一截。但他脚下却未停，披散着头发消失在黑暗中。

与黑发同时飘落下来的还有永夜怀里的那张名单，佑亲王伸手接住，望着永夜消失的方向露出了奇怪的表情，似乎在奇怪这刺客轻功虽好，功力却不算太高。

灯光亮起，他瞧见永夜坐过的椅子，伸手摸了摸，指尖沾上一丝猩红。佑亲王皱了皱眉吩咐道："去请月先生。"

灯亮。

佑亲王府书房如白昼，纤毫毕现。

佑亲王站在书架旁不语。

身边着月白色宽袍的少年弯腰细察，良久轻吐一口气道："成了。他必是暗器名家，手极轻，几乎看不出来。王爷请看。"

佑亲王眼中飘过笑意，低下头一瞧，书架中一格上撒了层银白色粉末。

白衣少年拿出一只拳头大的皮囊，前端开口，对准那层粉末一挤，一股气体冲出，吹开了粉末，显露出两点极轻微的指痕。痕迹只绿豆般大小，若不是撒上这层银白色粉末显影，任谁也看不出黑衣人的手指曾触碰过这里。

而书房之内，从窗户到地上，一一显现黑衣人的痕迹。

看着这些痕迹，佑亲王似乎看到黑衣人轻巧地从窗户进入，直奔书架，再回身看到自己，前进两步，扯过椅子坐下的情景。眼中笑意更浓。

窗户、地上的痕迹都不甚重要，重要的是，这书架上下早被喷过一层毒。

"几时毒发？我不想他死得太快。"

白衣少年恭敬回答："王爷只需盯住京都回春堂与庆德堂便可，解毒需要的九转还魂草只有这两处才有。三日之内若想活命，刺客必前去药堂。"

"若是这人不知如何解毒呢？"

白衣少年笑了笑："王爷自然有法子让他知道。更何况，他已经受了伤，毒会发作得更快。"

佑亲王盯着白衣少年良久，轻叹一声："游离谷如此相帮，令本王不得不相信你们的诚意了。"

"王爷多虑了，月魄的任务就是帮助王爷、保护王爷。"

佑亲王盯着地上的足迹笑道："看来黑衣人真不是游离谷的刺客。"

"王爷明鉴。"月魄剑眉挑起。

"月先生好生歇息。"

"在下告辞。"

月魄离开时优雅从容，佑亲王看着他禁不住陷入疑惑。不是游离谷，那是何方派出的高手？对他的书房如此熟悉，且熟知密室所在，目光移到地上，穿的是薄底快靴，他蹲下来用手量了量足迹。

永夜的一颗心跳得很急，佑亲王那一剑吓破了他的胆。原以为风扬兮才是自己的对手，没想到佑亲王武功居然也这么好。

他匆匆回到莞玉院，才进房门就愣住，自己太放松，居然没有感觉到房里有人，接着又舒了口气笑道："影子叔叔几时来的？"

影子看着他却是一惊，永夜脸色苍白，头发散乱地披在肩头："他……他看到你的脸了？"

永夜一摸头发，低下了头："没有，他很厉害。"他说的是佑亲王，却让影子想到了风扬兮身上。

影子叹了口气："都说过了，不要去惹风扬兮，怎么总是不听话？"

"灭了游离谷，不让我接任务，我自然惹不到他！"永夜没好气地回答。

影子沉默了会儿，慢吞吞地说："风扬兮你惹不起。游离谷……我帮你吧。"

永夜心里突然涌出温暖："影子叔叔！我惹的事，我自己处理。"

这么多年，就算影子有什么目的，他对他总算还好。永夜的身份、影子的身份，

第十六章

是两人之间达成的默契。谁也不说，谁也不问。影子没有告诉永夜他想知道的事情，永夜也没有全然信任过影子。

可是，两人之间却有种很奇妙的感情，相互依恋。

他是影子看着长大的，是影子送他去游离谷；保护他杀出小楼，成了青衣的徒弟；送他《天脉内经》又利用游离谷的计划送他回了家。

影子能在游离谷自如来往，却从没出手帮永夜对付过游离谷。今晚他肯开口这么说，永夜很感动。

他不止一次想过影子与游离谷的关系，他能肯定影子不是游离谷的人。

"什么时候可以除掉李言年？"永夜问道。

"等不了多久了。你所有的任务都由李言年告诉你，等到不需要他来告诉你的时候，他就没有作用了。"影子说完，意味深长地看了永夜一眼，"佑亲王也不好对付，他与你一样，似乎有种本能的感觉，只在王府坐了一会儿，就突然急着离开。王爷很诧异他的反应。"

"影子叔叔，你能不能……帮我盗得佑亲王的名册？"

"你从来没要求过我做任何事情，这次真这么难吗？"影子很吃惊永夜的要求。

永夜慢慢低下头："是，很难。影子叔叔，我不想再杀人。有时候，我觉得很倦，我最不想做的就是刺客。游离谷，踪迹飘忽不定，父王找过，那座山谷里已经没有人了。我生活了三年的那座山谷空无一人，连与王府相似的别院也没了踪影，要灭了游离谷，我只能从他们感兴趣的事情下手。他们对安国的皇权之争从十年前就开始布局，这是我唯一能查的。"

他抬起头，静静地看着影子。影子的背影弯得更厉害。

李言年都由丰神俊朗的翩翩公子变成了成熟内敛的中年男子，影子也会老的。

永夜心里说不出的难受。他不想打破与影子自然形成的平衡，但他还是开了口。

"我……会帮你引开王府的人，能否盗到名册就看你的造化了。"影子说完掉头就走。走了几步，影子停住，轻声道，"你要尽快抽身，你马上十八岁了。"

永夜叹了口气，十八又如何？十八正年少。

他强迫自己不去想那件事，再一次陷入了沉思。

影子能做到这一步已经是他的极限。他从来不插手游离谷与安国皇权争斗的事，一直乐于见游离谷把安国折腾得翻天覆地。

他留着李言年似乎也是不想破坏游离谷的计划。他也想保护自己，让自己平安做世子，一有动静就急着看自己有没有受伤。永夜不由自主地想揭开影子的秘密，好奇的程度连自己都吃惊。

永夜胸口突然有点儿闷痛,他揉了揉,盘膝运功,一股刺痛像剑锋划破他的胸口,一张口就喷出血来,痛得眼前一黑倒了下去。人却还有神志,他清楚地感觉到力气在消失。他喘着气等待眩晕过去,挣扎着起来,摸出从回魂处拿来的伤药一股脑儿塞进了嘴里。

手抹过嘴角,血色发蓝。蓝血人?永夜惨笑。

他居然不是受伤,是中毒!永夜仔细地回想,风扬兮自恃大侠身份是不会用毒的,而且他一心想抓住自己,若是知道自己中毒,他定然不会放过自己。唯一的可能就是在佑亲王府。

永夜无比后悔,太小看佑亲王了,他不仅在外面布了强弩,还在屋子里布了毒。下毒的人是个高手,他在回魂处与月魄混了这么久,普通的毒绝对逃不过他的眼力。

下毒的人会是谁?

回魂给的解毒药似乎只能缓解疼痛,他必须尽快得到解药。

永夜小心地收拾了房间,换了衣服,看着血衣欲哭无泪。屋漏偏逢连阴雨,嫌他还不够倒霉吗?

第十七章

游园惊魂

"永夜哥哥！"蔷薇翻墙进王府找永夜。武功没用来保护他，用来找到他也是好的，蔷薇花一般明艳的脸上露出得意的笑容。以前自己怎么就没想到这个法子呢？她觉得现在想到也不迟。以后她不用在街上去"偶遇"永夜了，直接找上门来最好。

永夜蔫蔫儿地躺在竹椅上，心里充满恼恨。李言年不在府中，他全身无力，让倚红去寻李二过来。偏偏倚红说李二随李执事外出办事去了。永夜看着地上被风吹落的一朵樱花，悲伤地想：他真这么倒霉？月魄在京都，可是他又在京都何处呢？他从来没有这般思念过他，盼着花林间突然闪出月魄的身影。

"永夜哥哥，你的脸色比前些日子又难看了些呢。没服药吗？"蔷薇看着永夜苍白的脸吓了一跳，放柔了声音问道。

永夜扯出一丝笑容来，有气无力地说："少说两句，我没力气听你啰唆。"

蔷薇猛点头，难得永夜不赶她走，她已经心花怒放了。她眼也不眨地看着，以前她总以为永夜病得不重，只是用生病这理由躲着她，现在看来，他真是病得不轻。

她蹲下身子，轻拉起永夜的手，手指修长，白皙细腻，像冷玉雕琢而成。她很心疼。春光明媚，永夜却还像过冬似的盖着厚毯子。别的少年骑马扬鞭笑春风，他却只能躺在椅子上默默地看着花林出神。他真的时日无多了吗？蔷薇的眼泪忍不住滴落下来。

"哭什么呢？我就这身子。蔷薇，别缠着我了。"永夜叹了口气，是什么毒这么烈？一点点抽走他的生命。他该对端王坦白，去找佑亲王拿解药吗？再等等，等李言年与李二回来，找来月魄解毒，"我听着，你给我说说外面有什么新鲜事吧？"

蔷薇挖空心思想说点儿好玩的逗永夜，想了半天也没什么稀奇古怪的，只得把自己最近倒霉的事情拣来说了。

永夜听了精神却好了些，这就是李言年说的谷中解决蔷薇缠着他的办法？没想到居然是由月魄出手。他笑着问蔷薇："你找到那个卖蜈蚣给你的小子没？"

蔷薇得意地嘴一翘却又很快耷拉下来："找是找到啦，可是我却收拾不了他。"

"哦？还有我们蔷薇郡主怕的人？"

蔷薇沮丧地说："他是大殿下的门客，在大殿下府里修了个花圃，我一进去就被迷昏了，大殿下反而说我不对。那个臭小子，我一定想出法子来收拾他！"

永夜长叹，月魄，老子也想收拾你，原来下毒的人是你！

"永夜哥哥，今儿城里也奇怪得很。四处显眼的地方贴了幅奇怪的字，写着：欲购九转还魂草，速到回春堂、庆德堂。谁要买这东西啊？"

永夜眼睛一亮，含笑望着蔷薇："有这么好玩的事情？蔷薇为何不去瞧热闹？"

"我有去啊，但是回春堂、庆德堂都说没有这种草。我火了，拿了那帖子问他们掌柜，掌柜哭丧着脸说有是有，都让大殿下的管家买走了。"

"九转还魂草，"永夜喃喃念着，"草叶似卷云，根须结紫珠。据说晒干之后再泡入水中，干枯的草叶会自动转绿，恢复生机，是以得名还魂。"难道这草就是解药？

蔷薇听见喜道："还有这么好玩的草啊！真想看看。"

永夜淡淡地说："你想见识，就找大殿下要来玩呗，反正他全收进府里了。"

蔷薇也不笨，叹了口气说："大殿下既然把这草全收了，自然有他的用意，怕是不会给我的。"说着眼睛又亮了起来，"永夜哥哥，咱们去偷！大殿下明日开诗会。咱们啊，就去偷。"

永夜目光中涌出笑意，这节骨眼儿上开诗会，等的就是想趁乱盗药草的贼。不过，既然已知药方，岂能不去呢？

他打了个哈欠说："蔷薇乖，以后不要翻墙进来了，我会养两条狗。"不等蔷薇生气，他又笑着说，"明儿我去，一定帮着你作诗，不教京都城里的小姐抢了你的风头。"

蔷薇被他一冷一热弄得不知道该生气还是该欢呼雀跃，见永夜闭上眼，眼皮下一道青痕，样子甚是疲倦。纵然是这般病容，也让她瞧着移不开眼睛，想了又想，终于扑上去亲了一口，这才娇笑着翻墙离开。

永夜伸手摸了摸脸，喃喃道："祸水！月魄你还真说准了。"

佑亲王身份贵重，佑亲王一表人才，佑亲王诗文全才，佑亲王……还没娶妻！最最重要的就是这个。

一个年轻的、没有娶妻的亲王，温文尔雅、待人和气，且知书识礼。你说他要办个春日诗会应该是什么情况？车如流水马如龙。

永夜精神不好，摆手不让倚红给他换礼服，穿了件浅紫绸衫坐了轿子前往，才到佑亲王府门口轿子就被挡住了去路。

侍卫无奈地回禀道:"世子,佑亲王正门被轿子阻住了,要等会儿。"

永夜身体不佳,他也没心思花多余的力气走进去,轻轻掀起轿帘看去,佳人貌美如花,才子风度翩翩,赶集似的往大门里涌去。

佑亲王布这个局请了多少人来跑龙套?没出场费总要提供茶水糕饼吧,多少还是要花些银两的。

永夜嘲笑地瞧着,正想让侍卫从侧门抬了轿子进去,转念一想今天不就是引人注目来的吗,他放下轿帘说道:"拿了我的名帖,从大门进。"

有了这句话,侍卫面上生光,大步走到佑亲王府门口,冲迎客的侍从吼道:"端王世子到!"

这一声吼得中气十足,惹得拾级而上的人纷纷把头转过来看。

佑亲王府侍从知道端王世子与王爷素来交好,哪敢怠慢?匆匆下了台阶迎过来,立在车轿旁恭敬地请安:"请世子下轿。"

轿子后早有两名侍从抬了软兜上前来,茵儿机灵地跳下马车,见这么多人把目光投向这里,脸一红,轻轻掀起轿帘。

众人见侍卫威武、侍女机灵可爱,睁大了眼要瞧这位一直病中不见外人、又传生得如端王妃绝世容貌的世子是何等风采,却见低头出来一位戴了纱帽的紫衫少年,长长的面纱直垂到腰间,身形单薄柔弱惹人怜。见他上了软兜,众人纷纷让开一条路来。

永夜不敢调用内息,又怕脚步太过虚浮引得佑亲王怀疑,今天的目的就是让众人盯着他。他大摇大摆坐了软兜进去。

所到之处听到的全是叹息声,为端王有这么个病弱的儿子叹息,为没见到他的面目可惜,为蔷薇郡主喜欢上这么个短命人惋惜。他微微一笑,若是有人为蔷薇出头,这戏就更好看了。

寻思间已到了王府花园。

李天佑见永夜坐了软兜来,迎上前埋怨道:"人多吵得厉害,永夜何必前来?"

"大殿下,永夜独自待在家中也闷,你的诗会京都内城无人能及,凑个热闹也好。再说,永夜不来,蔷薇又要翻我家的墙了。"永夜笑着说道,又扯了扯纱帽无奈地说,"这个,不想人指点了去,父王听到又伤心。"

天佑同情地看着他,端王就这么个儿子,没能弓马娴熟也就罢了,偏偏还体弱多病,脸色一直不好看,人见了就叹息。永夜心高,自然不愿被人说。他笑了笑表示理解,嘱人好生侍候。

花园为开诗会搭起一间彩楼,楼用鲜花搭就,正中放了个花台,吊了一枚翠佩,绿汪汪的色彩，可爱喜人，是这次诗会的头彩。

两旁铺了几案，备了文房四宝，坐了两名老者，准备录诗所用。

花园之中更聚集了千盆鲜花以供观赏。

见人来得差不多，李天佑便点头示意可以开始了。

一五十出头、书生打扮的老者施施然走上台，冲台下四周团团一揖笑道："怜草不才，得王爷抬举，为王爷诗会尽份心力。今日诗会就此开始。诸位公子、女公子有好的诗文尽可奉上。"

说话的正是京都名画师许怜草。永夜看着他扑哧一笑，茵儿奇道："少爷高兴为何？"

永夜摇摇头，他想起当年端王让这位画师在脸上画母亲掌痕的事，这事如何方便告诉茵儿，就忍了笑继续看戏。目光在人群中一转，没看到蔷薇，正诧异，却瞧见一位公子。

那公子穿了件浅绿色的宽袍，肤色如玉，年纪不过十五六岁，手里拿了把扇子悠然自得地坐着，衣服不甚华丽，腰间却挂了一块雕成凤形的翠玉佩。永夜眉梢一动，这块翠玉佩价值连城，佩在此人身上倒是奇了，不由得多看了几眼。

那公子似感觉到有人瞧他，下巴微抬，眼神斜斜地飞过来，有一种说不出的傲气，见是一个戴面纱的人，瞧不见面容，不禁皱了皱眉。他身旁一书生打扮的人在他耳旁低语几句，那公子眉一挑，看向永夜的目光中更多了几分诧异与叹息。

永夜知道他瞧不见自己，躲在面纱后偷笑。好灵敏的感觉，也是会武之人。今日来的人并不是全冲着诗会而来。

正想着，身边挤过一人坐下。蔷薇满脸通红，不住喘气："差点儿来不及，都怪阿玉，也不叫醒我！"

茵儿懂事地端过茶来，蔷薇一口饮下。见永夜没有声响，便恼得扯了他的袍子道："和你说话呢。"

永夜这才懒洋洋地说："蔷薇要遇对手了。"

"谁？"

"穿绿袍的公子。哦，是位小姐，品貌不输你呢。"

就这一句，蔷薇眼光飞刀似的射过去，正碰上男装打扮的绿袍小姐傲慢的眼神，不由得奇道："永夜哥哥怎知她是女的？"

"知道就是知道了，不为什么。"永夜的目光再一次从那男装小姐的腰间扫过，满意地想，今日不必自己费心，自然有人抢着出风头。

蔷薇见那女公子年纪虽小，模样却不输自己，清丽秀气，浑身上下散发的正是成

第十七章

日被父亲骂自己没有的端庄气度，见永夜赞她，心里更不是滋味儿。此时见女公子不住地打量永夜，"哼"了声道："女扮男装，成何体统！敢和本郡主过不去，等会儿让你知道厉害！"

说完，蔷薇轻声对永夜说："你答应我的，一定要让我压过她！"

永夜好笑地点头，漂亮女人撞一块儿，这戏越来越有趣。

诗文正斗得欢，听得许怜草笑道："今日诗文层出不穷，要夺得头筹，老朽得王爷意思新出一题，不咏春写景，题目是'待客'。"

一书生起身摇头晃脑吟道："寒雪梅中尽，春风柳上归。京都二三月，客人何时回？"

掌声四起，又有人起身作答。

永夜侧过头在蔷薇耳边低语，蔷薇笑着站起来："本郡主也有一诗。草树知春不久归，百般红紫斗芳菲。铁马战罢散玉关，迎得陈国有客来！"

此诗一出，众人皆是一愣。许怜草张大了嘴，不知如何评判。这诗不对韵不工整，前句尚可，后文却是赞我方大胜，陈国俯首称臣来京议和。说她不对，便是说朝廷不对；说她好，又确实说不上好。

蔷薇见四下哑然，佑亲王满脸苦笑，遂笑逐颜开地跃上花台，伸手便要去取翠佩。

横空一道绿影闪过，一柄扇子压住了她的手，正是那男装的女公子。声音清如春风，带着春寒料峭："郡主且慢，在下也有一诗。"

蔷薇气恼，抬起了下巴："我不信你还胜得过本郡主！"

那女公子站在台上，眼睛瞟着永夜慢声道："京都风光莺语乱，陈国烟波春拍岸。催马还借北风急，送君慢过散玉关。"

此诗一出，台下又是一片哗然。此诗含沙射影，却又对仗工整，分明是说陈国春光不亚于安国，后一句更是讥讽安国军队守关容易出关难，想要踏上陈国土地是难之又难。

"陈国奸细！"台下已有人叫道。

李天佑脸一肃。已有侍卫跳出，拔刀指向来人："拿下！"

人群中迅速跃出几人护着那位女公子和侍卫打了起来，王府花园顿时乱了。

端王侍卫动也未动，齐齐抽刀只管护着永夜，永夜坐着没动继续看戏。蔷薇却奋不顾身地上前去，一阵拳脚打得好不开心。

李天佑静静地看着这一切，心里疑惑顿生。

永夜瞟了眼李天佑，暗暗佩服他的镇定。见那几人武功虽高却不及王府人多，如此下去，怎引得开李天佑的注意？李天佑的目光除了偶尔一瞟藏药的地方，就没离开过花园。他看着花园角落里的草庐，轻咳一声，告辞："永夜留下也帮不了大殿下，先行回府了。"

"尔等小心护送世子回府！"李天佑匆匆说道，眼神越过永夜瞧向王府一角，见没有动静，又盯着正在缠斗的陈国人。

诗会上怎的就冒出陈国人？难道是为了转移他的视线方便盗解药？李天佑嘴角微扯勾起一抹微笑。藏药的地方有月魄布下的毒还有王府高手守着，闯得进去就出不来了。他漫不经心地看着几个陈国人被侍卫夹攻，并不出手。

永夜隔了面纱并不担心李天佑注意到他的眼神，看着李天佑暗笑，盗药的人是不会出现在藏药地点的。只不过……他看了眼花园一角的草庐，坐上软兜便欲离去。

那女公子大喝一声跃起，竟朝永夜而来。

李天佑一惊，出手如风。

以他的功力抢在女公子前面倒不是难事，永夜却吓得从软兜上摔了下来，几个滚落竟滚到了女公子脚边，被她用扇子逼住，不住地咳嗽。

"陈国兵败，与我国正在谈判议和，各位不知后果？"李天佑心里烦躁，眼看就要擒住来人，却惹出这等事端。他本意是想让黑衣人趁乱去盗解药，一举擒获。没想到却让陈国人混进了王府诗会还挟了永夜为质。此时若是永夜有个闪失，他如何向端王交代？他口中冷冷问道，清俊的脸上布上了层寒霜。

蔷薇吓得扔开面前的陈国人冲了过来，又碍于永夜在那女公子手上，不敢妄动，怒喝道："你敢伤他，我让你抵命！"

那女公子却放了永夜，拍了拍衣裳轻唤了声："住手！"

打斗停止，众人正疑惑间，那女公子展颜一笑："玉袖见过佑亲王。只是不忿郡主出言羞辱我国这才以诗反讥。若说到两国正在谈判议和，安国竟是如此看我陈国，玉袖实在不知议和还有何意义！"

李天佑不由得惊骇，深深地看着她，心里无比震惊，来人竟是陈国玉袖公主。

当今天下有四美齐名：安国蔷薇郡主、齐国络羽公主、齐国大贾安家四小姐，还有一位就是年方十六的陈国玉袖公主。

传言这位公主清丽无双、文武双全、心思缜密，又眼高于顶。蔷薇先行辱陈，以玉袖的骄傲如何肯忍了这口气。想到这里，李天佑尴尬地笑了笑："诗文会友，难免有不服气的时候，方才只是误会。安、陈休战和好，让百姓免于战火，这才是头等大事。"

佑亲王开口，许怜草便轻咳了声笑道："一场误会，诗会继续！"

第十七章

众人已知陈使团来京都,见传闻中的玉袖公主都前来凑诗会热闹,好奇之余又争相献诗想出风头。好诗层出不穷。

"世子见谅,方才情急,只想停了争斗。世子不要紧吧?"玉袖温言道歉,伸手便要来扶。

蔷薇一把推开她,见永夜躺在地上不住地咳嗽,难过地问:"永夜无事吧?"

永夜摇了摇头,上了软兜便欲走。

李天佑心知永夜当众出丑,且受冷遇,也觉得对不住他,扶住软兜软言道:"永夜,这是陈国玉袖公主。"他的声音极轻,只说与永夜一人听了,心想他应知轻重,应该理解自己。若是因为永夜造成两国和谈失败,祸就闯大了。

岂料永夜咳嗽着轻笑道:"父王手下败军之公主罢了。告辞。"

他的声音也轻,却声声传入玉袖耳中。她本以为自己低声下气道过歉了,永夜应该领情,不料却遭此贬低,气得粉脸刷白,扬起下巴冷嘲热讽道:"端王英武,可惜啊!"

李天佑皱了皱眉,这位陈国公主真真骄傲得很,难怪永夜要恼。

"永夜哥哥,我送你回府吧!"蔷薇小心地说道。

永夜望着王府藏药的那角楼笑了笑:"今儿觉得蔷薇开得甚好,摘一朵给我。"

他这招对蔷薇百试不爽,话音才落,蔷薇已掠向花园,去摘花给永夜。等到回来,永夜却离开了。

蔷薇气恼,把气全撒在玉袖身上,伸手拦住她道:"你敢辱他,拔剑!省得说我安国欺负你!"

"蔷薇,别胡闹!送公主回驿馆!"天佑拦住蔷薇喝道。玉袖既已亮明身份,破坏两国和谈的罪名他可背不起,心里就算再气,也只能拦下蔷薇。

玉袖轻轻一笑,举手一揖,意味深长道:"辱我国者,何止踏于足下!"说罢拂袖而去。

蔷薇气极,指着佑亲王道:"亏永夜将你当兄弟!我再不来你这王府了!"说完便气冲冲地离开。

李天佑无奈地拍了拍脑门,今日怎么和计划差得那么远!藏药之地没有动静,却出了个陈国公主闹场,这位公主藏身在使团中是贪玩还是别有目的?难道,那黑衣人竟是陈国派来的?

正百思不得其解时,月魄匆匆赶来急道:"王爷,药已被盗走!"

李天佑的眸色深了一重,望向藏有九转还魂草的地方。

月魄尴尬地说:"是……从我的草庐盗走的。"

李天佑奇道："何人能入你的草庐如入无人之境？要知道寻常人一进去就会被药草迷晕。"

月魄摇了摇头道："但凡内功深厚之人屏了呼吸断不会受药草之毒。那人定有同伙！"

"好聪明的贼子，好狡猾的贼子！"李天佑放声大笑，拍拍月魄的肩道，"怪不得你，是我疏忽，收了药堂的药，却忘记你定是有解药的。"

也就是玉袖公主袭向永夜时，自己的目光才从草庐移开的。难道就是这时，让人盗了药去？那黑衣人中了毒绝不敢闯进草庐。他还有同伙，会是受谁的指使呢？

影子看着永夜服下九转还魂草，又呕出血来，见血色转红这才放下心来。他疑惑地问道："你如何知道诗会上会大乱？"

永夜抹了抹嘴上的血迹，笑道："有我在，不乱也会乱的。"他从衣裳里摸出一块翠玉佩拿给影子看，"能有这块玉的人，我记得只有陈国公主。我不能妄用内力，眼力却是不差。"

他在端王书房不知看了多少他国秘密，这块玉如此特殊，他一眼就瞧了出来，特意想了那首歪诗让蔷薇去激怒玉袖公主，再顺便滚到玉袖脚下让她如愿地挟持了他，李天佑不慌张都不行。当然，顺手再拿了这块玉佩。

影子喃喃自语："还好我不是你的对头。算计得如此精明，甚至不惜坏了两国和气，你真够狠的。"

永夜满不在乎地说："我命都快没了，还顾得上那些？再说，两国正在谈判，佑亲王的诗会出了这岔子，他拼了命也要挽回来的。哪怕让他去磕头赔罪，我看他眉头也不会皱一下。不过，影子叔叔，若没有你帮忙，这解药还是不好到手。"

影子的腰弯得更厉害了。他慢慢往外面走，摇头叹息："你若肯信月魄，何苦闹这么大动静？"

永夜呆住，满心苦涩。月魄在佑亲王府帮佑亲王，一定是山谷派出去的，自己又如何敢轻易信他，让他知道自己夜探佑亲王府？从蔷薇嘴里知道月魄的下落后，他就放弃了找月魄解毒的主意。

毒解了，但元气大伤。永夜无力地倒在床上，闭上眼全是当年月魄的脸。

他摸出那块翠玉佩瞧了又瞧，这块翠玉佩是玉袖公主的随身之物，永夜不想放过任何可以利用的东西。取了来，却是要奉还的。他起身翻开箱子，翻拣良久，找到一块材质差不多的翡翠出来，拿起刻刀在灯下细细地雕刻。

第十八章

奉旨议和

　　玉袖公主亲临佑亲王府赴诗会的消息传遍了朝野，东宫太子李天瑞闻得消息大吃一惊。他虽被立为太子，心里却一直窝着一团火，裕嘉帝对他并不亲近，予他太子之位最多是碍于他嫡子的身份与舅家势力罢了。

　　陈国玉袖公主去了佑亲王府，若是李天佑起心求娶了她，有了陈国的支撑，自己这太子之位还能坐多久？李天瑞直恨得摔碎了手中的白玉杯泄愤。

　　"皇儿。"罗皇后锦衣华饰立在殿门口，责备地出声。

　　李天瑞"哼"了声，俊美的五官显出阴狠之气，挥了挥手让内侍女官离开。

　　罗皇后款款走到他身边，看了看东宫的奢华，轻叹了口气，弯腰拾起残杯道："这玉杯是西梁小国特产，只进贡了这么一套，皇上就赏了你，你就如此不知珍惜吗？若是被你父皇知道，又会三个月不理你了。"

　　李天瑞心里怒气顿生，一巴掌将皇后手中残杯打落，吼道："他不喜欢我，当初何必立我为太子！三个月不睬我？他足足有三年没进凤宫了！"

　　罗皇后被他刺中心事，气得脸色发青。皇后失宠，裕嘉帝除了每月来凤宫应酬似的吃顿饭，从不留宿。她这位皇后已颜面尽失，本指望儿子争气，李天瑞被立为太子后却一日比一日暴戾，叫她如何不气！

　　见他这般沉不住气，皇后便冷笑道："如此不长进，我看你这太子之位也坐不了多久了！"

　　李天瑞话说出口便后悔了，听皇后训斥便站起身来，扶皇后坐了，轻轻揉着她的肩说道："儿子说错了话，母后别介意。儿子是担心那李天佑得了陈国公主，如虎添翼。这些年李天佑看似窝在王府老实读书，成日结交那些酸腐之人，可谁不知道他是在拉拢人心！他在暗中拉拢官员结党营私还少吗？不说别的，兵部尚书郭其然态度突然转变就再明显不过。李天佑那人最是虚伪，偏偏用一副外表骗人以为他温和无害。"

　　罗皇后叹了口气，手指把玩着软榻上的璎珞，突然开口道："玉袖公主是要嫁来安国的。只不过，你们三兄弟，谁也不能娶她。"

李天瑞手停了停，转到罗皇后身前站定，疑惑不解。

罗皇后轻抚着榻上精美的绣饰，笑了笑。这一幅绣饰要花费一年人工，只有身份极尊贵者才能享用。若不争，就做不得这华丽殿堂的主人。

"皇儿知道有座游离谷吗？"

"知道，天下数十国的都城都有一座牡丹院。据说，只要在牡丹院付得起酬金，就能让游离谷接下生意。那是一个纵横天下的刺客组织，只求钱财，不问政事，所以各国都默许它的存在。"李天瑞说完，目中露出惊诧，难道深居宫中的母后竟委托了游离谷？

罗皇后踩着柔软的地毯，无声无息地朝殿门口走去，长长的裙裾衬出她一身骄傲。

"十年前，游离谷主亲自接下母后的委托，让你坐上太子之位。这笔委托已经完成，"她回过头来，夕阳在她身上镀上了层光芒，皇后五官分明的脸上露出笑容，"游离谷讨要的酬金是端王的人头。"

李天瑞张大了嘴，不敢置信，这……杀端王？怎么可能？万一事败，别说太子之位难保，性命能否保住都难说。端王深得父皇信任，权倾安国，王府高手如云，端王自身也是武艺超群，如何能取到他的人头？

罗皇后看向殿外，漫天彩霞，夕阳下的皇宫金碧辉煌，多么美丽的地方！阳光终会慢慢退去，黑暗将淹没这一切，付不出酬金的下场会是什么，她很清楚。

"母后不是傻子，早说明不可能下手杀端王。游离谷做生意也很公平，他们只提出一个条件，在适当的时候，让他们派出适当的人选就行了。如今这个人选已经来了。"

隔了一日，府中侍从便进莞玉院报道："少爷，圣旨到了。"

永夜还在养身体，听得诧异："圣旨？"

"是！王爷嘱少爷速去。"

永夜应了声，换了衣袍去中堂大殿。父王也不以病推脱，会是何事？

等旨意宣完，永夜傻了，官封鸿胪少卿，被派去做与陈国谈判的主使，他谈什么啊？

端王留他在书房，皱眉道："这是陈国提出的要求，说是败于我手中，愿与你谈判。"

永夜恍然大悟，想起了那位玉袖公主，她居然能猜到是他取走了玉佩。而让他主谈，又是什么用意呢？永夜轻摇着头说："父王难道不知，陈国玉袖公主来了京都？

昨儿在佑亲王府还与蔷薇闹了一场。"说着便把昨日二人在佑亲王府因一首诗闹起来的事细细说了一遍。

端王"哼"了一声，指着他道："你……兔崽子！若不是你，蔷薇哪作得出这样的诗句？！你分明就是找事！"

永夜嬉笑道："我不是见了她腰间的翠玉佩，好奇她为何出现在佑亲王府吗？探探她的虚实也好啊。既然陈国想让我任谈判主使，父王，想要什么条件，永夜一定帮你拿下！"

端王又好气又好笑，指着他半晌，骂声出口却成了软软的一句："别丢我的脸就是了。"

"父王，你说陈国此次议和谈判把玉袖公主带来，目的是什么？我可不相信她是来京都逛风景的，她是有武功的。"永夜收了嬉笑，认真地问道。

端王想了想说："不管什么目的，陈国必须割让散玉关以南百里土地。别的随你。"

散玉关以南百里仍是崇山峻岭，安国踞散玉关阻陈，陈国也凭仗这百里山岭抗敌。两国就在这百里之地展开拉锯战。

陈军无时无刻不想占了散玉关这天险之地，打开安国南大门，而安国也时刻念着出了散玉关破了百里阻碍长驱入陈。此番陈军入侵散玉关，端王乘胜追击占了五十里山岭，但毕竟是陈国经营良久，安军长驻不是办法。

永夜叹了口气又问："如若不肯呢？"

端王笑了笑："赔黄金十万两、白银五十万两、生铁十万斤、缥丝千担……"

他每说一句，永夜就吸一口气，等端王念完，他喃喃道："父王，这差事永夜怕是做不下来。我不去了。"说着把圣旨扔在书案上，掉头就走。

端王也不阻拦，只叹了口气道："抗旨诛九族，父王与皇上是兄弟，诛九族就白说了，这就进宫去谢罪吧。拼得挨罚也要让皇上收回旨意。"

永夜暗骂，要说早说了，何必等到圣旨下？父王与皇帝也不知道打的什么主意，同意让自己任主使。他笑嘻嘻地又走了回去，拿起圣旨放进怀里："鸿胪少卿几品官？有月钱吗？多少？"

端王呆住，笑骂道："从四品，月钱十四石！"

永夜也笑："我省着吃一年，还能给府里省下不少。"说完得意地离开。

端王目中温柔毕现，这孩子嘴硬心软总让他心暖。他望着永夜的背影轻声说道："散玉关往西北方向便是……游离谷。"

永夜一震，回头看了眼端王，点了点头。难道父王怀疑游离谷与陈国有关，所以才同意让自己去查探？若是游离谷真与陈国有牵连，自己任谈判正使，游离谷便会有所行动。谁更狡猾？永夜觉得自己还是比不上端王与裕嘉帝。

永夜并未急着上任，仍躺在竹椅上休养。他在等，等一个心目中设想的答案。

圣旨才下，李言年便带着揽翠提着给永夜做的菜匆匆赶到莞玉院。

永夜的脸色比沾上泥尘的花瓣还憔悴。他躺在竹椅上盖着毯子，李言年一眼瞧出，他的脸是真的苍白，没有用月魄给的改变肤色的药。李言年皱了皱眉，问的话没有沾上半点此次永夜肩负与陈国谈判正使的边。四顾无人，他低声说道："这是你第一次没完成任务！郭尚书伤得也不重！"

"我以为师父多少先问一声我是否受伤，会更让我这个做徒弟的感动。"永夜淡淡地讥讽道，声音却是有气无力。

"受伤了？"李言年这才皱眉。

"二十名高手，再加一个风扬兮。师父，星魂不是神仙。"

李言年沉思片刻道："难道有人走漏了风声？佑亲王与风扬兮如何知道你会去刺杀？那晚佑亲王来王府见王爷，难道他是来告诉王爷这件事情……"

李言年没有说下去。永夜心里已苦笑着想，这就是做内奸的代价，是自己告诉父王这一消息，让佑亲王提前有了安排，不仅来了王府高手，还请来了风扬兮。只可惜啊，整了这么一个圈套，佑亲王居然还赶回王府做好了埋伏，让自己中了毒。

他懒洋洋地说："佑亲王难道在谷中有眼线？师父，我可是与你单线联系，不过我那天在茶楼好像看到了月魄。月魄来了，虹衣、鹰羽、日光呢？也出谷了吗？"

李言年小心拉过垂到地上的毯子给他盖好，轻声道："这不是你该问的问题。不过，月魄是来了。谷里想到你与月魄自小感情不错，想调来配合你行动。从现在起，你们俩就算绑到一块儿了。无论是谁的任务出了差错，另一个都只能死。"

说到那个"死"字时，他淡然的声音变得像恶狼一样狠。

"哦？以我现在的身份，你们舍得吗？"永夜嘴边露出一抹嘲笑。

"是我说错了。月魄不直接参与任何暗杀，他只负责为你提供情报、药物，协助于你。另外的任务是防着佑亲王被人下毒。你若有什么异动，他就会死。他若背叛山谷，由你去杀了他。"李言年眼中露出一缕淡漠之色。

这种神色在多年前永夜看到过。当他们蹒跚着脚步从楼里走出来，站在雪地里等他的时候就看到过。那时李言年居高临下淡漠地看着他们，就算说那句"出了楼的都是爷了"时也不带丝毫感情，只是种感叹，感叹从此以后，他们能为游离谷所用。

"很多年前，当他站出来的时候，当你站出来的时候，我就知道，有一种情感会胜过无坚不摧的利器。而现在，我们把这情感握在手中，必会无坚不摧。"

第十八章

李言年的声音像生了倒钩刺的舌头舔过永夜的肌肤，带起血淋淋的痛楚。月魄是羁绊着他，他心里仍想着学艺时的温暖。

永夜不在乎地轻笑出声："多少年前的事了，都还是孩子。你以为，我真会把他的生死放在心上？"

李言年看着他，慢条斯理地说："我也怀疑，但是，我相信谷主的眼力。他老人家曾说过，你唯一的弱点是情感太丰富。"

"佑亲王如何知道我会去？月魄告诉他的？"永夜一心想把这事扣到佑亲王头上，"还有，你不是说那位郭尚书其实是东宫的人吗？佑亲王去保护他干吗？"

李言年有点儿语塞，半晌才答："郭其然是皇上的人，如今皇上立了二皇子为太子，郭其然自然会对储君效忠，要扶持佑亲王，自然得除了他。"

原来如此！他没有猜错，游离谷是想安国大乱，除掉安国的人才！永夜的脸上突然绽开一个极欢愉的笑容，喜滋滋地说道："原来我没有办砸差事啊！这么一来，郭尚书有感佑亲王救命之恩，不就站到佑亲王一边了吗？"

他看着李言年的瞳孔一点点收缩，心里得意，哑巴吃黄连的滋味你也该尝尝！

"嗯，收到了预想不到的效果。这事只有我和牡丹院……总之，月魄不知道你去的事，别疑心他了。"李言年说得急了，带出了牡丹院的信息。

永夜叹了口气："我倒真想是他说的呢，我可不想对一个不相干的人负责。他的死活与我无关。"

他的表情让李言年有点儿怀疑谷主这着棋是否走错了。如果月魄牵制不了星魂，就只有风扬兮这招才能让他为了保命而忠诚。可是他若找到了能与风扬兮抗衡的人呢？李言年一直不赞成谷主说的，人的情感才是最毒的蛊，他只相信自己的手段。

这个星魂从小就让他捉摸不透，这么多年虽然他一直听话地完成任务，但是李言年还是摸不透他。他不想冒任何风险，决定请示山谷给星魂下蛊。

"伤得重吗？"打定主意之后，李言年声音变得很柔和。

"嗯，内息有些震动。还有，我的暗器全招呼了风扬兮，没家伙了，叫掌柜的弄点儿来。"永夜蔫蔫儿地回答。

李言年伸手来把他的脉，永夜抽开了手："不用，还能为谷里卖命，只是等过了这两天，养养就好。"

李言年沉思了会儿道："也好。休息两天。那些人，我分给别人一些。"

名单上有八个人，难道，谷里的刺客真的都来到了京都？永夜不动声色地"嗯"了声，看似随意地开口问道："皇上突然下旨，封我为鸿胪少卿，任与陈国谈判的正使，师父有无建议？"

"正想和你说这事呢，谷主的意见是要一个人。"李言年轻声附在永夜耳边说完，站直了身道，"你也知道，要陈国割让那百里土地是万万不可能，要赔偿金银也是死物，你若要来这个人，对你在安国的地位很有好处。"

　　永夜似笑非笑地盯着李言年，漫不经心地说："只要不是塞给我的，随便。"

　　"这是自然。"

　　永夜看着落樱又想起了月魄，该不该见他一面呢？

　　夜慢慢来临，永夜的双眼慢慢地变得清明。他抬头仰望，今晚不仅有月，还有碎银般撒落天幕的星星。

　　那时候，八岁的月魄护着他杀出小楼，又冒着被送去牡丹院的危险站出来。

　　那时候，十岁的月魄被他拉着躺在草地上看三位师父斗法，也是他站出来……

　　月魄给了他让紫袍小孩睡着的药，给了他易容的药，偷了回魂师父的解毒药丸送他。

　　月魄说他一定会认出他来。月魄说他们是兄弟。

　　"我能相信你吗？"永夜喃喃自语，望着夜空的双眸闪动着犹豫的光。解毒之后永夜元气大伤，内息始终不稳，但是不见月魄又不行。在佑亲王府的月魄能了解他不方便掌握的情报，还能提供给他所需要的药物。

　　换了夜行服，看了眼倚红与茵儿的房间。每次外出，他总不忘记给两位侍女下醉梦散，让她们睡得更香甜。

　　永夜悄然闪入黑夜，无声地穿行在静寂的京都城中。

　　月魄的草庐在王府花园的一角，修建得和游离谷一模一样，草庐外依然种着各种药草。永夜看着，情不自禁地想起了在山谷时月魄教他识药草的情形。诗会时，他只瞧了一眼就知道这草庐必是月魄所居。他是这样留恋游离谷吗？如今的月魄和游离谷的感情很深了吗？永夜思索着，没有贸然入内。他调整着内息，感觉四周的动静。

　　吃了一次亏，他再不敢小觑李天佑。

　　草庐里传来一个人的气息。应该只有月魄在，永夜还是服下了回魂的解毒药，轻轻落在草庐外。左右看了看，掌心已粘住一把飞刀，这才推门而入。月光的影子从窗户缝里漏出来，一身月白宽袍的月魄坐在椅子上眼睛眨也不眨地瞧着他。

　　隔了八年不见，月魄英俊之中更带有一丝出尘的清逸，剑眉下的双眸闪动着睿智的光。永夜收起飞刀，慢慢走近两步，解下面巾，他看到月魄的眉梢动了动，轻笑道："你早瞧见我了。"

　　月魄站起身，走到永夜身前，伸手抬起他的下巴，皱了皱眉道："受伤还是中毒？脸色这般难看。"

永夜不习惯地偏开头，摸了摸下巴感觉很奇怪，男人抬他的下巴？这动作……会是什么效果？他盯着月魄，手有点儿痒。

"想什么呢？"

永夜干笑一声，他不打算告诉月魄在佑亲王府中毒的事。他一屁股坐到刚才月魄坐过的椅子上抬头看他，慢吞吞地说："如果进来的人是来杀你的，你会怎么办？"

"我在想，你身上若是爬了条蜈蚣，你会怎么办？"

永夜低头一看，手掌"啪"地盖在嘴上堵回尖叫声，指着月魄急得额头挂汗，鸡皮疙瘩颗颗爆出。一条长一尺的蜈蚣正慢慢从他身下爬出来，夜色中细小的触角蠕动，转眼爬到永夜胸口停住。

月魄忍不住笑了，手伸出去，那蜈蚣用触须轻摩着月魄的手，说不出的亲昵与诡异。月魄抬头微笑："它叫小星。"手指一动，蜈蚣悄悄地爬上了他的身，转眼没了踪迹。

永夜松开手喘气，气得想吐、想揍人，指着月魄颤声道："再让我瞧见你身上那些恶心的东西，妄想我再靠近你三丈之内。"

月魄叹了口气，走近一步居高临下瞧着永夜，突然笑道："我靠近你！"

永夜吓得头发倒竖，飞跃开，贴在房梁上，真的离他三丈远。

月魄得意地笑了笑，拍拍身上说："还想炫耀你的轻功？"

"我还会暗器，别怪我把你的虫钉死！"永夜咬牙切齿道。

"七八年没见，居然学会了威胁人。"月魄喃喃道，身子一抖，那条蜈蚣迅速地游离，"下来！"

永夜挂在梁上不动。

月魄无可奈何地伸伸手："没有了，真的。"

永夜这才跃下，不满地说道："回魂师父教了你些什么乱七八糟的。"

"我总得防身！我只会几招花拳绣腿。"月魄淡淡地说道。

他的神情让永夜想起当年月魄持刀护着他杀出小楼的情景。那时的月魄是喜欢学武的，后来他和他走上了不同的路。连他设计三位师父争风吃醋斗殴，月魄也兴奋得很。今天的月魄还是当年的他吗？

"卖蜈蚣给蔷薇郡主的是你吧？吓唬小女孩儿你也做得出来！"永夜故作轻松地移开了话题。

"那天我就瞧见你了，被一个美丽刁蛮的郡主追。"月魄目光温柔地看着永夜，他还是瘦小个子，虽然自己不会武功，怎么还是很想保护他呢，"我想你是不会喜欢她缠着你的，就阻了她几回。"

出山谷时永夜还是个孩子，如今眉眼长开，那张脸美得妖魅。月魄很自然地伸手去捏永夜的脸，还没触及，永夜自然地避开了。

这个动作让月魄有些尴尬，他默默地缩回了手伤感道："我们都长大了。"

他的话让永夜心里很难过，硬了心肠摆出谈正事的模样道："我找你，是李执事说你可以帮我。"

月魄的神情也变得淡漠，低垂眼眸道："说吧。我帮你，不会告诉他们。"

永夜的心瞬间又变得柔软，口中依然冷静地说："我要一种药，可以令人神志瞬间迷糊，事后又记不起发生了什么事情的药。还有，你替佑亲王下毒，事先告诉我一声。"

月魄从柜子里拿出一个瓶子递给他，永夜接了便走。

"星魂！"月魄忍不住唤了他一声。

永夜身体一僵，头也不回地离开。月魄没有武功，他不会让月魄犯险。与其让他知道的太多，还不如让他独善其身。

游离谷主说得没错，他情感太丰富了，似乎这一世遇到的只要待他好的人，都让他有种狠不下心的感觉。他不是很了解这种新奇感受，他只能像孩子一样，从头适应、从头学起。

出了草庐，正要离开。永夜感觉到气息的涌动，身体自然地放松，贴在围墙上。

永夜看到一条黑影飞快地穿行在前方，竟直接跃向了李天佑的书房方向。他顿时改变了主意。夜深人静，李天佑见的会是何人？

轻轻笑了笑，永夜像风轻飘飘地挨了过去。

伏在书房檐下，他安静得像只蝙蝠。

棉纸灯罩拢住了烛火散发出的晕黄的光。

穿着浅蓝色宽袍的佑亲王一副闲适打扮，悠然地坐在紫檀木椅上。

一个黑衣人站在他三丈开外，高大的身形带给永夜很熟悉的感觉。他几乎第一时间屏住了呼吸。

"毒解了？"李天佑笑着开了口。

黑衣人只点了点头。

永夜的目光透过窗户缝隙看到黑衣人手上紧握的剑。风扬兮，佑亲王果然与风扬兮有联系！而且两人关系不浅，他凝神听着里面二人对话。

"下一步的目标。"李天佑拿出一张纸递了过去。

永夜只一瞟就瞧出正是自己故意落在李天佑手中的那张暗杀名册。他的头开始痛，如果游离谷不是同一天全部出动，风扬兮每个人都去蹲守的话，自己要遇到他两次。他巴不得风扬兮把别的刺客斩于剑下,但是却不包括他自己。怎样才能调开风扬兮呢?永夜又遇到一个难题。

"游离谷派了那月魄来助我,我想拒绝又禁不住这诱惑。能用得上他的时候很多,不用白不用罢了。"

"东宫之中呢?"黑衣人慢吞吞地问道。

"也许也有如月魄之人。端王身边也有,游离谷想得很周全,都照顾到了。"

永夜皱了皱眉,难道游离谷在三位皇子身边都安插了人?月魄与他助大皇子,难道游离谷打的主意是无论谁继位,都能有好处?

这时李天佑开始摆弄书柜,永夜知道他是要开启密室,瞪大了眼去看。只见几格柜子移来移去却没露出什么来,不禁有些失望。今天能知晓这些已经不错了,永夜身子一动便欲离开。

只这么一动,就看到风扬兮身形骤转,永夜暗呼糟糕,手一挥射出一枚飞刀打熄了书房中的烛火,身子弹了出去。

李天佑呼了声:"谁?"与风扬兮同时跃出了书房。

四周安安静静,风扬兮看了李天佑一眼,足尖一点向花园方向行去。

李天佑站在庭院里看了会儿,返身回了书房。他正欲进门,脚步却停住了,轻笑道:"出来吧。"

永夜本想避向花园,在看到风扬兮所去方向后又潜回了书房。风扬兮,他往月魄所在的花园去了,他想守株待兔?永夜绝不想被风扬兮逮个正着,更不想把月魄扯进来。身体瞬间以想象不到的姿势一个后翻进了书房。

他吃不准李天佑是真发现了他,还是在诈他?隐在屏风后面一动不动。

片刻后,李天佑似松了口气进了书房。

永夜也松了口气,他原应该信任自己的轻功,李天佑是感觉不到他的存在的。

看着烛火重新亮起,永夜希望李天佑读书别太用功。他心里一遍又一遍说着早睡早起身体好,这么暗的烛火看书会影响视力。

李天佑在书桌旁看了会儿书,终于吹熄了烛火。

永夜听到他的脚步声走出门外。他正打算离开时,听到李天佑唤人的声音:"来人!给我封死了书房!"

他大惊,迅速从屏风后跃出,一脚踹开窗户却愣住了,窗户尽碎后,外面竟绷了张网。没等永夜回头,李天佑已出现在门口,悠然看着他道:"只有一个出口,这里。"

永夜想也不想就冲了过去,挥手便是三把飞刀。他明白只有击倒李天佑才能跑出去。上次月魄下了毒，他已经非常小心，没有触碰这里的东西，然而，李天佑的功力却让永夜吃惊，三把飞刀被他轻松避过。

"知道你是使暗器的高手，也不过如此。"李天佑嘲笑。

你以为你真的避得过？永夜也想笑，嘶哑了声音说："你如何知道我在书房中？"

"我猜的。"李天佑清俊的脸上闪过一丝狡黠的笑容。外面太安静，以自己和风扬兮的功力也就眨眼工夫，他实在想不出来人除了躲在书房里，还会有别的地方可以藏身。与风扬兮交换那个眼神是告诉他，他去盯着月魄。

永夜拍了拍手赞道："大殿下果然诡计多端！"

"诡计多端的是你吧？"李天佑倚在房门口一步不让，抄起双手闲闲地说，"我都说过了，想与你面对面聊聊。你三番五次入我书房，显然也有这意思，不如坐下来好生说话？"

永夜点点头，手掌中不知何时握了几枚黑色的圆球，指尖轻抚着光滑的球体。青衣师父说过，这暗器是安国边境小宋国的特产，不到万不得已最好别用。他四顾佑亲王的书房，清一色的紫檀家具，真懂得享受。

"喜欢这里？这些紫檀产自万里外的深山老林，我很喜欢它的色泽与质感。虽然远了点儿，费了些人工，可还是值得的。坐在这里喝茶聊天是种享受，试试？"李天佑温和地说道，目光牢牢锁住永夜。他不信，他今晚还能从自己手上跑掉。

"可惜了。"永夜轻笑一声，手挥出，李天佑轻松自如地同样侧头避开，只听"轰"的一声，整个人都被气浪掀飞。与此同时，书房的窗户连同外面张的网被炸得粉碎，守在外面的侍卫倒了一地。

永夜撇撇嘴，同样的速度，暗器不一样了，还照老样子躲，太笨了。瞧了眼书房又有些内疚，一次用了五颗，这书房真的可惜了。他一边想着一边借着气浪的推力往外扑去，这么一借势身体已弹出十丈开外。风里只听到他得意的笑声："李天佑，我待你不错，没往你身上扔雷爆弹就不错了，你要记得这个人情！"

李天佑缓缓站直身体，用手一摸颈后，手指沾上了一丝血迹。纵使他避得再快，也被炸碎的木片划破了肌肤。他看了眼手中的血，望着被炸毁的书房，脸色变得阴沉。他的确小看了这个刺客，他移动书架时已按动机关，用网封住窗户，而黑衣刺客居然敢把它炸了。不仅炸了，还用飞刀迷惑他，让他受伤。

"放狗！"他重新点燃的蜡烛中加了夜樱草，和紫檀香味混合在一起会产生浓烈的味道。若沾在身上，他训练的犬便能闻到。

侍卫牵了两条黑色的小犬奔出，在李天佑身上嗅了嗅，往永夜消失的方向奔去。一个时辰后，侍卫低声回报："端王府。"

端王府？！李天佑眸色变得像夜一般深沉。

那人居然来自端王府！唇边扯出笑意，极淡、极轻，转眼就消失得无影无踪。

侍从小心地轻轻用白棉布给他擦拭颈上的血迹，低声说："无碍。"

李天佑"嗯"了声，背着手瞧也不瞧书房，沿着小径走向草庐。

出京都东华门往南，经高头街便到了甜水巷，这是一片繁华之地。庆德堂大药坊、古月楼、金银首饰珍珠匹帛商行，以及潘家酒楼、李家香铺、刘家包子店等京都著名的商铺都开店于此。放眼望去，摩肩接踵，客流如织。

安国招待各国使臣的驿馆便设于此。

一觉醒来，永夜神清气爽心情颇好，决定去和陈国谈判。

他是第一次当官，也是第一次当这么大的官。他没有做官的经历，也不懂得那些烦琐礼节，学会了从服饰上认官职大小，也勉强学会了对皇帝该行什么礼，对两位副使大人，他只能揖手尊称一声老大人，别的就随意了。

两位副使知道是皇上亲自下旨封了端王世子为鸿胪少卿、谈判正使，却不知缘由，琢磨着皇上是否故意让这位看上去病恹恹的端王世子去挫陈使锐气，因此对坐着软兜被抬进驿馆的永夜说不出半句于礼不合的言语。

驿馆占地颇广，有四五个院落，以方便他国使臣下榻。

永夜好奇地东瞧西瞧，啧啧赞叹驿馆的地段好，闹中取静。如果不是皇帝脑袋有问题，就是出主意的人是他国奸细，居然让各国来京的使臣拥有这么好的掩护环境。

他转念又想，各国怕是都这样，巴不得展示自己的繁华强盛，所以才会选这样的地段。永夜有些嘲笑自己草木皆兵，遇事想的总是防范。他叹了口气，收回做刺客培养的戒备心态，安然躺在软兜上欣赏这座园林式宾馆。

足足走了一刻钟，队伍才走进驿馆东大院。

迎面是正堂，四周大树合抱，围了座宽大的九重悬山式建筑，檐下有宽阔的回廊，上面铺就褐色木板，洗刷得光可鉴人。

"鸿胪少卿安国和议大使李大人到！"

永夜瞧见堂内陈国使臣已经就位，扶着侍从的手慢悠悠地走了进去。

陈使请裕嘉帝换端王世子主谈，本以为这位世子应该英气毕露，酷似端王，没想到走进来一个面色苍白、五官绝美的少年。见他穿了绯色绢制官袍，腰缠玉带，帽结琉璃珠，正是从四品的鸿胪少卿，也不敢轻视，依礼见了。

永夜手一抬，似憋足了气说道："下官奉旨谈判，各位请安……"他气使得足了，这声安坐还没说完，脸已涨得通红，然后就是一阵剧烈的咳，直咳得在座诸人喉咙都发痒才停住。

等到咳完，他饮了茶，轻叹了声："下官自小多病，皇上为表诚意，答允陈国要求，由下官任谈判正使。我精神不济，撑不住多久，有劳两位副使大人了。"说着就闭上了眼睛养神。

两位副使一怔，心里叫苦，却端正了态度说道："此次是陈国入侵我散玉关，我国的条件是陈国割让散玉关以南百里……"

"不行！我国绝不退让一寸土地，请安国军队早早退出我五十里国土，释放我军被俘之人。"

"钱大人此言差矣，你军战败，这态度怎的成了向我国开条件？！"马副使气得脸涨得通红，"我军已占五十里，你方只需再让五十里则已！"

"那五十里也是陈国土地，安国的军队能长久地待下去吗？"陈国正使钱大人冷笑道。

"哼，我军若是开拔，再得五十里，陈国就失了这百里屏障，难道钱大人希望看到我军长驱直入？"

双方就此展开舌战。

吵了一会儿，钱大人眼珠一转，向永夜一揖："正使大人如何看？"

永夜睁开眼，刚要说话又一阵猛咳，咳完抹抹嘴，喝了口茶道："刚才乱糟糟的吵什么啊？我听晕了，竟一句也没听清。钱大人，你方什么意思？"

钱大人笑道："我方意思是……"

还没说完就被永夜打断，他转头看向副使马大人问道："我方什么意思？"

马大人理直气壮地把安国意思说了一遍。

永夜点头，冲钱大人一笑："钱大人，就是这个意思，你方还有什么要求？"

钱大人一愣，急得额头出汗："李大人，我方没有什么要求。我方只是……"

"既然没有什么别的要求，马大人，拟草约吧，我回去复旨。"永夜淡淡地打断钱大人，吩咐道。

马大人眉开眼笑，他知道就算这个草约签不下来，这位病恹恹的端王世子也会让对方气破肚皮。

果然，他才一应声，钱大人就拍案而起："胡搅蛮缠，黄口小儿也敢前来捣乱！"

永夜顺手就将手里的茶杯往桌上重重一顿，冷了脸站起来道："下官乃贵国上书恳求、皇上亲封的鸿胪少卿和议主使。贵国请求下官主谈，却又开口辱骂，如此反复，这仗是还想要继续打下去吗？"

钱大人嘴张得老大，知道一时情急口不择言说错了话，眼睛急得发红。他倒也能

第十八章

屈能伸，当即深施了一礼赔笑道："是下官的不是，素闻端王文武双全，世子自然也是知书识礼，是下官口误。"

永夜笑了笑，慢吞吞地说："下官岂敢怪罪钱大人？下官身子虚弱，明日再谈吧。"扶着侍从施施然走了。

留下两国官员面面相觑，只好散了。

钱大人叹了口气，喃喃道："公主，你害死下官了。"

第二日谈判继续，双方仍胶着在土地上。

永夜无聊得很，看着两国官员不顾形象拍桌互骂，突然烦了，站起身，也不咳嗽了，淡淡地说了声："不割让土地也罢。"

堂上鸦雀无声。

陈国官员惊诧莫名，喜悦顿生。散玉关以南百里是陈国屏障，一寸也不能割让。两国使团就此争吵了半月，居然在这位正使大人主谈第二天，一句话平息了。

钱大人小心地问道："正使大人说的可是真的？"

"怎么？钱大人嫌我不要土地反而不安？那就……"

钱大人赶紧打断他笑道："正使大人所言极是，不谈土地。"

安国众官员急得额头冒汗，瞪着永夜不知道他想要干什么。副使马大人已急得去扯永夜的官袍。

永夜笑了笑不睬，一口气将端王报出的价钱说了出来。安国官员方才舒了口气。

陈国使臣却越听越怒。黄金、白银倒也算了，这生铁十万斤却是万万不可流入安国。眼下世道混乱，生铁是战备物资，哪一国都急需，陈国产铁，安国一张口就是陈国全年的产量，让陈国使臣如何答应？

钱大人正欲摇头，永夜继续说道："这些就算是你们玉袖公主的嫁妆吧，说得少了委屈了你家公主。"

陈国官员大惊，站起来怒道："玉袖公主何等尊贵，安国竟然要以公主和亲为质，岂有此理！"

永夜闭上眼睛不说话了。

安国使臣也被他这句话惊呆了，这是事先根本没说的事情。马大人急得擦汗跳脚，见永夜闭目安神，竟不知该如何作答。

这时听到一阵环佩叮当，一个轻柔的声音说道："再加战马千匹。正使大人，这个条件玉袖允了。"

"公主！"钱大人与陈国官员伏地行礼。

永夜睁开眼，换了女装的玉袖公主出现在门口。玉袖身披绢纱宫装，端丽不可方物,那下巴还是习惯性地微抬着,只用眼角堪堪瞟着他,那种皇族与生俱来的傲气扑面而来。他想起蔷薇,一比较还是那丫头可爱。

永夜笑笑站起来,躬身一礼:"鸿胪少卿李永夜见过公主。"

这就是前几天那位戴了面纱的紫袍少年?身材瘦小了点儿,背却挺得很直,绯色官袍衬出一身英气勃勃,整个人如清秀挺拔的翠竹,五官精致得竟找不出一丝可挑剔之处。玉袖眼中飘过一丝惊叹,直接想起了传闻中美若天仙的端王妃。她又想起永夜被吓得滚落她脚边的模样,嘴角扯出讥讽与不屑,微微点头还礼。

永夜笑道:"既然公主能做主,我等便拟了草约复旨。下官告辞。"

"世子请留步,玉袖有一事不解,想请世子移步。"玉袖不理永夜口口声声自称下官,声音温柔,语气却不容置疑。

这位公主明显知道游离谷的计划,所以才答应得如此痛快。永夜很好奇公主留他想说什么,欣然同意。

他默默地跟在公主身后出了大堂,玉袖宫装裙摆拖在地板上像孔雀开屏。侍女离了他们三丈远,方便公主和永夜说话。

转过回廊是一座紫藤环绕的小院,下台阶的时候,公主站定不动了,回眸对永夜一笑:"你做得很好。只是……要的东西太多了。"

这句话从一个十六岁的小女生嘴里说出且带着斥责的意思,永夜禁不住想,这句话的意思……永夜眼中一道光芒闪过,游离谷难道真与陈国有牵连?或者,那个组织是陈国所建?陈国的野心未免太大。不过,连陈王掌上明珠都舍得送往安国和亲,还有什么事做不出来?

永夜装着听不懂,理直气壮地说:"陈国兵败,赔偿我国是理所当然!"

公主讥讽地看着他,永夜直视着那目光,半分也未退却。他希望公主如此,更希望公主提及游离谷,他巴不得公主坐实了陈国与游离谷的关系,情不自禁扬起一个笑容来。

玉袖被他的笑容迷惑,永夜也比她高不了多少,却逼得她再抬高了下巴。

"八月中秋,我会在散玉关外十里坡等你接亲。"

永夜很遗憾地听到这句,不置可否地说:"下官身体不好,是否由下官前往迎接公主乃是未知之数。"

春日暖阳,如果从远处看,正是一对璧人。奈何一人骄傲,一人漫不经心。玉袖睨视了永夜一眼,收了收臂间披帛,颐指气使地说道:"下去吧。"说着便步下台阶。

永夜扯了扯嘴角,悄悄伸出一脚踩住裙摆,得意地想看公主摔跟头,暗道,踩住你的小尾巴,叫你再翘!

玉袖猝不及防，身体陡然前倾，她反应甚快地旋身一转，本想站稳了身子，永夜这脚却踩得实在了。他只轻松一伸手，玉袖恰巧落在他臂弯处。

两人对视，似乎都觉得尴尬。

永夜顿时松开了手，玉袖眼看要摔倒在地，轻呼一声再次扭身跃起，裙摆却"嘶啦"一声撕破了条大口子。

永夜眨了眨眼，似呆住。

玉袖粉脸涨得通红，尴尬地拢了裙子，大声说："岂有此理！"

"下官惊扰公主，这就告退。"永夜目的达到，低着头以示非礼勿视。

"滚！"

永夜转身抬步，又转过身摸出公主的翠玉佩双手奉上："对了，公主若是苦寻此物，下官正巧拾到。"他看着公主气得身体发颤，又不得不伸手接过玉佩的模样得意万分，忍笑道，"公主将嫁入我国，还请早日返陈做准备。下官不久留了，还要回宫复旨。"

"正使大人亲口求亲，不知是替何人相求？"玉袖瞬间已恢复平静。

永夜心道，你请我来做正使，就是为了嫁入我朝。至于三位皇子，随便你嫁哪个，想来你也无所谓。脸上却堆笑道："下官不敢妄猜圣意。下官告辞。对了，公主生气的模样更添娇艳，还有，抬下巴多了，后颈会长皱纹的。"

一番讽刺与轻薄轻轻柔柔地说出来，永夜自己听了都觉得他真是为公主好。看玉袖再次变脸，他飞快转身，大踏步离开，哪儿还有半分需要人搀扶的病弱，气得玉袖直咬牙。

良久她才冷冷一笑，唤道："吩咐钱大人，速备行装回国。"

第十九章

大皇子的算盘

卯时三刻，永夜便与端王一起进宫早朝。

端王倚在马车锦垫上瞧着永夜直乐。永夜得意地伸了伸手，笑道："佛要金装，人要衣装，这身官服衬得我玉树临风、风流倜傥、人见人夸、花见花谢……"他咳了两声，止住了话。

"唉！还美呢？都不知道你以后怎么办！"端王叹了口气，他穿的是金绣麒麟袍，戴的是缀玉王冠，不怒自威。

永夜难得见端王叹气，故意要引他展颜，便笑着说："当年父王也是穿这身威风的官袍，脸上顶了巴掌印去上朝？"

端王果然扑哧笑出声，扯过永夜想打，却又搂住了。

永夜靠着端王厚实的胸，觉得很安全。他闭了眼自语道："最安全的地方……"

端王心里一热，手搂得更紧了，嘴里却淡淡道："你主谈便罢，还谈了个公主回来，今日金殿之上看你如何应对！"

"这是游离谷的主意，也是故意请我去做谈判正使的真正用意。他们非要塞一个公主来和亲，你说我能不答应吗？游离谷终于动了，父王，这机会永夜不想放弃！我有七成把握，游离谷与陈国有关。"

"是机会还是阴谋？公主嫁给哪位皇子，都不好。"端王点醒永夜。

永夜何尝不知？游离谷想让玉袖公主和亲不外有几种可能：一是游离谷支持三位皇子中的一位，娶了玉袖等于有了陈国支持，被支持的皇子便有继位的可能；二是游离谷是由陈国所建，不管玉袖嫁给哪位皇子，总会引得众皇子之间相互猜忌、起内讧，让安国大乱。

"定了亲，不见得就要娶啊！先把嫁妆弄来再说。在父王所列条件之后，玉袖公主又加了战马千匹，有何不可？再不济，皇上随便封个侯伯，娶了公主便是。"

"你这孩子！玉袖公主在陈国地位何等尊贵，岂是随便封个侯伯便能娶她的？安国若这么办，两国将重起战火。"端王摇头。

永夜这下有点儿愁了。若是这样，无论哪个皇子娶了公主好像皇帝都不舒服。

端王又是一笑，戏谑道："很简单，要配上公主，又不能乱我阵脚，我听闻玉袖公主位居天下四美，你娶了她就相得益彰！"

永夜嘴大得能塞个鸡蛋进去，说话也结巴起来："我……娶？"

端王收了笑容，正色道："皇上的意思，也只有你的身份配得上陈国公主。再说了，陈国递交合约时，陈使一再暗示，公主对你……"他咳了声，忍笑道，"一见钟情！"

皇上的意思？我的身份？一见钟情？永夜看着笑得无辜的端王，好生佩服端王的心机，他让皇帝知道了游离谷以真换假调错包的事情以免欺君。皇帝知道了他的身份，还让他娶她？

"让我娶了，我这病恹恹的模样，陈国会让他们的金枝玉叶嫁过来守活寡？"永夜的意思是他只能这样娶玉袖。

"也许……公主在意的只是如何进我端王府呢？"

永夜有些不明白。公主不管嫁给哪个皇子都可以引得安国发生一场动乱，嫁给他有什么好处？嫁进端王府又有什么好处？一个念头闪电般划过他的心际，很多事情豁然开朗。

换世子，不是为了接近大皇子，辅佐李天佑，而是为了接手端王的势力。有什么比世子的身份更有说服力？玉袖进王府只有一个目的，就是杀了屡次在散玉关败陈的端王。端王一死，自己就能理所当然接手王位，接手端王的权势。

游离谷想要让哪个皇子继位都行，想要自己卖了安国都行。

出任和议主使，给安国要来一大笔赔偿，外加一个位居天下四美的公主和亲，自己算是一洗病弱形象，谈判成功有了政绩。将来端王死，自己凭借这些也能在朝廷有点儿资本了。

但是，听端王的语气似乎已经识破了这个局，只是配合顺水推舟。

永夜所有的神情都被端王收入眼底。他真的很聪明，也很懂事，他眼里的笑意只一闪即过，盯着永夜英气勃勃又用了药粉故意整得病弱的脸轻摇了摇头："当年你母亲一心想生个儿子，是不是儿子又有什么关系。我看你该做的事情一件没落下。"

我还杀了很多人，可以不偿命吗？他几乎想坦白告诉端王他还是刺客星魂，话到嘴边又咽了下去，多年刺客生涯让他不得不再防着点儿。等他配合皇帝与端王灭了游离谷，将功赎罪，说出来也是个脱罪理由。

永夜嘿嘿笑着打趣："要永夜娶公主，那蔷薇郡主呢？她对永夜好像也是一见钟情，从六七岁缠永夜到现在，要不，一并娶了？"

端王伸手弹了下他的额头："知道你的身份，静安侯会提刀杀进王府来。"

"当年静安侯府三番五次请媒婆上门提亲，真依他意娶了郡主，他却要提刀砍我？"永夜笑着躲开，嘴里不依不饶。

"太子请旨立蔷薇为太子妃，只等蔷薇及笄。皇上已恩准了。"

永夜大惊，想起蔷薇，心里很是同情："几时的事？"

"昨日。"

"可怜的蔷薇。"

端王睨他一眼："此事一了，就给我好生待在王府里学规矩！"

"那是不可能的。"永夜回嘴，叹了口气道，"我只想好好吃顿饱饭，这些年生怕长得太快了……"

端王鼻子一酸，再也说不出半句训他的话来。

说话间已到了紫禁城宣德楼外。二人下了轿车，侍从提了灯笼在前引路。永夜抬头看天，黎明前的黑暗，几颗疏落的星星挂在天上，四周安安静静。高大的宣德楼上挑了几顶灯笼，看不见全貌，右掖门外已聚集了不少官员等着早朝钟响。

众人见端王和永夜过来，均行礼招呼。

永夜斯文地跟着端王，只行礼不多说话，默默地打量这群安国栋梁。他心里突生警戒，装着不在意地退到了端王身后，扯了下他的衣袍。端王回头，永夜听到身后一个清朗的声音道："天佑见过皇叔。"

永夜这才回转身，见李天佑着了亲王服饰，一身宝蓝四爪蟒袍，头结金珠王冠，像天上晨曦初现的那抹微光般清朗，他抱拳向端王行礼。永夜赶紧也是一揖："佑亲王。"

"永夜这么早起，身子骨受得了不？"李天佑关切地问候，手顺势拍向永夜肩头。

这等亲热举动永夜还没觉得有什么，端王却很自然地侧过身体整了整永夜的袍服挡住了李天佑的手，疼惜地叹道："交了陈国这差事，还是回府养病的好。今儿一起早，这脸色差得吓人。"

永夜只好叹了口气，假做强撑状："孩儿没事，父王过虑了。"

"是啊，永夜的脸色还真不好看，就像……月色一样苍白。再折腾一日，没准儿身体更糟糕。今日回了旨，天佑也上奏请永夜辞了少卿一职好生养病。"

永夜干笑两声，心中却如泼了瓢滚油，烫得直痛，难道佑亲王认出他来了？他分明话里有话，他把月魄怎么了？这个奸诈的大皇子怎么折腾月魄了？他恨不得现在就飞到佑亲王府去探个究竟。嘴里却道："永夜身体不好，却一直也想为朝廷做事，也不算太辛苦，真正累的是马大人他们。"

这边站着的马大人听得永夜不居功,还当着端王的面提携自己,赶紧走过来寒暄,倒隔开了李天佑的视线。

早朝钟声一响,掖门大开,官员们鱼贯而入。

薄薄的晨曦扫在大庆殿前的广场金砖上,反射出淡淡的青光。永夜看了眼巍峨耸立的大庆殿,两旁站满了禁军和宫侍。从中间走过,远远能瞧见无数台阶之上殿堂深处的龙椅,可以想象从上往下望来的天子威严。

就为了这份气势与凌驾众人之上的权力,庙堂之中,朝堂之外,牵至江湖,殃及百姓,无人不受影响。

他排在中间偏后的位置,望着李天佑挺拔的背影,心里的疑惑与不安越来越重。今天他抬头望天的时候,并无月色。李天佑话中定有深意。

可是月魄……想起李天佑说的折腾一天身体更糟糕的话,永夜心惊肉跳。

不安地在殿上站了足足一个时辰,他听到内侍喊他的名字,忙站出来跪下行礼。

"此次和谈甚得朕心,李少卿还顺带附议了陈公主和亲之事,李少卿认为谁娶公主最为合适?"裕嘉帝和蔼地问道。

永夜想起与父王的对话,但是当这么多人的面让他怎能说自己最合适?他恭敬地回答:"臣以为,佑亲王尚未娶妻,可迎公主。"

"皇上,臣认为不妥。"有大臣反对,"陈军屡次败于散玉关,都仗端王威武。陈国此番和谈提请由李大人为主谈,和亲若以公主嫁与李大人,我朝恩威并施,方显和谈成效。臣建议由李大人迎娶公主。"

"皇上,永夜也十七了,尚未定亲,臣无意见。"端王笑眯眯地应道。

裕嘉帝懒得再问意见,点点头道:"封李永夜为永安侯,赐良田五百亩,八月迎娶陈公主。"

"臣李永夜谢皇上。"永夜只有谢恩的份儿。侯爷?他升得可真快,直接由从四品升到王侯。也因这端王世子的身份,朝臣并无异议。用一个没有实权的侯爷虚名,去娶陈公主,大家都觉得划得来。永夜想起对父王说的话,倒成真的了。他嘴角扯了扯,又想笑。

永夜与百官一起行了礼散朝出殿,他着急回去通知李言年打探月魄情况。正打算脚底抹油的时候,李天佑已笑着走到他身边亲热地说道:"永夜,我邀得名医在府中,本想请进端王府为你瞧病,但那大夫脾气甚是古怪,拒不前往。我想请永夜过府,方便治疗旧疾。"

永夜听了,更加不安,李天佑嘴里的名医除了月魄还能是谁?他是真的在试探还是已经拿得实证了呢?心里百般猜测,脸上却笑了称谢。

"早看比晚看好，千万别忌讳大夫，拖久了不好。"

"多谢大殿下关心。永夜回府换了衣袍就过王府来。"永夜不动声色说道。李天佑只差没说"李永夜，我捉到你的同伙了，你这就跟我回去坦白从宽"。要他当李天佑的面不动声色看李天佑折磨月魄，以便这位心思深沉的大殿下拿得实证？他笑笑抱拳行了一礼离开。

难道是自己猜错了？李天佑望着永夜走下金殿的背影出神。明明都是小个子，明明永夜曾去游离谷求医，明明那晚的刺客消失在端王府内……错又如何？宁可错杀，也不可放过！李天佑冷冷地想。

月魄。永夜闭上眼就想起小时候月魄挡在他身前的情景，再睁眼耳边听到的是上次见月魄硬了心不想和他亲近，他唤自己的声音。

那一声"星魂"如今回想只让他有肝胆俱裂的痛。

明知道会是个圈套，明知道李天佑起了疑心，但事关月魄安危，他又怎能不去呢？

永夜换了身干净衣裳，贴身穿了那件乌金甲衣。打开箱子，里面是他所有的装备。手指轻轻从一排排柳叶飞刀上抚过，冰凉沉静的感觉。玉色瓶子里原来装的是离开山谷时月魄给的易容药，现在是他照着方子自己调制的。墨色瓶子是月魄给他偷的解毒药，上回中了佑亲王书房里的毒，吃了些。还有那一排，迷魂散、迷烟、毒物……每一样都能让他想起月魄。

眼睛有些湿润，心里万分矛盾。他可以不去救他的，也可以不管，但为什么这个念头一冒出来就坐立不安呢？

"少爷！吃饭了。"茵儿的声音在外清脆地响起。

"不了，我去揽翠那儿蹭饭，很久没吃她做的菜了。"永夜答了声，一股脑儿把该带的东西全带上，顺手拿了那块仿制的玉袖公主的翠玉佩。如果月魄要逃，这个应该可以帮到他。

李言年的院子挨着王府，西小巷角落里的小小四合院，门口种了棵大槐树。永夜慢慢推开木门走了进去。

李言年、李二还有揽翠正在小院里吃饭。见永夜进来，揽翠满脸喜色："少爷！你怎么来了？"

"嗯，好香！我来蹭饭！"

揽翠听他这么一说，赶紧去屋里重新拿碗筷，移座位，自己却端了碗去厨房里吃。

小方桌上摆着四个菜，凉拌青菜、水豆腐、卤牛肉，还有一只烧鸡。

永夜突然想笑，他看了眼烧鸡，夹的却是青菜，吞着口水咽了。

八年，为了害怕这身体长得开了，他一直食素节食，十七岁的人看上去不过十五六。他容易吗？想到这里，永夜放下了筷子："李执事，佑亲王说请了个名医，想请我过王府瞧病去。"

李言年吃了块豆腐对李二说："少爷十七岁了，可以饮酒的，去找找看，屋里还有酒没？没有就去打点儿。"

李二放下筷子弓着身子进屋，不一会儿拎着酒壶出了门。

李言年这才慢条斯理地说："游离谷受人之托派月魄保护佑亲王，从他进入佑亲王府那刻起，他的命就是佑亲王的了——这是游离谷的金字招牌。无论佑亲王对他做了什么，他都只能受着。"

永夜静静地看着李言年，吃得这么简单，穿的只是家常布袍，为何他从李言年身上总感觉到一种贵气与阴险？那张有了岁月痕迹的脸还是扬着骄傲的神色。是什么让他如此忠心游离谷？又是什么让父王明知他是游离谷的人却不动他？真的只是因为时候不到？

永夜一字一顿地说："救他！"

李言年并未停箸，夹起一块烧鸡非常优雅地嚼了，慢慢吐出骨头。

"谷里若不救他，我也不当这世子了，今晚就去劫了月魄离开。"永夜知道自己是在要挟，也知道这句话对李言年或许起不了什么作用。

果然，李言年小心地掏出方巾拭了拭嘴道："谷主果然英明，可是他却没想到，你竟然为了月魄会冒着被揭穿的危险。知道后果吗？端王会杀你，游离谷也不会放过你们两个，何必赔上自己？"

"我不信，费了十来年工夫布的局，你们会舍得放弃，再说……皇上已下旨八月中秋由我迎娶陈国玉袖公主。"

李言年终于正眼看向永夜，眸光里一片阴冷："和亲的目的已经达到，你不会以为游离谷只有你一个人像世子吧？哪怕是个白痴，公主也照样会嫁过来。"

永夜目光平和地看着李言年："没有人能取代我，这么多年，你以为再调包端王会看不出端倪？"

两人的目光对视着，空气里闪动着危险的气息。

"酒来了！"李二的声音打破了沉闷。

李言年低声说道："只要你不暴露身份，游离谷不插手。"

这就是自己得到的最大让步了吗？永夜笑笑："我也不想自毁前程。"

他站起身，李二笑道："从没见少爷饮过酒，不喝一盏？"

永夜摇摇头："今晚我要去佑亲王府看病，喝了酒不方便大夫诊治。你们慢用，我下回再来尝揽翠的手艺。"

揽翠见永夜起身，急着跑出来道："少爷总是这样，吃这么少，身体怎么好得了？"

永夜闻言，拎起烧鸡腿拿着笑道："我边走边吃！"鸡腿很香。今晚他需要体力。

出了府，暮色渐浓。如果顾全大局，他应该不管月魄，继续扮着他的世子，等待收网的时候。然而，他做不到。

永夜悠然踱步到河边。

晚风吹来，水面上浮起一层白色的雾，渐渐浓得像牛奶一般，看不穿也看不透。永夜呆呆地瞧着，忍不住往前走了几步，水淹没了他的鞋底。春日的河水还带着冬日的刺骨冰寒，冷得他打了个寒战。

从一开始，一切就是新的了。他宁可当个白痴，也不愿清醒过来，宁可是个傻子，傻到不去正视这一切，直到"牡丹院"三个字入耳，他才如雷轰顶。

要被扔到妓院？他的耳朵顿时恢复了正常的听力，能听到影子偶尔在耳边的念叨："别让任何人发现你是女的……你不可以洗澡……你要严格控制喝水，出恭大小便要同时进行……如果你不想去牡丹院，如果你还想回家的话……我知道，你不会听不见，不会……我送了你来，就会保护你……"

影子的声音从遥远的天际传来，一字一句，隔三岔五就会在她耳边响起。

他其实是她，是自清醒以来，便需要永夜时刻警惕、绝不能被人发觉的秘密。

"是人就会孤独。"一个声音在不远处响起。

永夜惊诧地转过头，掌心已黏住了一枚刀。她不动声色颤抖着声音问："谁……是鬼吗？"

"哈哈！"浓雾那头传来大笑，那人被永夜的害怕逗乐了，"我们又见面了。你还记得我吗？"雾飘开，风扬兮出现在永夜三丈开外，一身黑衣，落魄潦倒。瘦削的脸，满脸胡须，乌黑浓密的眉，与她过招时那双锐利蛊惑的眼神此时却显得很温和。

永夜看了看他，突然笑逐颜开地喊道："原来是你！疯子哥哥！你怎么会在这里啊？"刀却在掌心黏着一动未动，背上已沁出汗来。

"我一来就看到一个人往河里走，再一瞧，原来是你！"风扬兮呵呵笑着走近，上下审视着她，叹息道，"才知道多年前我救的人居然是端王世子！世子怎么在夜里独自跑到这僻静的地方来了？"

他没发现我的异常！永夜松了一口气往草地上一坐，飞刀隐藏得无影无踪。她抱着腿看着河面的浓雾静静地说："你说过，是人就会孤独。只不过风大侠武功盖世，永夜却让父王失望得很。"

风扬兮坐下，永夜满面落寞。不会武功又如何？以端王的势力，以他外公的威望，安国谁敢欺负于他？他转开头也盯着浓雾弥漫的水面，每个人都有烦心事，不是吗？

这世上真有十全十美随心所欲的人生？他释然地笑了，笑容里也带出了份落寞。

风扬兮的沉默，永夜很是感激。她现在很不想说话，不想说话斗心机。

两人默默地坐着不说话。

风扬兮突然解下披风披到了永夜身上："那日在街上瞧见你时，看你脸色不好，听说一直病着，还没治好吗？"

永夜把脸埋在手上，她一直在涂抹易容药，懒得洗一回。偶尔洗掉，倚红就分外开心，觉得她那日气色好，连王妃也借机唤她去共进晚餐。一个月也只有那几天，她能与父母亲近，一家人都觉得很辛苦。

所有人都在等，都在忍。

她为了月魄一人值得吗？

永夜侧过头冲风扬兮一笑："风大侠是江湖上一等一的大侠，父王也甚是敬重，一直想与你结交。"

风扬兮嘴唇动了动，眼睛在黑夜里闪动着光芒："我独来独往习惯了，不喜与权贵结交。"

撒谎！永夜的心慢慢沉静下来，一代大侠？狗屁！谎言也脱口而出："永夜身体不好，不能为父王分忧，甚是难过。"

风扬兮知道永夜是端王世子，自然猜到了个中缘由，不由得有几分同情永夜。端王英武盖世却只有这个病恹恹的儿子，难免气恼。世子怕是也心烦这些。他柔声安慰道："大丈夫立世，但求无愧于天地，想安国前朝宰相于丹十七为相，不会丝毫武功，立于庙堂，武将纵有开碑裂石、万夫莫当之勇却仍对他恭敬有加；齐王整合三十六族建国，与安、陈并列三大霸主，靠的也不是武力，而是谋略与威望；陈国以三大夫安国，无一能武。永夜身子弱了些，不会鞍马骑射十八般武艺，又何苦沮丧？"

对，佑亲王温和有礼，礼敬斯文，其实不知有多阴险！永夜腹诽，眼睛却慢慢亮起来，似想明白了什么，绽开了笑容，起身对风扬兮一躬："多谢风大侠教诲，永夜明白了。"

风扬兮含笑看着他，见永夜浑身散发出明月般的光辉，面色虽不好看，五官却漂亮得迷人，忧郁时让人心生怜惜，此时笑起来，浑身上下洋溢着一种神采，盖过了长相之美，另有份吸引人亲近的魅力。静安侯的蔷薇郡主为他倾心，倒也不是全冲着他的相貌而去。想到这里不由得脱口而出："外表只是副皮囊罢了，永夜不必事事从此处揣摩他人心意，那日我瞧那小郡主……"

永夜眨巴着眼打断他，笑了笑："风大侠一身黑衣七八年不变，原是不屑于衣饰吗？"

风扬兮见他不愿提及蔷薇郡主，也眨了眨眼，慢吞吞地说："我没银子！"

永夜喷笑，伸手从怀中拿出荷包，拈出一锭小金元宝，拉过风扬兮的手放在他掌心道："我当你是朋友，这是我的见面礼。不要嫌俗气，这是我诚心的见面礼，也是时辰不对，不然，我就去给你制身新衣！"

她不住口地说，生怕风扬兮误解了她似的。

风扬兮看着掌心的元宝哭笑不得，想了想，从怀里拿出一块小木牌，上面龙飞凤舞写着"风扬兮"三字，也放在永夜手里笑道："日后有难，凭这块木牌，我可以帮你做一件事。"

天哪，居然有这样的好事！赚到了！风扬兮你这个好骗的白痴！永夜乐不可支地接过木牌，翻来覆去看了好几遍，天真地问道："这就是风大侠的江湖令？一亮这木牌，黑白两道通通回避？"

"呵呵，江湖朋友给面子而已。你收好了。"风扬兮觉得这位端王世子天真未泯，待在王府久了，当真如璞玉一块。如果不是端王世子，倒也是个可结交的好朋友。

永夜看看天色，冲风扬兮一笑道："愁君独向江，永夜月同孤。后会有期。"

风扬兮眼中漫出浓浓意味，喃喃念了几遍永夜的话，对这个端王世子凭空生出一份知己之心。

他却不知，永夜慢悠悠离开时，得意得几乎想大笑。

宁可我负天下人。永夜目中飘过一丝狠绝，宁为枭雄不为败寇。她绝不再因心软而让自己身陷险境。她，不是一个人，还有她温柔的母亲，她一心报国的父亲。

这一刻，永夜重拾信心。

多年前就已经想清楚了，女孩子的身体会给她带来天大的麻烦。她容易心软，更容易流泪，胸腔里的这颗心，坚强、果断、狠辣。

以后会喜欢上一个男人吗？永夜的目光露出一种好奇与向往，又不屑地撇嘴。男人的把戏她再清楚不过了，想要让她心动，可不是一般的难呢！

想着，心情居然雀跃起来。随手抛起手里的木牌，永夜贼笑。风扬兮，我打不过你，玩阴的，还整不过你？

还有你，李天佑。

永夜望着佑亲王府的方向微笑。

第二十章
醉情于月

佑亲王府建在朱雀门外保康大街，背倚秦河，引了秦河水进府，绕府而出，风景甚是秀美。夜色下的王府门口悬着大红灯笼，朱漆门里只有星点亮光，看不透黑暗。

永夜来了无数回，没有一回像今日这般不安。

侍从引她去了水榭。

远远地瞧见一排灯笼悬在水榭的回廊上，湖心亭四角更挑起了八角宫灯，照得水面波光粼粼。

永夜漫步走在曲折的回廊上，瞟了眼走廊两侧五步一岗十步一哨的带刀侍卫。这阵仗，看得出李天佑很用心。以她的感觉，在水榭四周，甚至回廊顶上，至少伏了八个人，还不算后花园与前堂之间设下的弓箭手。

温暖的灯光下，李天佑穿着湖蓝色绸衫面向湖心亭坐下。那一袭湖蓝色袍子仿佛与水与夜融合在一起，像一曲温婉的琴声，不知底细的人只会觉得这位殿下是极讲究品位的优雅公子，此时正坐着品茶感受着春日夜景，等着湖心亭开了那几扇雕花木门，锣鼓声起，戏子粉墨登场，夜里歌舞升平。

永夜望了眼湖心亭，雕花木门关着，从木格子空隙中透出一线灯光。月魄在里面吗？

见永夜一人前来，李天佑唇边挂上笑容道："等你许久了。我王府前日来了贼，东西没偷，却为泄愤将我书房毁坏了，只好移到水榭小坐。委屈永夜了。"

"哦？什么人这么胆大，敢来王府撒野？！"永夜行了礼一掀袍子坐下，面露惊诧。

李天佑伸手一指隔水相望的湖心亭道："门客勾结外贼，做出这等背主之事！"

永夜心跳一滞，月魄真是在湖心亭了，李天佑让自己坐在这里不正是为了看戏？她眼中露出讥诮之色，湖心亭原本就是请了戏班唱戏的地方，真应景。

永夜不动声色地端起茶碗，浅浅地抿了口。

"本王待他如知己，在王府花园特地为他建草庐、修药田，他却不知报恩，你说这样的人该如何罚他？"李天佑盯着永夜悠然地说着。

安国律，背主者可鞭笞至死，勾结外贼背主者会处以黥面之刑。永夜轻笑："这是殿下王府家事，永夜不敢多嘴。"

这时，湖心亭的雕花木窗突然齐齐打开，戏台上只站月魄一人。月白色袍子，孤零零地站着，目光瞟向这边又移向了湖面。

永夜的心提起来又落下去。月魄看起来有些憔悴，但行动自如，似乎没有受刑。永夜知道月魄没有武功，肯定被搜走了毒物，王府的侍卫对付他绰绰有余，李天佑只是软禁了他而已。

她想起李天佑说过，再折腾一日，没准儿身体更糟糕。难道李天佑只是在使诈？永夜听得灯烛"噗"的一声响，一只灰色的蛾子被烧了翅膀掉了下来。自己是在学它扑火吗？

"看上去挺出尘的一个人，真是可惜了。他若不供出同党，本王只好对他用刑。"

永夜淡然起身："大殿下，时间已晚，这病不瞧也罢。既然不是来看大夫，永夜告辞。"

李天佑伸手捉住她的手腕，只觉纤细，抬头看去，那张带着淡淡病容的脸平静美丽，惹人怜惜，竟有种冲动想拥了入怀，想起当年父皇因为三名执刑内侍的死迁责于他，定下太子，又心生恨意。

而当时他并没有出手，那么只能是李天瑞的手笔。老二心狠手辣，却没有这样深的心机。给李天瑞出主意的人会是谁？在怀疑到永夜是游离谷刺客之后，他自然而然想起这七八年与李天瑞相斗半斤八两的结局，也是这位端王世子在作怪？

温柔的笑意在李天佑脸上浮现，看得永夜想摇头，声音放得极柔，目光注视着对方丁点儿都不转移。

"永夜身子竟单薄至此！唉，看到你这样我就难受。当年就为关心你，太子诬我好男风。可是……从第一眼在宫里看到你时，我就忍不住关心你了。那些闲言碎语本王压根儿不放在心上，我只求永夜平安喜乐就好。"

那声音真是比唱得还好听。

"大殿下对永夜的呵护，永夜一直铭记在心。大殿下不知道，在宫里遇见几位殿下时，永夜对大殿下一直心存仰慕，就像是……天然而来的感觉，觉得与大殿下亲近，也是投了殿下的缘分吧！这么些年，在府里养病，爱走动的也只有佑亲王府一处地方。"永夜的声音很真挚，望着李天佑的眼神充满感情。

永夜想，如果自己不是女的而是男的，会不会吐出来？

"哈哈！永夜真乃本王知己！咱们兄弟齐心，还有什么办不到的？！"李天佑拉着永夜便往湖心亭走，"这就让他瞧你的病去。他就是给你找的名医，我现在不动他，怎么也要瞧了你的病才行。"

一步步越靠近月魄，永夜的心就跳得越快。李天佑把月魄所在的地方都告诉了她，就是等着她去劫人吗？

到了湖心亭，李天佑喝退看守的侍卫，笑道："月先生，这湖心亭春色如何？"

月魄闲闲地站着，竟瞧也不瞧李天佑，以一种孤傲之色面对，只淡淡地说："这里风景如画，倒比我那破草房好出许多。"

"是吗？月先生虽不会武，身体倒还结实，两日不睡觉倒也没什么，若是以后都不能睡觉，那月先生还能撑到几时？"李天佑话锋一转，侧头看向永夜，"月先生是使毒高手，也精研医术，让他给你瞧瞧，瞧得好了，本王一定让他痛痛快快一觉睡到天亮。"

永夜暗叹，通宵不让人睡觉，人的意志力就会慢慢崩溃，真是比用刑还有效的法子。她该怎样不动声色地将月魄救走又不暴露自己呢？

只要有人来劫他，就会落进李天佑布好的网中。

这里木门大开，对面的侍卫死盯着这里，还有埋伏的高手。

她看了眼月魄与李天佑，转头欣赏起王府湖景，心里无比焦急，影子会来吗？

"王爷将我囚于这里，以为我真的就没办法了吗？"月魄盯着李天佑突然放声笑了起来，笑声猖狂，在夜里传荡开来。

李天佑愣了愣。

永夜的眼睛却亮了。在月魄的笑声中，她突然感觉到一股细微的气息在亭子里游动，眼角余光已瞟到一尺长的蜈蚣已爬到了李天佑脚边，心里突然一松，差点儿忘了月魄还养了条宠物。

"你就像是摆在这里的一块点心，可为本王诱来猎物！"李天佑并未被惹恼，笑容可掬地提醒月魄。

"大殿下，这病还是不瞧了。又不是多大的事，犯不着求这样的人！"

"永夜，难道你不想像常人一样骑马狩猎，不想和朋友一起外出游玩，只甘心一辈子待在王府里养病吗？不说别的，八月永夜就要迎亲了，为了美丽的玉袖公主，永夜也该珍惜自己的身子！"

永夜为难地看了眼月魄，叹息道："这不是强人所难吗？"

"值得！"李天佑声音一变，温柔荡然无存，"月先生若不愿为永夜把脉，我就断了那无用之手！"

月魄只是镇定地看着李天佑，面无惧色。

"来人！给我砍了他的右手！"话音才落，两名侍卫已拔出腰刀往亭子里走。

"王爷，你为何不低头瞧瞧？"月魄笑道。

李天佑一怔，低头一看，腿上正爬着条长一尺的蜈蚣，扬须昂头，口中那对腭牙闪动着黑亮的光，诡异凶猛。

"别动，动了我也唤不住它。让你的侍卫离开。"

李天佑看着那条蜈蚣厌恶之极，冷汗从额际沁出，盯着月魄说道："你们全退下去！"

永夜吓得也往后退。

"你站住！"月魄对永夜喝道，"过来！"

李天佑瞧着永夜身子发颤，似吓得动不了脚。他的心便往下沉，难道自己真看错了？

月魄大声说："你埋伏的人最好也别动，被它咬了，大罗金仙也救不回来。除非……王爷有勇气断了自己一条腿！"

断腿？断条腿，怎么可能？李天佑只能咬着牙不吭声，那目光如果是刀，已把月魄活剐了。

永夜抖着身体，看看李天佑又看看月魄，突然喊道："我和你拼了！"说着冲向月魄。那一拳还没落在月魄身上已被他侧身避过，顺手一掌敲在永夜后颈，倒了下去。

月魄冷笑一声："王爷，月魄不会武功，只好让世子陪月魄出城了！"

"你以为你走得了？"李天佑心里着急，若是端王问罪，他该怎么交代？

月魄嘴里"嘘"了声，小星张嘴就是一口。李天佑的脑子"嗡"地迷糊，眼前一黑不省人事。

外面的侍卫团团围住了湖心亭，又不敢上前。

月魄一把抱起永夜小声说："打疼没？"

"你早用小星逃了不行？非等着我来？"

月魄苦笑："我只要一出这湖心亭，早被射成刺猬了。小星咬得了一人，难道咬得了外面所有的侍卫？我不是等你，是等着单独见他一个人的机会……你来，我很高兴。"

"他可不能死。"

"最多半个时辰他就会醒。小星不是剧毒。"

"闭眼。我得拿你做人质！"

"用他不行？！"

月魄手一紧将永夜的头压在胸口，低声道："他太重了，我抱不动！"

永夜哭笑不得，放软了身体闭上眼睛，喃喃道："我真的减肥减了很多年。"

月魄抱起她，永夜像根草似的挂在他手上，月魄低头忍着笑看了她一眼，大步走出湖心亭。永夜听到一片惊呼声，却无人敢上前。两人轻轻松松出了府门。

月魄喝令侍从牵了马来，拍马直奔朱雀门而逃。

王府侍卫见李天佑晕倒在湖心亭，一时没了主心骨，眼睁睁看着月魄挟了端王世子离开。

跑了一程，永夜低声喝道："城门已闭，拿了我父王的手令出城！"

月魄犹豫："这样你就暴露身份了。"

永夜眼珠一转："回莞玉院，谁也不会想到我俩会回去！"四顾无人，放了马，揽住月魄的腰施展轻功往端王府而去。

夜深，无月。

黑压压的屋脊上飞快地闪过人影。

有人瞧见，以为那隐约的白袍是鬼，吓得缩进屋子再不敢出来。

月魄系了永夜的披风勉强遮住月白色的衣袍。永夜的功夫让他很羡慕。

"你才两条腿，比小星跑得还快！"

"闭……嘴！你太重了！"永夜被月魄这一句破了功。眼看已快到王府，她慢了下来，做了个噤声的手势，拉着月魄跃进了墙，仗着对王府的熟悉，回到了莞玉院。

她指了指假山，让月魄藏了身，自己悄悄地靠近房门。这时候端王应还没得到消息，但是也快了。王府一旦闹腾开，自己只能与月魄小心地躲在院子里，至于两名侍女，一旦发现他们，她只好用月魄给的迷魂散了。

永夜在房门口停住了脚，她感觉有人。这么晚了，会是李言年吗？永夜杀机顿起。自己想杀他已不是一两天了，就是不明白为何端王这般容忍李言年。

她手中扣了飞刀闪身而入，蓄势待发的劲头在看到来人时全然松懈。

影子裹着湿淋淋的衣裳静静地立在房中，正无奈地看着她。

"别担心，倚红、茵儿睡熟了，我想她们也大了，不能一直留到老的。"

影子莫名其妙冒出这句话让永夜分外伤感。自揽翠嫁了之后，倚红、茵儿不肯嫁，就守着她。照说两人也是二十开外的女子了，这般忠心，实在让她无以为报。

还有影子，他全身湿透，分明是从秦河潜入佑亲王府，见她没有暴露身份，成功和月魄出逃，才悄悄地离开。春寒料峭，影子叔也上了年纪，叫她何以为报！

永夜心里不知是何滋味，影子叔帮了她一次，她就索取得更多。可分明影子只想隐身在王府中不问世事，从前不插手游离谷，其后不愿帮她对付风扬兮，却在她最危险的时候进王府盗药，如今又怕她暴露身份潜水进了佑亲王府。她低下头，心里百味陈杂，却抬起头果断地说："帮我，影子叔！"

"他对你这么重要？要知道，他不过就是一个刺客，游离谷的刺客！我看，杀了他最好。"影子淡淡地吐出一句。

是的，月魄死了，没有人能威胁她，就算青衣师父，也是各为其主。但是，她既然决定出手，就断不能让月魄死。小时候帮我背黑锅，大了我还你这份情。永夜突然想，她会因为月魄而死吗？

"我还他人情，影子叔成全我。"

影子沉默着，天底下有还得完的人情吗？还一个人情，会欠得更多。永夜聪明，聪明得让他都觉得心凉。她真的长大了，不再软弱得需要自己保护。

永夜突然觉得自己很坏，利用影子利用得干净彻底。这么多年她多少也了解了影子的弱点，影子既然是为了还人情护着她，自然也会因为她还月魄的人情帮她。

"最多半个时辰王爷就会得到消息。今晚风声紧，他躲在莞玉院最安全。明晚我送他出城。你就说不知道为什么醒来后会在家中，若是被发现，也是他狡猾，胁迫于你，躲在这里。记住了？下不为例。"影子的声音里明显带了丝感慨，吩咐完就悄然离开。

永夜站起身微笑，她的影子叔思虑也周密，她想到的，影子也想到了。

只是，她真的仅仅是还月魄的人情吗？

月魄打量了下永夜的房间，打了个哈欠："困得要死，我睡床下。"

"等等。"永夜将仿制的玉袖公主的翠玉佩、风扬兮的令牌，还有所有的毒药全给了他，"先带在身上再说。有风扬兮的令牌，江湖上的人不会动你。去陈国，有麻烦就用公主令。"

"你如何会有……"

永夜翻了个白眼："我仿制的。端王手令不能给你，我不想被查出来是刺客星魂。记住，救你，只是不想你出卖我。"

月魄恍若未闻，接了这些东西钻进了床底，裹了几件衣裳当枕头，疲倦得只想睡。

永夜在床上躺着，想了想，又解下乌金甲衣扔过去："这个贴身穿了。"

月魄摸着还有永夜体温的乌金甲衣，心里升起一股暖意："你就没想过，我是和佑亲王联手诈你？"

"你只需肯定地告诉他我是刺客星魂就行了，用不着这么麻烦。"

"今晚若是不动用小星，你会怎么办？"

永夜淡淡地回了句："看着你被佑亲王折腾呗。"

月魄闭上了眼："你用飞刀做背心穿哪？一抱你全身都是硬的，口是心非！"

"你既然知道我有办法，为何还要用小星？"被月魄拆穿，永夜很生气。

"你太笨了，我不相信。睡了。"

床下隐隐传来轻微的呼噜声，永夜无奈地叹气，月魄就像天生相信她似的，做人太单纯也是种福气！她睁大了眼睛想着明天该如何应付。

李天佑醒来时风扬兮正站在床前。

他动了动腿，有点儿软，运功试了试没有异样。他就这样被那小子耍弄了！语气中便带有不满之意："你不是一心想捉到那个刺客吗？"

"有事。"昨晚永夜走后，他本应该赶往佑亲王府等候那名刺客。可不知为何，却在河边坐了很久，这才耽搁了。

"情况如何？"

"听说端王调了京畿六卫，因为城门早闭，无人出城，这会儿正挨家搜查。"

李天佑下了床，走了几步，突然恨道："那条虫呢？"

"你这么恨，早帮你斩成几截了。担心一条虫何不多担心一点儿端王世子？"

"若是背后有游离谷撑着，他们绝不敢动世子，就是端王那里要交代一声。风兄，追踪的事麻烦你了。"

风扬兮眼中露出笑意："为了可爱的小世子，风某愿走这一趟。"

李天佑送走风扬兮，招来侍卫急急赶往端王府。

丑时，端王府大门敞开，王府侍卫个个神情严肃，中堂大殿灯火通明。端王身着白底麒麟袍负手站在京都地图前，端王妃红着眼睛无力地坐在椅子上。

穿梭往来的消息从京都各处陆续回报。

"皇叔，侄儿请罪！"李天佑急步上前对端王深深一躬。

端王恍若未闻，嘴里喃喃道："游离谷……"

见他神色如此，李天佑更是不安，讷讷道："侄儿本意是请永夜过府瞧病，那人虽是游离谷的人，却也医术高明，听说是回魂唯一的徒弟。"

"永夜……不会武功。"端王冷冷地说道，想到永夜再次被游离谷的人带走，心就像被手死死地捏住，闷痛不已。

李天佑眉梢轻颤，双瞳猛然收缩。难道自己怀疑错了人？

"皇叔……天佑有句话不知该不该说？"

端王看了他一眼，挥手让周围的人下去。李天佑斟酌片刻，小心翼翼地问道："从游离谷求医回来的，真是永夜？会否被……"

"是永夜，绝对没错！"端王斩钉截铁地打断他的猜想。

"听说张丞相夫人家还有与王妃幼时酷似的孩子。"

王妃猛地睁眼："我自己的孩子我会认错？！"

端王见她激动，轻搂住她，盯着李天佑道："永夜脚底有暗记，绝不会假。这事不足为外人言，若是泄露出去，让永夜有什么闪失……"端王抬起头，浑身散发着凌厉之气，他逼视着李天佑，一字字地说，"我只有这么一个孩子！"

李天佑轻点下头，懊恼无比。莫非真是自己错了吗？

"皇叔放心，侄儿这就去封了牡丹院逼他们交人。"

端王摇了摇头："不可，时机未到。"说着瞧了李天佑一眼，"这是皇上的意思？"

李天佑张大了嘴，他远在庙堂的父皇居然早有准备？听端王意思，似乎有意对付游离谷。

端王望着李天佑，突然一笑："年轻人做事，总是冲动一些。这段时间，天瑞就安静得多。天祥嘛，他一向对朝政不感兴趣，成日闹着要去边关带军，皇上已准了他去秦河罗将军处。"

李天佑低垂了头，心里惊起滔天骇浪。天瑞安静得多？这是什么意思？难道是说自己为了那个黑衣刺客动用侍卫太过张扬？为什么一向镇定自若的自己会被那个刺客挑起怒火，大张旗鼓要捉拿他？他想起一剑落下黑夜里长发飘荡的那个背影，以及风里嚣张的声音。自己为什么要疑心永夜？是巴不得他就是刺客，好从此受制于自己吗？

而天祥，父皇居然让他去秦河！秦河边境是拒齐重地。皇后胞兄在秦河俨然已成封疆大吏。这时候天祥过去，难道……片刻后他的心境已然平静，对端王夫妇恭敬地行了礼道："侄儿告退，对付游离谷的人，还需游离谷出手。"

永夜一夜无眠。她闭着眼睛，凝神感知周围的一切。《天脉内经》缓缓在她体内转动，依然像条小蛇般，却更为迅速地游走在她的四肢百骸。这么多年，她终于明白，这个内经的奥秘。

不在于内功多强大，却让她感觉更敏锐，身体恢复得更快于常人。

寅时四刻，她听到倚红、茵儿起床的声音。过得一刻钟，两位侍女的话声传了过来。

"少爷昨晚没回来吗？"

"我睡得熟了，本想等着他的。"

说着，脚步声就往永夜房中行来。

永夜轻巧地纵上房梁。倚红不会武功，只要她不往头顶上看，不俯下身看床底下，就不会发现他们。

倚红推开门走到床前停了停，扭头就往外走，边走边说："真是没回来呢！茵儿，少爷没回来。他难道在佑亲王府留宿？真是，也不差人回来报个信……"

两名侍女边说边出了院子，永夜听得脚步声消失，院中又清静下来，这才松了口气，低头一看，月魄从床下伸出头正对她挤眉弄眼地笑。

她跃下房梁笑骂道："还以为你转性了呢，变得斯文有礼。佑亲王怎么说来着？出尘似的人儿……不好！"

突然永夜脸色大变，从来都是倚红和茵儿帮她收拾房间，她怕月魄睡地上着凉把被子扔到床下给他盖着，床上已无被。以倚红的心思，一定瞧出来了，不然不会两个人同时离开院子。

她一把拉起月魄急声道："赶紧离开这里！"

话才说完，院子外已涌进人声。永夜有些无力地看着月魄，握着月魄的手情不自禁加重了力道。

"没出息！"月魄低斥了她一句，忍不住伸手抱了她一下，"星魂，你可真瘦！"

永夜只觉得脑子"嗡"的一声炸开，月魄用迷魂散！

月魄，你不想让我有这段记忆对吗？你想让我什么也看不见听不到，是吗？她闭了闭眼，再睁开时整个人已变得木然。

大批侍卫涌进了莞玉院，将其围得水泄不通。

端王与王妃焦急地看着永夜的房间。紧闭的房门窗户，安安静静。两人交换了个眼神，端王点点头，握紧了王妃的手。那贼子掳走永夜一夜，无论如何，也不能让他生离此地。

"无论你是谁，有什么条件，尽可告诉本王。"端王缓缓开口。

永夜居室的窗户"吱呀"一声被推开。

"少爷！"倚红、茵儿急呼出声。

永夜木呆呆地坐在窗前，双眼无神。

院子内外站满了人，端王扶着王妃目不转睛盯着永夜。

"王爷，世子无事，在下只为保命而已。"月魄的声音从永夜身后传来。

"好狡猾的贼子，竟然躲进了我的王府。"

"在下也是不得已，放我离开，解药自然奉上。"

端王突然朗声笑了起来："一个面都不敢露的人，叫本王如何信你？！"

月魄慢慢移到窗前，站在了永夜的背后。英俊的五官，白衣虽然沾尘，却掩不住那份出尘的气度。他瞟了眼永夜，朗声道："王爷可想清楚了？在下只求保命！"

端王妃紧张地拽紧了端王的袍子，身体一直在颤抖。她看着永夜这样子，就想起从前的永夜，沉溺于自己的世界，自我封闭，不言不语。眼泪忍不住落下，哽咽道："你别伤害她，我让你走就是。"

月魄讶异地看着端王妃，情不自禁地瞟了永夜一眼，难怪星魂还没出师便让他离开山谷。原来如此，实在是太像了。

"我如何知道你会拿出解药？"

月魄哈哈大笑："王爷心疼世子，也只能相信在下。"

端王妃扯了扯王爷的衣袍，杀他易如反掌，当务之急是救出永夜。端王手上又用了几分力，皱着眉似在考虑。

月魄显得并不着急，坐在永夜旁边等着。

"皇叔！"李天佑的声音从院外传来，显然是来得急了。而他的声音一入耳，端王便摆手示意侍卫让开。

"你走吧。"

月魄心下黯然，他想，只要一出去，就没有活路了。在屋子里还能让端王投鼠忌器，出去……

"不知道以后的夜晚还能不能看到星星……"他轻声说了句，施施然走了出去。

也就在他走出来的时候，已被侍卫团团围住，隔开了他和永夜。

端王盯着月魄，笑了笑："年轻人就是如此。天佑，人带来了吗？"

李天佑惊叹地看着端王，不得不感叹姜还是老的辣，恭敬地回道："皇叔猜得没错，天佑不会不顾永夜的安危。天佑已请来了游离谷的回魂先生。"

月魄淡定地站着，游离谷的金字招牌不能砸了。自己是游离谷送来的，李天佑若是请不来回魂，倒是怪事。唯一庆幸的是……永夜。

她呆呆地坐着看着，却不会知道发生的一切。

瞧着李天佑身后闪出的回魂，熟悉的面孔，淡漠的表情。他跪了下去，喊了声："师父！"

回魂没有理会他，走到永夜身边瞧了瞧。他如何不明白这一切？

在端王眼中、佑亲王眼中，是月魄绑了世子；而在游离谷眼中，是星魂想救月魄而已。他朝月魄看去，月魄想笑，居然这时得到了师父的嘉许。他是夸他没有泄了星魂的底，没破坏谷里的计划，只不过自己已是枚弃子。

"无妨，王爷，是中了迷魂散。服了解药，休息一日便好。"

第二十章

听到这话,端王妃提裙就冲进了屋,将永夜揽进了怀里:"留下解药,都给我出去!谁也不准碰她!"

回魂一怔,欲搭上永夜脉搏的手缩了回去,转瞬又释然,王妃怕是爱子心切,受了刺激。迷魂散罢了,没有大碍。回魂从怀里取出一枚丸药放在桌上,对王妃一揖,摇头出了房门。

他冷冷地看着跪在地上的月魄,月魄是他最得意的弟子,他却什么也做不了,也无力救他。回魂向月魄伸出手。

月魄默默地从怀中掏出了所有的毒物。

回魂收了毒,拱手对李天佑道:"他与游离谷从此没有任何关系。"意思是月魄的生死从此交在李天佑手中了。

他说完这句话,就往外走。

"站住!"端王瞟了眼一直垂手肃立在旁的李言年道,"若是再出现这样的事,京都牡丹院就不用再开了!"

回魂回头道:"游离谷的金字招牌,王爷还信不过?"

端王嘴角动了动,扯出一丝笑容:"回魂先生误解本王的意思了,本王是想向先生道谢,多谢先生治好小儿顽症。"

回魂瞟了眼靠在王妃怀里的永夜,不自然地想起小永夜站在草庐里冲他招手的模样。

"过来啊,回魂师父,给我说说你这里有哪些十全大补丸,我怕吃错了。"

眼前似乎又看到星魂与月魄蹲在药圃里两小无猜的模样,想起在程蝶衣楼前与青衣怪莫名其妙争风打斗的情景,这两个小家伙居然躲在草丛里看得兴高采烈。人非草木,孰能无情?他干巴巴地说了句:"王爷若是想答谢,就让他死个痛快吧!"

月魄心里也是一酸,扬头说道:"师父,月魄自问无错,为何佑亲王无端要我的命?难道月魄想保命错了吗?月魄只想知道原因!"

李天佑心道,这原因我如何敢说?脸上却是冷笑:"勾结贼子入我书房行窃,那贼已经认罪,若你不是来自游离谷,我早处置了你。"

当面诬陷栽赃,我又能说什么?月魄心头霍然明朗。必定是星魂夜入王府,然而这不是游离谷的任务,他想找什么呢?那日盗药草的人必定是他无疑,所以进出草庐如入无人之境。月魄没有想到还另有一个跟随星魂的影子。

也许,自己死了对他是件好事。李天佑怀疑他也是因为自己无意中说,夜樱草加了紫檀香会形成一种猎狗能嗅到的味道。他绝不能让别人知道永夜的秘密。

回魂淡淡地说:"不论有没有原因,你的命都是佑亲王的了。"

"是，师父！徒儿送师父！"对回魂磕了三个头，算是结束了所有的关系。

"皇叔，这人我带走可否？"

端王沉默了下道："永夜醒了你来提人。"

李天佑狠狠地瞪了月魄一眼，落入端王手中，不死也脱层皮。看向屋内，心头又是一震，永夜无力地依在王妃怀里的模样让他蓦然心动，却也只一瞬的惊诧，便收敛了心神，告辞而去。

月魄被侍卫拉走时，忍不住想回头再看一眼永夜，却梗着脖子大笑出声："王爷好计谋，早就知道我师父会来对吗？能让师父用玉清丸解迷魂散，世子真有福气！谁叫月魄是他的徒弟呢。月魄不自量力，甘愿认栽！"

端王走近，轻声在他耳边说："你错了，我赌的是你不会伤害永夜。"

月魄惊骇，正要说什么，端王已重重一掌击下，意识消失前他听到端王下令："看好了，任何人不得见他。"

让永夜服了解药，扶她上床，王妃急不可待地脱下她的鞋袜，见那朵花依然红艳艳地开在脚底，这才舒了口气，全身酸软。

过了片刻，永夜睁开了眼睛。

"永夜！"王妃轻抚着她的背，端过水来。

永夜摆了摆手，轻声说："我想睡会儿。"

王妃见她无事，温柔地说道："没事了，我让侍卫守在房外，那贼子已擒住了，永夜莫怕。"见她一脸倦色，不忍打扰，拉上房门出去了。

等到屋里人离开，永夜舌尖一翻，吐出一颗药丸来。她拈起药丸瞧了瞧，不屑地想，就算嘴里再塞几颗，她照样说话自如。

玉清丸，回魂精心炼制的药丸，听说有人吃了是大补，也有人吃它会中蛊，无论是不是迷魂散的解药，她都不敢吃。

月魄，到最后你还是忍不住要提醒我吗？

永夜有点儿讨厌自己，难道她没有想到过被发现后如何应对？在嗅到迷魂散味道的时候她的心就颤抖了一下。月魄不愿让她瞧到的一幕，她坐在窗前全看在了眼里。

她不能动，她不能让别人发现她和月魄的关系，救不了他，再赔上自己，她不会做这样的傻事，可是月魄却做了。

他明明可以像在佑亲王府里一样，挟持她离开，但他却走了出去。

"不知道以后的夜晚还能不能看到星星……"

月魄在走出去时就已经知道无法脱身。

永夜拉住被子蒙住了头，黑暗让她觉得安全，哪怕是自欺欺人带来的黑暗。

月魄知晓了结局，也猜到了结局，那么……她翻过身，趴着往床下张望，眼泪突然就滴落下来。

床下好好地放着那件乌金甲衣，上面摆着玉袖公主的翠玉佩，还有风扬兮的令牌。他真的知道自己走不了，这些一件也没带在身上。

永夜爬进床底，躺了下来，泪水肆意流淌。

为什么她对他还是留了一手，不能全然信任？为什么她还是顺从地装作被迷了心智？为什么她能面无表情地看着他被回魂像扔垃圾一样扔掉不管，安静地瞧见端王一掌将他打晕？她为什么不能相信这世上真有兄弟情义？

他是在山谷里霸道地护着她的月魄，不是别人，他始终就是他。

泪眼蒙眬中，永夜手指轻抚过床板上月魄留下的划痕，一弯明月如钩，那颗小星就卧在月亮上。

"月魄……"

她手中握紧了风扬兮的令牌，直至掌心里抵出一道深深的红痕。

杨花化作飞絮点点轻雪似的飘过京都的天空，草长莺飞的时节，换下厚厚冬装，人也变得轻快起来。

永夜站在她的花林中，樱花早败了，桃花粉嘟嘟的又燃起一片红云。下午的太阳照出一片繁荣与生机。

她拾了根树枝，从地里掘出条蚯蚓往树枝上一穿，放进了水里。

游鱼蜂拥而至，她瞧着那条蚯蚓在水里挣扎，鱼嘴张合的瞬间，手一动，蚯蚓逃过被分食的厄运，永夜一笑，又照样来了一次。几次折腾后，鱼似乎没有了兴趣，蚯蚓也奄奄一息不动弹了。永夜叹了口气，她也没了兴趣。

月魄现在就是这条蚯蚓，端王、佑亲王、游离谷就是这些鱼。折腾一番，从他身上得不到有用的消息，没有了利用价值，鱼就不想吃了。

自己是什么呢？把蚯蚓从土里挖出来的人。永夜很不喜欢这个答案。她取下蚯蚓又埋进了土里，喃喃道："你和小星不一样，断成几截还能活。不要怪我，我又让你回去了，没准儿一条还能变几条，划算。"

拍了拍手上的泥土，她觉得肚子饿了，看看天色，已近午时。永夜冲离她几丈外的侍卫盼咐道："告诉王妃，我睡够了，中午我去她那儿蹭饭。"

端王妃觉得永夜今天胃口特别好，吃得特别多，不禁有些高兴，伸手摸了摸永夜的头道："没事了？"

永夜筷子一放："嗯，没事了。"

"嗯，我也吃饱了，我有事，我想揍人！"端王"啪"地放下筷子，打断了王妃的话，眼睛瞟着永夜淡淡地说，"想去看吗？"

永夜心里黯然，站起身笑容满面："当然！"

王妃看着端王杀气腾腾，禁不住想起那个白衫少年斯文柔弱的模样，担心地嘀咕了句："叫永夜去看那个干什么？"

"看着，总比想着的好。"端王"哼"了声，拂袖而去。

王妃愣了半晌不明白端王意思，转过头看永夜。她似也沉了脸，跟着端王就追了出去。

永夜跟着端王往地牢走，神经都绷得紧了。端王意味深长的话表明了什么呢？他要她看，是想看她的反应吧？她又该如何应付呢？

走下长长的石阶，石壁上油灯闪烁。这一刻，永夜似乎又回到跟着青衣师父走进石室的情形。她只用眼微微一瞟，就记下了这里的地形。

石阶的尽头也是间宽大的石室，不同的是分成了几个小间。永夜一下石阶就看到其中一间关着那个月白色宽袍的身影。

她环顾左右，石室里并无别人。一个人住单间，这待遇不错。

"想要动手吗？"端王示意侍卫将月魄带出来。

"永夜没做过，父王先示范一下。"

月魄被悬吊起来，正眼也没瞧过永夜，对端王笑着说："王爷不打算给月魄一个痛快？！"

端王脱了外袍，里面是件窄袖绸衫，手指甲抚过油亮的鞭结，发出一连串清脆的声音。看着月魄那张英俊的脸，心里一股气上涌："痛快？听说过我是那样的人？"说话间扬手就是一鞭。

月魄连哼都没哼一声，就被抽得晕死过去。白袍上刚开始没有一点儿痕迹，慢慢地从背上印出一道血痕，从左肩一直拉到腰背，触目惊心。

"父王，他不禁你打呢。一鞭就晕了，要不泼点儿水让他醒来？"永夜慢吞吞地说道。想知道她是否与月魄勾结，怀疑她是游离谷的刺客？永夜想，她杀的人说出来只怕吓死父王，看月魄挨几鞭子算得了什么。

端王气结，盯着她道："好！"

永夜顺手抬起手边的水桶就浇上去，看着月魄痛得一颤，醒了过来。她看了眼端王，又回身坐好，笑道："父王继续。"

端王看了她一眼，手腕一抖又是一鞭。

这一鞭却像是不如刚才，月魄情不自禁地痛得摇晃，抖得铁链叮当作响，死咬了牙不喊出声来，人却没晕过去。

"父王力气比刚才小了，人都没晕呢。"永夜歪着头看血从月魄身体内涌出来染红了袍子，却放了心。若是一点儿血都不出，被打成内伤才叫麻烦。这样挨几鞭子死不了。

端王抖了抖鞭子，也坐了下来道："我要用力，他连我一鞭也挨不了，我没兴趣了。佑亲王明天会来提人，交给他好了。"

永夜回头一望，侍卫早退到了外面。她叹了口气，试探道："我力气小，却也能让他痛，要不留着让我每天抽他一顿鞭子？"

端王站起身，掏出只玉瓶放她手里："听说吃了这个，人就没有痛觉了，可能会熬刑熬得久一点儿，活得也会久一点儿。这个嘛，好像是种什么蛊，喜欢在人身体长着，大了，人的思想就变成它的思想了。"

让月魄身体被一条虫子占据？她看了眼月魄，又看了看手里的瓶子，烫手山芋似的扔给端王："可怕，我不要！"

"我来！"端王握着瓶子慢慢走近月魄。

永夜看到月魄眼中流露出恐惧与绝望，额上挂满冷汗，嘴唇已被咬破，流出血来，仍一声不吭。她下意识地喊了句："不要伤害他！父王。"

端王回过头，满脸怒意和伤痛，跨前两步拾起鞭子对着永夜一鞭就抽了下去，永夜胸口瞬间涌来一股压力，随即是火辣辣的痛，她不是躲不过，而是没想到端王会打她，一个趔趄被抽倒在地。吃惊、怀疑、愤怒……情绪如潮水瞬间淹没了她。

"别……"月魄大吃一惊，艰难地吐出一个字。

"住口！"端王回身又是一鞭，这鞭用了力，伤着了内腑。月魄张嘴喷出一口血，人软软地挂在空中。

端王扔了鞭子，走到永夜身前伸手去拉她，被永夜一巴掌拍开。

"永夜……"端王见她眼中神色，心里不禁有些后悔。

"你想知道什么？你想试探什么？我在游离谷在回魂那儿，我当然认识他！你想知道的就是这个？"永夜怒吼，她不知道为什么会这么生气，她还要怎样？她都恨不得他多抽月魄几鞭子了，只觉得一股酸痛在心里翻搅，伤心莫名。

端王瞟了眼月魄，鼻子里带出一句含糊的话来："这小子生得挺俊的……"

"关我屁事！"永夜冲口而出。

"你那么紧张他！"

"在游离谷他一直护着我，你以为在那里生存下去很容易？这次也是因为李天佑他才挟持我,他又没伤我半点儿,我为什么要让他身体里长条什么虫子?!"

端王脸色大变,厉声喝道:"他知道你是女的?"

"他当我是兄弟!"永夜浑身的刺都竖了起来,吼出的声音不比端王小。

端王瞧着永夜涨红的脸,眼里闪动的怒气神色慢慢变得柔和起来,似放下了一个大包袱,笑着说:"早告诉父王不就得了?这个知恩图报……也没错,只是……天佑明儿来提人,父王却还得把人交出去。嗯,交出去,省得天佑不满,刺杀皇子,可是死罪。嗯……给父王瞧瞧,打痛了没?"

手才触到永夜衣襟又回头看了眼晕过去的月魄,手又缩了回来,喃喃道:"回头去你母亲那儿瞧瞧,嗯?"

永夜半天没回过神来,端王已背着手悠悠然走了出去。

她顾不得细想,赶紧把月魄放了下来,见三条血印子红得吓人。她掀起月魄的衣裳从怀里掏出伤药往上敷,掌心贴着他缓缓注入内力。有用的药一股脑儿全往他嘴里塞,月魄牙咬得很紧,永夜提起水桶全浇了下去。

"咳……"月魄痛得醒了,见永夜板着脸站他面前,他虚弱地笑了笑,"你真够狠的,又笨!反正我体内还有游离谷的蛊毒,多一个又有什么关系?痛吗?"

永夜摇了摇头:"他舍不得打重了。"

"端王似乎知道你认得我。"月魄低声说。

"嗯。"永夜给他处理着伤口,脑子里开始回想端王的话。那意思是,李天佑要人,他得交,但是交出去了就不管了。

永夜眼中露出惊喜,神情也放松了,嘿嘿笑道:"我想法子救你出去。"说着把伤药扔给月魄,笑着去找端王。

屏退左右,端王妃伸手去解永夜的衣襟。永夜一把按住,闭了闭眼,脸火烧似的热了起来。她轻声说了句:"我来。"

"你这孩子……"端王妃掩口闷笑。

"笑什么笑!"永夜怒了,手一把将衣服扯开,露出一圈缠胸的紫岁缎。她恨恨然,这么瘦居然还有桃子似的胸!

端王妃瞧着倒吸一口冷气,也恨恨然地说:"岂有此理!他居然下手这么狠!还敢跟我说一不留神把鞭子甩你身上了。"

永夜低头一瞧,可不是,胸间肿起一道手指头粗的红痕,衬着雪白的肌肤分外醒目。见端王妃怒了,她倒有些过意不去,解了缠胸,仰面躺着说:"父王生怕我和游离谷扯上关系似的,他怀疑我。"

端王妃听了又忍不住笑，挑了药酒小心地给她揉搓，柔声说："当初贼子掳了你走，没多久就听说有了座游离谷。神神秘秘的，又是什么拿人钱财与人消灾的刺客组织，就疑心是他们干的。岂料你父王只试探了一两次，那边露出的口风却像是真的，也不知勒索了你父王多少钱财，连京都牡丹院都是你父王私下出了银子开的，只想着能换你回来，出点儿银子也不是好大的事。他恨游离谷你又不是不知，就怕你喜欢上了那个人……"

听到这里，永夜嘴张得老大。喜欢上月魄？她会喜欢上月魄？父王今日说那些话原是怕她喜欢上月魄？她扑哧笑出声来："那小子……不过，对我真的很好呢。"

"可不是，原还没想过这层。结果回魂一现身，你父王就想，你既然认识游离谷的回魂，没道理不认识那人，说这小子怎么就会挟持你？应该与你离得越远越好才是，再说，他恨的也应该是佑亲王。你父王是越想越不对劲。你没见捉住了人，你父王连你房门都没进？他呀，一个人待在书房生闷气呢。"端王妃轻轻柔柔地把药揉开了，顺手看了眼那条紫罗绶，又叹气，"真不知道什么时候，永夜才能换回女装来。"

永夜坐起身，低头看了看胸前的两颗桃子，突然调皮地在上面按了下，感觉很不错，呵呵笑着伸开双手让端王妃帮她缠胸。

喜欢上一个人？话本里说喜欢上一个人的感觉是总想去逗他，总想找机会和他在一起，她不太明白自己的感觉。

永夜抬起脸问端王妃："喜欢一个男人，是什么感觉？我是说，女孩子喜欢一个男人会是什么感觉？"

端王妃小心地缠着她的胸，陷入回忆中："想和他在一起；见着他，每天都很开心；和他在一起时间总过得很快；希望他在意你，心里总是很高兴，又总是想引他注意……"

"像蔷薇喜欢我一样？成天都黏着，像我的尾巴似的？"永夜慢慢回想蔷薇的表情。

"是啊！不过，有时候又喜欢去惹他生气，然后总是你赢，心里就高兴；一个动作一句话都能想很久；会去猜他的心思，会想着他在想什么；若是他对别的女孩子夸上两句，心里就难受。哦，还有就是喜欢他夸你漂亮，还有……"端王妃唠叨了很多，永夜听得似明白又不是很明白。

她叹了口气，看来真是没法解释。

"总之啊，你喜欢上了就知道了。"端王妃也叹气，美丽的眼睛盛满忧虑，"永夜都十七了，这事不能再拖了。男人的事总要男人去解决，我都说了你父王很多回了，他总是说，以国家为重，将来会给你选门好亲事。要是有人敢嫌你年纪大，他就不客气。"

永夜笑了，十七岁，小着呢。

"你不会真喜欢上那个月魄了吧？唉，真要是喜欢了，娘没意见，就怕你父王……"

"胡说什么呢？他当我是兄弟，一直在谷里照顾我。想起从前，总不想他死。"永夜打断了端王妃的话。

月魄对她好，她很感动，她也一样可以对他好。可是，那种怦然心动，她有些茫然。永夜不想再想，她现在成天愁的是如何灭了游离谷。她这辈子不想再做一个刺客，不想做属于黑夜的星魂。

端王上下打量着永夜，中衣的高领遮住了脖颈，加上身体单薄，从小当男孩儿养的永夜漂亮是漂亮，眉宇间那股英气与举手投足的落落大方，怎么看也是个翩翩公子。

"不能动李言年，也不能动牡丹院。"端王给出了答案。

"我没说要动他们，我只是去逛逛，逛逛也不行？"永夜仗着才挨了他一鞭，讨价还价。

为什么永夜一定要去牡丹院？端王疑虑片刻，心头已如明镜。他沉下了脸："又为了那小子？"

永夜一听端王语气不对，拉着他的手轻摇了摇："救人救到底……"

端王不为所动，板着脸说："我可没答应放了他。"

永夜就松了手，退后两步淡淡地说："好，咱们谁也不说假话。你真的是见着回魂师父才明白我认识月魄的？"

臭丫头，这么快就有所防备了？端王又气又恨，偏就这么一个心头肉，心里虽气，脸上却不动声色："好，我今天就听听你的大实话，为何要瞒了我？你当初回来的时候说在石室里待了三年，起初我以为是他们关了你三年。细看又不对，若是关着你，还辨不出你是男是女？只有一个答案，你是在石室里跟师父学艺，如同……那个月魄！"

"父王不愧是传说中的面带……虎相，心头嘹亮！"永夜鼓掌，悠然看着端王道，"还有呢？"

端王看着他突然叹了口气："你瞒着我，自然有你的原因，你不想说，我也不问。你不会功夫，我自然会护着你，你有功夫，我难道就不管你了？用来防身也是好的。只是……游离谷的势力一再往朝廷渗透，我是非除它不可。我也万万不许你与游离谷的人扯上关系。这是为你好，省得你将来为难。"

一缕柔情从端王脸上浮现，英雄自古难过美人关，他当年如此。若是永夜对游离谷的人动情，将来又如何面对？

永夜不用再藏着功夫，端王不问，她当然选择不说。因为在意，所以彼此都不问不说。

"回魂说了，从此月魄不再是游离谷的人，李天佑杀了他游离谷也不会管。"永夜轻笑出声，"父王也说了，明天李天佑会来提人，父王只需交出人来，别的事就不用操心了。永夜对他，他对永夜，只是兄弟情谊罢了。"

"若是我反对，一定要管这事呢？"

"这么多年了，相信不需要永夜，父王也能对付游离谷。永夜本来就不是世子。"

端王颇有兴趣地看她一眼，仰天大笑："果然是我的女儿，这天底下能明目张胆威胁我的，也只你一人了！"

永夜眼中也露出浓浓的兴趣："母亲不算？"

端王不屑地说道："她？就是一只纸老虎！一哄爪子就软了。"

"看来，父王很欣赏永夜。答应调动京畿卫了？"永夜眼中闪过狡黠的神色。心想，回头我就问母亲为何你称她是纸老虎，看谁会是纸老虎呢？她越笑越甜。

"打什么歪主意呢？要我答应，也很简单。第一，你得做得天衣无缝。"想和我谈条件？端王暗想，没那么便宜的事。

"嗯，自然不能让人知道是我做的。"

"第二，让那小子离开安国，以后不得再有瓜葛。"端王不待永夜回答，又补了句，"一个留着命不死的人，难免会被游离谷再次启用。弃子，不见得永远派不上用场！你给我记住，你终是我的女儿，如何能与一个曾是游离谷刺客的人扯上关系！"

永夜叹了口气道："若是将来我喜欢上一个贩夫走卒，父王会做棒打鸳鸯的事？"

"永夜……你离家近十年才回来，在王府生活的时间远不如你在外面的时间长。你心里对我、对你母亲有多少亲情？你做事可会顾及我们？若你不会，你想嫁谁都没有关系。"端王淡淡地说道。

若是我不考虑你们，我就不会隐瞒我就是刺客星魂；若是我不管你们，离了游离谷大隐于市也行，不用功夫，做做生意也照样生存。可是，我不能。永夜笑了："联姻的事是我的责任。父王可选好人了，别让我轻轻松松就送他去了黄泉。"

"也是，我怎么就没想到这茬儿呢？我的永夜可不是一般男子能得到的。"

父女俩各怀心机，望着对方笑。

"小兔崽子，办完这事，去陈国贺陈王寿。陈王已遣使来书，想见见未来的女婿。"

永夜见端王终于松口应允她救月魄，高兴地跳起来，走出门时又回头一笑："永夜是小兔崽子，父王是什么？"

端王一愣，永夜已留下一串笑声扬长而去。瞧着她的背影，端王情不自禁也笑了。片刻后敛了笑容，唤来贴身侍卫吩咐道："告诉揽翠，李言年若发现永夜的身份，就动手杀了他。"

第二十一章
百般设计只为救你

京畿六卫在京都城一闹腾，京都城的茶馆酒肆马上更换了闲话的主题，围绕端王府、佑亲王府出尘的刺客、漂亮的世子以及皇帝的三个儿子好生热闹了一把。

京都城门已开，集花坊一带却多了些军士，军容整齐地沿集花坊站着，也不说有什么事，也不封街，要出入的也不问，惹得一条街上的青楼老鸨紧张不已，这阵仗叫客人如何敢上门？纷纷遣了丫头去打听情况，得到的消息却是说京都治安巡视，叫大家放心做生意。

安国律，青楼揽客不得出集花坊。往日是客人进了集花坊，美人靠上红袖招。今日如何让美人的袖飞出集花坊？

集花坊门可罗雀。

牡丹院在京都城开了十来年，一天不开张这是头一回。

院子里的公子、小姐难得清闲中又莫名心慌。一个人习惯了天天挂着假笑，要让他们不笑，虽板着脸，眼睛也要带上一分笑才觉得自然。

若说起这里的红倌，也不知出了多少绝代佳人，如今挂头牌的正是元宵节那晚有人送梅花灯的墨玉公子。

墨玉公子年方十六，肤色晶莹，一双眼眸更是黑如点漆，琴棋书画无一不精。最难得的是伺候客人从不挑剔。

只要出得起价，不管是貌若天仙还是贩夫走卒，他一概笑脸相迎。

他的身价是千两银子，哪怕是陪客人喝杯茶也一样。

但是墨玉公子有个习惯，他从不起身迎客。他只待在他的院子里，等待出银子的爷主动造访。

曾经有人下注，以一赔十的赔率赌墨玉公子在牡丹院门口相迎。

有人便劝道："公子只需出门亮亮相，这一万两银子就轻松到手，何乐不为？"

墨玉公子只闲闲地说："张员外输的一万两，墨玉赔了。"

"红倌人多少是有些脾气的。"大家只能这样劝张员外。张员外也豪爽，不仅没要墨玉赔他一万两，反而笑逐颜开地去墨玉的院子喝了十天茶。

然而今天，墨玉公子破例出了牡丹院的门，站在门口垂手肃立。这一举动引起了集花坊所有人的注意，包括站岗的军士。

初踏出牡丹院，墨玉随便一站，风姿绰约，衬着清秀的面容与淡淡的笑容。别的青楼无生意上门，便纷纷探出头来瞧。那些目光中有嫉妒有羡慕，有欣赏有惊诧。瞧了半个时辰，好奇心全落在一个问题上：是谁？墨玉等的是谁？

墨玉公子从巳时站到申时，滴水未沾，颗米未进，脸上已有了疲色。知道整条集花坊的人都瞧着自己，越发不肯示弱，一直保持着优美的站姿。心疼得侍候的小厮跑上跑下递烫热的毛巾让他解乏，嘴里却不敢抱怨半句。

日落黄昏，集花坊沐浴在橘黄色的阳光之中，屋脊两端的鸱吻已染上层暮色时，集花坊大牌坊下闲闲地走进来一个人。

来人穿了件紫绸同色绣孔雀羽暗花的轻袍，披着同色披风。走在无人的集花坊大街上，不时左右张望。苦等一天的人们齐刷刷探出了好奇的脸，在对上来人那张毫无瑕疵的脸时都不由得看得愣了。

见此人进来，两边的军士"唰"的一声立得更齐整，纷纷行礼。见永夜眸光略带赞赏地扫过，背挺得更直了。

永夜含笑瞧着牡丹院门口那个玉立的人儿，加快了脚步，在墨玉盈盈拜下的瞬间用扇子托了他一下，墨玉顺势站起，喉间溢出低低柔柔的声音："墨玉见过永安侯！"

这一声出口，所有人恍然大悟。

听说这位小侯爷被贼了挟持而去，所以京都城才被翻了个底朝天。听说督察院御史言官们为此事告上金銮殿，告端王动用京畿六卫扰民。皇上一句"永安侯不得有失"便退了朝，听也不听言官们啰唆，直气得官员们下了朝纷纷联合大臣们重新进谏。没想到这位永安侯竟笑嘻嘻地跑来了青楼，不仅如此，还动用京畿卫为他清场。

永安侯如何受宠不言而喻。

墨玉公子为他破例，也是情理之中的事情。

岂料永夜却并未入楼，着人端了椅子支上桌子在牡丹院门口摆上了席面。她笑着对墨玉说："本侯要避嫌，若进了牡丹院，父王非打断永夜的双腿不可！墨玉可介意？"

"能见着侯爷一面，墨玉心满意足。"说着墨玉执了酒壶为永夜斟酒。

"我不饮酒的。听说墨玉公子琴棋书画无一不精，抚琴一曲吧。"永夜慢条斯理地夹了菜吃，觉得牡丹院生意好不仅是这里的公子小姐面相好，大厨的手艺也是一绝，遂埋头吃得津津有味。

墨玉脸上已难掩倦意，笑容却半分不减，唤小厮取了琴，当真就在牡丹院门口抚琴助兴。

永安侯一早差人送信嘱他立门相迎，又足足让他站了一整天才来。墨玉暗叹，怕是找碴儿来的。可偏偏此人是万万不能得罪的，他有什么办法？

永夜吃得半饱，恋恋不舍地瞧了满桌好菜，众目睽睽下离了桌走到墨玉身边，笑道："我为墨玉抚琴一曲。"

墨玉口称不敢，人却已让开站立在侧。

永夜看了眼琴，摆出姿势，右手一滑，挥出一串琴音，那神情气度如谪仙一般。众人正等着欣赏永安侯的琴艺，岂料几声单调的音弹出后，又是单调地拨弄琴弦。周而复始，听得众人目瞪口呆。

此时月兔高升，集花坊各青楼前升起大小灯笼，朦胧间望去，那灯笼竟似伸向了天尽头。永夜看着，目光流露出一丝伤感，牡丹院名不虚传，舍弃一个人如同摁死一只蚂蚁。要想和他们讨价还价，人家财大气粗，理也不理。不由得冷笑着想，堵一天门没用，明天再来就是。永夜终于停手，施施然站起来说道："时辰不早了，本侯明日再来看墨玉吧。"

老鸨听得这一句，差点儿没昏死过去。这阵仗再持续下去，只有关门歇业的份儿了。

墨玉却笑道："侯爷，一千两银子。"

"没带银子，记账！"永夜想也不想地说道。

此言一出，众人又张大了嘴。永安侯搞这么大动静居然是吃白食！而墨玉公子也忒胆大，敢向这位霸道的主儿要银子。还是初春时节，寒意未去，众人脸上的汗擦了又擦，不知是为永安侯汗颜，还是为墨玉公子捏汗。

"妓账概不赊欠！"墨玉低柔地回道。

永夜想了想，从怀里摸出一块翠玉佩扔给墨玉："通体透绿，大概值个两三千两银子，找人瞧了，省得明儿又找我要钱。皇上赐我五百亩良田，永安侯月钱不过寥寥，良田尚未变现，千两白银是没有的，府里这些玩意儿倒还多。"

言下之意，每天来牡丹院，还能撑得下去。

墨玉接过翠玉佩，见做工精美，材质上乘，的确值两三千两银子。他心里发苦，脸上笑容不改，斯文道："墨玉眼拙，要请楼里师傅过下目。"

永夜不耐烦地说："快去快去。"

墨玉一室，飞步入内，片刻不到就走了出来恭敬地说："师傅道这玉佩价值两千五百两。侯爷，这是一千五百两银票，楼里不存，明儿侯爷若是再来找墨玉，再付不迟。"说着递过一个小木盒。

永夜轻启盒盖，只瞟了一眼就眉开眼笑，里面不仅放着那块翠玉佩，还有一枚用蜡封住的药丸。她低声在墨玉耳边说："难怪你要挂头牌，这忍气吞声的功夫，比本少爷强多了。"

墨玉瞳孔猛地收缩，闪动一丝寒芒，却及时地低头一揖："侯爷走好！"

"哈哈！牡丹院果然名不虚传！集花坊果然美人济济！不枉我走这一遭。"永夜心里得意，她堵门闹场，又送了仿制的玉袖公主的翠玉，不怕游离谷不给月魄解药。她已经表现得明显，不日要去陈国贺寿，要想让她照计划行事，就得给她好处。

回魂给王妃解她迷魂散的药丸她已经剖开瞧了，里面裹了只虫卵。这就是蛊？永夜想起月魄说过他中过蛊，要救他，她非拿到解药不可。

月魄已成弃子，游离谷没道理再与她翻脸。更何况，回魂必以为她也中了蛊，自然会放心。

接下来该做什么呢？永夜漫不经心地兜了几圈，她有种感觉，身后有人跟踪。

永夜走得很慢，极享受春夜舒适的晚风。跟着她的人是谁？想要做什么？她笑了笑，在拐过一个街口时施展轻功迅速跃上了房顶，缩躲在风墙后的阴影里。不多时，听到风声掠过，她放松自己，悄悄探头，见来人似疑惑地停了停脚，选择了端王府的方向而去。

去王府找我？永夜想了想，想必是牡丹院的人去找李言年吧？她逛牡丹院并不要紧，要紧的是用玉袖勒索游离谷得了月魄的解药。一个从小被游离谷培养的刺客，这样的举动只能惹来纪律严明的游离谷杀之而后快。永夜叹了口气，想起当年一时不忍为了月魄站出来的情景。李言年会赶去莞玉院责问她？会提醒她回魂那药里有蛊？会告诉她……没了一个月魄，还有一个风扬兮？

时间不多，她要在李言年找她之前回到王府。永夜迅速拐进了集花坊背后的小巷子。

经过巷口的时候，她情不自禁瞟了眼那个面摊，摆摊的是个年轻人。她的目光有些黯然，盯着巷子深处的小木屋，脚步未停地走了过去。

站在门口，她轻叩了几下："屋里有人吗？"

风扬兮开了门，皱眉瞧着她，有些不解，侧过身让她进屋。

永夜没有动，从脖子上取出那块木牌："你说过，可以凭它请你做一件事。"

风扬兮见她将木牌珍重地挂在脖子上不禁有些感动，拎起木牌笑了："永夜想要我做何事？"

"做什么事都可以？"

那张扬着希望与企盼的脸在灯光下露出孩子般的纯洁，让风扬兮瞬间想起幼时向家里人讨要心爱之物的情景。只是他总也得不到，总是失望，于是把渴望放在心底，慢慢学会了再也不提。但是他了解，了解被拒绝后的感受。他制作了木牌，希望能满足对方一个愿望，想看到那种眸子瞬间亮起来的表情。

这让他满足。

不等风扬兮回答，永夜低下了头，脚尖无意识地在地上划来划去，显出沮丧与为难："算啦，不可能的……太麻烦了……谢谢，木牌还我做纪念，不要你帮我了。"

被丝绳吊着的木牌在眼前晃动，永夜垂头丧气地伸手去拿。木牌瞬间被提高了，她拿了个空。永夜抬起头，抿着嘴看着风扬兮高举的手，不满地说："下回我找个简单的事情，你帮我做完再收回去吧，现在是我的！"

风扬兮被她逗笑了，爽朗的笑声从喉间连串爆发，这位被封了永安侯的世子爷还真像孩子。永夜瞟着他，从她的角度只看到风扬兮因发笑而起伏的胸膛以及满脸的大胡子。永夜退后了一步，她不习惯耍心眼儿时看不见对方的眼睛，这不利于她判断。

风扬兮笑着把木牌挂回她的脖子，那双曾在黑夜中闪动着极大蛊惑让她嫉恨的眼神出乎意料的温和："我答应你。"

"你不问问我要做什么事？"永夜想，天底下的大侠都这么好骗？珍惜他的木牌让他感动，对他充满信任感让他觉得不帮自己就过意不过，再主动摇头作罢，让他好奇。她只用了点儿小招数，风扬兮问也不问就决定帮她了。李天佑让风扬兮帮他，也是这样？

"我想，你一定不会让我做很难的事情，也一定不会是伤天害理的事情。"风扬兮的声音传来。

永夜有些不舍地摸摸脖子上的木牌，毫不犹豫地取下递过去："陈王递国书要我去贺寿，父王做了万全的准备，但我还是想请你做保镖，"永夜露出灿烂的笑容，"听说风大侠十五岁就能与陈国第一高手在散玉关打成平手，有你在，永夜出使陈国会更安全。"

请他做保镖？这个世子自幼多病，看来对外面的世界很害怕。风扬兮了然地接过木牌又给她戴上："我本来就想去陈国一趟，我会在暗中保护你。这次，不算！"

永夜高兴得快晕了，咧开嘴直乐："那我岂不是赚到了？！你不能反悔哦！"她笑着离开，走了几步回头冲风扬兮笑，"你的衣裳选得相当不错！就是胡子邋遢了点儿。"

永夜笑得眼睛都快眯成了缝。一个想找到自己杀之而后快的人居然肯做自己的保镖，让她很有成就感。

风扬兮也忍不住笑，低头看看身上才买的黑衣，不错？天知道成衣铺子里没有花边没有绣花的黑布衣裳都一个样子。难道永夜是说自己身材不错？风扬兮挑了挑眉，摸了摸胡子，狡黠地笑了。他觉得陪永夜走趟陈国，一路上感觉肯定也不错。

　　回到府中，夜已经深了。倚红、茵儿望眼欲穿，见永夜带着笑容回来，她们一个劲儿埋怨。

　　永夜低声下气好说歹说才哄得两人展颜，见她俩进房睡了，才又悄悄下了醉梦散。她想，今晚李言年该来了。

　　她吹熄了房内烛火，片刻之后，李言年果然闪身而入。见永夜端坐在椅子上等着他，拉下蒙面面巾冷笑道："翅膀硬了？敢和谷里讨价还价了？"

　　"师父说过的，只要我不暴露身份，谷里不会插手我救月魄。既然他已是弃子，何苦还要他的命？"

　　李言年深深呼吸。永夜相信，若不是她还有用，李言年现在就想杀了她。她笑嘻嘻地看着他，漫不经心地说："这计划说实话原本就不该让他参与，我就搞不懂为什么要放月魄在佑亲王府，还跟白送似的？难不成佑亲王付了谷里大笔银子，生怕太子药死了他？如果是这样，他为什么还要摆出一副要整死月魄的模样？难道月魄是明保佑亲王，暗助太子？"

　　李言年看着永夜在黑暗中闪亮的双眸不禁有些后悔，这小子从小就心思深沉，在山谷就是个闯祸的主，难为青衣怪和程蝶衣还喜欢上了他，处处护着他。谷里为什么要派月魄保护佑亲王，他知道，却不想因此坏了自己的大计。永夜的话像根刺，刺得他眼皮直跳，多少年，他忍了多少年就等着现在！

　　他深深呼吸，平息了心里涌动的恨意与无奈，平和地说道："我来是想告诉你，之所以谷里能给月魄解药，是因为已经不需要用他牵制你了。回魂说，你已经中了蛊毒，你不会想知道毒发后的惨状吧？"

　　永夜目中露出惊恐之色，一手捂着胸，指着李言年道："你们，好毒！"

　　李言年看到永夜露出的惊恐模样皱了皱眉，这实在不像永夜的做派，难道他没有吃回魂的解药？果然，永夜低声笑了起来："我知道，一般说来，只要我不背叛山谷就不会毒发，甚至可以活到老死，对吗？"

　　"呵呵，你很聪明。"李言年这才消除了疑心，"还有，这次任务有半点儿差池，风扬兮就会知道谁是他一直找的人。而我也会告诉端王，你是个假货。"

　　"我明白，师父。首先我对端王世子的身份很喜欢，现在我还是永安侯。将来端王的财产都是我的，有权有钱当然好过当刺客。其次，我打不过风扬兮，刺客最怕的就是一身正义的大侠，不是吗？"永夜说得干脆，李言年觉得心凉，自己教出了个什么样的徒弟？

狠辣、冷静，看似轻轻松松，却把山谷多年的计谋一一道出。

"还有，"永夜眼珠一转，"你不用想再把月魄捏在手里要挟我，我主动奉上一个天大的好消息，我请了风扬兮护送我去陈国。这消息可值钱了，以后若是我有什么异动，你只要告诉风扬兮我的身份，准把他气得吐血不杀我不解他心头之恨。我对游离谷够忠心吧？"

李言年一怔，他的确忠心，忠心得让他害怕。想想自己的大计，他叹了口气道："毕竟师徒一场，任务结束，我会给你解药，让你当个富贵王爷。"

"永夜多谢师父了，天大的恩情哪。"永夜笑逐颜开。

"前往陈国，虽然有风扬兮在，但强龙压不过地头蛇，你要提防一个人。"

"谁？"

"陈国第一高手，左将军易冲天！他与公主青梅竹马一同长大，爱慕公主已有多年。散玉关之战如果胜了，他会向陈王求娶公主。"

永夜忍笑。

李言年奇怪地看着她，突然问了句："你认识他？"

"只是听端王说起过而已。"她轻咳了声，清清嗓子道，"师父别怪我笑，一员陈将，是不敢做出带公主私奔的事的，何况公主一心急着嫁进端王府。他想趴在墙头等红杏，当心会被公主当成贼来打。嘿嘿，争不过我的。"

"少年自大！风扬兮不过和他战成平手。他在陈国威望颇高，我怕你有命去没命回来。你一死，公主自然嫁不成了。"李言年见永夜胸有成竹，也淡淡地笑了。只要玉袖来了安国，杀了端王，佑亲王没了倚仗，再想要拉太子下马，太难。

"如果我死了，岂不是两国又要开战？陈国才战败，再起战火，百姓愿意？激起民愤，易大将军威望再高，陈王怕也不会由着他乱来。师父不必太担心，这任务星魂一定会顺利完成的。"

"那为何你要请风扬兮出手？"

永夜望着李言年笑了："有这么个保镖，师父觉得星魂有必要去冒险？易冲天想找我决斗也不行。不过，找我拼拼诗词还可以。"

李言年看着他不知道该如何评价。明知道风扬兮四处找他欲杀之而后快，他却把他请来做保镖。李言年想起很多年前永夜指点月魄黑吃黑活着出小楼的事，眼前的永夜笑嘻嘻地望着他，灿烂的笑容，无辜的表情，这么漂亮的孩子死了真是可惜。

李言年叹了口气道："想让易冲天与风扬兮斗个你死我活？若让风扬兮发现你利

用他，你会死得很惨。"

永夜眨了眨眼："这不是师父和谷里一直都希望的吗？对星魂应更放心才是！"

李言年一怔，他也说不出来是什么感觉，沉默片刻后道："你好自为之！"

他走后，永夜松了口气，一头倒在床上。她很喜欢在夜深人静时想事情。黑暗中那双眼眸像午夜时的猫眼似的明亮，一抹笑容慢慢在嘴角扯开，像极了才偷到鱼的猫儿，贼笑不已。

第二十二章
身份被揭穿

  李天佑第二日来了端王府，见端王面带笑容便知永夜无碍。他想起前日的情形心里有些渴望见到永夜，便拿出一个礼盒来笑道："皇叔，这只参已近成人形，给永夜补补身子。"

  "是啊，永夜这身体养了这么些年，说好不好，说坏也不太坏，就是虚了点儿。皇上遣他赴陈国贺寿，我正愁这事呢……算了，皇命难违，他也该出府见识见识。说不定，这一路下来，身体反而好了。成日蜷在王府精神会更差。"端王随手把参递给侍从，示意天佑坐下谈话。

  永夜要去陈国贺陈王寿，她会在八月中秋迎娶公主……天佑无端端地想起玉袖公主的清丽，与永夜也算是一对璧人，心里不知为何竟有些不舒服。听端王感叹，便笑道："其实不一定要永夜去吧？皇叔不方便讲，天佑去禀了父皇，多少看在永夜体弱多病的份上，另找人送贺礼去。"

  端王摇了摇头："圣旨已下，皇上金口已开，陈王已知永夜会前往，临时换人，倒显得我国诚意不足。散玉关的百姓才经历战争，需要休养生息。"

  "皇叔一心为国，此心可昭日月。可是去陈千里迢迢，怎放心让永夜一人前往？"这一去陈国少则两个月，多则近半年。李天佑有些不舍，自己又不能离开京都，一时间竟有些犯难。

  端王瞧他神色，眼里禁不住飘过一丝阴鸷，天佑这么紧张永夜？念头只往这里一转，就站了起来："不用担心，我遣豹骑林将军一路护送他。想来陈王也不敢为难他。游离谷的小子，你把他带走吧。"

  "不急，我去瞧瞧永夜。"李天佑说着向端王拱手一礼，便想往莞玉院去，脸上已漾出笑意。

  这个皇侄不比那二位，心机深沉不说，还惯于表面温和。端王见多了李天佑恭顺的时候，难得见他如此沉不住气，不由得暗暗心惊，只担心他瞧出了永夜是女的，那真真是要坏了大事，便笑着说："走吧，我也正想去瞧瞧她。"

二人边走边聊，端王看着满院春色，突然问道："太子明年会娶蔷薇郡主，天佑也该娶妃了。皇上不催你，是心疼你，希望你能觅到一位心仪的女子。但是无后不孝啊，天佑又是长子，我这个做叔叔的看着也着急。你若再不立妃，皇上明年也会在太子大婚前赐婚。"

天佑愣了愣，还没想好该如何回答，已瞧见花林间坐着的那抹紫色身影，情不自禁地说："若皇叔生的是女儿，天佑一定诚心求娶！"

他只顾欣赏永夜的风姿，没看到身旁的端王担忧的表情。

"嘘！小点儿声，被永夜听到非大发脾气不可！他最恨别人说他柔弱！"端王眼中忧色更重，轻声提醒道。

天佑叹了口气，嘀咕道："永夜就是脾气大！"说着走进了院子。

"少爷！王爷与佑亲王来啦！"倚红一路小跑喊着永夜。

永夜起身回头，见端王与李天佑进来，眉尖轻蹙即松开，微笑道："父王！怎么和大殿下一块儿过来？"她看到端王站在天佑身后冲她瞪眼睛，再看李天佑一脸温柔，心里咯噔一下却又想大笑。

她这位老爹不仅反对月魄，对李天佑也提防得紧。

永夜的笑容像极了身上穿的浅紫绸袍，美得如梦如烟。李天佑心中又是一跳，为什么他到今天才发现永夜美得胜过女子？眼风扫过身侧的端王，忍不住疑虑重重，心思百转千回，竟脱口而说："永夜今日真真如画中人……嘿，精神得很哪！"

李天佑及时收口，讪笑着望着永夜，越看越觉得他眉目如画，牡丹院的头牌墨玉公子也逊他三分。蔷薇美貌与玉袖齐名，自小爱慕永夜，永夜却避之。昨日听闻他摆开架势去会牡丹院的墨玉公子，难道，他喜欢的是那种清俊少年？

永夜在游离谷回魂处治了半年病……李天佑的脸色顿时难看起来。永夜肯定认识回魂的徒弟月魄！可是端王说他不会武功，若他和月魄私底下有来往，就一定会知道书房有毒，永夜不会是那个黑衣刺客。可是，他见了月魄不相认，分明是有私情！

李天佑脑中迅速闪过月魄一袭白衫、英俊出尘的模样，心情顿时如打翻了的五味瓶，不知是何滋味。

"我来瞧瞧你好了没有，这会儿就去提了月魄回府处置。永夜，你要不要与我同回王府，好出口恶气？"说话间李天佑已收了那些念头，脸上露出谦和的笑来。

答应，还是不答应？端王看了永夜一眼，示意她不用去。

永夜眨了眨眼："断手断足太血腥了，我怕！"

"我是那么残忍的人吗？想到他使蜈蚣咬我，还敢挟持你，怎么也要出了这口气，给他个教训。"

"大殿下这么想替我出气，永夜不去就太不给大殿下面子了。父王，我去去便回。"永夜只愣了愣就决定去，她还是不放心。

端王极其无奈，心里又有些后悔，永夜对那小子实在太照顾，然而话已出口，他也不方便拦着，便唤道："倚红，你再拿件斗篷，好生伺候少爷。早去早回，过两日便要起程赴陈，你答应过我的，要多在府中陪你母亲。"

"永夜答应下的事绝不会忘。"她垂头不敢看端王的眼神。她答应过让月魄离开安国，以后不再和他有瓜葛。可是，从此就见不到他了吗？永夜心中突生出一丝不舍。她转念又想，如果月魄能平安脱离游离谷，以他的医术开间医馆平安过日子，也未尝不是种幸福。想起那张英俊的脸，总是想要保护她的心思，永夜心底有一丝温柔的情绪被隐隐牵动。

依然是佑亲王府的水榭。

依然送了月魄进那湖心亭。

依然，永夜与李天佑隔水坐下。

湖岸成行杨柳垂枝如绦，轻飘飘似受不住风吹，笼了一树翠色，倒映在蓝色的湖水中，树便活了过来，像极了一群正在跳舞的女人，腰肢扭动如蛇，长发随风而飘，只把柔美二字诗文般舞了出来。

今天，看的又是怎样的戏？永夜觉得她不看也清楚。抿了口茶，心中恨道，只要月魄不残不死，你就折腾吧，看我的心硬还是你狠。

"戏如人生！"李天佑优雅地坐着，兴致勃勃地看定了永夜，目光从他低头露出的玲珑的后颈移到微启的唇。他咽下茶水，突然问："永夜，你唱过戏吗？"

永夜挑了挑眉表示不解。

"戏看得多了，忍不住就喜欢跟着哼几句。永夜若是也喜欢，咱俩还能换了装演一出。不过，你就适合旦角。"

永夜低声笑了："大殿下私下说说便罢了。皇上可最恨迷戏子，听说前朝康和帝沉溺其中不理朝政，引来他国觊觎……"

不等他说完，李天佑骤然色变，端起茶碗用茶盖拂过茶沫掩饰心惊："是啊，不然，本王也不会因为死了三个掌刑内侍就被撵出宫。"

谁说大殿下温和有礼、待人宽厚？变脸比翻书还快，记仇的心思可以用去背书考状元。永夜不屑地想着，脸上堆出惊叹："父王说，早出宫建衙有利于大殿下培养势力，看如今的朝廷像分水岭般分成了两派，忠心大殿下的官员不知有多少。难道当年那三个掌刑内侍真是大殿下……"目中已露出不敢置信之色。这事是她点拨太子天瑞干的,她还不清楚?就想让李天佑堵心。

李天佑被永夜的话堵得难受,偏偏不动声色。当年吃的哑巴亏连皇上也觉得他亏了,所以任由他们兄弟各建势力,睁只眼闭只眼,不动摇安国根基便罢。他心里明白,虽说是由得他们闹,但有端王坐镇朝中,谁也闹不到金殿上去。

天佑淡笑道:"天理昭昭,总有真相大白之日。"说完拍了拍手。

湖心亭门窗大开,月魄一如那日站在亭中,月白色长袍上血迹依然,身旁站了两名侍卫。

"永夜,你想怎么教训他?"

"大殿下教训门客立规矩,自然比永夜在行,我瞧着便是了。"

李天佑微笑着看他:"你说,在他额间刺了'奴'字,让他时刻记得可好?"

李天佑你敢这么做,我会在你脸上也照样刻上"王八"两个字,让你死了当皇帝的心!永夜暗暗咒骂,脸上不得不露出不忍。打几鞭子几板子都没关系,想在月魄脸上刺字?永夜想,今天她也没带多少暗器,不外几十把飞刀外加百枚钢针罢了。

这丝不忍瞧得李天佑妒意顿起,嘴边飘过一丝狠意,话语一字字从牙缝里蹦出来似的:"永夜舍不得他那张脸?原来你是真喜欢美貌男子!"

永夜吓了一跳,李天佑在说什么?难道李天佑认出自己是女的?永夜有点儿心虚地掩嘴咳了声,宽大的袍袖瞬间遮住了半张脸。

李天佑突然伸手拉住了她的手腕,微笑道:"永夜既然喜欢,我怎么会做让永夜难受的事情?"

"大殿下待永夜真好。"永夜也笑,不动声色地想拿开手。李天佑手中用劲,她便不动了,任凭他的手指在手腕上轻轻抚摩。不知为何,对上李天佑温柔至极的表情,她总觉得手腕上有条蛇在吐信。

"永夜身体不好,难得出门,却养了一身好肌肤。怎么起鸡皮小粒子了?冷?"

倚红马上抖开披风给永夜搭上,借机想让大殿下松开永夜的手。

李天佑伸手给永夜系上,顺势又握住了永夜的手。

玲珑的腕骨,手指上传来嫩滑的质感,他突然有种冲动想瞧瞧永夜脱光了衣服的模样,目光从那双纤细的手一直望向永夜半垂的脸。额头、眉眼、嘴唇、下颌无一不完美,唯一美中不足的是永夜的脸色,苍白黯淡,却又另添一种病弱之姿。

可惜……端王的儿子,皇上封的永安侯,他不敢。李天佑恋恋不舍地放开手,强压下心底涌出的那股子冲动,望向站在湖心亭里的月魄。

身上受了伤,满身血污,头发披散,却依然没有消退那出尘的风骨。他不能对永夜有什么想法,难道他就可以?

李天佑冷冷说道:"丢湖里清醒清醒,记住喝的是谁府上的水!"

两名侍卫架起月魄就扔进了湖里。

下水的瞬间,永夜瞧见月魄脚上系了粗粗的镣铐,怕他浮起来挣扎吗?永夜的心抽搐了下,定定地望着湖心亭。她突然笑了,觉得自己真够冷血的,连眉头都没有皱一下。

李天佑瞟过永夜的脸,居然带了丝笑容,他深深叹服。蔷薇如此待永夜,他没有半点儿心动,如今瞧月魄被折磨,他还是不动声色。这么多年,极少见他有生气或难受的时候。当年被端王几板子就打晕了他,也没见他流过一滴泪。他是对月魄无情,还是原本就冷血?

"永夜,若是你真的喜欢他,我让他跟了你可好?"李天佑小心地试探。

"不用,他医术高明,下毒的功夫也不错,我可不想成天吃饭都提心吊胆。"永夜一口回绝,心里却暗数到了六十一。月魄受了伤,他撑得住吗?

李天佑盯着他笑了:"也是,是我考虑不周,这样的人若不能忠心,留着实在让人不放心。"

他招了招手,永夜暗暗松了口气。只见侍卫用力一拉,一条白影从水中飞了出来,溅起大片水花。月魄重重摔倒在湖心亭中,腰间缠了绳子,月白色宽袍贴在身上,咳得翻江倒海。

永夜从来没有这样讨厌过自己的目力。她清楚地看到月魄每咳一声,一丝血便从嘴里咳出,不多会儿,原本沾有血污的月白袍子上又溅上了新的血点,在湿衣上晕染成一团团淡淡的粉红色,眼前也泛起一层淡淡的红雾,一种钻心的痛袭来,她就只能这样看着他吗?

"永夜,怎么了?脸色这般难看!"李天佑关切地问道。

永夜的目光落在湖面上,一圈圈涟漪荡过,月魄估计是沉了底,挣扎时搅起一些水草漂在水面,湖面慢慢地又恢复了平静。她淡淡地说:"我没见过这样的刑罚,相信应该比父王的鞭子更让他难过。"

"永夜既然这么说,那么让他认个错便是了。听着,你认错并发誓忠于本王,本王就饶了你。"李天佑说道。

他的声音很平和,甚至称得上温柔。永夜却知道,隔了几丈水面,能这样斯斯文文地把话送到月魄耳边,是用上了内力。

月魄咳声渐停,大笑道:"少废话!"

永夜忍不住想笑,她想起小时候月魄就是这种火气来了会骂人的性子。原来看上去出尘温顺,但藏在他内心深处、骨子里的脾气却还是没改。能大声骂人,应该还没事。她心里更急，从府上到这里已近一个时辰，难道影子还没来？

李天佑见永夜笑，脸一沉喝道："看来是没泡清醒！"

月魄再次被扔进了水里，永夜盯着水面，看月魄挣扎带起的涟漪一圈圈荡开，她又想起了自己放进鱼池里诱鱼的那条蚯蚓，几经折腾，还没让鱼吃就奄奄一息了。她拢在袖子里的手已握紧成拳，随时就能给李天佑致命一击。再等等，她心里数着数，计算着月魄能憋气的时间，目光盯着水面看得极认真，目力所及之处，一株水草慢慢被水流带远了，她紧握的双拳慢慢放松。

"永夜既然不要，他这般桀骜不驯，还得防着他反噬，留着倒真是个麻烦。不得不说，游离谷出来的人，哪怕是被放弃之人，都是高手。不愧是天下第一刺客组织！"李天佑想起夜闯书房的黑衣人，感叹不已。

永夜这才奇怪地问道："大殿下身边为何会有游离谷的人？好像还是送给你的礼物似的。"她一直想弄清楚这个问题。究竟是游离谷要派人进佑亲王府，还是真的有人委托游离谷出任务？是李天佑撒谎，还是李言年也不知情？

"我也不清楚，有一天他便来了，说是接了东主的委托，专来保护我。我当然只能收下了，何况，他医术高明，且擅毒。有一次还靠他差点儿擒住一个刺客……"李天佑说着目光下移，看到了永夜的脚，"永夜快十八了，身材单薄，脚也小。"

永夜猛然听到这句，下意识地收了收脚，见李天佑目光飘过怀疑，便狠狠一掌拍在案几上："大殿下也要嘲笑永夜吗？再单薄，也比玉袖公主高出半头！不日将去陈国贺寿，若是陈国大臣这么说，永夜就顾不得翻脸了！"

李天佑吓了一跳，这才想起永夜将去陈国，八月将娶公主。若他是女的，端王就犯了欺君大罪，挑起两国交恶，这两项罪名足以砍头了，不由得有些懊恼。转念又想，是男的又如何？自己想要，难道他还跑得了？将来……李天佑的目光不再看向湖面，转过了身认真地看着永夜说道："永夜，说实话，我对豹骑林将军的功夫不是很放心，你去陈国，我有些担心。"

如果不是月魄在水里闷着，如果真的只是喝茶赏景，也许这样的语气，这样的神情算得上真挚吧。可惜，李天佑你不是善类，要是相信了你脸上的温和，以为你是谦谦君子，我尸骨早不知道沉哪儿去了，也不用对付游离谷了。

永夜的目光也没有再往湖里瞟上半点儿，满不在乎地笑了："败军之国，用长公主和亲，怕是没胆敢对我下手。别说下手，就是辱我半句，我看陈王也不敢。"

"我只是担心，要不，我让府中几名功夫好的侍卫也随你去好了。"

永夜遗憾地笑道："只可惜大殿下不能离京，若能得大殿下同行，一路不愁寂寞，又安全。不过……风扬兮风大侠愿意护送永夜，加上豹骑精锐，大殿下就不必担心了。"

李天佑眸间飞快掠过一丝惊诧。若不是永夜目力精人，倒真看不出来。永夜得意地想，没想到吧？你的得力干将现在为我所用了。你会不会和风扬兮打起来？

"如此甚好，我也就放心了。"李天佑淡淡地说了句，这才想起月魄，抬抬手让侍卫将月魄拉起来，"差点儿忘了水里还有人在清醒脑袋，别淹死了让永夜害怕。"

永夜一听，手迅速蒙住眼睛，嘴里念叨："听说淹死鬼很可怕，肚子会很大。天哪，我都说了我不敢看这么可怕的事，大殿下太坏了。"

李天佑哈哈大笑，伸手扯开永夜的手说道："永夜你真是可爱！害怕的话就把头转过来看我……"

永夜很听话地转过了头，看到李天佑一句话没说完，脸色已经变了。

只听"咚"的一声巨响，李天佑霍地站起，盯着湖心亭。永夜心里暗笑，抬头看着他，声音颤抖："真……真的……淹死了？"

"传令下去，沿秦河下两岸仔细搜索，给我封了牡丹院！"李天佑没有回答永夜的话，声音里带着压抑不住的怒意。

永夜这才悠然回头，只见湖心亭中心摆了块湖底的大石头，并着那堆镣铐系在绳子上。月魄早已不见踪影。

"呀！必是游离谷的人救走了他！"永夜不忘落井下石，栽赃游离谷。

李天佑又喝道："不用封牡丹院了。只搜人！"

"为什么不封牡丹院了？"永夜奇怪。

因为你父王说过不能动牡丹院！李天佑的这句话无论如何不能告诉永夜，便苦笑着说："游离谷金字招牌，人已交给了我，自己看不住人找上门岂非自讨无趣？这等丢人现眼的事，还是暗中查访免得让别人看笑话。"

永夜叹了口气，同情地看着李天佑，又加了把火："是啊，太子只要知晓大殿下半点儿不是也会大做文章，没准儿还会说大殿下管治不严，当成笑料……"

"他吗，太子殿下是将来的国君，他要笑话我做臣子的只能听着罢了。"李天佑嘴边露出一抹讥讽的笑来。

月魄得救，永夜对待在佑亲王府再无兴趣，对李天佑一揖告辞，带了倚红施施然离开。

李天佑看着他的背影，再看看倚红的背影，眼里怀疑之色更重，想了想，换了衣服也离开了王府。

转过抄手回廊，天井之后有座垂花门，进门之后眼前一亮，一大片碧蓝的湖水似抖动着的绸缎，轻柔光滑。有道九曲石桥架于湖上，尽头是座攒尖顶的亭子。

夜色降临，沿九曲石桥直至亭子摆开了长长的灯笼，灯光耀在水面上，与月光争辉。远望去，几乎要疑是琼台仙境。

而亭子里正坐了端王夫妇与永夜三人。

侍从自觉地退出了亭子。很多年前，端王找回世子后就立了规矩，但凡与世子用饭时，任何人不得靠近。

李言年不止一次地想知道三人用饭时说了些什么，永夜便笑："师父何不潜在水中偷听一回？"

李言年果然做了一次，结果听到王妃无比娇憨的语气与王爷无比温柔小男人的腔调，恍然大悟。威严的王爷、端庄温柔的王妃为永夜争风吃醋，如何敢叫侍从听了笑话？

事实上也是如此。永夜每回吃饭总舍不得多吃，王妃总想方设法做各种美食诱惑，且以肉食为主。她私下里总想永夜若长开了身材，就不能再扮男人。自从永夜满了十六岁，王妃对珠宝的收集就有些偏执，一有机会与永夜在一起就拿出来诱惑她。

而那些精巧的玩意儿确实让永夜爱不释手，她却只能恋恋不舍地放下。每到这时，永夜就会想，这是女人天性。

端王对王妃的小把戏阻止了一次却阻止不了两次。不管他是晓以大义还是正经八百地和永夜谈正事，王妃总会插进几句让他恨铁不成钢的话来。

然而今晚，王妃闭了嘴，端王也闭了嘴。

永夜吃了会儿，才发现二人可怜兮兮地干坐在旁边不吭声。她闲闲地说了句："倚红都说了？"

"永夜啊，你的手怎么能让大皇子随便摸来摸去？这将来可如何是好？"王妃马上担心地接嘴。

难不成让我把手砍了以示清白？永夜恼了，筷子一放，板着脸道："赶紧收拾行装，最好明晨就出发！省得李天佑成天疑神疑鬼，他乐此不疲，我受不了！"

端王妃看了端王一眼，白牙咬在红唇上，露出极可爱极诱人的表情。

"娘，那是小女儿才做的动作，以后只准在父王面前这样！"永夜很受不了端王妃无人时的娇憨。

满意的笑容在端王脸上绽放："二十年前我就说过这话了。瞧，永夜也这么说！"

"可是，要离家几个月……"端王妃不舍，直望着端王，希望他能进宫找太后、皇上挑明了，永夜不是世子，她凭什么要为安国做这么大的牺牲！她都快十八岁了，哪家郡主十八岁还待字闺中？

"正好啊,我除了游离谷就在京都,还没去过别的地方,多准备些银子,在家靠父母,出门靠银子!"永夜打断了端王妃的话,笑逐颜开地也望向端王。

永夜的话正合端王心意,他揽住王妃的肩,柔声道:"永夜可不同于别的郡主,有机会让她走走看看多好。还记得当年我们去北边西番国游玩的事吗?当时你兴奋成什么样了?我记得,你说过将来有机会一定游遍天下,你还说若是有了孩子将来也带她一块儿去,你说……"

端王的声音像催眠曲似的,永夜看到王妃的眼神慢慢变得蒙眬,淡淡的红晕从雪白的肌肤里透出来,人已软倒在端王怀里。她摇头,女人靠哄真不是吹的,将来若是有人这样哄她,她会怎样?一念至此,永夜手臂上爆出一层细细的小粒子,肉麻!

离桌起身,迅速与端王交换了个眼神,永夜蹑手蹑脚地离开。

进了房门吐了口气。明天,最迟后天,一定离开。

月魄需要混在她的车队里走,端王不希望李天佑发现她是女的。今天李天佑神色有疑,永夜也不想再留下冒险。

此番去陈,圣旨下达后,端王已着手准备,说走就走,干净利落。

永夜一觉睡醒,见倚红也背上了包袱,不禁有些奇怪:"你,也要去?"

倚红抿嘴一笑,露出揶揄的神色:"少爷到哪儿,倚红自然也到哪儿。王爷、王妃特意叮嘱倚红要照顾好少爷。"

永夜被她看得狼狈不堪,悲愤之心顿起,原来倚红是父王安插在她身边的,难怪一直不肯嫁。那么茵儿和揽翠呢?这三人都不会武功,所以才能瞒过自己和李言年。论心机她和端王差得不是一般的远!这个认识让永夜对自己扮男装的效果又打了无数折扣。她脸上却带着笑,踮起脚捧住倚红的脸柔声道:"难为倚红对永夜一片痴心,守身不嫁。就算将来公主进门,也一定让她好生叫你一声姐姐。"

倚红一呆,永夜已拧了她一把笑着扬长而去:"不错,父王不仅脸皮厚,而且老奸巨猾,我左算右算就没算出他还有这一招,叫我不收你都不行啊!"

"少爷真是没正经!"倚红啐了一口,喜滋滋地去搬行李。

端王书房内,永夜恭敬地递上一杯茶,端王接过细品,眉宇间带着尽享天伦之乐的满足感。

"永夜,游离谷的刺客你识得多少?"

"一个,月魄。"永夜神态安然。在端王内院待着时,是她最放松的时候,易容洗去,露出如玉容颜。

端王啜了口茶,赞叹地看着她,一身浅紫宽袍的永夜风采夺人,他很得意也很骄傲。有这么出色的孩子,做父母的哪能不引以为傲?更何况,她是如此聪明、懂事。

"听说过星魂这个名字吗?传说这个星魂擅长轻功暗器,且狡猾狠辣,连风扬兮都栽倒在他手上。这些年京都闻小李飞刀色变,不知道他可真的是姓李?"

永夜皱了皱眉,什么意思?她端茶细品,睫毛都没颤动分毫。父王是在试探她,还是已经知情?永夜迅速否定了这一判断。游离谷绝对不会让她暴露。

"父王想说什么?"

端王缓缓地说:"你既然不认识他,为何会让他救走月魄?"

永夜张大了嘴,居然有人在她面前玩栽赃陷害?

"我没有!"

端王这才露出惊讶,不是星魂?永夜也不认识这个刺客。他皱了皱眉:"月魄不是你救走的?你急着今日赴陈,不就是想将他挟带出京都?"

"是我找人救的他,但不是星魂。"

端王拿出一张纸递给永夜,上面画了一个蒙面男子,还有月魄的画像,写着佑亲王悬赏一万两白银缉拿的字样。

永夜苦笑:"我不知道。"

"不是你就好,万不能让皇上知晓你与游离谷联系这般紧密。"端王说到"皇上"二字时,声音轻得似茶飘起的雾气。

皇上知道我是女的,也知道我被游离谷以真换假换成了世子,皇上还下旨让我娶公主,却不能让皇上知道我与游离谷联系紧密。永夜的心情一下子沉重起来。

必定是端王说她少年不懂事,被歪打正着送了回来,却瞒了皇上许多事。她突然有些庆幸,没有告诉端王她就是星魂。也许,有一天,她能让那个名字消失得干干净净。

"倚红什么时候知道的?"

"从我们认了你之后。"

永夜站起身笑道:"父王做事,高深莫测,永夜叹服!只是,我相当不喜欢!不喜欢!"说完气恼地转身就走。

再对她好,瞒了她的感觉还是不好。

"你是恼自己没看出来?任何事……任何人都不可能把所有的事都算计到。你,难道没有出乎我意料的时候?"端王平和的声音从身后传来,永夜怔住。

她的确是带了轻狂之心的。有丰富的杀人经验,有细致的心思,她并不把这个世界的人放在眼里。然而,端王给了她一个教训,一记直勾拳打得她狼狈不堪。自以为倚红她们并不知情,自以为是的为揽翠可惜。她想起月魄,想起李天佑的目光,想起风扬兮的武功,还有李言年的奸猾。自己真的能把一切都算计得干干净净?

见她低头默然，端王又有些心疼，放柔了声音说："你一直做得很漂亮，连父王都服气，不用自责。若不是认了你，父王也没瞧出端倪。"

"这算不算打了一巴掌再给颗糖吃？"永夜气未平。

端王微笑："你若喜欢，父王天天给你吃糖。"

永夜嘀咕："别哪天你把我卖了我都不知道。"

"卖女求荣的事情我没准儿也会做，你要有个心理准备！"

永夜捂着耳朵暴走："当心我离家出走，再不认你们！"

端王没再说话，看着永夜温柔地想，该提前为她找个地方了，离家出走后总得有个窝可以落脚。可是上哪儿找能让她满意、让自己和王妃也满意的窝呢？端王有些头疼。

车队经西角楼大街直行。得知永安侯出使陈国，由于对端王的敬重、对永安侯相貌的好奇，街道两旁挤满了看热闹的百姓，对车队指指点点、议论纷纷。

永夜独自坐了辆马车，对外面的人声鼎沸充耳不闻。

十辆马车，她坐了一辆，倚红坐了一辆，三车行李，五车礼品。一百名豹骑精锐，队伍浩浩荡荡。围观送行的百姓很多，车队从辰时出发，直走到巳时才到朱雀门。

"停！"一个声音在城门响起。

不多会儿，已由当年的骠骑将军升任昭武都尉的林宏林都尉亲自来到马车前禀报："侯爷，大殿下来为你送行！"

城门送行？怕是来瞧我有无带月魄出城吧？永夜一笑，掀起轿帘下了马车。果然见李天佑一身亲王服饰打扮，玉树临风，站在城门口。

"大殿下如此盛情，叫永夜如何敢当？"永夜笑容可掬地行礼。

李天佑大步上前扶住，趁势握了永夜手腕："永夜要走这么久，我实在不舍，就送永夜至城外十里亭吧！"

永夜心里暗暗叫苦，嘴里连声推辞："大殿下折煞永夜了。听说，太子早已在十里亭相候……"

"这不更好？我与太子、永夜一起长大，又有同窗之谊，自当一起送别！"李天佑说这话时已上了马车，并向永夜伸出了手。

永夜无奈，有气无力地吩咐道："起程！"

车轿一动，永夜便笑："其实也没什么可担心的，有这么多礼物，有豹骑，有风大侠暗中保护，大殿下实在太过担忧。"

李天佑淡淡地笑了，突然出手一把将永夜拽进怀里，不等永夜出声，低声在她耳边说:"你不会武功的,挣不过我。"

永夜呆住。

她若是会武功,就会让李天佑证实她是黑衣刺客;不会武功自然也只能被他拉入怀中,谁叫她一直扮病弱!永夜有种搬起石头砸自己脚的气恼。她眼中闪动着愤怒:"大殿下是想让所有人知道,你胆大包天敢轻薄端王世子,皇上亲封的永安侯,陈国玉袖公主的驸马?"

李天佑低声笑了:"你尽可放声大喊,让所有人都知道我轻薄于你。记得当年父皇见皇叔脸上的掌痕,说的就是肌肤之亲。到十里亭至少还有一个时辰,咱俩同在一辆马车上,你说父皇又会说什么呢?"

永夜脑袋"嗡"地大了,嘴里飘出的声音都不像她自己的了:"大殿下再胡言乱语,永夜就不客气了。"

"父皇告诉我了,我只是心疼你⋯⋯"李天佑的声音像魔咒,震得永夜动弹不得。为什么裕嘉帝会告诉他?因为他是裕嘉帝心目中真正的皇位继承人?告诉他所有的计划,让他配合?永夜觉得犯了天大的错误,端王怕将来欺君所以告知了皇帝。她应该阻止的,事情一了,她就离开,也好过被李天佑占便宜!

"小夜,"李天佑搂了她,头窝在她颈边呢喃,"我很开心,从来没有这么高兴过,卯时我就在城门等你了。我不敢去王府,怕皇叔不高兴。他好像不太喜欢我与你亲近⋯⋯"李天佑发出一声闷哼。

永夜一个肘拳打在他肚子上,灵活地一扭身挣脱了他。她没有用内力,她的经验证明,没有内力同样可以杀人。

李天佑一怔,知是她用了巧劲,也不再靠近,只微笑地看着她,把永夜脸上闪过的恼怒羞愤、气急败坏一一收进眼底。

"抱你入怀的感觉很好,我一直都想抱,却一直也不敢。小夜,你说过,你最信赖于我。这些年你拒绝蔷薇,走得最多的地方便是我的亲王府。我明白你的心意,去陈国路途遥远,你一定要早点儿回来。风扬兮答应过的事情,就一定会做到,你会平安的。"

"李天佑,你再不滚下马车,当心我翻脸不去陈国了。去他的娶陈国公主,老子现在心情坏透了!还有,别喊得这么肉麻!别忘了,你是我的堂兄!"前番虚与委蛇的话被李天佑当作她为他动心的暗示,永夜真想一头撞死在豆腐上。她心情极坏,什么伪装都顾不得了,粗口顺着就往外冒。

李天佑有些惊诧,笑意更浓:"这才是你的本性吗,小夜?我很喜欢。堂兄喜欢堂妹⋯⋯有何不妥?"

第二十二章

"停车！"永夜大喊了一声，她原以为李天佑不过发现她是女的便罢，没想到他居然对自己动了心思，心里随即泛起一阵恶心。

车队停下，林都尉策马行来："侯爷何事？"

永夜正要回答，气息从背后涌动而来，不过眨眼工夫，李天佑的手已搂住了她的腰。永夜闭上眼深呼吸："磨磨蹭蹭还要走多久才到十里亭？太子等急了可不好！"

"是！"林都尉应了声，催促队伍加快脚程。

"小夜，你生气也好过病弱的时候。"李天佑一用劲把永夜箍在怀里。永夜恨不得用刀将他两只膀子砍了。

那种陌生的男性气息从后背透过来，让她害怕。月魄抱过她，她只觉得温暖。李天佑的拥抱，让永夜汗毛直竖。

"你，放手！"她几乎是咬牙切齿。永夜第一次沉不住气地想暴露武功，将李天佑狠扁一顿。

李天佑轻笑一声松开双臂，退到旁边歪靠在软枕上，支着头凝视永夜。昨天他入宫，真是意外收获。他不过说了句"永夜的身体不适合娶公主"，裕嘉帝却回答他："只是让陈国公主嫁来安国罢了。"

"父皇的意思是？"

"一个公主想嫁我的儿子扰乱我安国朝纲，我岂能让她如愿？端王世子，朕亲封的永安侯足以与她匹配。只不过，哼，嫁个女驸马！还赔上大笔嫁妆！"裕嘉帝看上去精神很亢奋，脸上泛起一层兴奋的潮红，像是等待了很久终于等到一个天大的好时机似的。

而李天佑却真的愣住。女……驸马？永夜？他心里蓦地涌出狂喜。永夜不是男的！这个答案比他知道自己要出宫建衙、被封了亲王失去太子位还来得突然与震惊。他呆了很久才问："父皇知道……"

裕嘉帝这才发现失了口，脸色霍然就变了，负手在殿内来回走了很久，才低声说："你随我来。"

回想与父皇的密谈，李天佑有些心疼地看着永夜，自己意外挑明看来是唐突了。他柔声说："抱歉吓着你了，小夜。若是你不习惯，我给你时间可好？将来你总是要恢复女儿身……"

"滚！"

李天佑脸一肃，掀起轿帘，招手让侍卫带过马来。他想了想，回头说道："你牺牲这么多，将来我必不会负你！"

说完一个漂亮的姿势跃上马，随车队前行。

谁为你牺牲了？永夜悲愤得仰头干笑了两声，浑身虚脱地瘫倒在马车上，骂人的心思都没了，只想睡一觉，才闭上眼，就听到马蹄声响，林都尉在轿车外禀报："十里亭已到，太子为侯爷送行。"

"大殿下。"永夜现在心情不好。

"何事？"李天佑柔声问道。

"我要睡会儿。"

李天佑忍俊不禁，脸上蓦地散发出喜悦的光来。永夜肯让他庇护、肯让他去应付太子，这说明她在慢慢适应、慢慢接受他。

他不是没想过，如果永夜的身份暴露，没准儿想娶永夜的会是太子天瑞。皇叔的权势、张丞相的人脉，简直就是一座金矿！蔷薇不想嫁太子，圣旨到静安侯府后，听说蔷薇吵闹不休，静安侯只得将她关在府中待嫁。与其娶一个不想嫁自己的人，倒不如娶永夜，更何况，永夜的美丽是如此惊心动魄。就算太子已有了蔷薇，还有天祥呢。那个远在秦河的老三，听说威武不亚于端王当年的风采。

不论是为了父皇与皇叔的计策，还是为了永夜，李天佑打定主意绝不让任何人知道这件事。他催马上前，见十里亭禁卫森严，亭中坐了一道明黄的身影，正是太子。

李天佑细细地观察天瑞。与皇后一般无二的轮廓分明的脸上带着一层凌厉，并不像自己和天祥看上去柔和。他微笑着上前行礼："臣见过太子殿下！"

"大哥免礼，永夜呢？"天瑞最受不了天佑这种虚假做作，皱了眉虚扶一把直入主题。

天佑回望了下永夜的马车笑了笑："永夜体弱，出城走了近两个时辰，现在车上歇息。你我兄弟难得见面，不如喝茶等她？"

天瑞"哼"了声："架子好大！孤怀疑车队中混有刺客，他不会是被刺客挟持了吧？"说话间眼神瞟着天佑，眼底带着说不出的嘲讽。

永夜在我府中被我门客挟持也由不得你来笑话！李天佑心里已起怒意，想想昨晚宫中的密谈，笑容浮起迅速掩盖了目中的怒意。他温和而愧疚地说道："是我管教门客不力，好在永夜没有大碍，不然，皇叔迁怒，我受不起。"

天瑞的目光盯着车队，压根儿没听进去天佑的话，略一示意，东宫左卫率迅速分出一队人，迎上车队。领头将官高呼道："奉东宫太子谕，疑有刺客混入车队，所有人放下武器，查完后放行！"

永夜听到这句话，心里一惊，再也躺不住，掀起轿帘走了出来喝道："圣旨何在？"

左卫率面面相觑，那将官哼了声道："永安侯没听明白？是东宫太子谕！"

第二十二章

"你过来!"永夜冲那人勾勾手指。

那将官小步跑上前,永夜站在车辕上,见他跑近,随手拿起车夫的马鞭一鞭抽了下去。将官猝不及防,被一鞭抽了个正着,鞭梢掠过脸颊,力道虽弱,仍印下了一道红痕。

永夜缓缓说道:"这是出使陈国的队伍,除非是皇上下旨,任何人敢搜就是对皇上不敬。你是东宫左卫率,可知此举会陷太子于何等境地?本侯给你一鞭是要把你打清醒了!林都尉,再有人敢动车队,砍了!有什么本侯担着!"

"是!"豹骑全挑的是精兵,齐刷刷地抽出佩刀,气势逼人。

东宫左卫率平日仗着禁军身份对京畿卫素来张扬,这会儿将官被当众抽了一鞭子顿时炸了锅,也纷纷亮出兵器来。

天瑞听见永夜说话,心里暗骂一群饭桶,知道自己心急了,便走出亭外对永夜笑道:"怎么回事?"

"见过太子殿下!不知殿下为何要搜出使车队?"永夜礼到,脸却板着。

"呵呵,永夜多虑了,孤是担心永夜安全。他们会错孤的意思了。都把刀收了!像什么话!"李天瑞说着,眼睛却在马车周围瞟来瞟去。

永夜皱眉,李天瑞究竟是想找什么人?难道他也要抓月魄?她的目光看向李天瑞背后的天佑,下巴微扬,满脸不屑之色。意思是这点儿小事也摆不平还想追我?

天佑微微一笑,上前低声在天瑞耳边问道:"真的是找刺客?"

天瑞眼中翻滚着怒气,终于忍不住喝道:"李永夜,父皇已经下旨,蔷薇明年及笄将是我的太子妃。你若有半点儿妄想,就是抗旨!"

怪不得李天瑞不顾礼仪要搜出使队伍,蔷薇想必是不想嫁,干脆逃了。永夜大惊,回头喝道:"给我搜!看蔷薇郡主是否藏在队伍之中!太子殿下,臣确实不知准太子妃离家出走了,永夜这就陪太子亲自去查车队。"

永夜的神色不疑有假,李天佑也吃了一惊,突然想起蔷薇自幼对永夜倾心,若是得知永夜出使陈国,她要离家逃婚,没准儿就跟了来,难怪太子要候在十里亭。

他心里暗笑,就等着找出蔷薇交给天瑞,也省了永夜被她缠住暴露了身份,一双眼睛却在寻找着月魄的踪迹。无论如何,永夜认识月魄却不肯明告之,总让他心中有疑。听永夜吩咐搜查,便也陪着天瑞去查看马车。

十辆马车查完,一无所获。

天瑞脸色更为难看,对永夜说:"永夜一路走好,早日娶回玉袖公主!返程时,孤亲带近卫相迎十里亭。"

永夜好笑,太子是恨不得让自己现在就娶了公主,好令蔷薇死心。她对两位皇子团团一揖："多谢太子,将来还请太子殿下来府中喝杯喜酒!大殿下,永夜就此别过!"

李天佑伸手来扶,永夜哪里肯再让他碰到,正好在李天佑伸手的瞬间迅速转过了身,吩咐道:"起程!"

天佑尴尬地收回了手,一点儿也没生气,反而温柔地说:"永夜一路平安。记着捎信回来。"

天瑞奇怪地看了眼天佑,又见永夜五官越发迷人,心里阴笑,盘算着将来是否再利用一次大哥好男风的话设计他。

车队缓缓离了十里亭。天瑞阴郁地望着队伍不语,天佑笑着说:"永夜对蔷薇一直没有那个意思,二弟莫要怪'他'。"

"我就看不出这个永夜哪点儿好!长得跟个娘们儿似的,手无缚鸡之力!"天瑞不屑地说道,翻身上马,带领卫率回城。

队伍渐渐消失了踪影。李天佑伫立凝望。长亭外春色无边,青草碧绿似绒毯,阳光和煦,心情从来没有这么明朗过。他低声道:"小夜,那一天不远了。"

这一刻,李天佑心中相思已起。

第二十三章

相见时难别亦难

傍晚时分，车队进入定州城在驿站歇息。永夜没工夫和驿站官员寒暄，嘱林都尉应付。将所有马车赶进了院子，下令不经召唤任何人不准入内。

安排完，永夜又在院子周围走了一圈，这才慢吞吞来到倚红坐的那辆马车，掀开车帘笑着问："吓着了？"

月魄就躲在倚红坐的马车夹层中，搜查的时候永夜见倚红向太子、大皇子请安时睫毛轻颤，她以为倚红只是紧张，却不担心。马车的夹层做得精巧，如果不是把车拆了，是绝对查不到人的。

倚红见左右无人，指了指夹层，永夜眉一皱，伸手一掀，吓得呆住。

夹层空间窄，躺一个人还宽松，躺两个人……蔷薇挤在月魄身旁，在他脖子上搁了柄匕首，此时见夹板打开方悠悠喘气："永夜哥哥！闷死我了！"

老天！永夜紧张地看着月魄，他正无奈地冲她笑，嘴一歪，意思是让蔷薇收了她的匕首。

"蔷薇，你快点儿出来，现在无人。"永夜低声喝道。

"不行，永夜哥哥，这个贼子挟持你，还逃离佑亲王府，幸好我会武功，听到有咳嗽声才发现他。你赶紧找侍卫来绑了他！"蔷薇生怕月魄有异动。

永夜哭笑不得，放柔了声音说："他受了伤，是我关他在里面的，他没有力气伤害人了。你快出来！"

蔷薇这才出来，回头又狠狠踹了月魄一脚，见他捂着肚子咳嗽，才恶狠狠地说："你敢挟持我永夜哥哥，我一定好好教训你！"

"倚红，你带郡主回房，我嘱豹骑看守院子，不会有人瞧见，回头我再过来。"永夜示意倚红带走蔷薇。

蔷薇却不肯走："倚红，去找根绳子来，我不放心永夜哥哥和他待在一起！"

月魄挣扎着坐起，暗骂这郡主真是够狠，一上马车就逼着倚红把她藏起来，这会儿又雪上加霜地对付他，永夜怎么惹上这么个大麻烦！

"蔷薇,他受了伤,没有武功,身上也没毒。我有话问他,没事的,你先回房。听话!"永夜沉下了脸。

她大致明白了经过,蔷薇是真的离家逃婚,她认识倚红,就上了这辆马车。蔷薇会武功,倚红不会,受她威胁不敢吱声,等到太子查车队,又被蔷薇发现夹层,只好将她也藏了进去。

蔷薇恋恋不舍地离开,听到永夜没提半句赶她回去的话,又雀跃起来。

永夜望着她走远,回头见月魄靠坐在软垫上有些疲倦,便小声问道:"要紧吗?"她知道李天佑扔月魄下水后他咳出了血丝,定是呛伤了肺,不然也不会忍不住咳嗽出声被蔷薇发现。

"无事,都是外伤,呛了几口水而已。"月魄笑笑。昨天在水里他正难受的时候,一个黑衣人游过来救了他。

永夜何时认识这样的高手?是端王府的人吗?他没有问,看了眼永夜说道:"带着她麻烦得很。"

"知道。把她迷翻了送回去便是。可是……"永夜很无奈,她是刺客,却不是杀人魔头。蔷薇发现了月魄,但她实在下不了手杀她灭口。

"不如,我带她走!"月魄想了想说,"这办法可行,就说你中了我的蛊毒,想要解药就把我关这儿了。那丫头为了你肯在这里闷上一天,她一定会跟我走的。现在整个安国都在找她,不能让她说出我在你这儿的消息,也不能杀了她是吗?"

永夜凝视月魄,苍白英俊的脸,疲倦的神色。他知道自己必须离开,还要帮她处理好蔷薇。永夜垂下眼眸:"蛊毒解了?"

"嗯。"

两人再没说话,默默地坐着,空气里散发着伤感的离愁。

"对了,昨日救我的人让我带给你一句话。他说,少爷快满十八岁了,他报了恩,该去尽忠了,让你不必去找他。"月魄打破了平静,轻声转述影子的话。

永夜心里一酸,影子报恩,是报她父母的恩情吧?他尽忠的又是谁呢?不管是否是报恩,她都欠影子叔的。将来,她恐怕是再也见不到他了。永夜掩饰住情绪,平淡无波地问道:"还说了别的吗?"

月魄摇了摇头,见永夜神色木然,不禁有些心疼,伸手在他额间一弹:"你就是口是心非,难受也不用憋着。有什么事,不能对我说吗?"

"不能!"永夜笑笑,很自然地躺下,枕着月魄的腿闭上了眼睛。

李天佑知道了,月魄还是不知道吗?需要告诉他吗?不能!她不能让他为她担心。她毕竟有武功防身,他现在离开游离谷一无所有。他是一个孤儿,没有家人,自幼到了游离谷，原本游离谷是他的家，回魂像他的父亲。如今，他只身一人。

永夜对月魄只有怜惜。人在世界上多么孤单，他只有她一个，却不能留在她身边。一滴泪从眼角沁出，永夜偏了偏脑袋，让布吸干水分。她为他流过两次泪了，这是她清醒后掉的第三次眼泪。可一种本能的反应让她迅速武装起来，克制住情绪的波动。

"郡主瞧见，会把我卸成十段八段。"月魄戏谑地说道。永夜这般自然地枕着他的腿，让他又想起小时候两人间的亲昵。

"她发现了你，本就该死了，现在没死，我已经犯了大忌。蔷薇虽可爱，这世上好人多了去了，我照顾不了那么多。"永夜淡淡地说道。瞬间，她已经恢复了平时的模样。

月魄沉默了。星魂变了很多，幼时的他调皮可爱，现在的他可以无情冷血。而他自己呢，除了对永夜，他何尝不是一样。

他和他都一样，是从游离谷出来的刺客，从小就知道自己的命是拿别人的命换来的。如今，能像星魂这样，已经是非常仁慈了。

将来呢？将来会不会有一天，星魂会成为他的敌人？月魄摇了摇头，永远不会有这一天。

"你会去哪儿？"永夜闭着眼轻声问道。

"出了散玉关往北去齐国，我老家在那儿。不知道街口的张屠夫还在不在？日后，你若是有机会来齐国，看到平安医馆，那定是我开的。若是你想过平静日子，我可以收留你。"月魄想起张屠夫来，英俊的脸上溢出笑容。

永夜眉一挑，疑道："难道齐国没有游离谷的势力，齐国圣京没有牡丹院？"

"你忘了，我已经不是游离谷的人了。只要能脱离他们的控制，他们绝不会再找你的麻烦，这也是游离谷的规矩。我知道，你肯定不会吃回魂的药，你的麻烦现在是风扬兮。你只有灭了游离谷，风扬兮或许会因此放你一马。"

"也许，我现在跟你一起离开，去开平安医馆，就那样过平静日子……"

月魄低头看她，心里涌出一丝悲伤。永夜还以为他不知道她是女的，她真的太不了解他的医术。抱她的时候、看到端王妃的时候，他就知道了。

她不说，一心助端王灭游离谷，夜入李天佑书房，而且还去陈国迎娶公主。她殚精竭虑想的事情，都围绕着安国皇权的更替、国家的稳定。以永夜重情的性子这说明一点，她是端王亲生的骨肉，游离谷看走了眼，以真换了假。就算他同意，她真的会与他一起离开？

"把你带走，我怕我会死无葬身之地。做兄弟的，就别拖人后腿了。"月魄笑道。

永夜的睫毛颤了颤。她若是不管不顾地走了，穷安国举国之力，穷游离谷之力都会找寻两人，月魄只有受她连累的份儿。更何况，她答应了端王，送走他，和他再无瓜葛。她不敢保证她那老谋深算的父王还有什么她不知道的安排。

她翻身坐起，盯着他道："我这一世永远也不会有兄弟，也永远不会相信兄弟！"

月魄点头："不做兄弟就不做兄弟！你助我逃离游离谷、逃离安国，我一定会报答这个恩情。"

"谁要你报恩！咱们扯平，谁也不欠谁！"永夜不知为何有些气闷。

"好！不欠！"月魄答应得干干脆脆，理所当然。

永夜心里涌出一股让她难受的酸楚，说不清道不明，似乎只要出了散玉关，就再也看不到这张英俊熟悉的脸，感觉不到他的呵护。

她很依恋他不是吗？但是她不能像普通小女孩那样流露出来，哪怕是可能存在的危险，她都必须回避。永夜有点儿讨厌自己的现实，又不得不现实地面对问题。

藏住了情绪，她下了马车，头也不回地说道："还有半月路程，定能平安出散玉关。"

月魄跟着她回了房间，永夜拿了个包袱给他："衣服、银票，还有我能找到的所有毒物。有准备才好。换了衣服过来吃饭，我先去蔷薇那儿瞧瞧。那个……你穿上，别拖我后腿！"

永夜走后，月魄打开包袱，那件黑沉沉的乌金甲衣在灯光下闪动着幽幽的光。想起永夜临走时说的话，他温柔地抚摸着甲衣，喃喃地道："这是你留给我最后的念想，是吗？"

东厢房内，蔷薇靠在榻上哭得双眼红肿。倚红小心地用毛巾敷她的眼睛，低声哄道："郡主，少爷是出使陈国迎娶公主，你是未来的太子妃，你让少爷如何带你离开安国？"

"永夜哥哥，让我嫁给太子，还不如让我死！你……就这么狠心要去娶陈国公主？我，我要去陈国杀了她！"

永夜背负着双手站在榻前睥睨着她："好啊，何必千里迢迢到陈国去？等我娶了她回来，你是堂堂太子妃，让她站就站，让她跪就跪，想怎么折腾就怎么折腾，她还敢答半个不字？你打不过她也没关系，她难道还敢还手？这可比杀了她还好玩吧！"

蔷薇呆住，手抓扭着薄丝被不知该如何回答，片刻后又哭："我不管，我不要你娶别的女人！"

"要不，你回京都求皇上去？我就在这定州城里等圣旨，也懒得再奔波千里。"永夜坐下倒了杯茶，悠然地喝着，突然觉得肚子饿，便吩咐了声，"倚红，把饭菜端进来。"

怎么可能?！蔷薇被永夜几句话戳破了梦想，心知此生不仅嫁永夜无望，没准儿还真的要嫁给太子，就又哭了起来。过得片刻，见永夜还在悠然地喝茶，连哄她的意思都没有，一颗心似酸非酸，似苦非苦，既失望又难过。这时，见月魄换了身干净的袍子进来，一腔怒火就发泄在他身上，一跃而起挥拳就打："叫你欺负永夜哥哥！"

"你打我一下，她身上的蛊毒就发作一次，我痛半分，她会痛十分！"

蔷薇的拳头在快挨着月魄鼻尖时猛地收了回来，她吃惊地看着永夜。当年在宫里第一次见到永夜时，肤色虽苍白，还莹润有光。现在的永夜脸色黯淡，灯光下呈现出一种灰败之气。想起那日在莞玉院中瞧到永夜有气无力地躺在椅子上的模样，蔷薇只觉得心似针扎一般。

原来，永夜还身中剧毒，所以才带着这个祸害要逼他交解药。她心里的难受转而又变成了对永夜的担心，小心翼翼地问道："永夜哥哥，你没事吧？"

"没事，他说解药在他老家藏着，我又不放心，只好带了他去陈国。等陈王寿宴一完，就押了他去取解药。"永夜说得很平常，蔷薇听了越发难过，眼圈又红了。

见倚红提了食盒摆好饭菜。永夜展颜笑道："先吃饭吧！倚红，你也坐下一起。"

四个人都饿了，月魄吃得尤其香。永夜瞧在眼里，知道这些日子他没少受苦，也没吃好，伸筷夹了只鸡腿送到他碗里。

蔷薇双眼一瞪，月魄瞧见咬着鸡腿笑道："我是宁为玉碎，不为瓦全。说不定对我一好，我便想起解药的配方，用不着奔波千里去取了呢。"

第二只鸡腿马上送进他碗里，蔷薇甜甜一笑："月哥哥，你多吃点儿，你外伤未好，得补补。"

月魄"嗯"了声，埋头大吃。

永夜与倚红也迅速埋下头，把笑意硬生生憋了回去。

蔷薇的眼睛还有刚才哭过的痕迹，露出甜美的笑容，不断地把好吃的往月魄碗里送。她身上还穿着硬拽着永夜在绸缎庄买的那件柔红色裙衫。永夜有些内疚，夹了菜送到蔷薇碗里，哄道："蔷薇今天在马车上躺了一天，累坏了吧！多吃点儿，晚上早睡。我带你出安国。"

蔷薇盯着菜呆了呆，突然放下筷子埋着头哭了起来。

永夜不知道她又怎么了，连连给倚红使眼色。倚红轻拍了拍蔷薇的肩说道："郡主，这是驿站，若是给别人知道传到太子府中，我家少爷麻烦就惹大了。"

蔷薇听了便抬起头来，雪白的肌肤上沾了几滴眼泪，越发楚楚可怜，嘴边却带了笑容："永夜哥哥原来心里这般疼我，我……以为你真的不喜欢我！"

原本的好胃口被她一哭瞬间就没了,陈国有个玉袖公主,有个情敌易冲天,这里还有蔷薇公主,加上一个大皇子,永夜对女儿家的情愫正似懂非懂,见蔷薇深情,不由得头大如斗。她放下筷子起身道:"我不想吃了,今儿累了,别来打搅我!"

她起身断然离开,蔷薇心里又一阵失望,呆呆地看着永夜,忽冷忽热的态度让她实在迷茫,一时间张了张嘴没喊出声来。见永夜推门出去,眼泪逼在眼睛里打转,回头狠狠地盯着月魄低声喝道:"倚红,你出去!"

"郡主!可不能瞎折腾,若是走漏风声……"

"我知道,我的命都可以不要,我永夜哥哥的命却不能不要!"蔷薇说着伸手捉住月魄,手使劲一扭。

"今晚我就让她毒发!"月魄疼得直吸气,嘴里却蹦出了这几字。

蔷薇一惊松手,她本是火爆性子,如今对月魄又恨又怕,竟找不出收拾他的办法,急得脸涨得通红。

"今儿躺一天,腰酸背疼,给我捶下腰背,我便不发动蛊毒。"月魄慢吞吞地盼咐道。

"你敢!你好狠!"蔷薇听说过蛊毒的厉害,指着月魄想一拳打死他。

"想她毒发?"

"月哥哥!这样好不好?"蔷薇瞬间换了副笑脸,手在月魄肩上轻敲慢打。

月魄甚是得意,见她脸上泪还未干,春花般娇嫩的容颜堆满了讨好的笑容。他情不自禁想起在茶楼初见蔷薇时的情景,娇柔可爱带点儿刁蛮任性和不讲理,一身翠绿衫子把春色映了十分。她本是人人捧在手中的娇女,如今却为了永夜压抑自己的脾气。

他轻咳了两声,心中生出一份内疚,想着必须要带走她,便闭了眼受着,舒服得呻吟了几声道:"你把我伺候好了,出了散玉关,我就带你去拿解药,你要是能早一天把解药拿到手,你的永夜哥哥就早一日脱离苦海!"

倚红在门外担心地听着里面的动静。永夜站在院子里默然地望天。

屋子里没有传来原本以为的打斗声,却有些细碎的笑声传来。永夜笑了笑,让倚红搬了张椅子坐在院子里沏了茶安静地坐着。

天上群星灿烂,一弯明月如钩。永夜手指微动,在空中轻轻一勾,眼前又出现了月魄刻在床板上的那抹月亮。

让蔷薇跟了月魄去齐国。她有武功,月魄有江湖经验,应该无事。

半个月,她还能与他在一起半个月。

"平安医馆……"永夜喃喃地念了几遍,望着星空灿烂地笑了。此事一了,她去齐国找他便是。

春风拂栏，晨曦涌现。

辰时，马嘶声隐隐传来。定州驿馆不大，也就几重院落，永夜想过，风扬兮应该不会在安国境内跟着她。

若是他跟来发现月魄，她只能告诉他同端王一样的答案。曾在游离谷医治，在回魂处认识了月魄。至于是谁救的，端王府还找不到高手？

一想到蔷薇，永夜轻叹口气，只能先让她离开安国避避风头再说，过了八月，也许一切尘埃落定。

"一有情况，你们就从车底开溜。"永夜掀起夹层，又拉开一层，露出了车底。

月魄笑笑："要麻烦郡主带上我了，我手无缚鸡之力。"

拉着永夜的衣袖轻摇了摇，蔷薇依恋地看着他。永夜身上有种魔力，让她觉得和他在一起很安心。永夜从来对她都很冷淡，他越躲她，她却越想和他在一起。蔷薇突然笑了，笑得很开心，很甜："永夜哥哥你放心，在没拿到解药之前我舍了性命也会保护好他，他不死，你就不会死。"

她的脸如春花般娇柔，眼中闪动的情感让永夜有些招架不住。她的目光情不自禁地移向月魄，他正看着自己，一脸温柔。

这世上如果有永夜最不想算计的人，就是他和蔷薇。

在王府她与端王夫妇再亲，她也会隐藏心事，甚至用点儿心机，唯有对月魄和蔷薇，永夜第一次卸下心防。

一个是从小就对她好，一个是对她爱慕至斯。

但是他们必须离开。

离开，是为了更好地靠近。

永夜伸手摸摸蔷薇的头，顺手将她头上的簪子扶了扶，软了声音道："蔷薇乖，从小没在外吃过苦，你江湖经验少，多听月哥哥的话。"

这话若是对李天佑、风扬兮说了，一定会漏洞百出，这哪儿像是受月魄下毒要挟之人？也就是蔷薇，感动得眼圈都红了，拼命地点头应下。

"路上最好听我的，而且若是你泄露了这个秘密，我就会催发蛊毒，让你的永夜哥哥生不如死！"月魄又补了一句，看向永夜的目光有了几分不赞同。

如果让太子或李天佑劫下蔷薇，只要说及这件事，永夜的身份就会引来怀疑。永夜，你越来越不像杀手了。

永夜看了倚红一眼，示意她机灵点儿，然后上了自己的马车，唤林都尉过来问外面的情况。

林宏压低了声音说道:"沿途州府都接报找寻郡主,大皇子的人似乎也在查访月魄和一名叫星魂的刺客。"

"不准任何人接近马车,星夜兼程出关。"

林都尉突然说:"当年末将接侯爷回府时,便知侯爷非比常人。末将受王爷大恩,侯爷尽管放心。"

永夜看着他身上的甲胄,想起当年的新鲜羡慕,笑道:"小时候见都尉英武异常,对这身甲胄永夜也很喜欢。只是永夜体弱,林都尉若是有熟的好工匠,帮我制身轻甲如何?"

"侯爷不知,这甲再轻也有几十斤重。为防箭刺刀砍,重要部位都是以铁片连缀而成……"

永夜打断了他的话轻声说:"我只要在背心处以双层熟牛皮夹以百炼薄钢片便好,别的地方不用。"

林宏听了有点儿惊诧,却点头应诺,匆匆离开准备行装出发。

"打不过便只能逃,我绝不给任何人从背后给我一刀的机会。"永夜的声音极轻,轻得像在叹息。

车队一路没有受阻,城池各处查得却甚严,好几回永夜都感觉有人在尾随,没有动静,似乎就是想要掌握队伍的行踪。会是什么人呢?不会是风扬兮,他的功力不会这么轻易让她察觉。是李天佑、太子还是游离谷的人?永夜看看前方不远的散玉关,很担心分手之后月魄与蔷薇的安危。

这半月时日中,蔷薇被月魄气得几度出手,永夜只咳嗽几声,蔷薇便转变态度,对月魄亲热得如同自家兄长。永夜曾问蔷薇,不嫁太子不怕连累家中父母?

蔷薇眼睛一红,低头不语,良久憋出一句话:"要嫁也是明年,我……先替你取了解药。"

永夜愕然。离出关越近,她越是沉默。这是她不想欠的情,也不想背负的东西。似乎人生便是这样,除非她狠得下这个心,否则,这一世永远都摆脱不了愧疚。

如果裕嘉帝把自己的事告诉了李天佑,这就证明太子李天瑞好日子不长久,那么这是蔷薇唯一可以摆脱嫁给李天瑞的办法。

太子如果被废,不死也是被软禁。蔷薇的婚约自然也作不得数了。所以,只要她能配合计划,端了游离谷,就算还蔷薇一个人情了。

又是还人情?永夜情不自禁地苦笑。这世上最欠不得的就是人情。

朝堂中的事情她与端王一样都不想参与得太多,又不得不卷入其中。

中宫皇后的嫡子,行事狠辣了点儿,脾气暴躁了点儿,也不至于让皇帝立了太子又时刻谋划要废了他。这中间有什么原因呢?

永夜止住思绪,她喜欢用最简单、最有效的思路考虑问题。结论已经很明显,皇帝一心想灭了游离谷。陈国公主嫁来安国不外乎是顺水推舟,找一个契机,连带把陈国一块儿算计进去。听说陈王只有这么一个妹妹,玉袖公主位列天下四美之一,文武双全,十四岁便参与朝廷政事。她在陈国的地位可见一斑,来了安国,能以公主为质,这是裕嘉帝打的算盘之一。

一为自己想让星魂这个名字消失,二为月魄能彻底摆脱游离谷,三为成全父王爱国之心,四为顺利解除蔷薇的婚约……好像所有的理由都足以让她费尽心思对付游离谷。

她可以远走高飞满世界逍遥,不管游离谷,也不管安国朝政。

可是不行。

第二十四章
将计就计

传闻中的散玉关出现在眼前的时候，永夜为散玉关的气势所震撼。山势险峻，峭壁如刀削斧凿。两山夹壁间，一关雄奇屹立，扼住了咽喉要道，不愧是安国西南屏障。

散玉关不大，南北两座城门，临陈国的南面城墙上建有重檐歇山城楼，高十来丈，气势恢宏。城楼之外又修筑有瓮城，城墙高五丈，呈半圆弧形与主城城墙相接。瓮城之外有小片开阔地，正对一条狭窄山道。城墙均以大石筑就，灌以糯米浆夯实，坚固无比。

车队入关的时候，永夜破例出了马车，骑了马。这举动让所有人吃惊，因为传闻中的端王世子永安侯不会骑马，是只会躺在软椅上的病人。

永夜穿着紫缎四爪大龙袍，头戴金蝉束发冠，晦暗的脸上平添了几分英气，加上五官出奇的标致，单薄的身形倒也显得挺拔潇洒。

知是出使陈国的车队，散玉关总兵解大人早已候在城门下。此番见永安侯少年风流，无端就想起了威武的端王。

十七年前散玉关大战时，他还只是端王手下的一个亲兵；十七年过后，他擢升总兵，再见与端王妃面容酷似的世子，眼睛就忍不住湿润，对永夜行了个标准的大礼，慌得永夜赶紧下马扶起，温言道："解大人镇守边关辛苦了，父王道解大人最爱京都张记老窖，特意给大人装了一车过来。"

解从龙闻言哽咽，胸中一热。出使陈国十辆马车除了行装，别的都是贺礼，端王却备了一车他爱喝的酒，如何不叫他感激涕零！千言万语却化成简单一句："侯爷一路劳累，先请入总兵府歇息。"

"不，现在就出关。"永夜与解从龙慢慢走进城内，轻声说道。

解从龙一惊，出关这么急？他迅速答道："侯爷还有何吩咐？"

"十日内关闭城门，不得放任何人出关。除非，有父王手令。"永夜说完回头看了车队一眼笑道，"解大人备些干粮饮水便可。陈国使臣已在关外百里相候，就算明儿一大早出发，也同样会歇在山中，百里的山路一天是赶不完的。"

解从龙听永夜的意思，在山中早歇晚歇都一样，若有危险，对方也想不到安国使臣队伍会来得这么快，便笑道："侯爷英明，下官这就去安排。"

"解大人，"永夜意味深长地看着他，"父王说解大人常驻边关，多少在关外有些爱喝酒的老朋友，分几坛酒去，也是人之常情。"

解从龙一怔，看到手下亲兵将装满酒的马车拉离队伍，难道这酒中有蹊跷？他低下头道："下官晓得。"

城门缓缓打开，永夜没有下马，与林都尉并骑。

"千山鸟飞绝，万径人踪灭。散玉关终年无雪，冬日树长青，这诗句是用不上了。"眼前山势连绵，状若城郭。永夜看着春花在峭壁吐芳，花木郁茂，山鸟争鸣。临渊而视，河谷白浪拍岸卷起千堆雪。而脚下的山路狭窄，永夜奇怪起来："林都尉，你说陈军如何能挥军靠近散玉关？傻了是吧？"

林都尉笑道："听闻十七年前陈军是由山间小道绕行而至，派了五百精兵黑夜攻城，杀了我军一个措手不及。好在王爷正领兵守城，军心未乱。王爷独自一人斩杀陈军八十多人，剑刃都卷了，才止住陈军攻势。而当时，并无此外城。陈军集结城门楼下，火箭齐飞，这城门楼也是后来重新翻修的。"

永夜恍然大悟，在城外修筑瓮城形成两道防线拒敌，瓮城城墙比内城矮上两米左右，门小肚大形状似瓮。因敌军来袭可诱入其中，放下城门后瓮中捉鳖而得名。这原来是她老爹想出来的法子，虽无瓮城之名，却也实在让她好生佩服。

当年没有瓮城，仅凭一座城楼与单面城墙拒敌。对方又是趁夜突袭，只要打开城门，埋伏在城外的陈军便可一拥而入，情况确实险急。

"当时守关有多少人？"

林都尉叹了口气道："三千人。"

弹丸之地不可能养太多军士，仅凭地势险要拒敌。人来得再多，挤不下，更不可能摆开阵式开打，永夜理解。她想，当年的三千人要应付突袭的五百精兵，同时还要抵抗蜂拥而至的陈军，确实很难。

"当年王爷坚守了两日，援军才到，后与陈在此胶着一个多月，这散玉关的花儿都是血浇出来的。听说士兵的尸首，都能堆到城墙那么高了。"

也正因如此，有人便想掳了她让端王投降。可是，为什么影子却没有把她带到散玉关，而是隐姓埋名藏了五年之久？是影子掳的她还是从别人那里抢得的？这个问题盘旋在永夜心中已经很多年。

影子叔说报恩，难道他下了手，却又不把自己交出去，为的就是忠义两全？永夜望着群山不语。影子叔已经离开了，十七年前的秘密也许随他而去，她永远也不会知道真相。

有时候探寻真相，是会让人伤心的。暴露在阳光下的真相，不见得和心中所想一样，没准儿还会更失望。

永夜见山道险峻勒住了马道："林都尉，出了这河谷到了清泉镇就进入陈境，这里路险，适合设伏。离散玉关远了不容易引关内官兵救援，可有计策？"

"兵分三路，前军前行探路。我估计申时末可出此河谷，正好扎营。"

"前军探路！不设后卫，嘱二十军士保护倚红。"

林宏有些为难："这里连绵百里，山贼众多，万一冲陈王寿礼来袭，失了礼怎生是好？"

永夜悠然地望着一只苍鹰在山谷上空盘旋，淡笑道："人都来了，我是陈国驸马，别的礼嘛，锦上添花而已。照办吧。"

"是！"

她回头望了望，散玉关已看不到全貌，只瞧见朱红色的城门楼一角安国大旗飘扬。月魄，你一定要带着蔷薇平安回到齐国！我一定会来找你。永夜留恋地看了一会儿，毅然回头。

河谷还算在安国境内，永夜猜得不错，队伍未受半点儿骚扰，平安出了河谷。

眼前豁然开朗，河水在此拐了一个大弯变得平缓。一大片浅丘树林向远处延伸，夕阳已在山巅散发最后的光芒，满山遍野染上一层淡淡的金黄。

"侯爷，我们在河边扎营，明日将穿过树林。"

永夜望着树林问道："去宋国也是这条道？"

林宏笑道："出了树林在清泉镇分路，一条往宋国，一条去陈国。"

永夜点点头，想了想说："不扎营了，继续走，今晚穿过树林。"

林宏大惊："为什么？"

永夜嘴边飘过一丝笑容："扎营于此，有人来袭，难道跳河？若是想晚上来偷袭，不如我们送上前去。如果今晚平安，明晨便能踏上去陈国的官道，有陈军接手护送，大家也少操点儿心。我坐倚红的马车。"

林宏见永夜说得轻松，心里却在叹息，侯爷是想护着那人与蔷薇郡主安全离开，才以身犯险去吸引贼人注意吧？他摇了摇头，那人便也罢了，这蔷薇郡主……他想起端王大恩，胸膛挺直喝道："全体上马！双骑并行，一人观察，一人歇息。"

车队迅速集结进入树林。

永夜坐上了倚红的车，边吃干粮，边说："应该叫茵儿来，她身段和我相似。"

倚红轻轻一笑："倚红高了点儿，又如何？"

永夜手一抖，糕饼散落了一身。

倚红扑哧笑道："我学少爷的声音还行吧？"

永夜这才深深叹服她老爹的才智，在倚红的脸上使劲捏了一把呼道："我真是爱你！"

"少爷！"倚红揉着脸嗔道。

永夜嘿嘿笑了。她下令封关，风扬兮功夫再高，只要落在她身后也甭想出关，跟随而至的不管是游离谷的人还是李天佑、李天瑞的人都出不了关。十天，月魄与蔷薇在解大人的护送下，应该能平安到达宋国后转而去往齐国。

她要做的就是面对陈国可能出现的山贼，或者说，是那个想娶公主的易冲天。

普通山贼是不敢与官兵冲撞的，更不会轻易劫使臣车队。可是易大将军就说不清楚了，他就算不要她的命，只让队伍丢盔卸甲狼狈地出现在陈都泽雅，就尽可出了这口心头恶气。他要杀她，怕也会是在她回程的路上。找个替死鬼，如宋国之类，又或者找个别的不会挑起安国起兵的借口。

没有风扬兮，这百名豹骑精锐是绝对敌不过易冲天的。今夜真的会太平吗？永夜不知道，她必须暗中保护这支随她出使的队伍。她就算不把百名豹骑的性命放在心上，也绝不会灰头土脸地出现在陈国的金殿上。

夕阳已退，倦鸟入林。

林中之路被月光映出一种惨白之色。

夜风无声，偶有夜枭鸣叫。

山中只闻马蹄嘚嘚，更伴有车轱辘吱呀吱呀的声响。远远望去，黑暗的林间一排火光闪动，宛若游蛇穿行。

豹骑人人缄默不语，凝神戒备，空气中暗涌肃杀之意。

永夜收拾妥当，望着换了她服饰的倚红笑道："你没武功，记得我教给你的'三部曲'就行了。"

倚红点点头，手中握紧了短弩，把马车中的灯捻得亮了几分，窗户上便现出一个若隐若现头戴金蝉束发冠的人影。

永夜拉上蒙面巾推开马车夹层钻了进去，再拉开一层露出车底，正要跃下，听得倚红轻声说了句："少爷，你千万小心。"

她回头眨了眨眼："有事进夹层，别的不管。听见没？"

"是！"

永夜一吸气钻了下去，拉好夹板，趁拐弯时滚入长草之中。随行的豹骑没有发现半点儿异样，等车队过后，永夜施展轻功尾随着队伍。

很久没有这样在林间奔行，永夜觉得很愉快，车队速度及不上她，不多会儿她已赶在了队伍前面。

出行之前她已仔细看过地图。这片树林前方会有座木桥，过桥之后树木更为高大浓密。若是设伏，从这边树林奔出的车队一旦出林就暴露在对方弩箭范围之内。等到车队过了桥再炸掉，车队便无退路。

她加快了脚程，像缕风飘荡过去。

月光下木桥安静地伫立，下方溪水潺潺，永夜下到溪涧，利用大石隐藏身影，片刻工夫靠近了桥底。

果不出所料，她瞧到桥下有四条黑影。如何能够让他们不出声响地死呢？车队在半个时辰之内就会到达。她深深呼吸，凝神辨别流水声中夹杂的气息。手一翻已握住三枚钢针悄无声息地靠近，还有两丈的距离，针从月光撒出，瞬间刺中三人咽喉。还有一人惊悚回头，脖子正迎上永夜手中的袖刀，气管被割断，呼吸顿绝，他张开嘴努力想吸入空气，捂着喉发出咝咝声。

永夜冷冷地望着他，手挥过。他只觉得心口一凉，像山溪涌进了心里，薄如纸的袖刀已抽离了身体，快得连血都没来得及涌出人就倒了下去。

还行！永夜耸耸肩，就着月光查看他们的衣物，清一色黑衣，没有任何标识，连武器都是兵器铺里随便能买到的刀与箭弩。永夜笑了，她不认为山贼会有统一服装和统一的武器，而且是全新的家伙。

永夜能肯定，来的是易冲天易大将军的人。看来，车队不会有灭顶之灾，想把贺礼抢了让她出糗才是真的。

她站起身，手摸上桥身，手指拈起一丝湿滑，嗅了嗅，果然是火油一类的东西。她想了想，没有入林，陆续拎起几人尸体扔进了树林的长草深处，迅速回头。

等她钻进马车底部露出头来时，急声吩咐倚红："灭灯，唤林都尉过来！"

来不及换衣，永夜便听到蹄响，林都尉的声音在马车外传来："侯爷何事？"

"队伍缓行！"她迅速换衣，倚红赶紧为她戴好金蝉冠，永夜隔着轿帘又低声嘱咐了一番。

林宏点头应下。

永夜这才舒了口气，换好衣袍开始整理仪容。

"少爷，怎么回事？"倚红赶紧问道。

永夜喝了口茶，眼睛一闭："累死我了。等会儿把头埋低点儿，省得被人看中抢了。"

第二十四章

转眼间，车队已上了桥慢慢地通过。才入树林，听到一支响箭带着哨音"嗖"的一声钉到了马车上。这是山贼惯用的响箭，箭身绑了竹哨，射来之时会迎风鸣响示警。

"这是安国赴陈使车队，何方贼子如此大胆？！"林宏中气十足地吼道。

"哈哈！要从此地过，留下买路钱，爷劫财不伤人！"一个嚣张的声音在林间响起，瞬间前方闪出人马，火把将树林照得通明。放眼望去，似乎整座树林全是敌人。

为首的满面虬髯，四十来岁年纪，方巾包头，手执一把九环大刀。永夜掀起轿帘看得直乐，这不是传说中的山大王吗？

林宏冷冷道："你是山中哪路客？"

若是山贼，一般会亮出名号，只劫钱财。不过，永夜却摇头，使臣的钱财，劫了没人敢吱声，还报什么名号？

那大汉又一阵大笑："我留了名，难道还等着你上门索要不成？"

豹骑一偏将怒了，打马上前："都尉，末将去宰了他！"

"慢！"林宏从怀中扔过去一物笑道，"这位侠士想来认识这木牌吧？"

那大汉接了，只瞟了一眼便扔了回来："风扬兮算个鸟！大爷不吃那一套。我的地盘，我做主！"

林宏心中叹服永夜算得准，冷笑一声，神态却变得极其尴尬，讷讷地道："风扬兮，风大侠……侠士不知？"

"少废话！留下贺礼，便放尔等离开！"

林宏显得极为难，手下将士纷纷抽刀喊道："都尉，打吧！"

"住口！就算拼了性命能敌得过他们人多势众？"他的态度变得极为恭敬，"我家侯爷说了，钱财乃身外之物，就当是结交几个朋友。留下贺礼，我们走！"

豹骑众人愤愤不平，沉着脸不吭声，护着永夜的马车离开，将五车贺礼全数留下。

"慢着！还有三车装的是什么？！"

"侠士，是我家侯爷的行装。"

"留下！"

"这……"林宏甚是为难，来到永夜车前禀报。

那汉子只看到马车里伸出一只手轻轻挥了挥。不禁好奇，这个软弱得连架都不敢打的胆小鬼竟然就是端王的儿子？他心生好奇，催马上前喝道："出来让爷瞧瞧我陈国的驸马生得怎么个脓包样！"

"哈哈！"嘲笑声顿时响彻林间。

豹骑诸人目中几欲喷火，恨不得抽刀便打。

"你过来，我让你瞧个明白便是。"永夜淡淡地说道。

那汉子仗着人多势众，真的上前。

轿帘轻掀，瞧见了一个头戴纱帽的少年坐在车内，旁边坐了个侍女打扮的人。他胆子更大了，伸手便去揭纱帘，永夜未动，由他揭开纱帘对他一笑："侠士可以放我们过了吗？"她的声音清朗，说完却低咳了两声。

那汉子见他正是平时所闻的病弱，面色暗沉，脸带晦气，嘴唇竟带乌青，夜色中瞧着就像马上要断气了似的，偏生五官精致俊美，说不出的诡异。

他缩回手，挥刀大笑："放他们过去，兄弟们来搬贺礼！"

林宏见势喝了声："走！"

一百将士护着马车迅速离开。直到天色将明，出了树林又奔行了十里终于到了清泉镇。

"侯爷，这里就分路了。"林宏低声说道。

永夜下了马车，呼吸着林间清新的空气，心情很愉快，笑着说："在镇上歇息吃饭。"

清泉镇小，只有十来户人家，沿岔路两旁分布。麻雀虽小，却五脏俱全，茶楼、酒肆、客栈都有。

永夜指指客栈道："大家一夜劳累，在客栈稍事歇息，饭后出发。大家只有一刻钟的时间。"

山中往来都是行脚山客，穿行在三国贩卖货物，客栈里突然涌现百来人的队伍把老板吓了一跳。

林宏扔了锭金子笑道："我等是安国使臣，往陈国贺陈王寿，只歇息会儿便走。弄点儿饭菜，吃得高兴再赏。"

老板捧了金子听说只是吃一顿歇歇脚，高兴得眉开眼笑，吩咐厨房赶紧盛粥、端馒头，整了些山中野味小心伺候。

众将士心中甚是不满。永夜一眼瞥见，唤了林宏过来同桌，笑道："憋气是吧？还没动手，就奉上了五车贺礼并三车行李，空手去贺陈王寿辰怎么也说不过去，太狼狈了？"

众人被说中心事，都低下头，脸上显出鄙夷之色。

永夜喝了口热粥，笑道："味道不错，大家辛苦一夜，多吃点儿。"

林宏见有人脸涨得通红便要起身发作，忙喝道："赶紧吃饭，侯爷自有安排！"他心里也在打鼓，虽说照永夜说的办了，但他也不知他葫芦里卖的什么药。

永夜叹了口气道："林都尉也在奇怪是吧？我只不过觉得那五车贺礼耽误脚程，

叫那些贼子帮忙运一程罢了。至于行装嘛，都是些破衣服，不要也不打紧，有银票还买不到东西？吃过饭轻装上路。"

林宏疑惑，贼子如何肯把五车贺礼送还？更别说帮忙运送。

倚红见他傻愣着，抿嘴笑了："林都尉，少爷说是就是，你赶紧吃东西吧。"说着给他盛了碗粥。

林宏见永夜胸有成竹的样子放了一半的心，几口喝完粥，匆匆出去准备。饭后，队伍踏上了去往陈国的道路。

永夜掀起轿帘对马车外的林宏说道："全速前行，路上再遇剪径山贼，不用再问，全杀了，一个不留。再有，到了老虎嘴时叫我。"

林宏点头。

永夜这才躺下养神。

"少爷，你说能拿得回贺礼吗？"倚红轻轻给她捶着腿问道。

"嗯，你家少爷最喜欢黑吃黑。"

第二十五章
黑吃黑

山路蜿蜒曲回,林木幽深。

春暖日和,鸟语花香。

老虎嘴形如其名,两山在此靠近。一山崖前突,远望似老虎张开的大嘴,而过了老虎嘴又是平缓山丘。如有人设伏于老虎嘴,居高临下袭击,从嘴里经过之人无疑就成了老虎口中的美食。

"侯爷,前方就是老虎嘴了。"林宏说道。

永夜打了个哈欠,支开轿帘瞧了瞧,吩咐道:"如果不出所料,此地还会有埋伏。林都尉,你行军多年有经验,你瞧着办吧,我要的是来人一个也跑不了。"

"是!"林宏应下,迅速分兵准备。

百来人的队伍打着安国的旗号护着马车直奔老虎嘴。前锋刚到,便听到一声呼哨,箭从坡上射向队伍。

豹骑早有准备,圆盾合围护住了马车,长槊挥舞,把箭挑开,竟无一人中箭。

箭过之后,坡上站出一大群人,口中呼喊道:"棋山风林寨讨要买路钱!"人顺势从坡上冲下来。

林宏冷笑着抽刀一指。豹骑诸人得了令,心里早憋坏了,见令下挥动兵器便上,更有一队取弓搭箭射出。

端王选的是豹骑精锐,虽是山林,却秩序不乱。

前方风林寨的人见了却大吃一惊,还没来得及反应,冲上前的一批人已如割草般倒了一地。

马嘶人立,领头之人怒极冲下,手中长刀挥出,眼看就要砍倒一个豹骑士兵,蓦然横伸出一支马槊挑开长刀。领头人只感觉手中一沉,虎口发麻,长刀被击得飞出,射穿了山寨中一人。还未等他反应,长槊一横已逼住了脖子。

"住手!"林宏大喝。

岂料风林寨都是匪油子,见首领被擒,呼啦一声全作了鸟兽散。豹骑士兵面带轻蔑，羽箭跟长了眼睛似的，转瞬间惨呼声不绝。

寨主也算是豪杰，闻声大喝道："我等遇上官兵，落入你手死也活该，打不过逃了，何苦一个也不放过？！"

林宏没有回答，不到片刻工夫，这片山林便尸横无数，风林寨下山打劫之人一个也没跑掉，心里总算舒坦了点儿。他正想说，敢打劫我家侯爷，没灭你全族算是对得起你了。

永夜清朗的声音已传了过来："你知道这是官兵？"

那寨主闻声望去，见一袭紫袍悠然走近，却是个面色晦暗苍白的少年，唯有那对眸子闪动着令人无法逼视的精光。他哼了声："打这么大旗号，穿这么齐整不是官兵是谁？这位使的是马槊，普通护卫哪儿用得起军中之物！"

"呵呵，你既然知道，谁给你的胆子？说了，我便放你一条生路，还奉送银两给你做盘缠。"永夜轻柔地说道。

能保命还有钱拿，对一个山贼来说，自然诱惑极大。何况，这并不是什么大秘密。那匪首大声说："半月前便有消息传开，安国使臣贺陈王寿的队伍将经过此地。各山寨主本犹豫着不敢打劫，但是又有消息说，贺礼价值连城，只做此一单便可逍遥一世，且来者是个不会武功的软蛋，护卫仅百人，就动心了。"

"不怕陈王派兵剿了你们？"

那匪首一笑："咱们是战时兵，闲时匪。安国抢不走这百里国土，全仗我们熟悉地形。官兵进得来出不去，何况有消息传来，陈王绝对不会追究。"

永夜心里已全明白，轻笑一声说："好，很好。林都尉，给他个痛快！"

"你……"话还没说完，林宏槊尖雪刃一摆，匪首喉间喷出鲜血，瞬间气绝。

我说话不见得一定算话！永夜撇撇嘴不觉得出尔反尔有什么可耻的，又笑道："剥了他们衣服换一些咱们的，制造匆匆逃跑的痕迹，动作要快！咱们就在这老虎嘴休息，抢咱们贺礼的人也该起程了。"

豹骑众人一愣，顿时明白永夜的安排，欢叫一声，齐齐下马行动。

日落黄昏，彩霞遍天。

鲁达与手下三百军士押着抢来的五车贺礼及三车永夜的行装有说有笑慢悠悠地踏上了往陈国的山道。

"将军，前方就是老虎嘴了。"

鲁达"嗯"了声，突然笑道："不知道风林寨对安国豹骑会如何？"

"哈哈！肯定打几下就赶紧护着那个病弱侯爷逃呗！"队伍爆出一阵大笑。

鲁达眯了眯眼，侧头问偏将："安国端王威名传扬天下，怎的生出这么个脓包儿子？"

"听说小时候就是个白痴，一直病着。公主也不知怎么想的，要嫁给他！瞧那胆小怕事的模样，连咱们将军一根手指头也比不上。"

"豹骑是安国精锐，昨晚一个个脸都气绿了，比杀了他们还难过！"

队伍又一阵大笑声。

"不过，昨晚桥下那四人怎么就失踪了？"鲁达看上去粗犷，倒也有些心细。

偏将小声说："会不会是风扬兮？"

鲁达想了想吩咐道："注意戒备，小心为上！"

"将军你看！"有人惊呼起来。

鲁达顺着手指方向瞧过去，见老虎嘴散落着零星尸体，有风林寨人的，也有安国豹骑服饰的。看来是有一场恶战。而一道车辙歪歪扭扭往前，看来是逃过了。

眼前的一切让他忘记了桥下四人离奇的失踪，双眼发光笑道："果不出所料，豹骑应付山贼还是绰绰有余。只不过，这使臣队伍更加狼狈！哈哈！鲁某真的想瞧瞧他们的模样！"

说话间，队伍已走进老虎嘴。

地面突然爆出一层烟雾，越来越浓，伴随着香气飘来，瞬间牛奶般浓的白雾已包围了队伍。山坡上蓦然箭发，似疾雨嗖嗖密集落下，同时听到巨石滚落的声响。

马受惊长嘶直立。

"不好！有埋伏！"鲁达喊了这么一声，已觉头昏脑涨。他迅速捂住口鼻，想往后撤，回头一看，身后队伍中传来惨烈的呼号声。

他心一横，勒马前冲。

还未见人，队伍便伤亡惨重。

鲁达大喝一声："捂住口鼻冲过去！"一声呼出，脑袋更晕，人低伏于马上往前急奔。

才过老虎嘴，前面五十名豹骑列成方阵，长槊挺直对冲了过来。

马上骑兵最擅长的兵器便是长槊。取上等韧木为主干，剥成粗细均匀的篾条，在油中浸泡风干，再以上等的胶黏合成长八尺的槊身。外层再缠绕细麻绳，待麻绳干透，涂以生漆，裹以葛布，刀砍如金属之声不断不裂方成。前装精钢槊首，雪亮如刀，颈部装有尖刺，马上冲击槊尖向前，马上之人却不费丝毫力气，用于冲锋，勇不可当。近战挑刺同样轻便。不是官制，普通人根本没办法得到一杆好的长槊。

此次豹骑出行，武器配制便是以长槊雪刀、长弓为主。虽只有百人，却又从中精选武艺精湛好手，尤胜五百人。

昨晚屈辱地送出贺礼求路，豹骑人人心中憋足了气，士气正旺，又在老虎嘴休息了一日，加上永夜阴险地在山道上先布迷药，天时、地利、人和三者俱全，豹骑五十人马槊端直，夹杂着雷霆之威扬蹄直冲，鲁达的三百人如何能挡？

不到半个时辰，来回两个冲刺，鲁达便被林宏一槊刺中坐骑，滚落马下，长槊雪亮的刃口逼住咽喉，动弹不得。

"李永夜，你可知杀了我有何后果？"鲁达听到手下惨叫声不断，片刻后便连声息也无，身边几个亲卫也已被擒，气得脸红筋突大吼起来。

"侯爷，只有这几个活口了。贺礼并行装俱在。"一豹骑恭敬地禀报。

此番刀不血刃，一箭一个，把被迷药弄晕了的人一一射杀，他开弓都觉得无趣。心里的一口气却长吐出来，说不出的痛快！

"绑了。本侯才入陈境就被惊扰，好歹也要找陈王评个理。他们就是人证。"永夜连马车都没下，淡淡地吩咐道。

鲁达听闻，心一横，脖子使劲一扭便想自杀。林宏防着这手，槊尖一回，槊身大力敲击在他背上，立时便将鲁达击晕了过去。

"将军！"几个亲兵急呼出声。

林宏哈哈一笑，目中露出嘲弄之色："原来是陈国的将军，打劫我安国使臣车队，是何缘故？难不成想坏了两国交好，再起兵交战？绑了！"

说着目光却瞟向永夜坐的马车，对永夜佩服得五体投地，只觉得永夜体质虽弱，却真正是王爷之子，对永夜由衷生出恭敬之心。

策马走到马车前轻声问道："天已暗下，在何处安营？"

永夜笑道："这里尸首太多，咱们前行吧，本侯胆子小。"

胆子小？林宏哭笑不得。她下令一个不留，对方中了迷药晕倒的还照补一箭，这叫胆子小？转眼老虎嘴便横尸三百，血溅如修罗地狱又是拜谁所赐？侯爷对自己人是一个也不想有伤亡，对敌人却狠辣得眼也不眨。这样的人，谁是她的敌人，谁就会胆寒懊悔。

他低头答道："是！"

队伍清点物品，一样也没少。车夫有伤亡，豹骑分出士兵赶上马车，离开了老虎嘴。

倚红看永夜懒散地靠着软垫，忍不住叹了口气道："如此不是与易将军结下深仇？"

永夜笑了笑："总比打得我狼狈不堪、灰头土脸，乞儿一般出现在陈王宫中好。

难不成，我挨了打，他就不恨我了？总之是要恨的，恨多恨少都是恨。"

倚红嘟囔着说："王妃临行前还直说少爷体弱心善……"

"我娘还说坊间传言父王杀人不眨眼是假的呢。"永夜接口呵呵笑道。见倚红目瞪口呆，心里又起玩笑之心，伸手扭了把她的脸道，"我的倚红如此美丽，小心公主会吃醋！"

倚红一掌打开，脸红道："倚红哪比得上公主？"

"谁说的？这叫健康美，别人欣赏不来的。"

两人正调笑间，队伍又停了下来，林宏匆匆来报："侯爷，陈使提前在翠坪相候。"

永夜挑挑眉，"哦"了声道："看来死三百人让易大将军心痛了，怕咱们挨个把这里的山寨都平了？将俘虏交给陈使，由他们安排吧。咱们也能睡个舒坦觉了，护卫的事由陈使做主了。"

"是！"

第二十六章
坐山观虎斗

陈都泽雅左将军府。

蜿蜒的回廊洗刷如镜，天井中苔痕渐深。雕花瓦当滴水如丝，声声如琴敲击着下方几只青瓷缸的水面，泛起一圈又一圈涟漪。

回廊上正坐着一个灰衣人，长发披散正在抚琴，一双手瘦削单薄，骨结突出，正是执剑之手。以手观人，灰衣人必定心志坚强，出手如风，偏生这双手抚的一曲琴音缠绵缱绻。他神情专注，满脸皆是温柔之意，仿佛手中正轻抚着少女柔软的身躯。

身后不远处跪坐着两名侍者，受琴音感染，目光痴痴望着滴落的水珠，嘴角隐含笑意。

琴音袅袅，萦绕不绝。檐下再闻嘀嗒水声，似与琴声合二为一，琴已绝，音尚存。

良久，灰衣人才抬起头来，面容清癯，鹰钩鼻，薄唇，不怒自威。他的声音如雨天的气息，带了丝鼻音，清冷无比："活了五个？"

侍者闻声全身一震，匍匐在地，声音发颤："是，将军。"

"怎么会活了五个？"易冲天眉间闪过一丝怒气。

"回将军，鲁将军欲自杀……亦不能！"这是个极屈辱的回答，侍者的鼻子几乎已触到了地板上，头也不敢抬。

"鲁将军欲自杀……亦不能？"易冲天喃喃地重复了一遍，"咣当"一声推琴而起，厉声道，"人在何处？"

"百里外……青州驿站！"

易冲天背负双手，大步离开回廊，灰袍翻起。两名侍者听到足音，这才抬头，赶紧提起袍角低头跟上。

回廊再次恢复平静，片刻之后，檐下青瓷缸"咔嚓"一声脆响，碎裂成片，几尾红鱼被倾倒在青石板的天井中，鱼尾挣扎摆动，不多时嘴张开不动了，缸竟是被易冲天的怒气所裂。

雨依然下着，似面无表情地嘲笑，有人会像这鱼一般，死得很惨。

青州驿站。

重檐红柱，同样蜿蜒曲回的长廊连接着一个又一个天井。永夜回想安国的建筑，呵呵笑了："林都尉，陈国比我安国如何？我是说房舍建筑。"

林宏轻蔑一笑："我安国大气恢宏，这里真是南方秀气斯文地，连房子也修得这般小里小气，九曲十八弯的。"

"不然。若以建筑论，陈国精致，构建玲珑，何尝不是他们更懂得雅趣？论性格，安国豪爽，陈国细腻。这次赴陈，林都尉可要小心约束兵士们，莫要轻易被挑逗起怒气才是！"永夜淡笑着说道。

林宏一怔，见永夜已伸出一双白玉似的手掌去接檐下的雨，那抹浅笑挂在脸上露出天真欣喜之色。这位侯爷究竟是什么样的人？时而精明、时而狠辣、时而病弱、时而天真。他摇了摇头，看不清，也不是他可以去看得清楚的。

"林都尉！"

他回头，见倚红换了身浅绿的深衣罗裙，如天井里郁郁葱葱的青苔一般清新，便一笑问道："倚红姑娘何事？"

倚红竖了根手指"嘘"了声，冲他招了招手。

林宏忙对永夜一揖："末将告退！"他大步走向倚红，跟着她拐出回廊。倚红才一跺脚道："你告什么退啊！我是让你不要出声！我家少爷这时候最喜欢一个人待着，我见你杵在他身边跟傻子似的，怕你又要出声打扰他。"

"对不住了，倚红姑娘！"林宏有些不好意思地挠挠头。

倚红笑了："不知者无罪。对啦，少爷说，今晚上请都尉撤了他院子护卫，留两个在门口做样子便罢。"

林宏不解。

"少爷说，他请了保镖的，怕今晚咱们的人冲上去无辜受伤，还吩咐说有什么动静都别进来，除非他出声唤人。"

林宏一路对永夜佩服得五体投地。那日陈使提前迎接，移交俘虏时陈使尴尬的脸色他现在还记得清清楚楚。一路上陈使谢大人更是小心侍候，直到这距都城百里外的青州城才似松了口气。

还有三日便可入陈都泽雅。他们在青州城已停留两日，谢大人的轻松是因为有什么人会接手吧？等了两日，会是何人？

他抱拳笑道："多谢倚红姑娘提醒，末将这就安排去。"林宏走得几步又回头轻声道，"多谢姑娘那日送饼之恩。"

倚红头埋下,声如蚊呐:"都尉一夜未歇,早饭仅食稀粥,倚红不巧多带了两个饼罢了,不算什么。"

林宏看了她一眼,离开时,步履又轻快了几分。

永夜望着淅淅沥沥的雨出神。

细雨绵绵,一入陈境,脸上的皮肤都似扑上了一层水汽,湿润得欲要拧出水来。

但是这样的天气,倚红与豹骑众将士却不是很喜欢,总觉得天空始终盖着层灰色的盖子,心情跟着压抑。

这样的天气最适合感怀。

月魄英俊、温柔的笑脸又出现在眼前。隔着雨雾她似乎瞧见他白衣飘飘如谪仙般的身姿。

他日后会在齐国开一间叫平安的医馆,在繁华的街上或是在很小的镇落。前面是医馆的门脸,后院会种着他喜欢的各种药草。

月魄平时何以消遣?永夜扯出一抹笑容,他多半会再饲养条蜈蚣当宠物玩。他还会叫它小星吗?

永夜静静地想,月魄与蔷薇此时应该平安离开宋国在去往齐国的路上了,两人还会一路斗嘴一路笑着玩着,耳边似已传来蔷薇银铃般的笑声。

她的目光落在滴水下的石缸上。水滴溅起涟漪,一个又一个的满月,月魄的面容在水中浅浅浮现。

永夜嘴边噙着微笑,干脆坐在回廊上拿了一罐围棋子,一颗颗往檐下两丈外的石缸里扔。

棋子"叮咚"一声溅起水花,一个又一个圆月出现,突然一变,水纹竟另起波澜。

永夜闭上了双眼,心随水波漾起温柔的甜蜜与丝丝得意。

凝神时,她仿佛能感觉到水中游鱼惊恐地摆尾,永夜满意极了。自己的感觉越来越灵敏。在这样的雨天,在无数雨滴落檐下的杂音中还能清楚分辨出游鱼的动静。

六祖说,心似明镜台,能映出世间万物,天上鸟飞翔,水里鱼游动。见风吹幡动,六祖道,不是风动,也不是幡动,是心动。

永夜眸中光彩掠过。她深吸了口雨中的清新,所有的一切都让她来结束吧!

风林寨匪首的话她细细回味,能得她入陈消息这么准确的,从安国一路上跟着队伍的人应该就是陈国的探子。

传出这个消息的人一定是易冲天。陈使见了五个俘虏汗都急了出来,人不敢放,又怕真的于殿前对质把脸丢尽。在青州停留两日,说是雨天不宜赶路。她想,那就是要由易大将军亲自前来处理。永夜嘴一咧,无声地笑了,易冲天,我太想和你聊聊了。

她越想越好笑。

就在这时，她感觉到有气息压迫过来，迫得檐下雨幕直直地朝她扑过来。这气息说强不强说弱也不弱，足让她湿衣罢了。

"哈哈！"永夜不让不避，冰凉的雨水兜脸袭来，带着股醉人的清新。

她扬起脸大笑："哎呀，倚红，我的衣服都淋湿了！"

"少爷！你会生病的！"倚红赶紧过去欲扶起永夜去更衣。

永夜满不在乎地擦了擦脸上的雨水，这易容药水浸了也掉不了，想看我的真面目？不行。她低头看倚红抖着衣上的水渍，叹了口气："一直都病着，又有什么关系！就是怕公主一嫁过来，我这身子……唉！"

"永安侯？"清冷的声音从回廊不远处传来，带着疑问，也是肯定的语气。

易冲天？永夜敛去眼中神采，故作惊诧地抬起头。

回廊尽头站了几个人，当先一人一身灰色长袍，三十出头，发梢用根灰色布带随意系住，身材高大，鹰钩鼻恰到好处地勾勒出一种威严，目光炯炯地上下打量着她。

永夜没有回答，头微偏着，看了灰衣人一眼。他没穿官服，就这身气势便知他是陈国第一高手，左将军易冲天。原来他长得这般……阴沉暴戾！

"易将军稍等，永夜狼狈失礼，换身袍子就来。倚红，请将军水榭歇息！"永夜拧着衣袍的水走进了内室。

易冲天身边的随从怒意顿时便要发作，易冲天伸手拦住。他盯着永夜单薄的身影没吭声。只看了他一眼就知道其身份，且镇定自若，永安侯果然不是寻常人。

鲁达告知他永安侯一副短命相，他不太相信，故意让雨泼上永夜的脸一试，肤色依然苍白黯淡。一瞧便知阳气不足，气血弥亏。一个羸弱少年出手却狠辣至极，三百军士与风林寨百十来人的尸体就是证明。而且，安国豹骑仅受轻伤，无一阵亡。易冲天嘴边笑纹若隐若现，这样一个人，单凭能将计就计的心思，他就不会看轻了他。

"将军！"倚红轻道万福。

陈使谢大人这时急得满头大汗地跑来："下官见过易将军。倚红姑娘，这是我陈国易大将军，烦请通报侯爷！"

倚红行了礼，不卑不亢地回了句："我家侯爷更衣，易将军请随奴婢来。"

易冲天有些赞赏地看了她一眼，对陈使道："谢大人不必心急，这雨一时半会儿停不了。永安侯身体单薄，不宜雨天赶路，再歇一晚。明日赶去泽雅也不会误了皇上宴请。"

"全凭将军安排！"谢大人心里暗骂，我急的是那五个人是你的人。你就去看了一眼，也不说该怎么办，我如何回皇上去？

易冲天摆手让随从退下，随倚红走进回廊一侧。

这是间面积很大的水榭，外面正对一池烟波。湖中初荷田田，绿叶半卷，雨水密密溅在水中升起一层白色的水雾，更显烟波浩渺。湖岸遍植柳树，细枝轻拂，南方的水墨烟雨不落纸间已浑然天成。

易冲天掀袍坐了，倚红升起火炉，摆好茶海，屈膝一福："将军宽坐。倚红这就去请侯爷。"

他瞟了眼茶海，嘴角挑起好奇。他想起曾经也在这陈国烟雨中与一人品茗。那人道，茶之一道最适合静心养气。今日得见，足见永安侯心思深沉。

永夜换了身紫金福字团花宽袍，腰间系了一串玉玦玉佩玉刀，满身富贵之气。人未到，腰间佩饰清脆的声音就混着雨声传来，清雅动人。

易冲天禁不住侧过身去瞧，目光在永夜脸上转了几转，不得不承认这位永安侯就算是在病中那张脸也美丽得很。他心中嫉恨又起，淡淡地说了句："永安侯很喜欢这里？"

"陈国烟雨之美天下闻名！永夜很喜欢。"永夜捧了个瓷罐笑容可掬地说道，"换了衣袍，想起要请将军喝茶，于是翻了很久才找着这罐茶，将军久等了。"

永夜坐到茶海之前，与易冲天隔几相望："永夜喜茶，不知易将军可有同好？"

易冲天目不转睛地盯着他一字字说："素闻永安侯静心养病，于茶道素有心得。易某之福。"

"茶最适合养气宁心，易将军火气太重，喝喝茶有好处。"永夜头也不抬地答道。

空气中只闻烟雨气息扑鼻而来。

炉上茶壶水珠翻滚，如玉似珠。

永夜专心选茶，在素纸上拣出大小长短差不多的完美茶叶，小心拢了，这才笑道："此茶名山中听雨，取观春雨绵长，山似水墨的意境。此杯为素心杯，薄胎白玉，纯净无瑕。心若虚谷赏雨品茗，乃是人生乐事。"

易冲天见永夜高举茶壶冲出高山流水，沸水滚入搅动茶叶，激出一股幽香，沁人肺腑，想起手下鲁达被擒，三百人瞬间成了亡魂，心思也如被沸水冲淋，好不难受，继而声音更冷："永安侯入陈便为我国剿匪三百余人，无一活口，老虎嘴血染山林，如今却能安然品茗，说什么素心听雨，岂不笑话？"

"山中百姓清苦，往来客商赚点儿银子也不容易。永夜身为陈国准驸马，恨不得平了这百里内的大小山寨，当作送给公主的厚礼。才杀得几个剪径小贼，不算什么。易将军为国操劳，难得闲适。请！"永夜无视易冲天语中讥讽，轻笑着递过一杯茶。

好个舌灿莲花的永安侯！易冲天眼神锋利如刀，已被逼出杀气。

岂料那张苍白的脸也带着笑容对视过来，一双漆黑如墨的眸子泛着温和的光芒，竟看不出丝毫害怕。

这天下有多少人能与他对视？易冲天想起多年前那个黑衣少年，持一把长剑在散玉关外的棋山挑战他，若不是听说他打败了齐国第一高手清虚子，他绝不会应战。

然而棋山之上，那少年却与他战成了平手。他的目光便与永安侯的目光一样，平和而带着笑意。

当年那个少年让他惊叹，这位年轻的永安侯没有武功，身体单薄，心却沉稳狠辣，叫他如何敢小觑？几百条人命一个不留，鲁达及四个亲兵若不是想留着给他难堪怕早已没命。易冲天注视着永夜悠闲地煮茶，端起茶杯一口饮下，只觉馥郁回甘、绵长不绝，不得不叹一声好茶艺。

然而心中却是不甘，玉袖清丽端庄的模样冲进了心里。幼时，她抱着他亲热地喊他易哥哥；再大一点儿，是他亲手教公主武功。他看着她长大，她的一颦一笑已如刀刻般深深印在了心里。

皇上答应过他，散玉关战后就准他迎娶公主。然而散玉关战败，公主却立志要去安国杀端王。以玉袖的心智绝不会是端王的对手，他如何舍得让她去冒险？

他的公主，嫁给这个不知什么时候就短命死掉的永安侯，嫁过去就当寡妇？或者事败受死？

他一定要杀了他，让端王心痛，断了玉袖的心思。他宁可与端王再战散玉关，也绝不让玉袖赔上一辈子。

易冲天冷冷地说道："公主心慈，不会喜欢你的厚礼。"

永夜看着易冲天眼眸中神色变化，此时怒火与杀气凌厉扑来，让她几乎喘不过气来。强自镇定心神，挣扎着冒出一句："只要袖儿喜欢，她要什么样的礼物永夜也可为她取来。"

这声亲昵的称呼像刀一样刺进易冲天心中唯一柔软的地方。咔嚓！手中茶碗被他的气势所迫破裂开来。他顺势扬手，掌中茶水如珠击在永夜胸前。

夹杂着内力的水珠重重拍打着永夜的心口，她只觉得气闷异常，眼前发黑，暗骂道再使几分力，我就吐血了。

"这杯子太薄，不适合我这武夫。"易冲天冷冷说道。

杀气顿消，空中凝固的沉闷被打破。永夜捂着胸口暗暗吃惊，易冲天的武功真不是吹的。她挤了个笑脸道："不是易将军的错，下回永夜一定会记得，请易将军品茶，用粗瓷大碗！"

易冲天推盏起身，冷冷地道："易某胸中只有戈矛杀戮，山中听雨不合易某胃口，告辞！"

"易将军慢走！烦请回禀陈王与公主，原定于八月大婚，永夜既然来了，就接公主一起回安国吧。"

她成功地看到易冲天满脸阴郁，又不知死活地加了一句："一来一回，省了公主相思，永夜也心疼！不知易将军可否愿做护驾将军，来我安国一游京都繁华？"

易冲天再起杀心。这个永安侯不断挑动他的怒气是何用意？

回头的瞬间，见永夜望着他笑，手指间似有银光闪烁。他的双瞳猛然收缩，如果他没有看错，他指间正捏了根银针，难道这个病夫一直是在掩饰武功？阴险狡诈歹毒，不除后患无穷。易冲天扭头离开。

永夜看着他的背影笑，手掌摊开，不是根银针，而是一支细巧的银簪，簪头做成蝴蝶状，簪身细长似针，细看上面花纹繁复，雕工细巧之极，正是送与玉袖的礼品之一。

她想，以易冲天暴躁的脾气，因被勾起的好奇心以及手下被捉的尴尬，他今晚一定会来。

入夜时分，雨声渐大，似鼓点声声密集。

永夜怕伤及倚红，嘱她另去别的地方睡了。挑亮了烛火，独自抚琴。

竹帘半卷，帷幔飘飞，窗外雨声风声不绝。

永夜目光移向笼在灯笼里的烛火。那团最温暖的光淡洒琴上，一闭眼已化作月魄温柔的笑容。她深呼吸，右手微抬摆出风惊鹤舞的手势。

这式风惊鹤舞是以指甲背敲划出甲音。手挥出，琴音铮铮，道尽万壑怒涛，有鹤在林，竦身孤立，已是将翱翔之势。

转以幽谷滴泉手法，写意雨打芭蕉声声慢，风卷初荷潇潇急，一夜惊风苦雨尽收于琴。手势再变，如游鱼摆尾，曲中更带出一股平和温暖之意。

她难得抚琴，不由自主地想起教她琴艺的美人先生。当年美人先生幽怨地说她老了，数年已过，美人先生风采是否依旧？

她和青衣师父在一起吗？他们似乎不在安国，当年的小楼已无踪迹。他们是离开游离谷浪迹天涯找了处风景绝佳之地隐居，还是藏身在哪个国家？

游离谷的幕后主使真的是陈王？玉袖要嫁入安国是陈王的主意还是游离谷的安排？

自己要灭掉游离谷在安国的势力，稳定安国的皇权，会与美人先生和青衣师父对上吗？

琴声悠远，破雨而出又绕雨回旋，诚如她的思绪翩跹。

重重迷雾掩盖的真相，仿佛雨幕盖住了天地。眼帘低垂，窗外檐下雨声由刹那的停滞瞬间又恢复了平静，门外传来侍卫仆倒在地的细微轻响。

都来了吗？永夜微微一笑，琴声一变，密如万马蹄奔，重锤破鼓。一时间仿佛风雨交会，沉云重压，空气已沉闷得似无力呼吸。她终于一吐气，再取惊鹤手法，闪电般击出重重一音，宛若白鹤一鸣惊人。与之同时，一道凌厉的剑气直击她后背。

她似并不知情，闭目沉浸在琴声与思绪当中。

噌——金属交鸣发出清脆的声响。

雨骤歇，风骤停。

永夜吃惊地回头，睁眼时已收敛住心中得意。

一身湿透的风扬兮持剑挡在永夜身前。他身上的衣袍还在往下滴水，头上戴着顶雨帽遮住了大半张脸，手中剑指向前方稳如磐石。

他面前站着个一身灰袍的男子。没有蒙面，正是易冲天。

永夜喃喃说道："易将军持剑夜闯本侯下榻之处，有何贵干？"

风扬兮冷笑："永夜你傻了？他是来杀你的，还好我一路兼程赶得及时……"风扬兮住了口，心里泛起一丝后怕。他计算着永夜出关的日子，没想到赶到散玉关时城门紧闭竟然封了关口，不得已翻山越岭赶来。马不停蹄到达青州，没想到正遇上易冲天要杀永夜。

风扬兮想起易冲天那一剑，心里怒气顿生，冷冷道："久闻陈国易将军素有威名，没想到居然是个背后偷袭的小人！"

易冲天盯着风扬兮突然说："八年之前，棋山之会。"

"正是风某！"

易冲天上下打量着风扬兮。八年前的少年，如今都瞧不出面目了，若非这身黑衣、这口剑，他已认不出他来。

"八年前，你的本事真能与我战平？"

雨帽低扣看不清风扬兮的神色，他的语气中却带着讥讽："武之一道，胜者王。八年前与你战平的确用了点儿心机，然风某只是投机取巧。易将军是盖世高手，永安侯却是手无缚鸡之力的病弱。"

风扬兮还会投机取巧？永夜想起他撒谎说不与权贵结交，却暗中帮李天佑的事情，不屑地想，我挑起你二人两虎相争从中获利也没什么不好意思。

她从风扬兮身后探出脑袋，嬉笑道："他是我的保镖，要杀我可不容易啊！不过，易将军，你难道不知我死在陈国驿馆的后果？哇，你居然明目张胆地挑起两国仇恨，你竟不把陈王放在眼里！"

不待易冲天回答，她突然高呼："陈国左将军易冲天行刺本侯！快来人啊！"

知道来了帮手就敢肆无忌惮？易冲天出手就是一剑，剑势凌厉。风扬兮抬手一挡，易冲天借两剑相交之力一个翻身，身如蛟龙，穿入雨幕之中。风扬兮紧随而出，两道人影瞬间不见了踪迹。

"侯爷！"林宏带着兵听到永夜呼声赶了进来。

永夜沉着脸负手道："门口守卫的二人如何？"

林宏低下头："死了。"

"哼！"永夜冷笑，易冲天，你以为十拿九稳，杀人竟然连脸都不遮一下，"去请谢大人！本侯要讨个说法！"

安国使臣居住的院落内灯火通明，谢大人正一筹莫展那几个人质不知如何处置，听闻永安侯被易将军行刺，吓得手足冰凉，匆匆穿了衣袍赶来。见永夜坐在椅子上满脸怒意，下方摆了两具尸体，说话也哆嗦了起来："侯……侯爷，无恙？"

"屁话！本侯有事了，你还能站在这儿？别忘了，这可是在驿馆遇刺，还死了两名侍卫。谢大人，贵国邀请本侯来陈，原来不是看活的驸马，是要看死的吗？"永夜讥讽道。

谢大人身子颤抖："下官这就叫人加强戒备……"

"不抓刺客了？"

"抓……抓谁？"

永夜一笑："本侯亲眼所见，刺客乃陈国左将军易冲天！谢大人，易将军爱慕我的未婚妻玉袖公主人人皆知，他有杀人动机，本侯就是人证。这两名冤死的侍卫就是物证。人证、物证、动机俱全，你说，该如何办？"

谢大人脸上淌汗，半响答不出话来。只听门口一个清冷的声音响起："谢大人，本将军亲眼瞧见，是风扬兮欲刺杀永安侯。本将军没有追到人，这两名安国侍卫也是死在他手上的。"

易冲天灰袍湿透，带了几名随从出现在门口。

好一个栽赃陷害！永夜真想鼓掌。

谢大人明显松了口气道："原来侯爷看走了眼，行刺的是风扬兮，不是易将军。"

林宏与众豹骑气得正欲拔刀，永夜抬手制止了他们。她看着易冲天湿透的模样，暗忖难道两人没打？

目光与易冲天对视片刻，永夜笑了："哦，原来是风扬兮啊！本侯抚琴时突闻身后有动静，回头一瞧，易将军与风扬兮斗在了一起。看来是本侯指鹿为马，错把将军当刺客了。永夜多谢将军相救，不知将军可有好计抓获风扬兮，为本侯这两个可怜的侍卫报仇？"

永夜见易冲天当面不认，知道自己一方之词也拿不实在，心道，你就和风扬兮斗吧。都是绝世高手，你若杀了风扬兮，我就少了后患；风扬兮伤了你，陈国就少了一员大将。怎么算我也不吃亏！

易冲天眸光闪动："我已下令发下海捕文书，通缉风扬兮！永安侯放心则可。"

永夜苦着脸道："可是风扬兮武功奇高，他若是再潜入刺杀本侯，如何是好？"

"侯爷放心，有易某在，担保侯爷无事。"

永夜眉开眼笑："得易将军保护，永夜可高枕无忧了。对了，那些山贼不会也是与风扬兮一伙的吧？"

"风扬兮已杀了他们灭口。"易冲天一字字说道，心里恨得跟什么似的，鲁达说得不错，这位永安侯的确狡诈狠毒。不仅让他与风扬兮莫名其妙地结了仇，还逼他杀了几个手下。想起鲁达跪别他的情景，易冲天心情极其恶劣。

永夜满意地想，易冲天当着谢大人与陈国众人说保自己平安，应该暂时是没有危险的。他既然知道风扬兮是自己请来的，恐怕现在他想杀风扬兮的心思更多吧。一个大侠，见证了他要杀自己，且武功和自己一样好的人，留着总是威胁。

永夜拍拍手道："夜深了，既然有易将军保护本侯，大家都可以放心了。以易将军的本事，什么刺客还敢来放肆？！林都尉，着人送这两名侍卫回家。咱安国的子民，死了也要落叶归根！"

豹骑听闻此言，心中感动，目中含泪，对永夜恨不得以死相报。

易冲天冷冷地看着这一幕，又多一番评价：此人不仅变脸变得快，能屈能伸，还能借力打力，为自己赢得好处。在安国有这么一个对手，也是件有趣的事。

他转身离开，冷冷地说："皇上三日后在宫中举行寿宴，齐国与诸国使臣都已到达都城。永安侯是未来驸马不便迟到，明日便起程吧。"

易冲天及陈使走后，林宏着急地问道："侯爷，易冲天太不要脸了！此行危矣。"

永夜沉思片刻道："你们先下去吧，暂无危险了。准备行装，明日出发。"

倚红担心地看着永夜，见她秀眉轻拧，似在思索什么问题，才要张嘴，永夜抬头笑道："你也睡去。我等一个人。"

她要等风扬兮。

风扬兮追出去必和易冲天交了手，然而易冲天这么快就回转，那风扬兮呢？他不可能这么快就死在易冲天剑下。

受伤了？照易冲天的说法，风扬兮八年前使了手段才战成平手，那么，八年后他会是易冲天的对手吗？

永夜走到窗边，轻拉开竹帘，推开窗，让风雨吹进。

疾风骤雨，眼前漆黑如墨。风扬兮还没和易冲天斗得你死我活，死了伤了都太划不来了，永夜遗憾地想着。

"他很狡猾！"慵懒的声音从身后传来。

永夜回头，见风扬兮正靠在柱子边上。她有些吃惊自己没有感觉到他的存在，是自己此时思绪纷乱，还是风扬兮武功之高出乎她所料？灿烂的笑容在脸上绽开，永夜急步上前关切地问道："你没事吧？"

风扬兮抱着剑倚在柱子上，黑身湿透，脚下已汪了一小摊水。他似压根儿没放在心上，瞧着永夜担忧的神情突然笑了："很担心我？"

永夜重重地点点头，眨巴下眼也笑了："说实话不是特别担心，他回来得如此之快，想来也不可能在几招之内就伤着你。我对你这个保镖有信心！"

"呵呵！"风扬兮笑得极其愉快，眼睛在朦胧的烛光下依然锐利，"你很聪明，没有武功也照样让易大将军忌惮。一百人灭了风林寨，杀了易冲天手下亲信鲁达的三百卫队，还生擒了他，让易大将军不得不杀了这个心爱的下属，他竟恨得不惜亲入驿馆杀你。这名声传出去，天下无人敢小看安国永安侯。"

永夜天真地望着他，她不止一次在镜子里发现，自己这双眼眸是如何的清澈如水，专注看人的时候连她自己都觉得纯洁动人。

"风大哥说过的忘了吗？上回在河边，你说人不是一定要靠武力的。"

自己教的？风扬兮喉间爆发出低沉的笑声："侯爷太谦虚了，我可不敢承认教了侯爷。单凭侯爷能算准我会出手相救，风某就望尘莫及。"

"咦？不是风大侠在天井石缸中击出了一个'风'字？难道是我看错了？"永夜惊讶极了。

真是聪明！不是一般的眼毒！只不过见她扔棋子那天真烂漫的劲儿，自己起了童心，顺手揉碎瓦上苔藓击入水中写了个"风"字，不过刹那间便被涌上的鱼吃了。有这样的眼力、这样的细致，做事又果断决绝，她实在不需要保镖！风扬兮瞅着永夜的目光中多出几分欣赏来。

"我想永安侯敢背对易将军，身上一定穿有护甲背心吧？"

这也能看出来？永夜眨眨眼说："永夜身体一向不好，林都尉愁得很，就弄了件护甲非要永夜穿着。其实有风大侠在，压根儿就不需要。"

"呵呵，若是劫永安侯的山贼也有这样的护甲想必不会死那么冤，至少跑的时候还能有机会活命。"他的意思是风林寨往山上逃窜的人都是从背后被一箭射死。

"唉，你是怪我一个不留是吗？"永夜低头苦笑。她都差点儿忘了风扬兮是大侠，死在她手上的可不是一两人或小股山贼，而是几百条性命。

风扬兮心里叹息，这事仿佛怪不得永夜，然而，他已经看过尸体。几乎大部分人刀还没来得及出鞘就被一箭穿心，口鼻处还留有迷药的痕迹。这是有预谋的谋杀，连昏迷的人都不放过。这让他不得不重新审视他一直认为软弱善良的永夜。

永夜蓦然抬起头，平静地说："我既然带了他们出来，自然要带他们平安回家。陈国那些人是人，我的人就不是人了吗？更何况，我不能丢我父王的脸，不能失了安国的颜面！既然风大侠心中嫌恶永夜，就不必再为永夜的性命担忧，是永夜烦扰风大侠了。"

以退为进，还振振有词？那张脸上丰富的表情足以骗死天下人！风扬兮几乎忍不住笑出声来，脸板下来一本正经地回道："我答应过的事情，绝不会后悔。我一定护你平安回安国。"

他看着永夜，那目光让永夜有些惶然。她最对付不了的就是这种真正的高手，而且是非常正义的高手。一旦被风扬兮知道她在阴他，她不知道会是什么下场。既然已经阴了，就绝不能有半点儿心软！永夜告诫自己非除去风扬兮不可。她低下了头叹道："对不住了，风大侠，害你被拖累。我没有证据，陈国上下都会通缉你，罪名是你暗杀我。"

风扬兮瞧着永夜垂头丧气的模样，不知是该笑还是该摇头叹气，今晚的永夜让他觉得精彩！他懒懒地回答："他抓不到我的，你有危险时我自然会出现。侯爷，你的陈国之行实在让风某大开眼界。"说完一个跃身，人已穿进雨中。

大开眼界？永夜望着无边的黑暗，听着雨声冷笑，让你真正开眼界的还不止这个。易冲天抓不到你，我能。

第二十七章

冰凉的事实

梁江水势湍急,江面宽几百丈,经陈往宋、齐流去,波涛汹涌。梁江水系湖泊众多,如明珠一般在陈国境内星罗棋布。澄湖是陈国第一大湖,周围四城是陈国的鱼米之乡。

陈都泽雅位于澄湖之东,城中万家抱水而居。"泽雅商贾舟中市"说的就是都城的风貌。

乌篷船在城中穿梭游曳,清晨队伍入城之后,永夜掀起轿帘张望。让路的渔民站了长长的一排,都挑着送鱼的大木桶,桶上挂着的竹篓中青壳的大虾活蹦乱跳。

永夜微笑。这样的大虾去了头,加姜蒜爆炒出鱼香味来的虾尾绝对是人间美味。再有一群朋友在夜市中坐了,大碗的酒,剥得满手流油,这样的日子才叫生活。

而现在的生活是什么?是算计,是防备。命都快没了,还能大啖美味虾尾?永夜呵呵直笑。人就是这样,没有什么就盼什么。

她收回心思放下了轿帘。

泽雅对她来说并不陌生。很多年前在端王书房中,她就仔细看过细作传回来的泽雅地形图。这座城看起来像是建于水上沙洲之上,城中桥梁林立,街巷密如蛛网,然而陈宫所在地却是一块非常广阔的平原。

一条笔直的驿道直通外城中城,中心有座相当开阔的广场,陈皇宫便驻在此。

远望一色亭台楼阁,连绵起伏。泽雅是平原,能有这种起伏之势定是挖塘泥人工改变了地势,才得以建成高低错落的殿堂。目及之处能见到如虹桥般的回廊连缀其间。

这景致像插花,紧密之中又见疏朗。多一处阁楼不多,少之却又觉得缺了点儿什么,更重要的是细腻精巧之中又现皇宫的磅礴大气。

安国皇宫红墙黄瓦,陈皇宫是褐色的屋脊衬以雪白的粉墙。若是与京都相比,泽雅是韵致天成、优雅自若的婉约女子,京都就是豪气大方、贵气十足的成熟妇人。

能为三强国之一,陈国自有其骄傲之处。

相比之下,永夜更喜欢陈王宫的色调,清雅大方。

陈国驿站也很独特，不似京都驿站一个院子挨一个院子。进了驿站中堂，回廊曲折，将每一座院子分别引至水上沙洲之上。每一处院落都由几幢小楼组成，既独立成院又连缀成片。放眼望去，四五个水上院落围湖而建，隔水能望又互不影响。然而对面却是座水军营寨，这布置让永夜觉得只有大门一处出入口。

　　"这是专为永安侯重新修饰的烟雨楼，侯爷可喜欢此处？"易冲天清冷的声音从门口传来。

　　又一个不凝神就察觉不到的人！永夜叹气，她始终不能强大到与易冲天、风扬兮之辈抗衡。回头堆满了笑容道："水上缥缈居，湖上烟雨楼！不错。名字也不错。"

　　"听说安国陆路为多，少有会水之人。"

　　永夜望着楼外湖水笑道："正是。不过，北方好马战，想来陈军必不习惯。"

　　易冲天隐隐变色，隐忍道："今日皇上宫中宴客，请永安侯歇息片刻早做准备。我在驿馆外等候。"

　　"呀！终于能见到袖儿了！多谢易将军提点！"永夜惊喜的神色让易冲天压抑不住心头怒气，拂袖而去。

　　"易将军请留步！"永夜微笑，"我的人水性不好，此处院落若有刺客潜水而入，一把火烧来，断了回廊……如何应对？"

　　易冲天瞳孔收缩如针，冷冷回答："请武功高强之人以轻功施救！"

　　"若是有神箭手凌空射来一箭，岂不是当活靶子了？我是问，陈国可有万全之策？"永夜看上去很担忧，且很怕死。

　　"易某会亲驻驿馆，永安侯放心便是。"易冲天意有所指。

　　永夜看着他离开，心情舒畅至极，背着手悠然欣赏房中景致。从门口的兽头石雕到隔扇门窗，从檐柱之间的角替观赏到屋顶藻井，直看得林都尉与倚红脸露焦急又憋闷得脸发红才坐下来笑道："有事？"

　　"少爷，究竟怎么回事，都听不懂你在说什么！"

　　林宏却道："侯爷是看出什么来了吗？"

　　永夜赞叹地望着林宏，笑问道："林都尉觉得这烟雨楼布置如何？"

　　林宏身兼永夜护卫，来到下榻之处，自然各处已细细观察了番。见永夜问便答道："这里只有一道水曲回廊与外面相通，且主屋为求清静，以券门与外屋相隔。临水凭风，风景绝佳。"

　　"这是上好的松木，南方潮湿，松木多怕虫蚁蛀空，一般不会用这样的木材。而且木材还是新的，漆也是新的，松木含油脂，券门狭窄，内室在二楼。"永夜不住口地说完，笑嘻嘻地看着二人。

林宏与倚红脸色大变。此楼独在沙洲之上，一旦火起，伏有刺客，不会武功的永安侯不被烧死也只有淹死的份儿。如果发动水军，包围了驿馆，无人能逃脱。

"易冲天好歹毒的心肠！"

"所以，我要你们一旦有事，若是券门被阻断，在外面吆喝就成。记住，该骂就骂，该哭就哭，该跑，就跑！"

最后一字永夜咬得特别重，看向林宏的脸色沉重。

她的话说得太明，林宏甚是感动。如果永夜不说，一旦出事，这近百豹骑肯定拼死相救，伤亡必定惨重。

"多谢侯爷！末将知道该怎么办。"

知道自己要死，还义无反顾，永夜对这里的人又多了一分喜欢。

永夜淡笑一声："回安国告诉我父王，我一定会回家。"

"侯爷，保重！"林宏大步走出去，背挺得很直，手紧握成拳。永夜想，她是不是该成全他？

倚红却跪了下来，抬头望着永夜满眼是泪："倚红对不住少爷，不该……将少爷会武之事告诉林都尉。"

永夜蹲下身子捧起倚红的脸，看到她美丽的眼中全是愧疚与后悔。她突然问："是不是喜欢上一个人，对他便无秘密？"

"倚红……"

"不必再说，这些年，你对我很好。我本来就想让林宏娶了你。"永夜叹了口气，扶起倚红，"父王临走时如何交代的？"

"必要时……让少爷脱身！"

永夜凝视着倚红，有些疑惑："倚红，为什么，你对父王这么忠心？"

倚红低声回答："我和揽翠还有茵儿都是散玉关战后的孤儿，是王爷收留了我们。若不是王爷，我们还不知道被卖到哪里去了。散玉关的百姓，有的人家还在家中为王爷设了长生牌位供奉。"

永夜却不想听这些。她对安国没有感情，对几位皇子争权夺位没有兴趣，对三国争雄想称霸天下更不关心。

"少爷，安国没了王爷，百姓还不知道要受多少罪。这些年来，除了陈国出兵犯境，安国都没有战事。打仗会死很多人的。"倚红似想起了自己的家和父母，声音也难过起来。

"林都尉会看着你死？"

倚红抬起头，背挺得很直："我们受王爷大恩，心甘情愿！所以，少爷，今晚宴罢回来，倚红会替了你住进这小楼。他，还要带着他的兄弟回安国，还要去为少爷传信。他只能看着我死。"

永夜笑了。人人都这么舍生取义，偏偏她不是。她是刺客，是杀人不眨眼的冷血刺客。

"你觉得你家少爷是短命之人吗？"

倚红一愣。

"把朝服找来，易将军想必已经等急了。"

陈王宫十景，飞燕楼最壮观。

引澄湖之水入宫，掘出的泥土砂石垒成高台，烟雨之时，群燕绕梁翻飞，燕语啾啾，是以得名。

陈王寿宴便设于此。

面对一湖碧水，陈王宫尽收眼底。正巧今日有微雨横斜，所有宾客都看到了群燕美景。

永夜坐在陈王下首。陈王未到，她先瞧到了对面的齐太子燕。

二十岁左右年纪，身材像根竹竿似的，黑色红锦纹龙袍服衬得他脸色更为苍白，神色中似有无穷无尽的忧郁。

永夜看了想笑，自己是抹了易容药整成病兮兮的模样，太子燕却是真的先天不足的柔弱。再往下看，诸小国的使臣，并陈国三大夫、左右大将军、文武百官坐得密密麻麻。

易冲天换了武将服，坐在永夜斜对面，西梁小国使臣下首，那身气势将太子燕压得更不像个太子。西梁使臣倒还镇定，太子燕被易冲天一瞟，便匆匆移开了目光。

永夜叹气，三大巨头来了两个病夫，还是少年模样，陈王看到心中会乐成什么样呢？

钟磬声响，丝竹齐奏。飞燕楼外缓缓走进一男二女。

陈地是丝绸之乡，袍服喜白，衬边宽数寸，皇袍上衣下裳，绣工精美，上绣金龙似要越袍飞出。

陈王今年四十来许，五官清秀，威严之中更带有几分斯文秀雅。玉袖与他长得很相似。他身旁一温婉女子，看服饰便是皇后了。

走进楼来，陈王在永夜身旁停了停。目光扫过来，永夜含笑揖首，目光越过陈王直直盯在公主玉袖身上。

"听说永安侯来陈受惊了？朕很自责，已下令全力缉捕凶手。"

他的声音很平和，像醇酒如春风，永夜笑道："劳皇上费心了。不知太子殿下可也受到惊吓？"

太子燕一愣，连连摇手："孤很好，一路平安。"

永夜一笑，你当然很好，三国之中总是要拉拢一方再对付一方。她对陈王又是一揖："永夜运气不好罢了。皇上不必太牵挂。"

陈王微微一笑。

各国使臣纷纷奉上礼单，尤以安国最为丰厚。

永夜眸光盯在易冲天发青的脸上，拱手笑道："皇上，永夜不才，八月将迎娶公主。自京都一别，永夜对公主日夜思念，此次入陈，专程为公主备下礼物，希望公主喜欢。"

玉袖端坐在上，听到这话，不得不欠了身答道："多谢侯爷！"

陈王看了看永夜的脸色，又瞥了眼太子燕。齐国下任皇帝甚是软弱，齐再强大也会慢慢衰弱。而安国几位皇子争皇位内乱将始，陈国只需坐等称霸机会。脸上渐渐发出光来，下颌一点，示意开宴。

永夜看似瞧着歌舞，实际注视着对面的太子燕。此人除了全身裹在一堆太子服饰中，实在没有半点儿王者之气。她想起回到齐国的月魄，便有心与太子燕结识，端起杯来笑道："永夜是头回出使，殿下也是，永夜敬殿下一杯。"永夜说完饮尽亮杯。

太子燕赶紧端起杯中酒，小口饮了，苍白的脸上泛起一层红晕，不好意思地说："听说永安侯身体不佳，酒量却超孤数倍，惭愧！"

看喝酒也能看出一个人的性格。听说齐王治国有方，统三十六族不靠武力靠德行。太子燕也有这样的德行？

"呵呵，我哪会饮酒，不过是……讨公主喜欢罢了！"永夜目光如痴如醉地望向玉袖。她的声音不大不小，却刚好能让坐在上方的玉袖听到。

那张清丽的脸上泛起不屑与怒意。陈王却笑道："玉袖需敬永安侯三杯才是礼数。"

三杯？这酒入口绵长，看似清淡，一杯下去，腹中却有团热气上升，甚是醺人。三杯下去，想让自己出糗吗？一面要嫁公主，一面又想让自己出糗。陈王果然不安好心。

虽没有千杯不醉的海量，但三杯应该也无妨。永夜赶紧起身笑道："公主斟酒，莫说三杯，就是三百杯永夜也喝！"

玉袖莲步轻抬，从宫女手中取过一杯酒递给永夜。

这是两人第二次走得这般近。永夜接过酒的时候身体前倾，低声道："我送公主的礼物是，一条裙子。"

玉袖脸色一变，永夜已饮下杯中酒，笑嘻嘻地等着第二杯。

玉袖气恼地再递过酒，永夜接酒之时却顺势握住她的手。她马上就是自己将要过门的妻子，摸下手不算调戏叫调情！永夜得意地握紧了玉袖嫩白的小手。

永夜的动作很小很轻，手笼在长袖之中挡去了所有人的视线。

　　玉袖猛地一抽手，那杯酒便荡了出来。她一侧身想避，永夜顺势伸手一拉，以她的巧劲，没有防备的玉袖如何避得过？永夜轻搂住她的腰，轻挥衣袖，为她挡住了那杯酒。

　　"公主，我可不想再赔你一条裙子了。"永夜在玉袖耳边亲昵地低语。

　　玉袖气得目瞪口呆，抬步就走。一扯未动，低头一看，永夜不偏不斜又踩住了她的裙角，此时楼上歌舞正欢，看过来的目光仍不少。玉袖羞得满面通红，咬牙切齿低声道："李永夜，这是陈国！"

　　永夜并未看她，而是看着对面的易冲天额头暴出的青筋，笑道："皇上！永夜想在陈国多待些时日，八月接了公主同回安国！"

　　"呵呵，好！永安侯将是朕的妹夫，陈国半子，朕准了。"陈王似不知情，心情大好。

　　"恭喜皇上！恭喜永安侯！"贺喜声不断，永夜一一回礼。

　　"你，踩住我的裙子了。"玉袖低声吼道。

　　"公主，还有一杯酒！对我笑一笑，上回……永夜念念不忘公主娇嗔的神情。"

　　玉袖眸子似要喷火，深吸一口气漾起了美丽的笑容，把第三杯酒递给永夜饮了，永夜这才松脚。她临走之时狠狠地瞪了永夜一眼，压低声音说了句："我会杀了你。"

　　永夜笑而不语。

　　"永安侯佳人得抱，孤甚是羡慕。"太子燕隔桌笑道。

　　永夜笑嘻嘻地说道："天下四美有二美在齐，殿下何必羡慕永夜？"

　　太子燕目中泛起一丝骄傲之色："可惜我那小妹没有这等福气，可以嫁得永安侯如此品貌之人！"

　　永夜拿起酒走到太子燕面前："我与殿下一见如故，可否容永夜并桌聊天？"

　　太子燕心思单纯，又难得出使，宴上属下大臣隔得又远，正觉孤单，便笑着让开座位。

　　永夜大模大样坐下，只顾与太子燕说齐国的风土地貌。

　　太子燕听永夜说起齐国如数家珍，更无架子，心里更添亲近，拣着好玩的说与永夜听。

　　齐都圣京繁华不亚于泽雅，往来客商云集。

　　圣京百姓淳朴，夜不闭户，路不拾遗。

　　圣京风景如画，冬有红枫映白雪，夏有画舫不夜天。

　　永夜满脸向往。

　　"本将军见侯爷海量，可否移玉？"易冲天隔桌端起了酒杯。

永夜对太子燕一拱手："有机会定去齐国游玩，殿下可莫要忘了我这个朋友。"

"荣幸之至！"

她哈哈大笑，走到易冲天一桌大模大样地坐下："易将军，永夜敬你一杯！你一路护送，贺礼才平安到达泽雅，永夜铭感五内！"

易冲天只抬了抬手，一杯饮尽："永安侯足智多谋，那些山贼看走了眼，自寻死路。"

永夜突然发现易冲天其实也很能忍。她偷看了眼温和的陈王，叹道："易将军往这儿一坐，这飞燕楼再无人可比将军气势哪。"

"易某只是一介武夫，不及永安侯少年风流。"

"好说好说，是人就会老的。公主年方十六，配易将军还是差上一截。永夜身体是弱了点儿，长得还过得去。"永夜呵呵笑了。

不屑之色从易冲天脸上浮现。他缓缓说道："当今天下三分。齐国擅马战，安国长防御，陈国水师天下闻名。然齐国主老矣，安国三位皇子似乎彼此并不服气，吾皇却正当壮年。永安侯虽病弱，然虎父无犬子，若要天下大统，以侯爷之见该如何？"

"呵呵，易将军果然爱谈三国！"永夜拍桌直笑。她的目光在太子燕身上打了个转，微眯着眼说道，"听说齐国大贾安老太爷才为齐军建了五十艘战船，不知齐国水师战斗力和陈军相较如何？"

"永安侯还是多想想齐水师若渡秦河，安军会如何吧！"

"呵呵，难道易将军不知，我家三殿下才向安家四小姐求了亲？"

言下之意是安国与齐国已成联姻之势，陈国莫要想从中讨得好去。

易冲天额头青筋直冒，目光越过永夜看向太子燕，道："安国三殿下肯娶一商贾之女，陈国愿嫁公主和亲。天下三分，合并不易哪。"

永夜眨了眨眼，脸上露出遗憾的表情："原来易将军并不反对永夜娶公主啊！害永夜一直担心抢了将军的心上人！"

易冲天被这句话噎得胸中气血翻滚，冷哼一声，手伸进怀中掏出一物轻轻放在桌上说："这是手下无意中拾到的，看似安国款式，永安侯帮本将军瞧瞧。"

永夜只瞥了一眼，浑身的血便似冻住。如果她没有记错，离开安国前，她还为蔷薇扶了扶这根金簪。蔷薇在易冲天手中！月魄呢？

她分不清是酒劲过大还是担忧过重，心中似有火在灼烧。她随手翻看了看，笑道："是安国款式。不过，本侯可不愿意公主插戴别的男人送的首饰！"

永夜的目光与易冲天的胶着在一起。她冷冷地想，以蔷薇要挟于我，我便要受制于你了吗？哪怕月魄也在你手中，除非我救他们出来，否则赔上自己不外乎多出一个。

她看上去醉眼迷离，并无半分惊诧。易冲天分不出这永安侯是震惊还是平静。他喝了口酒道："易某很佩服侯爷的镇定。不知道刺客来的时候，侯爷会如何对付？"

永夜痴痴笑了："易将军觉得呢？"

易冲天翻看着那支簪子，总算吐了口恶气，笑容浮现："自然是躲起来，让我擒了刺客，再出来。"

他想做什么？想要杀风扬兮？这般知我心意？永夜终于忍不住放声大笑："易将军说进本侯心里去了。当然是如此，本侯不会武功，不躲起来，难道任由刺客杀了？"

"嗯，侯爷真聪明，捉了刺客，易某便请侯爷与老朋友一起饮酒。"

永夜心沉到了谷底，他们真的在易冲天手中。她再举杯："永夜是陈国半子，岂有不帮之理？祝将军马到成功，早日擒得刺客，少一个对头！"

酉时，笙歌尽散。

永夜与太子燕告辞，各上马车回驿馆。

外面风雨加重，雨幕如白色的帘子重重落下，砸起水花。

永夜躺在马车上双眸清亮。她担心的事情终于发生了。

掀起轿子的一角，雨越下越大，路面溅起朵朵水花直到天尽头似的。噼啪的水声直冲进心里，永夜攥紧了那根金簪。

后劲绵长的酒，病弱的身体，她在所有人眼中都应该是醉了。

一个喝醉了的人，这样的夜晚应该在房中呼呼大睡。只不过，在她房中大睡的人，将会是倚红。

不去易冲天府中瞧瞧，她如何放心？

雨幕中的屋脊像湖里游鱼的背，永夜穿行其间，仿佛是划过水面的鱼。

只在泽雅驿馆待了两个时辰，但这并不妨碍她对陈都的熟悉。安国细作把这里的小吃店都画得清清楚楚，自然也包括左大将军府。

她就像随风潜入夜的细雨飘进了易冲天的府邸。

永夜不敢大意，反勾着房梁凝神屏气看向亮着烛火的书房。

细枝缠花仙鹤灯上吐着一星点儿灯光，屏风遮了一半，灯光仍不时被风吹得晃动。易冲天居然在画画。

起手落式如行云流水，这画法……美人先生。永夜心头大震，为什么，她会想起美人先生？

她想起当时恶作剧，想把青衣师父和美人先生撮合在一起时吟的诗："美人卷珠帘，深坐蹙蛾眉。但见泪痕湿，不知心恨谁。"

当时美人先生的目光中分明有水光闪动，那双美眸中闪过的哀怨曾让永夜暗自窃喜，得意不已。

美人先生作画，总有个习惯的动作。一笔挥就，落笔前总爱在手中挽出一个花样。而易冲天正是这样，手翻了翻，笔才放在笔架上。

他画的显然也是个工笔美人，是玉袖栩栩如生的模样，连脸上那份高傲的神情也画得惟妙惟肖。

易冲天三十左右，美人师父不也是这般年纪？永夜想起了木讷的青衣师父和他难听的箫声，心里一酸，难道美人先生真正爱慕的是易冲天？为他蹙蛾眉，为他泪痕湿？

易冲天画完，望着画出神，良久才小心地收好画卷离开。

永夜像被风吹起的雨丝轻飘飘进入室内。美人先生教的画法她还没有忘记。她想了想，就着灯，运笔如风，挥笔作画，最后在画上题下了一句话："欲减罗衣寒未去，不卷珠帘，人在深深处。蝶衣。"

这字迹也绝对是美人先生的字。

她小心地把画调了包，拿起玉袖的画像撕了个粉碎，顺手一抛，得意地一笑，"噗"的一声吹熄了烛火。

堂内顿时一片漆黑。

她刚小心藏好，易冲天已跃了进来。

灯光亮起，易冲天色变，目光从撕碎的画像移到案头美人先生的画像，仿佛痴了。他顿了顿足，不顾风雨往外走。

永夜小心地跟随着他。她打不过，却对自己的轻功极有信心。风雨交加的夜晚，易冲天心神已乱，要注意到永夜实在困难。

易冲天跃上马，策马急奔。

永夜瞧准方向不顾一切地追了过去。她的美人先生和青衣师父难道都在陈国？游离谷真是陈国人所建？蔷薇与月魄在何处？她一定要知道这个答案。

一个时辰后她来到郊外。雨更大了，天似开了缝，无穷无尽地往下泼水。三丈开外已是暴雨如注，瞧不见任何人影。

永夜站在雨中，调用了全身的感知去寻找。风中隐约传来一声马嘶，她大喜，脚尖一点，人飞快地奔去。

片刻之后，视线中出现一点儿光明，再近点儿，竟是一处规模甚大的院落，临湖的水榭灯火通明。

永夜想也不想便跃入湖中游了过去。她悄悄从水底冒出来，抱着柱子抬起了头。

细碎的声音被风雨割得支离破碎。

"……你出的好主意！"

"为……这么些年……"

永夜听不清楚，心一横，借着竹帘半卷，已贴在水榭一角的柱子上，透过竹帘与帷幕的缝隙瞧了个清清楚楚。

屋内榻上坐的可不正是她的美人先生！

八年未见，美人先生的容貌似乎没有多少改变，但眉宇间却多了几分沧桑，那双眼睛让永夜心痛。这是一双饱含痴情的眼眸，只要是男人瞧了就会心生怜惜。

易冲天站在她面前，将她的画狠狠掷在脚边："为什么？你要将她送进安国？她才十六岁！"

美人先生拾起画瞧了瞧："这是陈王的主意，公主也心甘情愿。"

"难道我要杀李谷还需要别人动手？李谷的武功能比得上我？真的需要她下嫁去行刺？就她那点儿道行也想刺杀李谷？我真怀疑，天下闻名的游离谷会想出这么个馊主意！这门亲事我绝不会同意！我会杀了永安侯！就算安国要起兵，难道我陈国还怕了他们？！"

别说易冲天，连永夜都怀疑这么白痴的主意会是游离谷出的。可是李言年却甚是盼望玉袖嫁入安国，裕嘉帝也盼望。这，又是怎么回事？

"十三年前，我也是十六岁。你舍得将未婚妻子送进游离谷，如今却舍不得她了，是吗？"美人先生仿佛是被大雨冲刷的花朵，凄美无助，"我离开时，她才三岁，我竟输给一个三岁的女娃？是我没她漂亮？是我不够温柔？还是，我不是公主？！"

美人先生看到那幅画肯定会知道是自己动了手脚。她会向易冲天说出这件事来吗？难道游离谷没有告诉他们自己的身份？永夜紧张地思索着，想到青衣师父，心里戒备更重。青衣师父毋庸置疑是能发现她行踪的人。

易冲天看了程蝶衣许久，语气终于变得柔和："蝶衣，我们青梅竹马，我不能骗你。我心里只有她一个。就算你牺牲得再多，我也不可能回心转意。"

"当初，你可不是这样说的。"美人先生笑了笑，一身白色轻纱将她衬得格外美丽。她的动作永远都这么优美，连伤心蹙眉也人见犹怜。

易冲天坦然地承认："我变心了。就算你是为了我入游离谷，借游离谷的势力扰乱安国内政，甚至计划借刀杀人除了端王李谷，让我陈国的兵马能长驱直入散玉关，让我易冲天能为皇上一统三国，扬名天下。如今我却只能说，你是陈国子民，你当为王效忠。"

美人先生笑了起来，眼泪都笑了出来。

永夜见过女人疯狂，也见过女人伤心，唯独没有见过美人先生这种笑法，笑得开心极了。若不是那脸上被烛光映出的点点泪痕，她几乎不会以为美人先生是在伤心。

"咱俩的婚约当放屁，好吗？"

永夜张大嘴无声地笑了，雨水冲进嘴里，她一口咽了下去。美人先生说这话时哪像个弃妇？她的声音甜美迷人，仿佛在向情郎撒娇。

易冲天定定地看着她道："蝶衣，我负了你，来生再报。"

美人先生慵懒地伸出玉雕似的双足，跋上绣花鞋，站在易冲天对面。

眼前这个男人比当年更成熟、更可怕，那些歉疚的话从他嘴里说出来那么理所当然。这些年山中寂寞，她是如何过的？就只为了一个他，一个梦。

她轻抿了下嘴唇微笑："我等这一天，等得人都憔悴了……要永安侯娶公主只不过是幌子，要的是永安侯入陈。你只要控制住永安侯，李谷就不敢妄动。安国的天就快变了，裕嘉帝得了绝症，撑不过这个月了。太子即位也好，大皇子气不过要抢也罢，安国都会大乱。"

易冲天身躯一震，惊诧地问道："皇上知道？"

美人先生点点头："这本来就是游离谷与陈王陛下的交易，不然怎么会想方设法在和谈时让玉袖和亲？这是做给裕嘉帝看的。让他以为，公主大婚去安国，才是动手的时机，而那时才能将我游离谷在安国势力一举铲除，将公主握于掌中为质。趁机废了皇后、太子，让他心爱的大皇子安登帝位！"

听到这里，永夜才恍然大悟。所有的一切，什么借公主嫁入王府行刺，什么让她前来贺寿，一切都不过是忌惮她父王一人。

十七年前，有人掳了她想要威胁端王；十七年后，将她诓入陈国擒以为质，同样也是要让安国两位皇子争权造成内乱，让端王不得插手。以两位皇子的势力，若无端王压住，安国只有一个乱字。

裕嘉帝病重，难道父王会不知晓？难道父王就没有防着皇上突然病逝可能造成的危机？裕嘉帝也想不到这点？

永夜心里突然觉得悲哀。

她只是一颗棋。端王对她再亲，还是把她当成了一颗举足轻重的棋。再舍不得她，再护着她，她还是被他放到了棋盘上。

她难道还不明白？哪家做父亲的会舍得让女儿一直男装打扮，只为瞒过游离谷的眼睛？他不仅要瞒，更是因为裕嘉帝病重，安国皇权之争越演越烈，他必须要瞒！

好一个忠心爱国的端王！永夜闭上眼，雨水淋湿了面颊，冲进了脖子，直凉进了心。好吧，就当是尽孝了。我不会让自己成为能威胁你的人质！

她主意打定，就要离开。这时听到美人先生轻柔地说："冲天，这十几年我心甘情愿，你变了心，我也无力回天，我当是为国尽忠了。我只求你一件事情。"

"你说。"

美人先生盯着他的眼睛一字字地说："莫要伤永安侯性命！"

永夜真想放声大笑，她的美人先生还顾及她的性命！她是该谢谢她的这位师父，还是该得意自己居然在美人先生心中有如此地位？

　　易冲天抛弃她，她没有求过他，此时却求他放过自己，还不肯告诉易冲天自己是游离谷的刺客星魂！

　　易冲天笑了笑："你放心，李永夜虽不会武功，身子又弱，却不是个好对付的人，我已有三百人死在他手中。不仅如此，他还请了风扬兮做保镖，我就算想杀他，还得先问问风扬兮的剑！"

　　"我只要你答应，不要杀他！"

　　易冲天奇怪地看着她："为什么？"

　　"这是谷主的意思。留着他有用。"

　　"好，我答应你，却不是因为游离谷谷主，而是因为你。"

　　永夜明白了。她觉得自己太天真，刚还为美人先生的求情感动，此时又迎头浇来一桶冰水。真是凉啊，湿透的衣衫贴在身上，大雨浇在身上，都不及她今夜听到的话更让人心寒。

　　差点儿忘了，游离谷以为她中了蛊毒。将来安国内乱，他们行刺父王之后，自己仍是堂堂正正的端王继承人，还能安插在安国继续替游离谷卖命！

　　她不再停留，鱼一般滑进湖里，游到河边，施展轻功拼命奔回驿站。

　　雨如水柱冲打着她的身体，这一刻，永夜的心已凝成寒冰。她睁大眼睛在黑暗中奔跑。四周一片漆黑，她看不到半点儿光。

　　人说下雨是老天爷在伤心落泪。今晚，真是个悲伤的夜。

　　这个世界是多么陌生，这里的人是多么可怕。

　　月魄，你的平安医馆一定要开在阳光之下，那里的阳光一定要足够烈足够暖，才能将我结了冰的心融化！

　　你的医馆一定要办得很好，你才能平安富足，才能对着我笑。你的笑容一定要够温柔够灿烂，才能将我的悲伤全部吞噬。

　　如果还有一个心愿，永夜希望月魄平安，希望他能真的有座平安医馆。他说过，如果有一天她想过平静日子，他能收留她。

　　然而，蔷薇的簪子在易冲天手中，月魄能平安离开吗？他还能在大太阳底下开他的平安医馆吗？

　　心里一口气提着，永夜以她前所未有的速度奔回驿站。

　　倚红靠在桌边睡了，睡得甚是香甜。她只是单纯地侍候自己，听从父王的话保护自己。只有最单纯的人才会有这么香甜的梦。

第二十七章

永夜冰冷的手抚上倚红的脸。

"啊！"倚红惊得醒了，见永夜脸色苍白站在床头，翻身坐起，开始帮她脱衣服，"少爷，赶紧换衣，千万别凉着了。"

永夜木然地由她把衣服脱了，又拿了干布擦拭。

"倚红，为什么你对父王这么忠心？"她的声音涩得像是锯木头发出的声音。

倚红一愣，这是永夜今天第二次问她。她忙碌着低声回答："没有王爷就没有我。"

"你难道不愿意和林都尉平安幸福地过一生？"

"少爷，我们不能报恩，良心不安。"

永夜怔住。报恩？一日为师终身为父，她需要报答美人先生、青衣师父、回魂师父吗？她的父母是端王与王妃，她就需要报亲恩？

她疲倦地穿好衣裳，低声笑了起来："马上离开！让林都尉护着你回安国，别的人不能惊动！"

"少爷！"倚红震惊。

永夜沉下了脸："忘记我白天如何交代的了？"

"让我替了你，少爷！你走，你和林都尉走！"倚红目中泪珠滚落。

永夜看着她，一抹笑容出现在嘴边："情人的分离也能让人撕心裂肺，我不喜欢分离。你们走吧，晚了就来不及了。"她掏出玉佩放在倚红手中，"这是玉袖公主的符印，能让你们平安过关。"

倚红跪下磕头。

永夜转过身去。她已想得明白，她的月魄只要有一分的可能在陈国，她都不会走。

面对一湖风雨，她静心煮茶，所有的事情一幕幕在心头映过。

她想起父王曾经对她说："永夜……你离家近十年回来，在王府生活的时间远不如你在外面的时间长，你心里，对我、对你母亲有多少亲情？你做事可会顾及我们？若你不会，你想嫁谁都没有关系。"

我对他们有多少亲情？我可会顾及他们？我可会理解他、认可他？永夜闭目深思。她威武逼人的父王，曾经砍下的人头压垮了坐骑的父王，还有她看似温柔端庄的母亲，宁可抱个别家的婴儿回家当世子，也不肯让父王受人胁迫。

永夜第一次仔细想自己是谁，自己该不该理解他们。

倚红的话又在耳边回响。她做事从来只考虑自己，她不是怀揣天下的人。可是……永夜长吐一口气，双眼睁开，眸子闪闪发光，笑容浅浅在脸上漾动。她不是父王，她不能用她的思维去要求于他。

她再不孝，满足父亲这个愿望又有何不可？

第二十八章
背后一刀

寅时，雨终于停了。

檐下的水滴落湖面发出的声响越来越小，终于只得零星几点。

夜，寂静漆黑。

水面隐隐传来波浪拍击沙洲之声。

永夜吹熄了烛火，静静地等待。

兵贵神速。易冲天也该安排得差不多了。这个时间是人一天当中最疲倦的时候，易于突袭。

半个时辰后，一支火箭"嗖"的一声钉在了木柱上。瞬间湖中冒出数十只小舟，火把星星点点照亮了湖面，团团围住了永夜所住的沙洲。

火箭似流星飞射而来，小楼霎时燃起熊熊烈焰。

她用湿布掩住口鼻，退到回廊，不远处的券门火光冲天，已有喊杀之声传来。永夜回头长叹一声，一个不留。如果她是易冲天，她会一个不留。除了提前离开的倚红和林都尉，豹骑将全部葬身于此。

她可以冲过去与他们并肩杀敌，拼死一战。永夜摇了摇头，敌众我寡，与其去燃起他们的斗志，死得英烈，不如明哲保身，以图后谋。

她蜷在回廊阴暗处的一角苦笑。她就是这样的人，心硬得不会有热血沸腾的时候。林宏以为她交代不用冲过来受死就是保护了豹骑。他怎么也没想到，她其实也是在下令让他们放弃抵抗，被陈兵杀得一个不留。

松木原是泡过油的，再以漆刷盖掩饰，烧得噼啪作响。

过了片刻，一道黑影从券门冲向小楼。雨帽已取了，看得见他浓眉紧锁，黑衫湿透，满脸胡子还在滴水，向来锐利的眼神已冒出焦灼。

"永夜！你在哪儿？"

风扬兮楼上楼下寻找着永夜的身影，她在不远处的角落望着他。

他真的来了。从驿馆外杀进这里，只为找她、保护她。

冰凉的夜里，他的声音让永夜竟有想流泪的冲动。他为什么会来？只因为他答应了会保护她？难道他不知道这里被围了个严实，不知道易冲天有多么阴险？这世上怎么会有这么笨的人？

永夜望着风扬兮的身影很想冲出去应一声，却闭上眼蜷在角落里。

易冲天手中有蔷薇和月魄，易冲天要她躲起来拖延时间。

她是风扬兮想杀的人，他威胁着她的生命。现在他的关切，一旦在知道真相之后，就会全然消失。

"咔嚓"一声，房梁断裂，夹杂着风势往下掉落。

永夜闭着眼想，风扬兮应该拔地跃起，离开这里了。

风扬兮楼上楼下找遍，券门内外喊杀声不绝于耳，淋湿的衣衫已被烤干，他已能感觉热浪腾空扑来。难道她不在这里？他大喝一声，用脚扫开一段燃着的木头，长剑往梁上一点，人仿佛一只黑鹤跃出小楼。

身形才露，羽箭闪亮般袭来。

这是她杀了他的绝好机会，没有风扬兮，这世上就少了重威胁。永夜睁眼，掌心一翻，一寸长半分宽的银色柳叶飞刀静静地握在手中。她抬头看到风扬兮一口气虽枯竭，却已荡开四周长箭便要冲出包围时，深呼吸，飞刀如流星射出。

她看到飞刀没入风扬兮的背，让他身体一颤，另一羽长箭从他左肩透出，人轰然跌倒在楼前。他回头往她所在的地方看了一眼，他看不到她。然而永夜却看得清清楚楚、明明白白，风扬兮目光中没有愤怒。他竟然笑了一笑，那笑容让永夜胆战心惊。

易冲天的声音在湖面上出现："放箭！"

"易冲天！你杀不了我就等着我杀你吧！"风扬兮咬着牙望着他，长剑一挥挽出一圈光华斩断射来的羽箭。他大喝一声，一脚挑起巨梁向湖面掷去，身形一展便后退。易冲天冷笑一声已来到他身前，一掌拍在风扬兮胸前。

永夜看到鲜血从风扬兮口中喷出，如箭射向易冲天，知他是用了最后的内力发出了致命一击。飞刀早已在手，她可以趁机要了他的性命，可为什么迟迟不发出去？

易冲天躲藏的瞬间，风扬兮借势一个翻滚掉进了水里。

小楼瞬间崩塌，火星四溅。易冲天也一个翻身离开。

永夜回头看了看券门，那里也是火光冲天。她知道，所有人只有死路一条。

她冷冷一笑，她是能被羁绊住的人吗？落在易冲天手中，她才是傻子。永夜轻轻滑入水中，靠着一管竹筒小心换着呼吸朝太子燕的下榻之地游去。

寿宴一过，太子燕就将返齐，她不求随他离开，但是她需要一个安全的藏身之处。

安国在陈都也有暗哨。但是安国如今正处内乱之际，永夜不敢相信安国暗哨的安全。游离谷既然能横行天下，暗哨肯定也瞒不过谷里的眼睛。

永夜离得远了，探出头回望，火光未熄。易冲天一身灰袍立在小楼废墟上。永夜一凛，又没入水中。

太子燕在驿馆的下榻处与永夜所居的小楼式样差不多。小楼内外站满了雪刀出鞘的侍卫，全神戒备，远远望着火光扬起的地方。

永夜没有进小楼，趁着侍卫尽出保护太子燕的空隙闪进了侍卫的房中。

她取下腰间革囊，取了套侍卫服饰换上，贴了胡子，简单易了容，挎上腰刀往外走。

驿馆之外全是陈兵，驿馆周围被警戒封锁。火把烧得半边天通红。

永夜走到门口见几名齐国士兵封着通往太子燕院子的门，不声不响地和他们一样站得笔直。

不多会儿，她瞧见陈使谢大人与曾在和谈中见过的钱大人匆匆走来，对门口士兵说道："安国永安侯所居之处是跑进的刺客放的火，我等奉皇上圣旨前来请太子殿下不必惊慌。"

回廊上脚步声响，听到一个官员的声音："我家太子受惊，这便赶回齐国，恕不能久留。"

易冲天缓步带着士兵进来，冷冷说道："奉皇上令，齐太子殿下返国，不得阻拦。但是为免刺客混入，请刘大人禀太子，容我等查验过之后，再起程。"

"岂有此理！我家太子何等尊贵，岂是你想查便查的吗？"

易冲天不温不火地道："刘大人不必生气，吾皇也是为太子的安全着想。"

太子燕似真的被吓坏了，出来时脸色苍白，脚步虚浮，指着面前一堆人大吼道："查，查，孤不会让刺客混入队伍行刺于孤！"

永夜看在眼里，心底叹气，齐国有这样的太子，将来情况堪忧。

易冲天与陈国官员伴着太子往院子去了。经过永夜身边时并没有注意到她，永夜这才松了口气。刘大人吩咐了声："你们几个去唤车夫准备车马。太子要立即起程。"

几个士兵答了声，永夜跟着他们进入马棚。

风扬兮会躲在驿馆何处呢？在最后关头，她还是改了主意，没有帮着易冲天捉住他，也没有杀了他。易冲天现在最想捉到的人是她而不是风扬兮。他不过是借着这个机会顺便除掉一个武功高强的对手罢了。

自己何尝不想要了风扬兮的命，省得他日后来杀自己？然而，风扬兮在火中努力找她的样子让她没办法再射他一刀。

第二十八章

也许自己不是心软,而是想着让风扬兮养好伤和易冲天斗个你死我活。让两个高手相斗,不是她一直策划的结果?为什么她还要担心风扬兮?为什么她没有再给他一刀?永夜嘲笑着自己。

太子燕走得太迅速,外面的陈兵还没撤离他就要离开。外面被围了个严实,要出这驿馆,永夜只能藏身在他的车队中。

晨曦慢慢涌现,天再亮一会儿,这些士兵就会发现她是个陌生人。永夜离那几个士兵越来越远,无声地攀上了车底。

如果可以,她甚至能够这样攀在车底睡一觉。

一个时辰之后,人声涌现,车夫赶着车出了驿馆。又折腾了半个时辰,车轱辘才转动,缓缓离开。

永夜选的是最后一辆车,车不停,四周还有人,她看到马蹄在身边转来转去,心里有些着急,这要走上一天,她恐怕在车底挂不住了。

泽雅城多桥,车行缓慢,足足在城中穿行了两个时辰才出了城门,一路往北。易冲天护行的队伍不见了,永夜从车底感觉着四周的动静,终于找到机会从车底落下来,轻飘飘地跃上了路旁的大树。

她望着车队行远。此地周围定也有湖,密密的芦苇像绿色的毯子铺开。这是最好的藏身之处。

永夜毫不迟疑地钻了进去。身体已疲倦不堪,她需要好好睡一觉,好好想想该怎么办。

无边无尽的青色芦苇遮掩了永夜的痕迹。除了水鸟飞过、风吹过的声响,她听不到别的。天灰蓝,挂着几片阴郁的云朵。永夜闭上眼,疲倦地睡了。

她睡不踏实,从小和月魄一块儿的情景总是不依不饶地出现在眼前。

怎么就这么难呢?他不过是想开间平安医馆,做个小老百姓。

还有蔷薇,雪白的脸上总挂着对她的依恋。自己甩了她那么多次冷脸,她还是肯为了自己跟着月魄走。郡主的身份啊,她肯忍了月魄,被他支来喝去,半点儿怨言都没有?

她应该冷血不予理会,任他们两个死在易冲天手中,急回安国,助父王平定内乱,匡扶朝纲,再挥军南下或与陈国谈判。

永夜睁开双眼,天边竟然有几颗星星在闪烁,一弯淡淡的月牙儿从暗色的云朵旁露出了头。

"月魄……"永夜的双眸映出一点月华,流光婉转。那一点儿亮一点儿白,仿佛是一个白衣出尘的人。

永夜站起身,瞧了瞧自己的打扮,笑了,真不是做刺客的料。她望着远处几点渔火,脚尖一点悄悄靠了过去。

船里渔公正对渔婆说:"今天运气好,钓到一只大鳖,还有几尾鲤鱼,明儿拿到市集上能卖个好价钱。"

"早起好卖。卖个好价钱给老二攒着娶媳妇……"

不知为何,永夜想起了多年前那个巷口卖面的王老爹,现在她觉得念叨这些生活琐事也很幸福,至少他们过得简单。

小船上的风灯被吹熄的时候,她上了船。老两口已经睡了,永夜下了醉梦散。这一觉可以让他们睡到明天日落。

她找了点儿吃的填肚子,换了衣裳,有点儿抱歉地想,那些鱼你们后天再去卖吧。她记得美人先生的住处,如果月魄和蔷薇被擒,有一半的可能会被关在那里。

水榭灯光明亮,重重院落静寂无声。

永夜没有动,她靠着柱子,水榭中无人,她仍耐心地等待着。院子,她不敢贸然进入。她只能等。

一个时辰后,水榭突然有了人声:"早说过了,他怎么可能来这里?"

美人先生坐的长榻滑开,里面缓步走出来两个人,长裙似雪,灰袍玉立。

永夜心一颤,应该是这里了。

美人先生娇笑着说:"冲天,我说过,李永夜不是我游离谷的人你偏不信。"

易冲天冷冷说道:"听说李永夜曾在游离谷求医半年,我很怀疑他是不是真的端王世子。"

美人先生坐在榻上慵懒地理着长发:"李谷是何许人,你以为一个假的他会瞧不出来?不过,她身上种有蛊毒却是真的。"

一个真世子,没有武功,如何逃走的?易冲天想不明白。

像是知晓他的想法,美人先生笑道:"听说齐太子燕事后匆匆离开,在飞燕楼永夜与他聊得很愉快,你为何轻易放太子燕返齐?没准儿,是他藏了李永夜也说不准。"

"若是藏身在齐使队伍中,没道理不会被我发现。难道他会飞不成?他又是如何知道当晚我会动手?"

"别忘了,她的贴身侍女和她的护卫长都失踪了,你们现在还没找到人呢。永安侯与他们同时失踪,你说会不会在一起?"

易冲天"哼"了一声:"我行动之前,城门已闭,他们走不出去。对了,金簪的主人是何人？"

"簪子给了你，让你利用永安侯伤了风扬兮，安国的蔷薇郡主却不能给你。冲天，与陈王的约定我们游离谷已做到，我再不欠陈国什么了。我要离开了，祝你和公主白头偕老。"

为什么美人先生坚持不告诉易冲天她的身份？陈王许了游离谷什么好处，才让游离谷从十几年前就开始筹划换世子、安国大乱的事？

一个刺客组织，杀人求财。然而，永夜直觉地认为，游离谷似乎不仅仅为了银子。天底下赚钱的生意多了去了，插手一国内政，挑起内乱。游离谷主志在天下吗？

易冲天离开了。永夜还在等待。

美人先生挑亮了烛火，展开了那幅画，轻声吟道："欲减罗衣寒未去，不卷珠帘，人在深深处。蝶衣。呵呵，小星星，你真是越来越调皮了，你几时会来呢？难怪郡主从小就迷你。也罢，那丫头吵死人了，今天还没去瞧她。"

说完这句话，美人先生站起身挑了盏灯笼，出了水榭。

蔷薇真是在这里。永夜叹了口气，身形拔起，远远地跟着美人先生穿过院落推开一扇月洞门走了进去。

永夜在墙头等了很久，不敢大意。她很担心这是陷阱。

风里隐隐传来蔷薇的怒吼："滚开！"

"先生……"这一声喊出，永夜脑袋炸开，月魄，他果然在！

永夜猫一样在屋顶移动，居高临下瞧见院子一角厢房里露出三个身影。

身影她自是熟悉无比，是月魄、蔷薇还有美人先生的。难道这里就只有美人先生？

过了一炷香时间，美人先生提着灯笼出来，对暗处低语道："看好了，明日离开陈国。"

永夜凝神感觉院子里的气息，果然暗处还伏有三人。这三人气息微弱，呼吸之声绵长，应该是三个高手，呈"品"字形散布在屋内。

她目送着美人先生离开，有些犯愁，这院子里连这三人就是五个人，还有无暗桩？明天离开陈国，又会送他们去哪里？就算救了他们，三个人能平安离开吗？

永夜一动不动，脑中翻腾起种种想法。

岂料，远去的灯笼去而复返。美人先生身边跟了个全身黑袍的人。永夜从未在游离谷见过此人，神经立刻紧绷了起来。

黑袍人高鼻深目，脸色雪白。青衣师父的肤色算是惨白一片，而这黑袍人更甚，半点儿血色也无，像极了画里的人像，直看得永夜从心里打了个寒战。

再次进到屋内，美人先生说话也带了丝颤音："他就是月魄，已被逐出谷。"

"啊……"蔷薇吓得尖叫起来。

永夜汗毛炸起，身体紧绷。窗影上那人的手缓缓伸向月魄。

她再也待不住，手中飞刀急如闪电破窗而入。黑袍人只招了招手，飞刀就进了他的手。永夜一愣，院子里飞出三人，长剑如雪光冲进她藏身之处。

永夜一个跃身，飞刀与剑光相撞发出一声脆响。

那三人配合默契，剑法高明，霎时封死了永夜的退路，直把她逼进院子里。

永夜突然不动了，甜甜地笑道："美人先生！青衣师父！想死我了！还不出来？"

美人先生倚在门口也忍不住笑："小星星，越来越鬼精灵，你怎么知道他是你青衣师父？"

永夜暗中戒备，回头不屑地说道："他接我飞刀的手势，除了我青衣师父还会有谁？你给他扑了多少粉？这样子很难看的。"

"星魂！"青衣师父咳了声，黑袍上真的撒落些白粉。

永夜笑得直捧肚子。也就在这时，她的暗器再度出手，院子里"轰"的一声炸响，飞刀直取美人先生与青衣师父，她自己却一跃而起。

一连串动作不过瞬间之事。

美人先生的披帛仿佛是毒蛇吐信，青衣人手中暗器像天女散花。

"师父，你都说没有我躲不过的暗器，何必再出手？"永夜大笑道，手未停，脚下也未停，眼看着她就将跃入湖中。

"啊！"她身后传来月魄一声惨叫。

永夜回头，屋子里的朦胧灯光下，月魄似晕了过去，一柄长剑正逼在蔷薇颈边。

心里发出一声长叹，永夜一个漂亮的翻转，笑嘻嘻地看了看被雷爆弹炸得七零八落的花草，说："这么多年没见着美人先生和青衣师父，星魂说什么也要吃顿饭才走。"

青衣人目不转睛地看着永夜，目光复杂，进了屋子。

美人先生披帛一抖已缠住了永夜的腰，轻轻一带将她拉近："你这孩子，身上湿成这样，有大门不走，何苦游水进来？走，去换身干净衣服。"

"换什么衣服啊？就是身上东西带着累赘。"永夜边说边掏暗器，噼里啪啦扔了一地。

"着凉了就不好了，吃颗药丸去寒！"美人先生递过一枚药丸。

永夜听话地扔进嘴里，顺势又摸了摸美人先生的手："这么多年，我就是忘不了美人先生的模样，那画儿还好看吧？来抱一个。"

第二十八章

说完人就软在美人先生身上，意识清醒，手脚已不听使唤。

"小星星！真乖，先生也想你呢。"美人先生放心地抱着她，移进了屋内。

没有月魄也没有蔷薇，只有两个陌生人。

一个打扮成月魄，一个打扮成蔷薇。永夜靠着美人先生呵呵笑了："什么时候山谷里除了刺客还培养戏子的？声音模仿得真像啊！"

美人先生扶永夜坐下，挥手让二人离开，轻声道："小星星，你的眼睛越来越毒了！既然知道是你的青衣师父，你当然也知道屋子里不是真的郡主与月魄，如何看出来的？"

永夜软倒在椅子上笑得甚是开心："你一个人没诱我进来，便又唤青衣师父回头想再骗我一次是吧？你们一进屋就有声音，你们一出来，屋子里便没声了。蔷薇那性子，听到我的声音早大呼小叫开了，哪会就'啊'两声了事！"

美人先生眼眸冷下来："你明明可以跳入湖中逃走。"

永夜笑道："星魂很想两位师父呢，舍不得走，想和两位师父叙叙旧。"

"别甜言蜜语了，你明明知道逼你走的路线只能是下水，而水里有埋伏。你的暗器在水中会威力大减，跑不掉！"

"师父，你真是冤枉我了，星魂哪有那么大本事，什么都看得清清楚楚？好吧，水里都有埋伏，费了这么大劲捉我，总有原因吧？星魂好像一直很忠心呢。"永夜不动声色地套着话，委顿在椅子上的模样说不出的可怜。偏偏脸上的笑容不改，与八年前一样灿烂。

"既然如此，你何必束手就擒？"

"不这样，师父怎么放心告诉星魂答案呢？"

青衣人走到永夜身边，静静地看着她："师父们只是奉令行事，要留你在这儿待上两个月。易冲天没本事留下你，师父只好出手。两个月后就放你回安国。"

两个月，游离谷要用自己要挟父王吗？或者，他们还想杀了他？

"师父想让星魂陪着，说一声便是了，我还没在陈国玩够呢，我回安国干吗？"

"你是端王的亲生女儿，你以为这秘密还能瞒多久？你父王唯一做错的事情，就是太相信女人！"美人先生轻笑道。

永夜望着青衣师父，见他惨白的脸上现出重重的悲哀。揽翠！永夜笑了："女人的嘴是最靠不住的，尤其是爱上一个男人的时候。男人想骗一个女人，足可以骗得她虚度青春年华还执迷不悟，是吗，美人先生？"

美人先生骤然色变，跳起来冲青衣人吼道："你教出来的好徒弟！"说着冲了出去。

"师父！"永夜轻声唤了她一声。

青衣人心里不知是何滋味，望向窗外沉声说："当年我落难，恩公救了我，我发誓效忠于他家。星魂，师父一直瞒着这个秘密没说。但是纸包不住火，终于还是叫谷里知道了。谷主说，只要你肯来，就不用杀了你。"

永夜心中一酸，她的青衣师父为她保守了这么多年的秘密，她还是该谢他："你们会杀了我父王吗？"

"会。不是我们动手，太子继位后，他会下手。"

"如果是大皇子继位呢？"

"鹰羽、虹衣与日光，早已在安国潜伏多年。还有牡丹院的墨玉，加上李执事。他们会杀了你父王。"

永夜不明白，为什么他们对端王如此恨之入骨？如果安国大乱达到他们的目的，如果二皇子登基让他们能插手安国的权势，为什么还一定要除去端王？

"然后让我继续当世子接手端王府吗？"

"是的。"

"呵呵，师父，我都快十八岁了，瞒也瞒不了多久了。我如何当世子？"

青衣人脸上一丝笑容都没有："太子顺利继位，你就不用当这个世子。大皇子继位，你就得当这个世子，不过，也不会长久的。星魂，你还不明白？你当不了世子，你就是弃子。"

永夜微笑，弃子多好，月魄也是弃子，他可能早已回齐国开他的平安医馆了。月魄说过，只要不是游离谷的人，他们就不会再来找你，这也是游离谷的规矩。

青衣人望着她，目中不知是讥讽还是怜悯，淡淡地说："没有人能脱离游离谷的掌握。"

"月魄呢？"

"你在，他如何能脱身？"

永夜的心被拧得紧了，像两只手在不停地拧衣服，拧得她心中的血一滴滴被挤干。月魄还单纯地以为他很快就能回到齐国开医馆，他的平安医馆！

她蓦然大吼："你们要什么我帮你们做就是了，他连武功都不会，为什么还要盯着他不放？是用他来牵制我吗？你们又给他下了蛊？"

青衣人抬步出门，不肯回答。

"为什么？师父！"

永夜悲伤的声音在夜里回响。

青衣人站在院子里抬头望了望天空，吩咐道："去找两个丫头来服侍她。"

"是！"

夜凉如水，永夜心凉似冰。

见那三个人隔了窗户目不转睛地盯着她便笑了："找两个丫头来啊！没见我动弹不得？伺候好一点儿，我可是游离谷的宝贝，没准儿过两个月回安国还权势滔天，你们以后也别跟着游离谷打杂了，做我的保镖算了。"

那三人不动，只有一人离开，看情形真的是去找丫头了。

听到足音消失，永夜嘴一张，一颗药丸射出，正中一人面门，那人捂脸的瞬间她跃出房内，腿一抬，一道银光从腿上跃出刺进他的心脏，回身出肘，重重击在身后那人肚子上。

长发甩动，手拈起扯出一根绑在发间的钢丝毫不留情地插进了身后之人的脑后。

一切都在瞬间完成。她没有回头，没有停留一秒钟，身影像流星划过，迅速消失在黑夜之中。

美人先生与青衣师父目瞪口呆地望着两具尸体。这两人怎么也算得上使剑的高手，与星魂同一批从山谷里出来的刺客，居然瞬间就死在她手上？八年未见，星魂的实力大大出乎他们的意料。

美人先生叹了口气："你真真教出了个好徒弟！如何对谷主交代？你怎么就没看出她压根没吃那颗软香丸？"

青衣人望着夜空没有说话，眼里似飘过一丝笑意："你也是她的师父，你怎么就没看出来？"

美人先生一呆又叹："我看她啊，嘴里含个鸡蛋也照样能谈笑风生，这本事，我没教过。"

青衣人想了想皱眉："我倒是忘了，以前教她用嘴发暗器的时候，她好像能在嘴里藏五六根针照样吃饭、说话。"

"你看，都怪你！"美人先生跺脚。

青衣人摇了摇头："我老了，记性不好。"说着突然出手，肃立在他们旁边的那人连哼也没哼一声就倒了下去。

"都是小星星害的，她出手真够快的。"

青衣人看了看院子里的三具尸体摇头道："她出手一点儿章法都没有，一点儿也不像我的徒弟。"

站起身，美人先生笑着说："我们去哪儿？"

青衣人瞟了她一眼："你舍得走？你不留在易将军身边了？"

"难道你还不知道，我……"那双美丽的眸子一片坦然，声音带着委屈与幽怨。

青衣人偏开头："你，可以回去。谷主……"
"你为什么不能？"
青衣人轻笑了笑，惨白的脸上划过一丝温柔："星魂，总不能让她将来太为难！"
美人先生白了他一眼，手却紧握住了他的："希望……唉，这孩子，将来不要太难过就好。"
听到这句话，青衣人眼中笑意浮现，话仍然冰冷无比："我吹的箫很难听……"
"如果谷里的人找到我们，你不用吹箫，你只需会发暗器就行。"美人先生脸上掠过红晕，握紧了青衣人的手再不松开。

第二十九章

山中方十日

京都城外五十里有座夷山，连绵数百里，山势险峻，高耸入云，多奇峰峡谷，有夷山夕照、繁台春色、吹台秋雨等著名景致。

夷山出名的不仅仅是这些风景，更因为有一座百年古刹开宝寺。

暮春时节，往来踏青赏景、上香还愿的游人络绎不绝。这日山下突然来了一队官兵，游人纷纷避让。

队伍中一人身着蟒服，高坐马上，不时侧身与软轿内的人说话。有人识得此人正是当今端王李谷，众人当下认定轿内之人便是端王妃无疑。

想起最近从陈国传来的消息，安国出使队伍遇袭，百名豹骑无一生还，而永安侯下落不明，众人都摇头为端王叹惜。

"永安侯在驿馆遇袭，陈国未免太过大意！"有人如是说。

有人嗤之以鼻："把我安国当傻子哄？明明就是陈国公然杀我使臣！"

"你当陈国是傻子吗？要杀人会在自家门口杀？听说啊，刺客是天下闻名的高手风扬兮！"

轿子内的端王妃隐约听到外面议论，眼泪忍不住又涌了出来。

陈国来书道，风扬兮夜入驿馆灭了永夜随行的豹骑，放火烧了烟雨楼，掳走永夜。如今一个月过去了，风扬兮与永夜下落不明，清点尸首，独少倚红与林都尉。安国满朝震惊，传书齐国，集三国之力全力缉拿风扬兮。

另一边，端王知道事情没这么简单，大皇子李天佑也悄悄夜入端王府与端王密谈了一夜。这次，任王妃如何问，端王只说永夜无恙。

她向来是相信端王的，而端王眼中的焦虑却让她很不安，这种焦虑极少出现在端王脸上。王妃一定要来开宝寺为永夜祈福还愿，端王劝阻不得，只好亲自陪她走一趟。

轿子进了开宝寺，端王抬手示意不让士兵封了寺院，理由是香客众多，不便扰了他人兴致。

王妃出轿，端王已瞧到她脸上未拭尽的泪痕，心里一酸，搂了她去上香。永夜的确下落不明，他只能哄着王妃。然而，一日没见到永夜尸首，他还是不肯相信聪明机智的永夜会葬身火海。别人不知道，但他心里明白，永夜是有一身功夫的。而风扬兮是刺客之说，佑亲王过府一解释，他便明白了，然而此时也不可能为了永夜与陈国纠缠。

开宝寺是"回"字形建筑，居中大殿是座九脊重山式建筑，高大雄伟，前殿后殿与左右护龙山墙合拢而围。端王没封开宝寺，士兵却把正殿团团围住，以便王妃清静礼佛。

拾级而上，住持在大雄宝殿合掌亲迎。

王妃对住持温柔一笑："多谢大师！每次来宝刹嗅到灯油与梵香心便平和了。"

"阿弥陀佛！王妃此次要求签否？"

"不用了，上炷香便好。"王妃很怕求得下签，干脆就不求，接了香盈盈拜下。

端王不信佛，他一生杀戮太多，觉得泥塑饰金的菩萨怕是不能原谅他。每回陪王妃来他连殿门都不进，只站在门口石阶上等着。

他负手回头瞧着王妃，心里五味杂陈。安国的局势越来越紧张，皇上病重，宫里已经戒严，可是太子极不放心他手中的京畿六卫和羽林军。这一个月来，他被行刺了不下二十次，明知道是中宫和东宫派来的，他也只能杀了刺客了事。游离谷的刺客还没有出现，今日上香，他们会来吗？都说天下刺客皆出游离谷。李谷笑了笑，他其实也很想见识一下游离谷的手段。

香燃起青烟，王妃才拜得两拜，身体一软就倒在了蒲团上。端王思绪瞬间被打断，大惊失色，喝道："有刺客！"屏住呼吸冲进殿内将王妃抱了出来。

殿外涌进侍卫将端王夫妇护住，一时间，开宝寺内外冒出众多士兵，香客吓得纷纷外逃。寺院前后殿迅速封锁，众香客又被约束在寺中宽敞的院子中。

端王脸色铁青，心中暗恨贼子太狡猾，一直以为自己才是目标，没想到，竟在王妃进的佛香中下毒。他沉声喝道："回府！"抱了王妃在众士兵簇拥下便要离开开宝寺。

"王爷且慢！"一道身影突然从香客之中闪出。

端王低头瞧了眼王妃，见她脸色发青，已是中毒之象，抬眼看着来人冷声问道："你是何人？"

"王妃不服解药，她只能活一个时辰。在下受人之托，特为王爷送解药而来。"来人四十来岁，面目无奇，穿了身极普通的青布袍，淡然地回答。

单凭他身处数百名士兵围困之中仍能侃侃而谈而毫无惧色，端王就起了警戒之心。一个时辰是赶不回京都的。他招了招手，侍卫赶紧抬来一张竹榻。

端王小心地把王妃放在榻上，专注地瞧了瞧她，问道："什么条件？"

第二十九章

来人"呵呵"笑了,手抚长须道:"王爷的命!用王爷的命换王妃的命,岂不公平?"

四周士兵怒喝出声,端王笑了:"原来是这样,的确公平。"

"王爷想擒了在下也无用,解药当然不会在我身上,在下是名死士,生死早已置之度外。"来人说完手中突现匕首,他轻抚了下刃口道,"王爷记住,只有一个时辰。在下已不负使命。"说完便微笑着举刀刺入胸口。

开宝寺内顿时安静无声,在场的人呆若木鸡。

用一条人命传一句话,刺客的心思不仅歹毒而且缜密,竟要端王自缢以救王妃,连伏击都没有。

端王眯缝着眼望了望天,低头叹息,对手绝非寻常人。他低头看了眼王妃,王妃的脸上青气更重,他牵住王妃的手,旁若无人地说:"救了你,我死了,你会独活吗?"

"王爷!"众将士大惊,生怕端王做出极端之事来,心里不免悲愤,竟然连出手的机会都没有。

"呵呵,我李谷岂是这般容易就范之人?!"端王大笑,一字字说道,"唤住持,为王妃布灵堂!今日的香客不多也不少,开宝寺的香里藏毒,庙里的和尚也脱不了干系。王妃若死,全部陪葬!"

一席话吓得四周香客和开宝寺的和尚瑟瑟发抖,胆小的已哭了起来。

喧闹声中,大殿外传来笑声:"王爷果非寻常人。"

寺门官兵持长刀逼住了来人。端王瞟了眼跪地发抖的百姓,远远看去,那人与刚才赴死之人穿着同样的青布衫,同样面部无奇。端王沉声道:"何人?"

面对军士指着他的雪亮刀锋,来人视若无睹,手中却捧了一个匣子,恭敬地走到大殿前的石阶下站定:"王妃解药在此。"

端王冷冷地看着他。

来人笑道:"王爷大可放心,鄙人心善,不愿伤及无辜。以王妃的命要挟王爷,也太小觑王爷了。鄙人备有一剑客,请王爷与之一战。王爷若死在剑客手中,也不毁王爷威名。"

"剑客何在?"端王淡淡地问道。

"正是在下。请王爷先行为王妃解毒。"来人说着捧着匣子便往前走。

原本护着端王与王妃的侍卫下意识地任由他踏上石阶。

端王居高临下地看着他,心中惊疑不定,对方难不成真想公平一战?正寻思间,来人拾级而上,已至身前一丈。

所有人盯着来人手中的木匣，有点坠入云中之感。

来人微微一笑，手便去开启木匣，就在这一刹那，突有银光闪动，来人喉间突然多出了一点儿东西——飞刀已然入喉，血接着慢慢沁了出来。

"保护王爷！"端王身边近卫"呼啦"一声将端王围住。

木匣坠地，"嗖嗖"飞射出一蓬银针，几名离得近的侍卫避之不及，被射中倒地，脸色骤然发黑。

"好歹毒的心思！"端王咬牙切齿地说道。

对方先迷倒王妃，再以死士示警，继而表示愿公平一战，所有的一切都为了靠近他、刺杀他。

端王盯着来人喉间那一点银光怔了怔。他挥了挥手，近卫跑上前去从来人喉间取了暗器递给端王。

一柄长一寸、宽一分的柳叶飞刀！

他心头大震，突然涌出一种激动，又有些无力。端王回身执了王妃的手张嘴想说什么，看到她脸上的青气越来越重，人还昏迷不醒，就又闭上了嘴。来人先是飞刀杀人救了他，那么也一定会救她的。端王望向四周，带着点儿急切、高兴，也有些无奈，握住王妃的手因为用力手背露出了青筋。他在紧张什么呢？

"嗖"的一声，又一把飞刀射向院中空地，阳光下银芒夺目，刀柄上似系了东西。

有侍卫上前取了刀，见刀柄绑了布帛，赶紧取下呈给端王，展开一瞧，里面滚出一枚红色丹药，布帛上书简单二字：解药。

端王拿着药想也不想就给王妃服下，片刻之后，王妃悠然醒转，见端王紧张地瞧着她，嫣然一笑道："怎么就睡过去了？"

所有人这才长舒一口气，显然掷飞刀的不是刺客，而是救王妃的人，不知是谁说了句："会是什么人呢？"

端王没有下令寻找杀刺客送解药之人，似乎所有的心思都系在王妃身上。端王痴情人人皆知，此番王妃中毒，他没有心思去想这事也很正常。大家只能把种种猜测搁进了心里，嘴上只是笑着恭喜王妃无事。众香客与寺内和尚解了杀身之祸，虽汗透重衣却也松了口气。

风吹来，庭院中带着山林特有的芬芳。端王等了足足半个时辰，见王妃的确无事这才抱起她柔声道："我们回去吧。"

王妃狐疑地看着端王，他眼中露出的神色让她乖巧一笑，"我倦得很，回了吧。别为难寺里的师父与香客了。"

端王点点头，忍不住想回头望向大殿，终究叹了口气，头也不回地离开。

永夜望着端王夫妇在士兵的簇拥下离开了寺院,身形一动正要跃下殿顶,心中突生警觉,顺着屋脊一滚避开,方才藏身之处已钉上了一排羽箭,瞧箭来的方向正是前殿与左右护龙山墙之处,箭声不绝,逼得她只能扑向后殿。她像只黑鸟一般迅速从后殿飘出,直跃入山林。

才进山林,永夜就后悔了。对方故意放出后殿一条出路,却在林中设下重重埋伏。她冷汗沁了一背,有惊无险堪堪避过。身上的暗器像不要钱似的直往外扔,突然一剑刺来,后背一痛,人借着冲力就往外疾奔,心里还庆幸穿着那件护甲背心。

夷山,她曾陪端王妃来过,知道再往前就是著名的夷山夕照。观赏夷山夕照之处是落日峰上的一处悬崖,凭空伸出一座石台。立台上,夕阳将落,云海翻腾,满山金黄。

此时正是未时末,虽不及日落辉煌,石台上仍能见山峰沐日,远山雄奇。

永夜跃上石台,见下方云雾缭绕,深不见底,已知没有退路,回首一看,从林中缓步走出几个人来,同样的黑衫黑裤黑巾蒙面。

她坐了下来,笑道:"我是裕嘉十二年进的山谷,你们呢?学成出谷后过得好吗?"

一人突道:"你是十号楼的那个傻子?"

"哈哈!傻子能活着出来?你才是傻子!"永夜抢白了一句,忍不住哈哈大笑。

这些人就是当年出楼的人吧。游离谷真舍得成本,好不容易培养了十来名一流刺客,这会儿全送来安国了。

"其实谷里没想真要端王的命吧?否则,你们几人混在香客中行刺,多少还有些胜算。"永夜想明白了。王妃的毒并非罕见的奇毒,她趁着殿外大乱,取了香一嗅,便知随身带的解毒药丸就能解。

"你很聪明,跟我们回去。"一人淡淡地说道,望向永夜的目光闪过嫉恨。

"我回去有什么好处?我武功又不是特别好,何苦费这么大劲儿抓我?要安国大乱,要安国的权势,去挟持太子和佑亲王、三皇子多好!再不济就去杀了端王,也比抓我有用。谷主是猪脑袋?"永夜撇撇嘴说道。

她说的是实情。她想不明白为什么目的是引自己出现,而不是对端王下手。

"你说再多也没有用,谷主已下令一定要擒你回去。你知道游离谷的网遍天下,你无路可逃。"

永夜望着面前的黑衣人,他们都是受过严格训练的好手。以她的功夫,就算冲出去,也会受重伤,跑不远的。她往后一望,后面是万丈悬崖,跳下去必死无疑。永夜叹了口气:"我跟你们回去,不打了。"

她的话让面前的人有点儿吃惊，觉得擒她似乎太过容易。说话的黑衣人慢慢向她走来，手中拈着一枚针笑道："谷主说，如果给你吃药，咱们的下场会像陈国的那两名兄弟一样惨。"

永夜笑道："药不好吃罢了，如果像糖一样甜，我肯定吃得高兴。"心中暗呼糟糕，在陈国杀了两人跑了，却留下了自己杀人的痕迹。

颈边一痛，人软了下去，她竟连手指头也动不了。

黑衣人拉下面罩露出清秀的脸，永夜看着墨玉并不吃惊，看到他眼神中那股得意与阴狠忍不住想笑："你不仅耐性好，报复心也强。"

墨玉轻声在她耳边说："我会让你知道耐性是怎么练出来的，侯爷！"

他说完正要拎起永夜，林中突然传来笑声："这个人，我要了。"

随着笑声，林中慢慢走出一人，一身黑袍，脸隐在风帽中，只能看到他半边脸的胡茬，手中握着长剑。

"风扬兮！"黑衣人眉头一皱，望向墨玉低声问道，"公子？"

"留下她，我不杀你们。"风扬兮的声音像春阳一般温和。

墨玉缓缓说道："游离谷处置叛徒，风大侠何苦要横插一手？"

"哈哈，你不知道风某一直是游离谷的死对头？"风扬兮一步步走近，看似悠闲，却分明透出一股杀气。

"你可知道她的身份？她不仅是游离谷的刺客星魂，还是端王世子，皇上钦封的永安侯。"墨玉恶毒地揭穿了永夜的身份。

风扬兮笑了笑："我不喜欢重复。"声音一变，厉声道，"滚！"

墨玉看了眼永夜，低声说道："落在他手中，你会死得更快！有时候死得快也是种福气！"

永夜仿佛被吓得连话也说不了，眼里露出不知是喜是忧的神情。

墨玉的瞳孔猛地收缩："走！"

黑衣人唯他马首是瞻，瞬间走了个干净。

风扬兮迅速走了过来，按了按永夜的腕脉，掏出一粒药丸喂了下去，抱起她："星魂，我们走！"

只走得片刻，永夜迷药已解，伸手去扯他脸上的胡子，居然一扯就掉。她望着那张英俊的脸轻声道："你怎么回安国来了？何苦冒这个险？被揭穿了，两个人都会死的。"

风帽下月魄温柔似水，胳膊却收得更紧："我担心你。"

永夜不再说话，脸埋在他胸前，心里泛起一丝甜蜜。

第二十九章

夕阳坠入西山，林间暮色沉沉，月魄与永夜已来到山谷之中。

永夜抬头，云雾已封住了半山，望不见石台。谁也想不到，在这石台下方的悬崖之下居然还有间竹屋。

林间山溪绕屋而过，溪水旁是一片草地。

风中飘着鲜花的香气，投林的鸟儿还在叽喳。

锅里煮着一锅菌子烧的野鸡汤，香气四溢。

月魄正弯腰洗野菜，永夜揭开锅盖舀了勺汤顾不得烫嘴，吹了吹便喝了下去，鲜得她直冒口水，伸手拈起一块鸡肉，烫得跳脚又舍不得放弃。

"放下！"月魄回头斥道，那块鸡肉便从手中又滑进了锅。

永夜被烫着的手指捏着耳朵，看着鸡肉吞了吞口水。月魄笑骂道："还差点儿火候，等饭好了再吃。"

他盖好锅盖满意地拍拍手，回头见永夜还盯着那锅汤出神，不禁失笑："以前怎么没觉得你这么贪吃！"

永夜叹了口气，又吞了吞口水，扬起脸笑了："我决定一只鸡腿都不分给你！"

晚上吃饭的时候，永夜给月魄夹了根鸡脖子，然后再不理他。

月魄瞪大了眼，看着碗里的鸡脖子哭笑不得："没看出来，你居然这么能吃。王府的山珍海味多的是，可你就像从来没吃过肉似的。"

永夜头也不抬将最后留下的鸡脚嚼了又嚼："我很多年没吃得这么痛快了，月魄，你手艺真好。"

月魄笑道："明天我烧兔子给你吃。山兔肉嫩，比野鸡还好吃。"

"嗯，我会把这山上的飞禽走兽吃得不敢出门。"永夜满意地啃完鸡脚，吮了吮手指抬起头，见月魄只喝了碗汤，碗里那根鸡脖子动也没动，奇道，"你吃饱了？"

"看你吃就饱了。"的确，永夜的吃相太恐怖，月魄觉得看她吃比自己吃还香。

永夜端起碗喝汤，目光在鸡脖子上打了几个转，有些可惜还有些恋恋不舍。月魄眼中流露出怜惜与心痛，将鸡脖子夹到她碗里，不在意地说："我最讨厌吃鸡脖子，你要还能吃就把它吃了。"

永夜边啃边说："这么好吃你居然不喜欢！早知道，我连这个也不留给你。"

啃完她满意地又喝了一碗汤，这才拍拍肚子瘫在椅子上："我犯食困！"

"懒！不想洗碗刷锅是吧？"月魄见永夜一脸满足，只好认命地起身收拾。

永夜微笑着看着他的背影，突然觉得很幸福。

"京都方圆百里，只有这夷山山高林密隐蔽一些。今日若不是去庙里打听你的消息，还真不知道去哪儿找你！"月魄一边洗碗一边说。

"你扮风扬兮还真像，差点儿吓死我。我宁肯跟谷里的人回去，也不想落在风扬兮手上。回去只要我肯投诚，大不了还做刺客。这些年处处和风扬兮作对，落在他手中，以他疾恶如仇的心思，肯定会杀了我。"永夜懒懒地说道。月魄扮得实在很像，连声音也学得像。

"还不是被你拆穿了！"

永夜呵呵笑了："乍一看吓坏了，再一瞧，就瞧出来了。我对他的气息特别敏感。"

月魄怔了怔，摇头笑道："你见他就像老鼠见了猫。风扬兮好歹也是一代大侠！"

"是啊，他是大侠，我是刺客小人。他差点儿死在我手上，七八年前就四处找我想要杀我，能不怕他？我在三丈之外就能闻出他的味道。"

月魄放好碗筷，望着窗外喃喃道："他要是死了就好了，省得你成天怕他。"

她本来有机会可以杀他，然而，看到风扬兮在火中焦急地找她的模样，让她如何下手？

永夜站起身，走到窗边，天空虽有云层，却依稀有月光洒下来，她想起了从前在山谷中与月魄看星星。眼前的情景让她觉得分外温暖，伸出手想要抱一下他，才触到他的衣衫又缩了回来。

月魄瞟了她一眼，突然笑了："你怎么不问问蔷薇？"

"你在，蔷薇自然也安全。"

月魄长叹一声："那丫头太天真了点儿，却还不傻，一路上还算配合默契。就是狼狈了点儿，还好没落在那些人手上。她在齐国藏着，我想，安国的事情完了，她再回来也无事了。"

"太子若是登基，蔷薇不嫁也不行。"

月魄目光狡黠："有端王的京畿六卫在，太子当不了皇帝。"

这句话说得永夜的心情又沉重起来，但瞬间便隐去了眉间的忧思。她笑道："还不是皇帝一心想让佑亲王登基，我父王不过是按旨意办事。不管那些，我们去看星星。"

月魄看着她往屋外走的背影，觉得她身上压了很多东西。从前的星魂有事也会装傻，却不像现在这样，脸上笑着，眸子里却有种悲伤与沉重。

永夜知道他看着她。如果可以不管朝廷的事，不理会游离谷该有多好。提起安国的皇位之争，她就不可遏制地想念父母。

如月魄所说，有掌握了京畿六卫的端王与能威慑百官的张丞相，安国乱不起来。也许，京都并不需要她出现。永夜深吸了口风里的花香，山谷宁静安详，能这样过也不错。

她双手枕在脑后，望着云层后面时隐时现的月亮出神。

"想什么呢？"月魄也躺了下来。

永夜认真地说："我想舒舒服服地睡一觉。"

"就这么简单？"

"嗯。我觉得困。"永夜闭上了眼睛。

月魄没有说话，偏过脑袋看她洗去易容后精致完美的脸，睫毛连丝颤动都没有，鼻息绵长平稳，他喃喃道："睡吧，无人会吵你。"

这日，永夜醒来的时候躺在竹床上，身上还盖了床薄薄的蓝底印花的棉被。新被子的味道带给她全新的心情。她一跃而起，精神焕发。

"月魄！"她放开喉咙喊道。

她的声音大得几欲将竹楼震散，月魄手中握了一把蕨菜冲进来："什么事？"

永夜笑得前仰后合，指着他道："你真像一个居家男人！"说完眨眨眼又笑了，"没事，我醒了就想喊你的名字。"

月魄也笑了，却又板起了脸："太阳照屁股了，你真懒，去溪边洗洗回来吃饭！"

永夜像只鸟一样飞出竹楼，月魄又忍不住笑了。

晨曦在林中结了层浓雾，阳光照进来，能看到淡淡的光带，听到鸟儿婉转啼鸣。

吃过早饭，月魄就带着永夜去采野菜。他吩咐道："我采野菜，你想吃什么肉自个儿去捉。"

永夜摇头："总是我捉，不干！今天我采野菜，你就去捉鱼好了，那个简单。"

"你认识野菜吗？"

"不认识！"

"不认识你采什么？"

永夜理直气壮地回答他："今晚就只吃鱼，不吃野菜！"

于是月魄没办法，脱了衣裳站在溪水里捉鱼。

永夜欣赏着他赤裸的上身，悠然道："瘦是瘦，有肌肉，排是排，有身材，这话说得真不假！"

月魄满头大汗才捉住一条鱼，听到这话便笑了。他捧了鱼上了岸，走到永夜身边上下打量她一番，突然把鱼一抛，拦腰抱起了永夜往河里走："你敢用功夫，今晚就别想吃鱼了！"

"想看我衣裳尽湿曲线毕露的模样？"

月魄被她说中心事，俊脸涨得通红，扔也不是不扔也不是，杵在河边狼狈不堪，半晌望天道："好女孩是应该把眼睛闭上，尖叫一声把脸埋在我怀里才对！"

永夜眨了眨眼道："我本来就不是好女孩！"

月魄怔了怔放她下来，手抚着她的脸，眼神越来越温柔，闭上眼低下头想要吻她。

永夜心跳得很快，她睁大了眼睛看着他，在月魄的唇快要触及她时，突然有些惊慌，把头往后一仰。

"星魂！"搂她的手又收紧了些，月魄轻声喊道。

这气氛，永夜只觉得夏天提前到来了，气温在直线上升。她转开头有点儿不敢直视他："你怎么知道我是女的？"永夜似乎才想起这个问题。

月魄满脸无奈："我是学医的，连男人女人的骨骼经脉都分不出来？你真当我是手无缚鸡之力的书生？"

永夜的脸有些发红，突然瞧到草地上的鱼挣扎着要跳进水里，急得大叫："你赶紧捉鱼去！"

月魄叹了口气，几步迈过去捉了鱼，瞪了它几眼嘀咕道："叫你跑！今晚非吃了你不可！"

"你说什么？"

月魄露出灿烂的笑容，磨了磨牙道："我对它说，今晚就吃了它，叫它还敢跑！"

永夜放声大笑，脚尖一点跃到溪中石头上歪着头瞧他："我不提醒你，你捉得到吗？这么久了，你才捉了巴掌大的一条，瞧我的！"

她拿出在山谷里捉鱼的本事，在溪水中跳跃，捉住一条就大笑着扔给月魄。阳光在她身上打下淡淡的光影，眼前有一只黑蝴蝶翩然飞过，月魄看得恍惚起来，心里的情感像洪水决堤，汹涌而出，只盼着她能和自己一直这样无忧无虑地生活。

山谷幽深，隔绝了世俗烦扰。他们难道真的能在这里与世隔绝生活一辈子？月魄目中掠过一丝黯然。

永夜看捉得差不多了才罢手，见月魄用树枝串了鱼要拎进厨房时突然叫住了他："我给你做烤鱼！"

"好啊，上回吃过一次，还是冷的。"月魄说着把鱼串递给她，又弄了两条大的拿在手中，"中午吃烤鱼，晚上喝鱼汤，我去找点儿菜晚上煮汤。"

上一回在游离谷她请紫袍小孩吃烤鱼时，顺便也给月魄烤了一条去。鱼冷了，月魄却说只要是她烤的都香。他还说，他们不会是敌人。

永夜低头看着手中的鱼串，微笑着生火烤鱼。

夜空异常晴朗，星光与月光在厨房的灯光下交相辉映。

空中有花香，桌上有鱼香，永夜却没有动筷子。

"怎么不吃？"月魄很奇怪。

永夜掰着指头数："第一天是鸡，第二天是兔子，第三天是鸟，第四天是鹿，昨天吃了蛇，今天吃鱼……我吃了六天的肉了，好像长了不少。"

月魄夹了一块鱼放进她碗里："你不胖，再长长才好。"她数一个指头，他的心就跳一次，生怕她不想再吃，不想再在山谷里待下去。

永夜望着鱼叹气："我觉得胖了很多。"

月魄沉默了，挣扎了一会儿，还是舍不得说起外面的事情，舍不得让她离开，行动已快过思维，思索的同时已动手盛了碗汤给她："不吃鱼，喝点儿汤，不长胖的。"

永夜接过汤，扑鼻的香味，奶白色的汤汁。她望着月魄有些期盼的神情，突然下定决心："太香了，不管了。"说着咕噜一气喝完，埋头吃鱼，连汤里的野菜也捞起来吃了。

月魄没有动筷子，满足地看着她吃完才赞道："每次见你吃得这么高兴，我觉得为你做吃的特别幸福。"

幸福？永夜拍拍肚子，又瘫在椅子上犯食困，"每天吃得犯困才是最幸福的事。这么多年，只有这几天最幸福。"

"我们去看星星，我才做了支笛子，我吹给你听，听着笛声入睡也会很幸福。"

月魄吹笛子的模样让永夜想起了青衣师父在美人先生楼前吹难听的箫。

"还记得去看三位师父打架的事吗？"

"记得，看得过瘾，被罚在田里翻土时我还一个劲儿笑呢。"

"青衣师父后来在美人先生楼前吹了很久的箫……很难听……"

"你敢说我的笛子难听？"月魄反应过来，但是永夜没有回答他，她已经睡得沉了。和月魄在山谷里待的日子，她总是很放松，很容易睡着。

月魄的手轻轻抚过她的脸。六天，她和他在这里待了六天，她说这六天最幸福。

"还能再长一点儿吗？"月魄望着星空下闪闪发光的溪水轻声问自己。

看着永夜睡熟的脸，花瓣一般柔嫩的双唇，他低下头，唇轻轻地从她唇上扫过，移到她的额前又印下了一个吻。

山谷里的生活清淡平静，转眼两人已在谷底待了十天。永夜这天去捉了只獐子回来，晚上月魄煮了一锅汤，又烤了条獐子腿。

"你真打算把这山上的野味全吃遍？"

永夜啃着獐子腿就着獐子肉汤吃得满嘴流油，白了他一眼说："实话告诉你，以前我生怕被人瞧出来是女的，在王府看着肉都不敢吃，我容易吗？这八年，我只啃过一次鸡腿，还是在李言年院子里蹭的。那晚若不是想着要去救你需要多点儿体力，我还舍不得吃呢。"

"好像我欠你多大人情似的！为了我吃鸡腿，说出来也不怕人笑话！"月魄心里一颤，嘴上却取笑永夜。

"我不怕，我现在要大开荤戒！"

"你不怕长……开了，让别人看出来了？"月魄的眼睛往她胸部一瞟。

永夜面不改色地又喝了口汤："你不是别人。"

月魄心里一暖，伸手去擦她嘴边的油腻。

永夜一挡："我去溪边洗脸，你袍子这么干净，还是月白色的，弄上油麻烦。"说着站起身，又喝了口汤，叹道，"月魄，你的手艺无与伦比，你将来不开医馆，开间酒楼也能赚好多银子。"

"好，将来我一定还开一间平安酒楼。"

永夜呵呵笑了，走出门望了下天空："今晚无云，有月有星，涮好锅碗来陪我！"

她悠然自得地走到溪边低下头，闪闪发亮的溪水映出她模糊的脸，手伸进去便搅得碎了，心仿佛也乱了。

静夜之中溪水呜咽，永夜将脸埋进了水中。清凉的溪水冲刷着她的脸，眼中阵阵酸热。她分不清脸上冲过的是溪水还是泪水，嘴里吐出的是肉汤还是胆汁，只觉得莫名苦涩。她喝了好几口溪水才勉强冲淡那股苦味。

春日的溪水清冽沁凉，永夜的脸都冻得木了才抬起头来，晶莹的水珠在她脸上闪着月亮的光。永夜一抹脸对走过来的月魄咧嘴一笑："这里唯一不好的就是没有擦脸的布。"

月魄走近，举起袖子给她擦干水珠。他的动作轻柔，像呵护一件宝贝。永夜的眼睛又热了，扭开脸掩饰着笑道："为什么总穿月白色的袍子？一点儿污渍都能看出来。"

"你不喜欢我以后就穿黑色的袍子，这样，你可以就着我的袖子擦嘴！"

永夜扯着他坐下，头习惯性地往他腿上一靠，闭着眼说："别，风扬兮总是一身黑衣，邋里邋遢的。其实我喜欢你穿月白色的袍子，像微蓝的天，纯净。"

"其实，我不怕弄脏衣服。"

"我知道，我只是舍不得，舍不得弄脏而已。"永夜的声音渐露疲倦。

月魄释然地笑了："改日换了女装第一个让我瞧瞧？"

"为什么第一个让你瞧？"她的声音轻得像晚风，几不可闻。

月魄的眸子像远处的山影一样沉，手指勾起永夜一绺头发淡淡地说："我舍不得让别人瞧了。"

永夜没有再说话，睡得沉了。

月魄摸出笛子吹了一曲，笛声悠扬，似惊醒了林中夜鸟，发出几声鸣叫。

他搂着永夜在溪边坐了很久才抱她回房。永夜睡得像孩子似的，月魄目不转睛瞧着那张美丽的脸，他在床边静静地坐着，良久叹了口气才离开。

永夜睁开眼，双眸如星星闪亮。

听到竹楼隔壁传来月魄平稳的呼吸，她才像猫儿一样轻轻下了床，隔着墙默默感受着月魄的气息。

十天，已经足够。

安国的天变成了什么样？

她悄无声息地掠到厨房，桌上还摆着未喝完的汤，真可惜！永夜又有流口水的冲动。她用竹筒装了一点儿封好系在腰间，周围太安静，静得能听到隔壁月魄的鼾声。

永夜像黑色的鸟向谷口飞去，行了一程她回头，远处的竹楼只余一团暗影，想象着早晨月魄发现她不在的表情，永夜的心有些难受。

离别是为了更好地相聚。这是她留在房中的字。